Johannes Mario Simmel, geboren 1924 in Wien, wurde 1948 durch seinen ersten Roman *Mich wundert, daß ich so fröhlich bin* bekannt. Mit seinen brillant erzählten, zeit- und gesellschaftskritisch engagierten Romanen und Kinderbüchern – sie erscheinen in 35 Ländern und haben eine Auflage von weit über 72 Millionen erreicht – gehört Simmel zu den international erfolgreichsten Autoren der Gegenwart. Der Träger des Österreichischen Ehrenkreuzes für Wissenschaft und Kunst 1. Klasse wurde 1991 von den Vereinten Nationen mit dem Award of Excellence der Society of Writers ausgezeichnet.
Im Herbst 1996 erschien bei Droemer Knaur sein neuer Roman *Träum den unmöglichen Traum.*

Johannes Mario Simmel

Ich gestehe alles

Roman

Knaur

Von Johannes Mario Simmel sind außerdem erschienen:

Es muß nicht immer Kaviar sein (Band 29)
Bis zur bitteren Neige (Band 118)
Liebe ist nur ein Wort (Band 145)
Lieb Vaterland magst ruhig sein (Band 209)
Alle Menschen werden Brüder (Band 262)
Und Jimmy ging zum Regenbogen (Band 397)
Der Stoff, aus dem die Träume sind (Band 437)
Die Antwort kennt nur der Wind (Band 481)
Niemand ist eine Insel (Band 553)
Meine Mutter darf es nie erfahren (Band 649)
Hurra, wir leben noch (Band 728)
Zweiundzwanzig Zentimeter Zärtlichkeit (Band 819)
Wir heißen euch hoffen (Band 1058)
Die Erde bleibt noch lange jung (Band 1158)
Bitte, laßt die Blumen leben (Band 1393)
Die im Dunkeln sieht man nicht (Band 1570)
Doch mit den Clowns kamen die Tränen (Band 2957)
Im Frühling singt zum letzten Mal die Lerche (Band 60089)
Auch wenn ich lache, muß ich weinen (Band 60370)
Mich wundert, daß ich so fröhlich bin (Band 60040)
Begegnung im Nebel (Band 60041)
Das geheime Brot (Band 60042)
Affäre Nina B. (Band 60043)
Gott schützt die Liebenden (Band 60272)

Vollständige Taschenbuchausgabe Februar 1997
Droemersche Verlagsanstalt Th. Knaur Nachf., München

Umschlaggestaltung: Agentur ZERO, München
Umschlagfoto: The Image Bank, München
Satz: Ventura Publisher im Verlag
Druck und Bindung: Elsnerdruck, Berlin
Printed in Germany
ISBN 3-426-60271-7

5 4 3 2 1

Für Willi Forst in Dankbarkeit

Erstes Buch

1

Mein Name ist Walter Frank.
Ich wurde am 17. Mai 1906 in Wien geboren. Ich bin österreichischer Staatsbürger, römisch-katholisch und verheiratet mit Valerie Frank, einer geborenen Kesten. Mein Beruf ist der eines Exportkaufmannes, meine Wohnung befindet sich im Hause Reisnerstraße 112 im dritten Wiener Gemeindebezirk, und was ich hier niederschreibe, ist die Geschichte eines Irrtums. Ich habe lange darüber nachgedacht, ob ich in dem Wort »Irrtum« wohl auch das beste gefunden habe, mit dem sich die Erfahrungen, die Erlebnisse und die Ereignisse der letzten Monate zusammenfassen lassen, ob dieses Wort ihrer gewissenhaften Bilanz, aber auch der Quintessenz des Abenteuers entspricht, das nun beinahe schon zur Gänze hinter mir liegt; ob es nicht vielleicht ein allzu anspruchsvolles Wort ist; ob ich ein Recht besitze, es auf meine Geschichte und meinen Fall anzuwenden. Ich habe sehr gewissenhaft darüber nachgedacht, ohne etwas zu beschönigen und ohne etwas zu vergessen – mit derselben Gewissenhaftigkeit, mit welcher ich darangehen will, meine Geschichte, ohne etwas zu vergessen, ohne etwas zu beschönigen, hier niederzuschreiben –, und ich glaube, daß das Wort »Irrtum« das richtige ist.

Es war der größte Irrtum, den ich in meinem Leben begangen habe, und es wird der letzte sein, denn ich bin krank und werde bald sterben. Es ist keine unangenehme Krankheit, die mich befallen hat, wenn man davon absieht, daß sie unbedingt letal ausgehen muß. Ihre Symptome lassen sich selbst in dem fortgeschrittenen Stadium, in welchem ich mich befinde, ertragen. Man benötigt allerdings ein ordentliches Mittel gegen die Schmerzen. Das Mittel, das ich verwende, heißt »Morphiumhydrochlorid«. Mit seiner Hilfe bin ich schmerzfrei. Ich achte auf mich, und wenn ich bemerke, daß der Druck über der Nasenwurzel zunimmt, daß jenes altgewohnte und gutbekannte Klopfen hinter den Augenhöhlen sich ankündigt, dann öffne ich einfach eine Ampulle und mache mir selbst die Injektion. Das ist alles. Mehr ist nicht nötig. Es ist keine unangenehme Krankheit, wenn man davon absieht, daß sie unbedingt tödlich ist.
Genau betrachtet, macht sie sich noch durch eine Reihe anderer Anzeichen bemerkbar, durch Schwindelgefühle beispielsweise, durch gewisse Ausfallerscheinungen des Gehirns und durch die ungleichmäßige Abnützung verschiedener gleichbeschaffener Muskeln. Auch meine Augen ermüden schnell, und ich werde deshalb bei der Niederschrift meiner Geschichte nur in kleineren Abschnitten vorwärtskommen, ich werde häufig unterbrechen müssen, und ich denke, es wird das beste sein, wenn ich diese Abschnitte einfach fortlaufend numeriere, teils der leichteren Lektüre der losen Blätter wegen, auf denen ich meine Geschichte für Herrn Doktor Freund niederschreibe, teils, um mir selbst Rechenschaft geben zu können über das tägliche Arbeitspensum, das ich mir gesetzt habe. Denn ich muß sehr

ökonomisch und vernünftig mit meiner Zeit umgehen, wenn ich fertig werden will, bevor ich sterbe. Und ich will fertig werden! Es ist das einzige, was ich noch will. Fertig werden, die Geschichte dieses Irrtums aufschreiben bis zu ihrem Ende, ohne etwas zu vergessen, ohne etwas zu beschönigen.
Ich lese die ersten Zeilen noch einmal, und ich bemerke, daß ich bereits in diesen ersten Zeilen etwas vergessen und etwas beschönigt, daß ich bereits in diesen ersten Zeilen gelogen habe. Ich mache mir klar, daß es nicht angeht, weiterzuschreiben, ehe ich mich nicht selbst korrigiert habe. Ich darf meine Geschichte nicht um eines Effektes, um einer billigen Spannung willen erzählen, sondern ich glaube, daß ich verpflichtet bin, sie so zu berichten, daß die Wahrheit in ihr am deutlichsten sichtbar wird und am hellsten erstrahlt.
Aus diesem Grunde widerrufe ich, was ich schrieb.
Mein Name ist nicht Walter Frank.
Ich wurde nicht am 17. Mai 1906 in Wien geboren. Ich bin nicht österreichischer Staatsbürger, nicht römisch-katholisch und nicht verheiratet mit Valerie Frank, einer geborenen Kesten, wie auch mein Beruf nicht der eines Exportkaufmannes ist. Das alles waren unrichtige Angaben, denen ich nun die richtigen folgen lasse.
Mein richtiger Name ist James Elroy Chandler.
Ich wurde am 21. April 1911 in der Stadt New York, im Staate New York, USA, geboren. Ich bin amerikanischer Staatsbürger, Protestant und verheiratet mit Margaret Chandler, einer geborenen Davis. Und mein Beruf ist – oder, besser gesagt, war – der eines Drehbuchautors in Hollywood.

2

Es schneit.
Vor den Fenstern des Zimmers, in dem ich schreibe, sinken lautlos die Flocken zur Erde. Das Licht im Raum ist dämmrig und weich. Es tut meinen Augen und meinem Kopf wohl. Doktor Freund war so liebenswürdig, mir dieses Zimmer zu überlassen. Es liegt im Gartentrakt des großen, modernen Schulgebäudes, in welchem er arbeitet. Unter meinen Fenstern befindet sich ein Turnplatz, der umgeben ist von alten, hohen Bäumen. Bei besserem Wetter dringen die hellen Stimmen spielender Kinder zu mir, und ich lausche ihrem Lachen, ihren Rufen und ihren kleinen, atemlosen Schreien. Heute liegt der Turnplatz verlassen. Lautlos versinkt er im Schnee.
Ich sitze in einem bequemen Lehnstuhl, das Papier, auf welchem ich schreibe, liegt auf meinen Knien. Vorhin kam Doktor Freund, um sich nach meinem Befinden zu erkundigen. Er war sehr erfreut, als ich ihm sagte, daß ich heute mit der Niederschrift meiner Geschichte begonnen hätte. Der Plan zu dieser Niederschrift stammt nämlich von ihm. Alle meine Pläne der letzten Zeit stammen von ihm. Seit ich ihm begegnet bin, habe ich mich mehr und mehr seiner Führung und seinen Ratschlägen ergeben, und seit ich mich in meiner Wohnung in der Reisnerstraße nicht mehr wohl fühlte und praktisch hierher, zu ihm, übergesiedelt bin, tue ich ausschließlich nur noch, was er für gut hält und worum er mich bittet. Ich habe Vertrauen zu ihm. Er ist gütig, klug und weiß alles über mich. Ich bin sehr glücklich, ihm noch begegnet zu sein.

Als ich zu ihm kam und ihm meine Geschichte erzählte, als er erfuhr, wie es um mich stand, da riet er mir, mein Abenteuer aufzuschreiben. Es würde mich erleichtern, meinte er. Die Erfolge seiner erzieherischen Bemühungen sind, wie die Erfolge aller derartigen Bemühungen, darauf zurückzuführen, daß er zunächst seine Patienten – und ein solcher bin auch ich geworden – erzählen läßt, was sie bedrückt und was sie erfüllt, um ihnen so ein erstes Gefühl der Erleichterung zu geben. Das begriff ich sofort, als er mir zum erstenmal den Vorschlag machte.

»Sie meinen«, sagte ich, »daß es alle Verbrecher drängt, von ihrer Tat zu reden, sich ihrer zu rühmen beziehungsweise sich anzuklagen für das, was sie getan haben?«

Er schüttelte den Kopf.

»Dieser Zwang«, sagte er, »über Dinge zu sprechen, die uns zutiefst erschüttern, ergreift gleichmäßig Besitz von Verbrechern und Heiligen. Nicht nur den Doktor Crippen zog es zurück zum Schauplatz seines Mordes, auch der heilige Johannes und der heilige Lukas sahen sich gezwungen, ihre Evangelien zu schreiben.«

»Ich bin kein Heiliger.«

»Durchaus nicht«, sagte er, »aber Sie sind ein Schriftsteller. Sie wollten doch stets ein Buch schreiben und haben es nie getan. Schreiben Sie es jetzt. Es ist Ihre letzte Gelegenheit.«

Ja, es ist meine letzte Gelegenheit.

Ich hatte viele Gelegenheiten, Bücher zu schreiben, doch ich habe sie nie genützt, soviel ich auch erlebte, soviel ich auch sah und hörte. Ich habe Drehbücher geschrieben, und keine guten. Wären sie gut gewesen, so hätten sie und die Filme, die nach ihnen entstanden, die Stelle von Büchern einnehmen können. Aber es waren keine guten Drehbücher, und sie nehmen die Stelle schlecht ein. Ich habe meine Gelegenheiten versäumt, versäumt bis auf eine äußerste, letzte, die sich mir nun bietet, hier, in jenem dämmerigen, stillen Zimmer, kurze Zeit vor meinem Tode. Diese Gelegenheit darf ich nicht versäumen. Ich muß sie nützen, und ich will sie nützen. Ich will meine Geschichte erzählen, ich will sie niederschreiben.

Doch jetzt, da es sich um meine eigene Geschichte handelt, befallen mich auch sofort Zweifel, Hemmungen, Unsicherheit. Ich habe immer nur fremde Geschichten aufgeschrieben, erfundene, konstruierte, verlogene Geschichten, Geschichten, die ich ausklügelte und auf ihre Wirkung hin baute (indem ich mit dem Ende begann und zum Anfang hinarbeitete), und nun sehe ich mich auf einmal einer unbarmherzigen Wirklichkeit gegenüber, schonungslosen, kalten Tatsachen, einer progressiven Entwicklung, von der ich nur den Anfang und nicht das Ende kenne.

Den Anfang!

Kenne ich ihn denn überhaupt? Kann ich sagen, wann meine Geschichte begann, zu welchem Zeitpunkt es wert ist, von ihr zu sprechen? Begann sie an dem Abend, an welchem ich auf dem Flughafen von München landete? Begann sie in jener Nacht, in der ich in einer Villa am Stadtrand Jolanthe begegnete? Begann sie im Spital »Zum goldenen Kreuz«? Früher? Oder später? Begann sie überhaupt erst in Deutschland und nicht etwa schon vorher, in Hollywood? Ist meine Geschichte nicht zuletzt nur eine unendliche Folge von Ereignissen, die eine Kette bilden, welche zurückreicht bis zum Tag meiner Geburt? Und muß ich daher nicht mehr

oder weniger willkürlich einen Punkt aus dieser Progression herausgreifen und sagen: Dies war der Anfang?
Fast glaube ich es.
Und ich glaube auch, diesen Punkt gefunden zu haben. Es war vor etwa fünf Monaten, wenn ich mir vor Augen halte, daß wir jetzt Januar haben, den 4. Januar. Es war ein trüber Sonntag, an dem es regnete und an dem das Licht grün und dämmrig in das Zimmer fiel, in welchem ich mich aufhielt, als ich erwachte. Das Zimmer befand sich im zweiten Stock des Hauses Romanstraße 127 in München. Seine Mauern waren weinbewachsen. Draußen auf der stillen Straße standen Bäume. Der Regen rauschte auf sie herab, und das erste, was ich sah, als ich die Augen öffnete, waren die von Nässe schweren, dunkelgrünen, frischen Blätter eines Kastanienbaums vor dem Fenster. Ja, sie waren das erste, ich erinnere mich noch deutlich, und ich bin ein wenig verwundert, wenn ich nun feststelle, daß dies alles schon fünf Monate zurückliegt, daß dies alles schon vor fünf Monaten begonnen hat, an einem regnerischen Sonntagnachmittag …

3

Ich hatte Kopfschmerzen, als ich erwachte.
Es waren die üblichen Kopfschmerzen, die ich stets beim Erwachen verspürte, nur daß sich heute auch eine gewisse peinliche Übelkeit zu ihnen gesellte, die ihren Ursprung in meinem Magen nahm und ihre Ursache in einem alkoholischen Exzeß am Samstag abend. Ich hatte zuviel getrunken, und es hatte mir nicht gutgetan. Ich setzte mich seufzend

auf und griff nach meiner Armbanduhr, die auf dem Nachttisch lag. Es war zehn Minuten nach vier Uhr.
Jolanthe schlief noch.
Sie lag neben mir, auf der linken Schulter, und ihr rotes Haar breitete sich wild über das Kissen aus, das sie fest umarmte. Ich sah sie an. Der Lippenstift, den sie benützte, war grellrot und seine Farbe ein wenig verschmiert. Er bildete Flecken auf der sehr weißen Haut ihres Gesichtes. Sie atmete tief. Die nackte Brust hob und senkte sich regelmäßig. Jolanthe schlief immer nackt und deckte sich im Schlaf immer ab. Ich breitete die Decke über sie und erhob mich. Mein Schädel schmerzte. Ich suchte meine Pillen, konnte sie jedoch nicht gleich finden. Es herrschte einige Unordnung im Zimmer. Jolanthes Kleidungsstücke lagen umher, meine eigenen auf einem Sessel, und ich bemerkte, daß wir vor dem Einschlafen vergessen hatten, den Radioapparat abzudrehen. Er summte leise, und die Skalenlampe brannte. Wir hatten Tanzmusik auf Kurzwellen gehört, auf einer Wellenlänge, deren Sender nun schwieg.
Ich stellte den Apparat ab und suchte die Kopfwehtabletten in meinem Anzug. Ich war irritiert, und meine Bewegungen hatten die gewisse hysterische Ziellosigkeit, die sie immer hatten, wenn ich zuviel trank. In meinem Anzug fand ich nichts. Ich ging ins Badezimmer. Auch dort entdeckte ich nicht, was ich suchte, aber ich drehte den Hahn der Wasserleitung über der Wanne auf und warf ein Handtuch über ihren Rand. Dann ging ich in das Schlafzimmer zurück. Jolanthe schlief noch immer. Sie hatte sich wieder abgedeckt, jetzt lag sie auf dem Bauch. Ihre langen Beine hingen über den Rand des Bettes. Sie redete im Schlaf.

»Das beweist gar nichts«, rief sie und lachte. »Gar nichts beweist das!«
Dann sagte sie ein paar Worte, die ich nicht verstand.
Und dann sagte sie wieder: »Mit solchen Beschuldigungen kannst du mir nicht kommen.«
Ich beachtete sie nicht, sie sprach häufig im Schlaf, es waren immer sinnlose Redereien. Anfänglich, als ich sehr mißtrauisch und eifersüchtig war, pflegte ich sie nachts auszufragen. Sie erzählte die unglaublichsten Dinge, und ich war außer mir vor Zorn, bis sie einmal eine Geschichte über mich selbst erzählte. Es war eine erfundene Geschichte.
Von diesem Moment an erlosch mein Interesse an ihren nächtlichen Bekenntnissen.
Ich erwachte aus einer längeren versunkenen Abwesenheit und fand mich an dem Rande des Bettes sitzen, den Blick auf Jolanthes weißen, glatten Rücken geheftet. Ich mußte mit offenen Augen geschlafen haben, die Zeiger meiner Armbanduhr standen auf halb fünf. So etwas passierte mir in letzter Zeit auch häufig: daß ich im Wachen plötzlich richtige »Bewußtseinslöcher« bekam. Besonders wenn ich einmal feierte, konnte es am nächsten Morgen geschehen, daß ich aufstand, um einen Schuh anzuziehen, und daß ich mich eine halbe Stunde später in der nämlichen Position fand, vor mich hin starrend, den erwähnten Schuh noch immer in der erhobenen Hand.
Ich rieb meine Schläfen und dachte angestrengt darüber nach, was ich vorgehabt hatte, als ich in das Zimmer zurückkam. Dann fiel es mir wieder ein, und im nächsten Augenblick sah ich auch die gesuchten Pillen. Sie lagen, neben der Armbanduhr, auf dem Nachttisch, und bei ihnen stand ein

Glas Wasser. Ich hatte mir das, als ich heimkam, alles noch recht ordentlich vorbereitet. Nur war ich anscheinend nicht mehr dazu gekommen, die Pillen zu schlucken. Das war eine Unterlassungssünde. Ich nahm das Medikament sonst stets noch in der Nacht, um morgens einen klaren Kopf zu haben und arbeiten zu können. Sichtlich hatte mich die Aussicht auf einen arbeitsfreien Sonntag leichtsinnig werden lassen. Ich holte mein Versäumnis nach. Das Wasser schmeckte wie Lebertran, und meine Zunge fühlte sich an wie Schmirgelpapier. Dann fiel mir die Wanne ein, und ich rannte in das Badezimmer. Die Wanne war eben im Begriff, überzulaufen. Ich stellte den Hahn ab, zog den Pyjama aus und stieg in das heiße Wasser.

Zuerst wurde mir sehr übel.

Meine Schläfen klopften wie verrückt, und der Schweiß stand in dicken Tropfen auf meiner Stirn. Ich konnte kaum atmen, aber ich hielt es aus. Ich kannte das. In zehn Minuten würde ich mich großartig fühlen. Es war immer dasselbe. Ich lehnte mich im Wasser zurück und schloß die Augen. Der Kopfschmerz hielt an. Ich sah die roten Feuerräder auf der Innenseite der Lider ihre Kreise drehen, so wie sie es seit langem taten, und ich dachte an Margaret.

Sie war an den Chiemsee gefahren, zu irgendwelchen amerikanischen Freunden, die dort den Sommer verbrachten und denen sie durch Zufall in München begegnet war. Ich hatte versprochen, sie am Abend abzuholen, sie war schon seit vier Tagen dort. Die Filmgesellschaft, für die ich arbeitete, hatte mir einen kleinen Wagen zur Verfügung gestellt. In zwei Stunden konnte ich am Chiemsee sein. Jetzt war es halb fünf, ich war gerade noch zur rechten Zeit erwacht.

Die Übelkeit verließ mich, die Kopfschmerzen hielten an. Ich wusch mein Gesicht lange mit kaltem Wasser, aber es half nichts. Vor dem Fenster des Badezimmers klopfte der Regen auf den Blechverschlag des Gesimses. Es war ganz still, nur ab und zu hörte ich die Schritte eines einsamen Fußgängers unten auf der Straße. Ich nahm das Frottierhandtuch und trocknete mich ab. Mein Kopf schmerzte scheußlich. Ich dachte mit sehr gemischten Gefühlen an die zweistündige Autofahrt, die mir bevorstand, und mit noch gemischteren an Margaret und ihre Freunde. Wahrscheinlich würden wir zum Abendessen bleiben müssen. Margaret würde mit meiner Arbeit protzen, und ich würde mich entsetzlich langweilen. Zuletzt würden wir Streit wegen irgendeiner Lappalie bekommen, und sie würde weinen. Es war alles ebenso unerfreulich wie unausweichlich. Es war genauso, wie es immer war.
Ich ging in das Schlafzimmer zurück. Hellweg mußte ich auch noch anrufen. Hellweg war der Autor, der die deutsche Version des Filmes schrieb, an dem wir arbeiteten. Ich schrieb die englische. Ich mußte ihn bitten, morgen früh zu mir ins Hotel zu kommen. Ich konnte im Büro der Gesellschaft nicht mehr schreiben. Die vielen Menschen machten mich nervös. Vielleicht fuhr ich mit Hellweg auch ein bißchen aus der Stadt fort. Er war ein netter Kerl, ich wäre gerne ein wenig mit ihm allein gewesen. Allein mit einem Mann. Ich fand, daß Frauen mich in der letzten Zeit nervös machten. Nervöser als sonst. Nicht nur Margaret. Auch Jolanthe. Alle Frauen. Ich hatte zuviel gearbeitet. Das Rohdrehbuch war fertig, wir mußten nur noch die beiden Versionen aufeinander abstimmen. Und ich hatte noch mit

meinen Dialogen zu tun. Ich hatte immer mit meinen Dialogen zu tun. Herrgott, mein Kopf!
Ich trat vor den Spiegel, um meine Krawatte zu knüpfen. Es war ein großer Spiegel, typisch für die weiblichen Bedürfnisse. Vor ihm standen ein Toilettentisch und ein Hocker aus rotem Samt. Das Zimmer war modern, sachlich und feminin eingerichtet. Es roch nach Lavendel und Bohnerwachs. Ich brauchte einige Zeit, bis ich mit dem Knoten der Krawatte zurechtkam, und ich fluchte leise. Meine Finger zitterten, und seltsamerweise bekam ich sie einfach nicht dorthin, wo ich sie haben wollte. Überarbeitung. Zuviel Whisky. Zu viele Zigaretten. Ich dachte mit Sehnsucht an den Tag, da meine Arbeit beendet wäre und ich München verlassen konnte. Ich hatte mich nicht wohl gefühlt in München. Vielleicht fuhr ich ein wenig an die Riviera. Jetzt hatte ich ja Geld.
Ich sah auf und bemerkte im Spiegel, daß Jolanthe aufgewacht war. Sie lag auf dem Rücken, die langen Beine gekreuzt, und ihre hellgrünen Augen beobachteten mich nachdenklich. Ich hatte das unangenehme Gefühl, daß sie mich schon eine ganze Zeit lang beobachteten.
»Hallo«, sagte ich.
»Hallo«, sagte Jolanthe.
»Wie geht's?«
»Danke, gut.« Sie hob die Arme über den Kopf und gähnte. Dabei wand sie ihren Körper wie eine faule Katze. Dann setzte sie sich auf und kratzte ihren Rücken, indem sie ihn gegen die Bettlehne rieb. Sie zog die Beine an den Leib und blies ihr Haar aus der Stirn. »Und dir?«
»Kopfschmerzen«, sagte ich. Die Krawatte saß jetzt richtig.
»Du solltest einmal zu einem Arzt gehen.«

»Ich war bei zwanzig Ärzten.«
»Aber man muß doch etwas dagegen tun können!«
»O ja, natürlich«, sagte ich.
»Was?«
»Pillen schlucken.« Ich setzte mich und suchte nach meinen Schuhen. Sie sah mich schweigend an. Sie hatte ein großgeschnittenes, sehr interessantes Gesicht von erstaunlicher Unregelmäßigkeit. Es war diese Unregelmäßigkeit, die es pikant erscheinen ließ. Sie besaß breite weiße Zähne hinter einem breiten, vollen Mund, eine schmale, nicht besonders gerade Nase und dicke schwarze Augenbrauen, die in herausforderndem Kontrast zu dem brandroten Haar standen, das sie, der Jahresmode folgend, hochgekämmt trug. Zu den Eigenarten dieses Gesichtes gehörten die Fähigkeit, die buschigen Brauen, unabhängig voneinander, in schwindelerregende Höhe zu ziehen, sowie ein Nerv im linken Nasenflügel, der sich zuzeiten selbständig machte und zu klopfen und zu flattern begann, wodurch sie nervöser erschien, als sie war.
»Du gehst fort?« fragte sie gleichgültig.
»Ja«, sagte ich und knüpfte die Schuhbänder.
»Aha.« Sie schwang die Beine aus dem Bett, angelte nach den kleinen Pantoffeln mit den hohen Absätzen, die unter einem Stuhl in ihrer Nähe standen, und erhob sich. Sie war ziemlich groß anzusehen. Sie ging, nackt wie sie war, an mir vorbei aus dem Zimmer. Während ich mich vor dem Spiegel kämmte, hörte ich sie in der Küche die Tür des Eisschrankes öffnen und schließen. Dann kam sie zurück. Sie trug ein Glas und eine Flasche Bier. Sie stellte beides nieder und öffnete dann die mit winzigen Tropfen beschlagene Flasche

ernsthaft und vertieft. Danach goß sie das Glas voll und trank mit langen, durstigen Zügen. Sie trank stehend, den Kopf weit zurückgelehnt. Die Decke ihres kleinen, flachen Magens hob und senkte sich beim Schlucken. Ich wandte mich ab. Ich konnte ihr nicht zusehen, der Geruch des frischen, kalten Bieres, den ich plötzlich verspürte, bereitete mir neue Übelkeit. Diese Eigenart, frühmorgens und überhaupt stets nach dem Erwachen, gleichgültig, in welcher Umgebung und Lebenslage, Bier trinken zu können, erregte in mir immer wieder dieselbe staunende Aversion. Jolanthe war die einzige Frau meiner Bekanntschaft, die dies fertigbrachte, und ich litt ein wenig darunter. Sie hatte mittlerweile ein zweites Glas geleert, setzte sich wieder auf das Bett und steckte eine Zigarette in den Mund.
Ich gab ihr Feuer. Sie blies eine Rauchwolke aus und fragte: »Wohin?«
Das war eine weitere ihrer zahlreichen Eigenarten: die Konversation mit mutwilligen Löchern zu versehen und auf weite Strecken zu verschleppen, einen abgerissenen Gesprächsfaden abrupt aufzunehmen und ihn ebenso abrupt wieder zu zerreißen. Zunächst hatte mich diese Technik der Unterhaltung verwirrt, doch bald gewöhnte ich mich an sie.
»Ich muß etwas erledigen.«
»Aber du kommst wieder?«
»Nein.«
»Nein?« Die rechte Augenbraue stieg hoch. »Wir wollten doch ins Theater gehen.«
»Es tut mir leid, ich kann nicht. Geh mit einer Freundin.«
Ich legte eine Hand auf ihre Schulter und versuchte abwesend, sie zu streicheln. Sie stieß die Hand weg.

»Laß das!«
»Was hast du denn?«
Sie sah mich schweigend an. Ihre Lippen, sonst breit und ausladend, wurden schmal. Der Nasenflügel zuckte. Eine Strähne des Haares hing ihr wieder ins Gesicht, doch diesmal bemerkte sie es nicht. Sie schwieg noch immer. Ich hörte nur den Regen und ihren Atem.
»Ich habe dich etwas gefragt!« Mein Kopf schmerzte mehr und mehr. Mechanisch griff ich gleichfalls nach einer Zigarette.
»Du mußt zu deiner Frau, wie?«
»Das auch«, sagte ich.
»Warum hast du mir das nicht früher gesagt?«
»Du hast es doch gewußt!«
»Ich habe es nicht gewußt!«
Meine Schläfen klopften, ich konnte das Blut in ihnen spüren.
»Jolanthe, was ist denn los mit dir? Bist du eifersüchtig?«
»Auf Margaret?« Sie streifte verächtlich die Asche ihrer Zigarette ab. Die Asche fiel auf den Teppich. Die Asche fiel immer auf den Teppich.
»Na also.«
»Ich bin nicht eifersüchtig. Ich habe es satt!«
»Was hast du satt?« Ich war sehr nervös und sehr irritiert. Ich wiederholte ihren Satz gedehnt und mit einem gequälten Gesicht.
»Mach nicht so ein gequältes Gesicht!« Sie rauchte hastig. »Du hast keinen Grund dazu! Wenn jemand Grund dazu hätte, wäre ich es!«
»Soso.«

»Jawohl.«
»Es geht dir wohl sehr schlecht.«
»Bei Gott.«
»Du bist nicht zufrieden mit mir.«
»Nein.«
»Dann sollten wir vielleicht Schluß machen.«
»Vielleicht.«
Ich nahm mich zusammen. Ich lächelte freundlich.
»Moment, Moment«, sagte ich. »Was ist denn eigentlich mit uns beiden? Wie hat das alles denn angefangen? Wir waren doch eben noch ganz friedlich – oder nicht?« Sie gab keine Antwort. »Also komm, vertragen wir uns wieder. Es tut mir leid, wenn ich irgend etwas getan habe.« Ich wußte genau, daß ich überhaupt nichts getan hatte, wenigstens nichts, was mir leid tun mußte, aber ich sagte es trotzdem. Alles, um Ruhe zu haben. Alles für ein wenig Frieden. »Ist es jetzt wieder gut?« Ich küßte sie auf die Schulter. »Ja?«
»Nein«, sagte sie.
Ich holte tief Atem. Sie schien entschlossen, mir eine Szene zu machen.
»Warum nicht?«
O Gott, wie ich das alles kannte, die Sätze, die Blicke, die Gebärden. Wie mir das alles unerträglich war, wie mir das alles lächerlich erschien!
»Weil es mir nicht paßt!«
»Was paßt dir nicht?« Der alte Dialog, die alte Methode: Sätze wiederholen, zuhören, lächeln. Und Kopfschmerzen. Vor allem Kopfschmerzen.
»Nichts paßt mir!« Sie sprang auf, fuhr in einen Morgenrock und begann hin und her zu laufen. Man konnte sehen, wie

ihr dieser kleine Ausbruch wohltat, wie sie ihn genoß. Das weite Hauskleid aus grüner Seide flog um ihre weißen Schenkel. Sie kippte im Gehen auf einem Stöckel um und schleuderte die Pantoffeln von den Füßen. »Nichts! Wofür hältst du mich eigentlich? Wie lange willst du das noch fortsetzen?«

»Was?«

»Dieses Spielchen! Liebe nach Stundenplan! Montag von vier bis acht, Mittwoch abend im Büro, aber nur, wenn du mir etwas zu diktieren hast, Donnerstag vormittag, und dann zum Wochenende, wenn deine Frau fortfährt ...« Ich sah sie an. Ich fand, daß sie älter geworden war in den drei Monaten unserer Bekanntschaft. Sie war nicht mehr so hübsch. Ich entdeckte gewisse Stellen an ihrem Körper. Das ging mir bei allen Frauen so. Aber bei den meisten hatte es länger gedauert. Vielleicht war es gut, Schluß zu machen.

»Du weißt genau, daß dieser Stundenplan eine Folge der schwierigen Situation ist, in der ich mich befinde. Ich bin schließlich verheiratet.«

»Und mit mir hast du schließlich geschlafen!«

»Auf deine freundliche Aufforderung!«

»Du bist gemein!«

»Ich habe es mit großem Vergnügen getan«, sagte ich, stand auf und ging zu ihr. Sie wehrte sich, als ich sie umarmte, aber ich hielt sie fest und preßte sie an mich. Für einen kurzen Augenblick fühlte ich sogar etwas wie Verlangen in mir. Dann roch ich das Bier und ließ sie wieder los. »Wir waren uns doch von Anfang an über die Art unserer Beziehung im klaren«, meinte ich. »Oder liebst du mich vielleicht plötzlich?«

»Bei Gott nicht«, sagte sie. Sie sagte es sehr leise, und ihre grünen Augen leuchteten böse.

»Na also! Wozu dann die Aufregung?«

Sie kam plötzlich auf mich zu und sah mir in die Augen. Sie sprach gehetzt: »Das will ich dir sagen, lieber Jimmy! Weil ich daraufgekommen bin, daß ich so etwas wie ein Gefühl für Würde besitze. Für weibliche Würde!«

»Na, na!«

»Sei ruhig!« Sie stand ganz nahe bei mir, ihr Körper berührte den meinen, und jetzt roch ich nicht nur das Bier, sondern auch ihr Haar und den Duft des Parfüms, das sie benützte. »Ich bin noch nicht fertig! Ich finde, daß mir für das Vergnügen, das ich dir gebe, auch Rechte zustehen. Rechte gesellschaftlicher Art! Dieselben Rechte wie deiner Frau! Mehr Rechte!«

»Ja, ja.«

»Vielleicht etwa nicht? Was tut sie? Bereitet sie dir Vergnügen? Hilft sie dir?«

»Nein«, sagte ich.

»Aber ich, ich habe es getan! Oder nicht?«

»Doch, Jolanthe.«

»Wir haben uns vielleicht nicht geliebt, aber verstanden haben wir uns, vom ersten Augenblick an! Du konntest zu mir kommen, wann du wolltest. Ich war immer da für dich! Ich bin dir treu gewesen, obwohl ich dich nicht liebte! Und deine Frau? War sie dir treu?«

»Lassen wir meine Frau aus dem Spiel.«

»Ich will es wissen! War sie dir treu?«

»Nein.«

»Aber du mußt sie abholen, nicht wahr?«

»Ja.«
Sie war plötzlich weit von mir fort, als sähe ich sie durch das verkehrte Ende eines Opernglases. Und auch ihre Stimme kam wie durch eine Wattewand zu mir. Nur der Regen rauschte laut. Und das Blut klopfte an den Schläfen. Tam – tamtam, tam – tamtam.
»Du mußt das Gesicht wahren!«
»So ist es.«
»Es darf niemand etwas merken.«
»Nein.«
»Denn du hast gesellschaftliche Verpflichtungen.«
»Genau.«
»Obwohl du sie nicht liebst.«
»Richtig.«
»Obwohl du sie seit Jahren nicht mehr liebst. Obwohl sie dich seit Jahren nicht mehr liebt!«
»Ja, Jolanthe.«
»Und warum?«
»Weil sie meine Frau ist«, sagte ich. Ich ging von ihr fort. Ich bemerkte, wie dieses Gespräch mich mehr und mehr mitnahm. Es war ein altes Gespräch. Ich hatte es schon oft geführt, nicht nur mit Jolanthe und nicht nur in München. Auch in anderen Städten. Und mit anderen Frauen. Ich war dieses Gespräches überdrüssig. Genauso überdrüssig wie vieler anderer Dinge.
»Weil sie deine Frau ist! Das ist alles?«
»Das ist alles.«
»Deshalb kannst du sie nicht verlassen?«
»Nein.«
»Und warum nicht?«

»Weil ich nicht will.« Ich hätte auch sagen können, weil ich einen Skandal vermeiden wollte. Oder weil ich zu feige war. Aber ich sagte es nicht. Es ging Jolanthe nichts an. Und ich hatte Kopfschmerzen.

»Aber mich – mich willst du verlassen!«

»Ich will gar nicht.«

»Nein, aber du tust es!«

»Wieso? Wann?«

»Jetzt! Du gehst von mir fort – zu ihr!«

»Jolanthe, sei nicht kindisch. Ich hole Margaret von Freunden ab und bringe sie nach Hause. Morgen sehen wir einander wieder.«

»Von vier bis acht!«

»Ich kann es nicht ändern.«

»Du könntest es ändern! Du könntest dafür sorgen, daß die Leute sich nicht das Maul über mich zerreißen, daß wir nicht wie Gymnasiasten in Konditoreien und Bars herumsitzen müssen, daß dieses idiotische Versteckspiel endlich aufhört! Das könntest du! Aber du willst es nicht! Weil sie deine Frau ist!« Ich nickte nur. Sprechen strengte mich an.

»Warum sagst du nichts?«

»Weil mir der Kopf weh tut.«

»Hör mit deinem Kopf auf!«

»Ich habe nicht mit ihm angefangen. Ich habe ganz andere Sorgen.«

»Ja, deine arme Frau!«

»Auch.«

»Du liebst sie nicht, sie liebt dich nicht, aber sie macht dir Sorgen! Denn sie ist deine Frau!«

Ich nickte.

»Das ist natürlich etwas anderes, das muß man natürlich einsehen. Sie ist deine Frau. Auf sie muß man Rücksicht nehmen. Denn sie ist deine Frau. Ihretwegen muß ich mich an alles gewöhnen, ihretwegen muß ich alles schlucken. Denn sie ist deine Frau! Während ich – was bin ich? Ich bin nur eine ganz gewöhnliche, dreckige kleine ...«
»Ja«, sagte ich.
»*Was?*« Sie fuhr herum.
»Deshalb hast du mich auch sofort fasziniert«, erklärte ich ihr. »Sei nicht böse, Jolanthe. Es war als Schmeichelei gemeint. Ich dachte, es würde dich freuen.«
Sie kam zu mir.
»Es freut mich maßlos«, sagte sie und lächelte eisig. »Es war das netteste Kompliment, das du mir machen konntest. Ich bin sicher, es war ein Kompliment, das du deiner lieben Frau niemals machen konntest.« Wir standen wieder nahe voreinander und lächelten beide. »Wenn sie nur eine ordentliche kleine Hure gewesen wäre, dann hättest du dich doch nie für mich interessiert, nicht wahr, Jimmy?«
»Nein, liebe Jolanthe.«
»Wenn du dich zu Hause jemals hättest gehenlassen können, wärest du nie zu mir gekommen.«
»Bestimmt nicht.«
»Ich danke dir, Liebling. Das war wirklich nett. Und jetzt will ich dir auch etwas Nettes sagen.«
»Ja?«
»Ja. Ich will dir sagen, was du bist.«
»Das ist gar nicht nötig, ich weiß es selber.«
»Nein, du weißt es nicht! Man muß es dir einmal sagen, lieber Jimmy. Es ist wichtig für deine literarische Entwicklung.

Vielleicht kannst du es in deinem nächsten Film verwenden! Vorausgesetzt, daß man dir noch einmal den Auftrag gibt, einen Film zu schreiben.« Sie lächelte breit, und ich sah die starken weißen Zähne. Sie trat noch näher, umarmte mich und legte ihren Kopf an meine Wange. »Also hör gut zu! Du bist ein armseliger kleiner Spießbürger, lieber Jimmy. Einer der allerschlimmsten. Einer von den ganz traurigen, bei denen alles verdreht und verlogen und schmierig ist.«

»Danke.«

»Bitte. Es kommt noch mehr. Du bist einer von denen, die stets begehrliche Blicke werfen und jeder Frau zuerst auf die Beine sehen und sie sich dann auch immer sofort in der gleichen Situation vorstellen müssen. Nur, daß deine Phantasie bei weitem deine Begabung übersteigt! Nur, daß du deshalb auch immer auf der Suche, immer enttäuscht und unruhig bist. Ein trauriger Spießbürger, wie ich schon sagte, ein ganz trauriger. In der Liebe wie im Beruf mittelmäßig und darunter.« Sie fuhr mit ihrer Wange an der meinen entlang, und ihre Hände strichen zärtlich über meinen Rücken. »Ein kleiner Spießer voller Hemmungen und Komplexe!«

»Ganz im Gegensatz zu dir.«

»Ganz im Gegensatz zu mir.«

»Weshalb du auch jene freundliche Einladung ausgesprochen hast.«

»Die freundliche Einladung habe ich ausgesprochen, weil ich damals noch unter der Vorstellung lebte, man könnte etwas aus dir machen, es könnte doch Spaß bereiten ...«

»... und ich hätte vielleicht Geld.«

»... und du hättest vielleicht Geld.«

»Aber ich war eine Enttäuschung.«
»Ja, lieber Jimmy.«
»Nicht in finanzieller Hinsicht.«
»Nein, das nicht.«
»Aber sonst!«
»Aber sonst! Ich glaube, ich werde dich aufgeben. Ich will nicht sagen, daß du unbegabt bist. Aber ich glaube nicht, daß du dich noch ändern wirst. Nein, das wirst du wohl nicht. Du wirst bleiben, wie du bist. Bei deiner Frau, die du nicht liebst, bei deiner Arbeit, die dir keinen Spaß macht, bei deiner Unbefriedigtheit, bei deinem ständigen Suchen, bei deinen Wachträumen, bei den Worten und bei den Bildern ...«
»Jolanthe«, sagte ich und lächelte, »jetzt kannst du aufhören.«
»Warum?« fragte sie. »Warum sollte ich aufhören, lieber Jimmy?«
»Weil es genug ist.«
»Ist es genug? Soll ich dir nicht noch sagen, daß du ein erbärmlicher Waschlappen bist, ein Versager, eine glatte Niete?«
»Nein«, sagte ich.
»Ich denke, es würde dir guttun.«
»Ich denke, nicht.«
»O doch.«
»Jolanthe«, sagte ich lächelnd, »wenn du es mir doch noch einmal sagst, werde ich dich ins Gesicht schlagen.«
Sie lächelte gleichfalls. Dann sagte sie es noch einmal.
Ich schlug sie ins Gesicht.
Die Wange, die ich traf, wurde brandrot. Ich hatte ziemlich

fest geschlagen. Jolanthe lächelte noch immer. Nur die Zigarette war ihr aus der Hand geflogen und lag auf dem Teppich. Sie schlüpfte in ihren Pantoffel und trat sie aus.
»Jetzt kannst du gehen«, sagte sie dann.
»Und ob«, sagte ich.
»Und sieh zu, daß du eine neue Sekretärin bekommst!«
»Und ob«, sagte ich. Ich ging zur Tür. Dort drehte ich mich noch einmal um. »Warum mußte das eigentlich alles sein?« fragte ich. »Wäre es nicht einfacher und schmerzloser gewesen, mir kurz mitzuteilen, daß du genug hast und Schluß machen möchtest?«
Sie schüttelte den Kopf, als wäre sie maßlos erstaunt.
»Armer Idiot«, sagte sie.
»Wieso?«
»Ich wollte nicht Schluß machen. Ich habe gehofft, daß ich dich vielleicht dazu bringen würde, Schluß zu machen. Schluß mit deiner Frau.«
Ich schloß die Tür nicht hinter mir und ging in das Vorzimmer hinaus, wo mein Hut hing. Ich sah Jolanthe im Spiegel neben dem Eingang noch einmal. Sie stand still in der Mitte des Zimmers und betrachtete ihre Nägel. Dann ging ich durch das stille Stiegenhaus auf die Straße hinunter. Es regnete noch immer. Meine Schläfen fühlten sich fast geschwollen an. Jeder Schritt tat mir in den Augen weh. Es war mir noch nie so elend gewesen. Ich hatte direkt Angst, nicht mehr bis zum Wagen zu kommen.
Die Auseinandersetzung mit Jolanthe hatte mich sehr mitgenommen. Mehr, als ich mir eingestehen wollte. Es war nicht die erste Auseinandersetzung dieser Art gewesen. Aber es sollte die letzte sein! Ja, dachte ich, es sollte die letzte

sein! Das alles war zu anstrengend. Ich mußte meinen Film zu Ende schreiben. Dann mußte ich weg. In eine andere Stadt. Vielleicht fand ich eine andere Frau. Vielleicht nicht. Im Augenblick stellte ich es mir gar nicht besonders reizvoll vor, eine andere Frau zu finden. Wenn ich nach Hause kam, würde ich Ferien machen. Vielleicht ging ich fischen. Ganz allein. Ich ging gerne fischen. Etwas rann über meine Wange, und ich bemerkte plötzlich, daß ich weinte. Ich blieb stehen und schneuzte mich. Nerven. Mir war sehr heiß geworden nach meiner Entdeckung, und ich konnte die Tränen nicht stillen. Sie flossen weiter. Neben dem Eingang saß ein kleines Mädchen auf den Steinfliesen des Vorgartens und sah mich neugierig an.
»Ist dir nicht gut, Onkel?«
»O doch.«
»Aber du weinst!« Das kleine Mädchen stand auf und sah mich begeistert an. »Tut dir etwas weh?«
»Nein.«
»Warum weinst du dann?«
»Mir ist etwas in das Auge geflogen.«
Draußen auf der Straße stand mein Wagen. Es waren noch etwa zwanzig Schritte bis zu ihm.
»Bitte, laß mich vorbei«, sagte ich zu dem kleinen Mädchen. »Ich habe es eilig.« Sie trat zur Seite, dann lief sie hinter mir her.
»Onkel! Onkel!«
Ich blieb stehen.
»Ja?«
»Du tust mir leid«, sagte sie. »Ich schenke dir etwas!«
Sie holte unter ihrer Spielschürze ein schmutziges Papier-

säckchen hervor und entnahm ihm mit schmutzigen Fingern ein schmutziges Bonbon. »Da, es ist gefüllt!«
»Danke«, sagte ich.
»Steck es in den Mund.«
»Später.«
»Nein, gleich! Ich möchte es sehen!«
Ich steckte das Bonbon in den Mund. Ich fühlte es klebrig und glatt auf der Zunge. Mein Magen krampfte sich zusammen. Ich schluckte verzweifelt. Dann schoß ein schwarzer Pfeil von ungeheurer Größe auf meine Augen zu, spaltete sich vor meinem Gesicht und traf mich in beide Pupillen. Ich schrie auf. Ich stürzte. Der schwarze Pfeil explodierte zu blendender Helle. Ich fühlte, wie mein Kopf auf Stein schlug, und hörte das kleine Mädchen entsetzt aufjammern. Nun hatte ich Hellweg doch nicht angerufen, dachte ich noch. Dann stürzte ich in den sich weitenden Brunnenschacht einer tiefen Ohnmacht.

4

Es war meine erste.
Ich hatte die Helden meiner Filme – und vor allem die Heldinnen – oft und gerne zu entsprechend effektvollen Anlässen Ohnmachten erleiden lassen, aber für mich persönlich war das ein absolut neuartiges und faszinierendes Erlebnis. Mehr noch: es war das schönste Erlebnis meines Lebens überhaupt.
Die Zeitspanne meiner ersten Ohnmacht ließ sich in ihrer Vollkommenheit, ihrem glücklichen Frieden und ihrer

schwerelosen Gelöstheit mit keinem anderen Zustand vergleichen, den ich kannte. Ich war im Paradies, wenn es ein Paradies gibt, und sollte der Tod auch nur annähernd so wundervoll sein wie die Ohnmacht, die mich ereilte, dann wird die Stunde meines Endes die erwartungsvollste und glücklichste meines Lebens werden.
Ich hatte keine Träume, keine Gesichte, über mich brach nicht in der Manier des Zeitraffers eine Progression bedeutender Eindrücke der Vergangenheit herein. Ich hörte keine Stimmen und keine Musik. Ich hatte kein Alpdrücken, keine Beklemmungszustände.
Ich hatte Frieden.
Den vollkommenen, seligmachenden Frieden, von dem, wie ich mich zu erinnern glaube, in der Bibel des öfteren als von einer Verheißung gesprochen wird. Einen Frieden, der mich umgab von allen Seiten und alles von mir abhielt, was mir das Gefühl der Schwere und der Bedrückung geben konnte: die Erinnerung, das Bewußtsein, den Zwang der Vorstellung, die Bürde der automatischen Denkvorgänge des Gehirns. Vielleicht ist dies das Gefühl, das die Kokainschnupfer suchen, die Haschischraucher, die Suchtgiftverfallenen; vielleicht ist dies der Zustand, den sie bewahren und ängstlich hüten wie einen geheimnisvollen Schatz. Wenn es so ist, dann kann ich sie verstehen, sie alle, die Rezepte fälschen und zu Dieben werden, die ihre Familien verlassen und in schmutzige Keller hinabsteigen, um sich zu beflecken und zu erniedrigen, sie alle kann ich verstehen, wenn es die Sehnsucht nach diesem Zustand des Friedens, nach diesem seligen Stand der Erlösung ist, die sie treibt. Ich bin seit meiner Ohnmacht ihr Bruder, ich fühle wie sie, und

ich sehne mich zurück nach meinem Augenblick der äußersten Schwäche, wie ich mich zurücksehne nach dem Glück meiner lange versunkenen und lange vergessenen fröhlichen Kindheit. Ich weiß nicht, ob alle Ohnmachten aller Menschen so wunderbar sind – die meine war es. Und ich erwarte den Tod deshalb beinahe schon mit Ungeduld, in der Hoffnung, daß er ihr ein wenig gleichen möge. Denn ich hatte – knapp vor dem Erwachen – einen kurzen, verrückten Moment lang das Gefühl, daß er mich bereits ereilt hätte, daß ich mich bereits in seinem Reich befände. Doch das war ein Irrtum. Gleich darauf kehrte meine Besinnung wieder, und die Pforten des Paradieses schlossen sich hinter mir. Ich war nur zu Gast gewesen.

5

Ich lag in einem weißen Bett, das in einem großen weißen Zimmer stand. Alles war weiß in diesem Zimmer. Die Wände, die Möbel, die Vorhänge, die Türen. Selbst der Mann, der an meinem Bett saß und mich betrachtete, als ich die Augen aufschlug, war weiß. Er trug einen weißen Mantel und hatte weiße Haare.

Ich sah ihn längere Zeit stumm an. Dann wanderte mein Blick durch den Raum zum Fenster. Draußen schien die Sonne. Das Licht schmerzte mich in den Augen, und ich wandte mich ab.

»Kopfweh?« fragte der Mann.

»Ja.«

»Auch Augenschmerzen?«

»Ja.«
»Hm«, sagte er. Dann lächelte er. »Mr. Chandler?«
»Ja.«
»Ich heiße Eulenglas.«
»Sehr erfreut«, sagte ich. Dann fiel mir endlich wieder ein, was ich gleich hatte fragen wollen: »Wo bin ich?«
»Im ›Goldenen Kreuz‹.«
»In einem Ka ... Kr ... Ke ...« Ich brach, entsetzt über mich selbst, ab. Ich wollte »Krankenhaus« sagen, aber ich bekam das Wort nicht heraus.
Eulenglas sah mich unbewegt an: »Bitte?«
»In einem Kra ... Kra ... Kra ...« Ich schwitzte, in meinen Schläfen tobte es, ich war den Tränen nahe. Hier lag ich, ein armer, lallender Idiot, der das Wort »Krankenhaus« nicht sagen konnte! Was war mit mir geschehen, mein Gott?
»Sie können das Wort nicht sagen?« fragte Eulenglas. Ich haßte ihn für die alberne Frage.
Ich schüttelte den Kopf.
»Aber Sie wissen, was Sie sagen wollen?«
Ich nickte.
»Versuchen Sie es noch einmal!«
Ich versuchte es noch einmal. Es war grauenhaft, mir traten Tränen in die Augen. »So helfen Sie mir doch!« schrie ich.
»In einem Krankenhaus, Mr. Chandler«, sagte Eulenglas freundlich und ruhig.
Und nun konnte ich das Wort auch wieder aussprechen, es war geradezu eine körperliche Wohltat: »In einem Krankenhaus!«
»Na also«, sagte Eulenglas.

»Was bedeutet das?«
»Bitte?«
»Was ist das, was mich hemmt, was mich hindert, Worte auszusprechen?«
»Es wird vorübergehen, Mr. Chandler!«
»Ich will wissen, was es ist!«
»Man nennt es literale Paraphasien«, sagte er bereitwillig. Er hatte in mir einen Intellektuellen erkannt. Einem Intellektuellen muß man immer alles erklären. Wenn er dann zu verstehen glaubt, fühlt er sich erleichtert. »Ihr Gehirn ist irritiert. Irgendein Muskel im Sprachzentrum ist gereizt und funktioniert nicht richtig. Die Reizung wird abklingen. Das ist alles, Mr. Chandler.«
»Aha«, sagte ich. Ich glaubte zu verstehen. Und ich fühlte mich erleichtert. Jetzt sah ich sein Gesicht besser. Meine Augen, die zuerst wie von Schleiern und Schlieren verhängt gewesen waren, funktionierten nun wieder einwandfrei. Eulenglas trug scharfe Brillen und besaß einen schmalen, braungebrannten Gelehrtenschädel.
»Sie hatten einen kleinen Unfall. Man brachte Sie hierher, zu Professor Vogt. Ich bin sein Assistent.«
»Vogt?« Ich erinnerte mich dunkel an den Namen. »Der Chirurg?«
»Ja.«
»Was heißt das?« Ich richtete mich auf. »Weshalb bin ich hier?«
»Zur Untersuchung.« Er drückte mich auf das Kissen zurück.
»Wer hat mich hergebracht?«
»Ihre Frau, Mr. Chandler.«

»So«, sagte ich. Danach schwieg ich eine Weile und dachte nach. Ich versuchte mich zu erinnern. Aber meine Erinnerung war noch ausgelöscht.
»Sie kamen zuerst auf die Unfallstation«, sagte Eulenglas. »Dann verständigte man Ihre Frau, und sie ordnete die Überführung in die Klinik an.«
»Wann war das?«
»Gestern.«
Plötzlich fühlte ich, in einer mächtigen Woge, das ganze Elend und die Mühsal des Lebens wieder auf mich zukommen. Ich schloß die Augen.
»Welchen Tag haben wir heute?«
»Montag.«
»Und wie spät ist es?«
»Beinahe Mittag.«
»Das gibt es doch nicht! Ich erinnere mich genau an ...«, begann ich, aber dann unterbrach ich mich selbst. Ich erinnerte mich an nichts.
»Sie wurden gestern gegen fünf Uhr auf die Unfallstation gebracht. Sie waren ohnmächtig, Mr. Chandler. Ziemlich lange.«
»Wie lange?«
»Bis gegen Mitternacht.«
»Und dann?«
»Wir haben Ihnen ein Schlafpulver gegeben, um Ihnen den Transport in die Klinik angenehmer zu machen.«
Jetzt blitzte ein Funke der Erinnerung auf. »Jo... Jo... Jo...«, begann ich. Da war es wieder! Ich konnte nicht einmal ihren Namen aussprechen. Mein Gott, dachte ich, mein Gott!

»Wie bitte?« Eulenglas sah mich forschend an.
»Nichts. Wo hat man mich gefunden?«
»Im Garten des Hauses Romanstraße 127«, sagte er. »Ich nehme an, Sie hatten geschäftlich dort zu tun.«
»Ja«, sagte ich. »Bei meiner Sekretärin. Ich schreibe ein Drehbuch.« Ich überlegte. Dann fügte ich noch hinzu: »Ich hatte ihr zwei neue Szenen zu diktieren.«
»Sie ist schon hier gewesen«, sagte Eulenglas.
»Wer?« fragte ich ungläubig.
»Fräulein Jolanthe Caspari«, erwiderte er. »Das ist doch der Name Ihrer Sekretärin, nicht wahr?«
»Ja«, sagte ich. »Wann war sie hier?«
»Heute morgen. Die Blumen sind von ihr.« Er wies auf das Tischchen neben dem Bett. Auf dem Tischchen stand ein Telefon, und neben dem Telefon standen zwei Blumenvasen. Die eine enthielt rote Gladiolen, die andere Malven. Eulenglas zeigte auf die Malven.
»Die Gladiolen sind von Ihrer Frau«, sagte er und sah mich wieder an. Ich hatte das Gefühl, daß er amüsiert lächelte.
»Warum lächeln Sie?« fragte ich scharf.
Er musterte mich verständnislos.
»Ich bitte um Verzeihung, Mr. Chandler?«
»Ich habe Sie gefragt, warum Sie lächeln! Was ist so komisch?«
»Sie sind nervös, Mr. Chandler. Ich habe nicht gelächelt.«
»So«, sagte ich ernüchtert. Vielleicht hatte er wirklich nicht gelächelt. Ich *war* nervös. »Entschuldigen Sie.«
»Natürlich, Mr. Chandler. Sie sprechen großartig Deutsch.«
»Meine Großeltern waren Deutsche. In unserer Familie wurde stets Deutsch als zweite Sprache gesprochen.«

»Ach so.« Jetzt lächelte er wirklich. Aber es war ein freundliches Ärztelächeln. »Die Damen werden beide wiederkommen«, erklärte er. »Ihre Frau, sobald wir sie von Ihrem Erwachen verständigen, und Fräulein Caspari am Nachmittag.«
»Danke«, murmelte ich. Und dann war mein Kopf endlich wieder ganz klar. Sogar die Schmerzen waren seit langer Zeit zum erstenmal wieder völlig verschwunden. Ich setzte mich auf, wobei ich bemerkte, daß ich einen fremden Schlafanzug trug, und räusperte mich energisch.
»So«, sagte ich. »Nun habe ich meine fünf Sinne wieder beisammen. Würden Sie mir bitte mitteilen, was mir fehlte und warum ich untersucht werden soll? Ich muß nämlich schleunigst wieder an die Arbeit. Meine Firma wird mich überall suchen.«
»Ihre Firma wurde noch nachts verständigt. Mr. Clayton« (er zog ein Papier aus der Tasche und las den Namen des amerikanischen Produzenten ab, für den ich arbeitete) »wird gegen siebzehn Uhr vorbeikommen. Wenn Sie wollen, können Sie ihn im Büro anrufen. Er läßt herzlich grüßen und Sie bitten, sich keine Sorgen zu machen. Es sei alles in bester Ordnung.«
Eine blonde, hübsche Schwester kam herein. Sie brachte ein Glas mit einer bernsteinfarbenen Flüssigkeit und grüßte freundlich.
»Trinken Sie«, sagte Eulenglas. »Es wird Ihnen schmecken.«
Ich trank. Es schmeckte mir wirklich. Es war kalt, erfrischend und prickelte auf der Zunge.
»Was wünschen Sie zum Mittagessen, Mr. Chandler?« fragte die hübsche Schwester.

»Donnerwetter«, sagte ich, »bin ich in einem Hotel gelandet?«
»Fast, Mr. Chandler. Sie liegen in einem Privatsanatorium. Wir möchten Ihnen den Aufenthalt so angenehm wie möglich machen.«
»Fühlen Sie sich hungrig?« fragte Eulenglas.
Ich dachte über die Frage nach, lange und ernsthaft.
»Sehr«, konstatierte ich dann.
»Fein«, sagte der Arzt.
»Was gibt es denn?«
Die blonde Schwester sagte es mir. Ich bestellte ein enormes Mittagessen.
»Also?« fragte ich, nachdem sie die Tür wieder hinter sich geschlossen hatte. Ich verfiel bereits selbst in Jolanthes Technik der unterbrochenen Konversation. Eulenglas war imstande, mir zu folgen.
»Wir wissen noch nicht, was Ihnen fehlt, Mr. Chandler. Eine erste flüchtige Untersuchung ergab die Symptome eines typischen nervösen Zusammenbruchs mit allen Begleiterscheinungen. Sie haben in letzter Zeit viel gearbeitet, sagte Ihre Frau.«
»Ja.«
»Eben! Darüber hinaus jedoch ...« Er schwieg und hob eine Hand zu einer vagen Bewegung.
»Was?«
Er setzte zum Sprechen an, überlegte es sich wieder, und was er endlich sagte, war ohne Zweifel nicht das, was er zuerst hatte sagen wollen: »Diese Kopfschmerzen, Mr. Chandler – können Sie sie genau beschreiben?«
Ich beschrieb sie genau.

»So«, sagte er. »Sie waren in den Vereinigten Staaten bereits bei mehreren Ärzten, höre ich?«
»Ja. Sie konstatierten alle dasselbe.«
»Nämlich?«
»Nichts. Nur nannten sie es eine vegetative Neurose.«
»Aha.« Er lächelte. »Das wird es ja wahrscheinlich auch sein. Sie nahmen stets nur Pulver gegen die Schmerzen?«
»Nur Pulver.«
»Welche?« Ich sagte es ihm. Er nickte wieder. »Mr. Chandler, wurden Sie schon einmal geröntgt – Ihr Kopf, meine ich?«
»Nein, noch nie.« Ich sah alarmiert auf. »Warum? Glauben Sie etwa ...«
»Wir glauben gar nichts, Mr. Chandler. Es ist noch viel zu früh, um irgend etwas zu glauben.« Er zögerte und sah mich dann freundlich an. »Ich will ganz offen sein.«
»Ich bitte darum.«
»Ihre Frau zeigte sich sehr besorgt. Sie hat anscheinend gehört, daß Symptome wie die Ihren unter Umständen – ich sage ausdrücklich: unter Umständen! – gewisse ernsthaftere Veränderungen des, hm, des Gehirns anzeigen können, weshalb sie sehr um eine Generaluntersuchung Ihres Gesundheitszustandes gebeten hat.«
»Veränderungen? Was für Veränderungen?«
»Es muß nicht sein, Mr. Chandler, es muß durchaus nicht sein. In den allermeisten Fällen erweist eine Untersuchung die völlige Harmlosigkeit der Symptome.«
»Ja, ja, ja«, sagte ich, »was für Veränderungen?«
»Und selbst wenn diese Harmlosigkeit sich nicht erweisen sollte, ist es mit den Mitteln der modernen Chirurgie ein leichtes ...«

»Himmelherrgott noch einmal, was für Veränderungen?«
»Gewächsbildungen«, sagte Dr. Eulenglas.
»Sie meinen – einen Tumor?«
Er nickte langsam.
»Ja, Mr. Chandler, das meine ich.«

6

Danach war es eine Weile still im Zimmer.
Eulenglas sah mich aufmerksam an. »Sie wollten es wissen, Mr. Chandler«, sagte er endlich, »und ich habe es Ihnen mitgeteilt. Ich wiederhole: Es kann sein, es muß nicht sein. In den allermeisten Fällen dieser Art ...«
»Schon gut«, sagte ich.
»Es ist wirklich eine reine Vorsichtsmaßnahme, wenn Sie sich untersuchen lassen, eine Angelegenheit der persönlichen Sicherheit.«
»Ja, ja«, sagte ich.
»Jetzt, da wir einmal davon gesprochen haben, würde ich unbedingt zu einer Untersuchung raten, die Ihnen Gewißheit verschafft. Damit Sie in Ihrem Unterbewußtsein nicht die Vorstellung der Möglichkeit mit sich herumschleppen ...«
»Meine Frau hat um die Untersuchung gebeten?«
»Ja, sie war sehr besorgt.«
»Wie lange dauert so etwas?«
»Sie müssen drei bis vier Tage bei uns bleiben.«
»Tut es weh? Ich bin ziemlich feig.«
»Es tut kaum weh, Mr. Chandler. Es ist eine komplizierte Un-

tersuchung, aber sie tut überhaupt nicht weh. Wir werden ein Enzephalogramm herstellen.«

Das Wort hatte ich schon einmal irgendwo gehört. Ich verband keine gute Erinnerung mit ihm.

»Enzephalogramm?«

»Ein Elektroenzephalogramm«, sagte er beruhigend und betonte die ersten Silben besonders.

»Wo liegt der Unterschied?«

»Früher«, sagte er, »wurden Enzephalogramme hergestellt, indem man den Patienten Luft in das Gehirn einblies und aus dem Verhalten der Luft gewisse Schlüsse zog.«

»Pfui Teufel.«

»Ich verhehle Ihnen nicht, daß das eine eher unangenehme und auch nicht ganz ungefährliche Art der Untersuchung war. Die Untersuchung mit Hilfe eines Elektroenzephalogramms hingegen ist angenehm und völlig ungefährlich.«

»Sie sind ein guter Psychologe«, sagte ich.

»Wieso?«

»Weil Sie mir die Angst vor der zweiten Methode nehmen wollen, indem Sie von der ersten schlecht reden.«

Er lächelte und erwiderte, er übertreibe in keiner Weise: Das neue Verfahren sei wirklich schmerzlos und eine reine Formalität. Dann fragte er mich, ob ich mit einer Generaluntersuchung einverstanden wäre.

»Natürlich«, sagte ich. Es war das einzige, was ich sagen konnte. Wenn ich jetzt nicht von einer ersten Kapazität ein eindeutiges Gutachten über meinen Zustand erhielt, war es mit meiner Seelenruhe vorbei.

»Sehr schön«, sagte er und erhob sich, »dann werde ich jetzt Ihre Frau verständigen. Ich komme am Nachmittag mit Professor Vogt zu Ihnen.« Er nickte mir zu und ging aus dem Zimmer. Zehn Minuten später brachte die hübsche Schwester das pompöse Mittagessen, das ich bestellt hatte. Ich ließ den größten Teil stehen. Mir war der Appetit vergangen. Ich läutete und ließ das Service entfernen. Dann rief ich Clayton im Büro an.

»Hallo, hallo, hallo!« rief er munter.

»Guten Tag, Joe«, sagte ich. Clayton sprach kein Wort Deutsch. Nur die Begrüßungsformeln hatte er erlernt. Er war ein dicker, rotgesichtiger Geschäftsmann, der während des Krieges mit Stahl zu tun hatte und sich dabei das Vertrauen mehrerer Firmen erwarb, die zwischen 1941 und 1945 eine Konjunktur erlebten. Nach dem Ende des Krieges gründete er in Hollywood eine unabhängige Filmgesellschaft und kam als einer der ersten auf die Idee, in Europa zu arbeiten, nachdem er herausgefunden hatte, daß man das dort mit einem Bruchteil jener Mittel tun konnte, die man benötigte, um in Hollywood einen Film herzustellen. Die Beträge, die er benötigte, steuerten seine alten Industriefreunde aus der Kriegszeit bei. Clayton war sehr tüchtig, besaß nicht einen Funken künstlerisches Verständnis und gab sympathischerweise auch niemals etwas Derartiges vor. Diese Harmlosigkeit hatte übrigens auch ihre Schattenseiten: Er machte sich stets das Urteil jenes Menschen zu eigen, mit dem er zuletzt über ein künstlerisches Problem gesprochen hatte. Das erschwerte die Arbeit für ihn ein wenig.

»Es tut mir leid, daß ich Ihnen solche Unannehmlichkeiten bereite«, sagte ich auf englisch, doch er unterbrach mich sofort. »Halten Sie den Mund, Jimmy! Was heißt hier Unannehmlichkeiten? Es ist alles in bester Ordnung! Sie haben

Ihre Aufgabe wundervoll erfüllt. Sie bleiben jetzt hübsch in Ihrem kleinen Bettchen und flirten mit der Schwester, hahaha!«
»Es dauert nur ein paar Tage.«
»Wie lange es auch dauert – machen Sie sich keine Sorgen! Ich komme am Nachmittag zu Ihnen, Jimmy. Ich habe gute Nachrichten! Taschenstadt hat das Rohdrehbuch gelesen und ist begeistert!«
»Fein«, sagte ich. Taschenstadt war der Chef der deutschen Verleihfirma, die den Film übernehmen sollte.
»Heute früh kam ein Kabel von drüben«, fuhr Clayton fort. »Das Geld ist überwiesen.«
»Gratuliere.«
»Danke. Sie sehen, Jimmy, es geht auch ohne Sie! Brauchen Sie etwas? Kann ich etwas für Sie tun?«
»Ich glaube, nicht.«
»Ich bringe Ihnen eine Flasche Whisky, wenn ich komme.«
»Okay!«
»Und wie gesagt: Ruhen Sie sich aus, Sie haben eine Entspannung verdient, alter Junge.«
Ich verabschiedete mich und legte den Hörer auf. Claytons Stimme hatte einen so verflucht erfreuten Klang gehabt, dachte ich. Man konnte beinahe den Eindruck gewinnen, daß er entzückt darüber war, mich im Krankenhaus zu wissen. Sonderbar, sehr sonderbar. Aber dann zuckte ich die Achseln. Was wollte ich eigentlich? Wäre es mir lieber gewesen, wenn er getobt hätte?
Die Sonne schien jetzt direkt auf mein Bett, ich fühlte mich warm, gemütlich und schläfrig. Irgendwo spielte leise ein Radio.

Eine dunkle Frauenstimme sang: *»I'm gonna take a sentimental journey …«*
Ich kannte das Lied.
Das Telefon läutete. Ich hob ab.
»Gespräch für Sie, Mr. Chandler«, sagte eine Frauenstimme.
»Danke«, sagte ich. Es knackte in der Leitung. »Hallo?«
»Hallo«, sagte eine Stimme. Es war Jolanthe. Ich lag auf dem Rücken, hielt den Hörer ans Ohr und antwortete nicht.
»Jimmy, bist du dort?«
»Ja.«
»Allein?«
»Ja.«
»Geht es dir schon besser?«
»Ja.«
»Ich bin so furchtbar erschrocken, Jimmy.«
Ich sagte nichts.
»Es war meine Schuld. Du hast dich aufgeregt. Es war gemein, was ich sagte. Es tut mir leid, Jimmy. Verzeihst du mir?«
»*… sentimental journey home …*«, sang die Frauenstimme.
»Jimmy, hörst du mich?«
»Ja.«
»Und?«
»*… seven, that's the time we leave, at seven …*«
»Ja.«
»Du verzeihst mir?«
»Natürlich.«
»*… counting every mile of railroad-track …*«
»Ich wollte dich nur wütend machen. Es ist kein Wort wahr von dem, was ich gesagt habe, ich schwöre es dir …«

»... *that takes me back, that takes me back* ...«
»Schon gut, Jolanthe.«
»Nein, es ist nicht gut! Ich kann es an deiner Stimme hören!«
»... *never thought, my heart could be so yearning* ...«
»Es ist mir egal, Jolanthe.«
»Jimmy!«
»Ich habe vielleicht einen Tumor.«
»Jimmy!«
»Im Kopf. Ein Gewächs. Ich weiß es noch nicht.«
»... *why did I decide to roam* ...«
»Mein Gott, mein Gott, das ist ja furchtbar! Wer hat das gesagt? Woher weißt du das denn? Wird man dich operieren?«
»Niemand hat es gesagt. Ich weiß noch gar nichts!«
»... *gonna take a sentimental journey* ...«
»Jimmy, Jimmy, laß mich zu dir kommen, jetzt gleich, ich setze mich in ein Taxi ...«
»Auf keinen Fall.«
»Warum nicht?«
»Weil ich es nicht will.«
»Weil deine Frau kommt!«
»O Gott, Jolanthe!«
»... *sentimental journey home* ...«
»Aber ich muß kommen! Ich muß dich sehen! Ich liebe dich doch!«
»Leb wohl!« sagte ich noch einmal und legte den Hörer auf.
Draußen sang die Frauenstimme das Lied zu Ende.
Dann meldete sich ein Sprecher.
»Beim letzten Ton des Zeitzeichens war es fünfzehn Uhr.«

Ich lag auf dem Rücken und sah die weiße Decke an. Es klopfte.

»Herein«, sagte ich.

Es war Margaret.

Sie trug ein enges englisches Kostüm aus einem glänzenden schwarzen Stoff, eine weiße Seidenbluse und einen kleinen runden schwarzen Hut mit einem Schleier. Sie hatte ein wenig Rouge aufgelegt und sah müde aus. Ich setzte mich im Bett auf, und sie küßte mich flüchtig.

»Na, du Herumtreiber«, sagte sie auf englisch. Sie sprach schlecht Deutsch. Sie sah mich an und lächelte. Ich kannte dieses Lächeln gut. Ich kannte es von zahlreichen Anlässen her. Alle diese Anlässe hatten eines gemeinsam: Es lagen ihnen Ereignisse zugrunde, die Margaret nicht wahrhaben wollte. Wenn Margaret ein Ereignis nicht wahrhaben wollte, dann existierte es nicht. Ihr Lächeln löschte es aus, ließ es verschwinden, ungeschehen sein. Es war ein Lächeln der kühlen Überlegenheit, ein Lächeln des Verzeihens und des gütigen Verständnisses. Es war ein königliches Lächeln, und es sah besonders vorteilhaft im Profil aus. Ich kannte dieses Lächeln aus Premieren, aus Gesprächen mit Kritikern, aus alkoholischen Nächten und von ehelichen Auseinandersetzungen her. Ich kannte es gut.

»Ich habe bereits mit den Ärzten gesprochen«, sagte Margaret. »Du bist in bester Obhut. Und ich glaube, es wird uns beiden ein Stein vom Herzen fallen, wenn wir die Gewißheit haben, daß du grundsätzlich gesund bist, nicht wahr, Roy?«

Sie nannte mich stets Roy, es war die zweite Silbe meines zweiten Vornamens. Ich legte mich zurück und sah sie an. Sie sprach schnell. »Die Baxters machten mir angst, weißt

du?« Die Baxters waren ihre Freunde vom Chiemsee. »Ted Baxter war es, der die Idee hatte, die Krankenhäuser anzurufen, als du nicht kamst, um mich abzuholen. Mein Gott, Roy, du kannst dir nicht vorstellen, wie ich mich fühlte, als sie mir sagten, wo du warst! Nein, du kannst es dir nicht vorstellen! Ich glaubte, ich würde ohnmächtig! Ted war süß. Er brachte mich in die Stadt. Er fuhr hundert Meilen, den ganzen Weg, der Gute! Und unterwegs sprachen wir über deine Symptome. Er sagte es mir, was sie bedeuten könnten. Er hatte einen Onkel, bei dem begann es ebenso – und dann mußten sie ihn operieren, und er wurde blind auf einem Auge. Oh, verzeih, Roy, das war dumm von mir, du weißt doch, wie ich es meine, nicht wahr? Es ist nur, weil er mich beunruhigte und weil wir doch Gewißheit haben wollen, alle beide, nicht wahr?« Sie sah mich um Zustimmung bittend an. Ihr Lächeln war rein und voll Vergebung.
»Margaret«, sagte ich, »du weißt doch, wo man mich gefunden hat.«
»Natürlich, Roy.« Sie holte Magazine und Zeitungen aus ihrer Handtasche. »Ich habe dir etwas zu lesen mitgebracht. Den neuen ›New Yorker‹. Es sind ein paar sehr komische Zeichnungen darin!«
»Romanstraße 127«, sagte ich. »Du weißt, wer dort wohnt.«
»Selbstverständlich, Liebling.« Sie lächelte freundlich. »Und hier ist die Post von heute. Die Ezzards fahren schon wieder nach Miami. Wie die Leute das machen, möchte ich wissen!« Sie kramte in ihrer Tasche und legte ein paar Kuverts auf das Bett. »Robby schreibt, er sei jetzt bei Warners und arbeite für Siodmak. Das ist eine hübsche Karriere, nicht wahr?«

»Margaret ...«
»Und hier sind ein paar Kritiken aus dem Westen über deinen letzten Film. Einige davon sind ausgezeichnet! Ich habe nur die ausgezeichneten mitgebracht. Die anderen warf ich weg, sie waren zu dumm ...«.
»Jolanthe«, sagte ich. »Jolanthe Caspari. Meine Sekretärin. Ich habe das Wochenende mit ihr verbracht.«
»Ja, ja, natürlich, Roy.« Sie nahm ihren Hut ab und legte ihn auf das Tischchen. Ihr Haar war schwarz, in der Mitte gescheitelt und glatt. Sie kreuzte die Beine. Sie hatte gutgeformte, lange Beine in hellen Nylonstrümpfen. »Ich nehme an, die Malven sind von ihr.«
»Ja.«
Sie roch an ihnen.
»Sie riechen nicht«, sagte ich.
»Aber sie sehen hübsch aus.«
»Jolanthe ist meine Geliebte«, sagte ich.
Sie strich mit einer kühlen, gepflegten Hand über meine Wange. Ich war ziemlich unrasiert. Die Hand roch nach Elizabeth-Arden-Tagescreme.
»Ja, Roy, ich weiß. Müssen wir darüber sprechen?«
»Ich möchte.«
»Das ist sehr lieb von dir.«
»Was?«
»Daß du dich entschuldigen willst.«
»Ich will mich nicht entschuldigen. Ich will darüber sprechen.«
Sie lächelte. »Aber ich nicht. Wozu auch? Ich habe es doch gewußt.«
»So.«

»Ja.«
»Und?«
»Ich habe auch gewußt, daß du dich so taktvoll wie immer betragen würdest. So vorsichtig, daß die Leute nichts merkten. Damit ich nicht darunter litt. So, wie du es immer getan hast. Ich begreife vollkommen, daß es dir unangenehm ist, mich in diese Situation gebracht zu haben.«
»In welche Si... Si... Sa... Satio...«, begann ich und biß mich vor Wut und Scham auf die Lippen. Da war es wieder.
»Was ist denn, Roy?« Sie erschrak.
»Der Doktor nennt es literale Paraphasien«, erklärte ich. »Angeblich geht es vorüber.« Ich holte tief Atem. »Was wolltest du sagen?«
»Man wird natürlich über uns reden.«
»Das tut mir leid.«
»Ich weiß, Roy. Aber ich mache dir keine Vorwürfe. Es war nicht deine Schuld, daß du ausgerechnet im Vorgarten dieser kleinen Nutte ohnmächtig wurdest. Es war eine Force majeure.«
»Ja, das stimmt.«
»Du hast es nicht aus Absicht getan. Du wolltest mich nicht mit Vorbedacht verletzen. Wir werden nicht mehr darüber reden.«
»O ja, wir werden.«
»Ich nicht, Liebling.« Ihr Lächeln wurde breiter. »Wirst du mit ihr jetzt Schluß machen?«
»Ich weiß es noch nicht.«
»Natürlich, du mußt es dir überlegen. Laß dir Zeit. Jetzt brauchst du Ruhe, das ist das Wichtigste, Professor Vogt sagte es auch. Du sollst dir jetzt nicht den Kopf zerbrechen. Es

ist schlecht für die Untersuchung. Und für deine Arbeit. Vielleicht fahren wir ein bißchen an die Riviera, wenn du hier fertig bist, was meinst du?«

»Ich hasse die Riviera«, sagte ich.

»Dann fahre doch allein. Ich habe den Baxters ohnehin versprochen, mit ihnen nach Paris zu fliegen. Sie haben ein entzückendes Häuschen gemietet, in Saint Cloud, ich habe Fotografien gesehen.«

»Margaret, ich wollte mich von dir scheiden lassen.«

»Liebling, das wolltest du doch schon häufig.«

»Ja, das stimmt.«

Sie sah auf die Uhr.

»Mein Gott, halb vier!«

»Und?«

»Ich werde ein Taxi nehmen müssen. Ted haßt es, wenn man zu spät kommt.«

»Du bist mit ihm verabredet?«

»Ja.«

»Wo?«

»In den ›Vier Jahreszeiten‹, in der Bar. Vera ist auch da.« Vera war Ted Baxters Frau. »Sie wollen wissen, wie es dir geht. Dürfen sie dich besuchen?«

»Nein.«

»Schön. Ich komme morgen wieder. Und abends rufe ich an. Ach ja, richtig, fast hätte ich es vergessen!« Sie kramte in ihrer enormen Handtasche und produzierte ein gerahmtes Bild. Das Bild zeigte Margaret in einem weißen Badeanzug am Strand von Los Angeles. Sie stellte es vor die Gladiolen. »Hier!«

»Wozu?«

»Es sieht besser aus, Roy.« Sie neigte sich über mich und küßte mich auf den Mund. Sie roch frisch und sauber. Nach Pepsodent, Chanel No. 5 und Palmolivseife. »Also, leb wohl. Und schau dir den ›New Yorker‹ an. Er ist diesmal wirklich sehr lustig.«

»Leb wohl, Margaret«, sagte ich. Sie ging zur Tür. Das enge Kostüm modellierte ihre tadellose Figur. Bei der Tür befand sich ein Spiegel. Vor ihm blieb sie stehen und richtete ihr Hütchen. Dabei blickte sie mich lächelnd im Spiegel an.

»Ich werde mich natürlich niemals scheiden lassen«, sagte sie. »Das weißt du doch, Liebling, nicht wahr?«

»Ja«, sagte ich. »Das weiß ich.«

»Fein.« Sie drehte sich um. »Dann ist ja alles in Ordnung.« Sie warf mir eine Kußhand zu und ging aus dem Zimmer. Der frische, saubere Geruch ihres Körpers blieb zurück. Ich verschränkte die Arme hinter dem Kopf und schloß die Augen. Ich fühlte mich müde und ein wenig benommen. Wahrscheinlich waren das noch die Nachwirkungen des Schlafpulvers, das man mir gegeben hatte.

Ich versuchte zu schlafen, doch es gelang mir nicht. Nach einer Weile gab ich meine Bemühungen auf und griff nach den Zeitungsausschnitten, die Margaret mir gebracht hatte. Es waren Kritiken aus Provinzblättern, die sich darauf beschränkten, den Inhalt meines letzten Filmes mitzuteilen und einige dumme Worte des Lobes anzuhängen. Es war jene Art von Lob, die keine Freude bereitet, weil sie aus ein paar konventionellen Phrasen besteht, die zeigen, daß der Rezensent keine Ahnung hat, wovon er spricht.

Ich nahm den »New Yorker«. Er war wirklich eine sehr lustige Nummer, die Zeichnungen waren großartig. Ich sah sie

mir alle an. Auch ein neues Bild von Charles Addams befand sich darunter. Die beiden Scheusale seiner Horror-Familie enthaupteten mit Hilfe einer Spielzeugguillotine eine Puppe. Es sah sehr komisch aus.
Hinten in der Nummer fand ich dann gleichfalls eine Kritik meines letzten Films. Sie war das Gescheiteste, Witzigste und Vernichtendste, das man sich vorstellen konnte. Der Kritiker ließ kein gutes Haar an mir. Ich dachte, daß Margaret die Kritik vielleicht übersehen hatte, aber ich verwarf diesen Gedanken rasch. Margaret übersah niemals etwas, besonders nicht Kritiken meiner Filme. Sie hatte mir dieses Heft des »New Yorker« durchaus überlegt mitgebracht. Es war eine ihrer vielen Arten, an mir Rache zu nehmen.
Genau betrachtet war dies ihre hauptsächliche Tätigkeit in den letzten Jahren gewesen: Rache zu nehmen, die Stellen ausfindig zu machen, an denen ich am leichtesten und schmerzhaftesten zu treffen war, und dann ordentlich hinzuschlagen, präzise, kühl und mit ihrem freundlichen Madonnenlächeln. Ich muß eine große Enttäuschung für sie gewesen sein. Sie hatte ihr ganzes Vertrauen in mich gesetzt.
Ich ließ den »New Yorker« auf den Boden fallen und dachte über Margaret nach. Ich hatte sie 1940 kennengelernt. Sie war eines von den unzähligen Mädchen, die Hollywood bevölkerten und einander ähnelten wie ein Ei dem andern: mit langen Beinen, großartig gewachsenen Körpern und hübschen Gesichtern. Ehrgeizig und mittellos. Immer auf ihre Chance wartend. Auf jeder Cocktailparty und in jedem Nachtklub anzutreffen. Manchmal von ihrem jeweiligen Freund vorgeschoben und in die Nähe einer effektiven Produktion gebracht, unter Umständen sogar in irgendeiner

Charge auf der Leinwand sichtbar, ausdauernd, trinkfest und allein auf ihre Karriere bedacht. Ich traf sie auf einem Fest, das Bette Davis gab. Jerry Wald brachte sie mit. Sie sah großartig aus, tanzte ausgezeichnet, und ich flirtete mit ihr. Ich schrieb damals gerade als fünfter Autor an einem Kriminalfilm für Charles Laughton. Sie wußte es. Wir tranken ziemlich viel, und ich nahm sie mit nach Hause. Ich hatte eine kleine Wohnung in Beverley Hills. Sie war jung, schön und roch nach Palmolivseife, Chanel No. 5 und Pepsodent. Ich war ziemlich betrunken, und sie schien mir sehr leidenschaftlich zu sein. Sie sagte, sie hätte mich seit langem geliebt, und machte mir Elogen über meine Arbeit. Als sie sich ausgezogen hatte und zu mir ins Bett kam, zitterte sie am ganzen Körper und stammelte, ich würde sicherlich glauben, sie täte dies alles, um eine Rolle zu bekommen, aber das wäre ein Irrtum. Sie täte es aus Liebe, weil sie sich nicht zu helfen wisse, weil ich mit ihr tun könne, was ich wollte. Das machte mir großen Eindruck.

Am nächsten Tag übersiedelte sie zu mir, und am übernächsten sprach ich mit Irving Wallace, unserem Produktionschef. Er ließ Margaret vorsprechen, man machte Probeaufnahmen von ihr, und sie erhielt eine kleine Rolle. Laughton war sehr nett zu ihr. Aber es half nichts. Sie war so grauenhaft unbegabt, daß man ihre Szenen zuletzt im Interesse des Filmes und auf Befehl von oben auf ein absolut notwendiges Minimum zusammenschneiden mußte.

Sie war sehr tapfer, als sie es erfuhr, und sagte, sie hätte mich gleich gewarnt und sich selbst nie als Schauspielerin gefühlt. Am Tage der Produktionsvorführung sagte sie mir noch etwas anderes. Sie lächelte dabei und schmiegte sich zärtlich an mich, als sie es sagte. Wir saßen ziemlich weit hinten in dem Vorführungsraum, und sie wartete, bis wir sie auf der Leinwand sahen. Dann sagte sie mir, daß sie beim Arzt gewesen sei und daß es keinen Zweifel gab.

Sie bekam ein Baby.

7

»Störe ich?« fragte Joe Clayton.

Ich hatte sein Klopfen überhört, er stand bereits in meinem Krankenzimmer, ein paar Illustrierte und eine Flasche Whisky in der Hand.

»Natürlich nicht«, sagte ich, »kommen Sie weiter, Joe.«

Er lachte breit und schüttelte mir kräftig die Hand. Er sah aus wie ein fröhlicher, fetter Börsenmakler.

»Erst wollen wir ein Schlückchen trinken«, erklärte er und läutete, während er sich setzte und ein Patenttaschenmesser hervorzog, das einen Korkenzieher aufwies. Mit ihm öffnete er die Flasche. Er zog ein Zigarrenetui aus der Tasche.

»Darf man hier rauchen?«

»Sicherlich.«

Er setzte eine mächtige Zigarre in Brand und blies große Rauchwolken vor sich hin. Er schien sehr mit sich zufrieden.

»Sie scheinen sehr mit sich zufrieden zu sein, Joe«, sagte ich.

Aus irgendeinem Grund fühlte ich mich nicht wohl. Etwas stimmte nicht, ich konnte nicht sagen, was es war, aber ich fühlte es ganz deutlich. Er war mir ein wenig zu gut aufgelegt.

»Bin ich, bin ich, mein Junge«, strahlte er, während er seine kurzen dicken Finger ineinanderschob. »Der ›Schrei aus dem Dunkel‹ ist unter Dach und Fach. In vier Wochen gehen wir ins Atelier.« »Schrei aus dem Dunkel« hieß mein Film. Mir wurde seine Fröhlichkeit von Minute zu Minute unheimlicher.

»Wieso schon in vier Wochen?« fragte ich. »Sie haben doch erst mein Rohdrehbuch.«

»Ihr Rohdrehbuch ist großartig, Jimmy!« Er schlug mir auf den Rücken. »Es könnte nicht besser sein, wirklich! Alle sind davon begeistert, sogar Taschenstadt. Und Sie wissen selbst, wie schwer *der* von etwas begeistert ist!«

»Ja, ja«, sagte ich, »aber es ist trotzdem nur ein Rohdrehbuch. Hellweg und ich wollten einige Szenen ändern, und dann ...« Ich unterbrach mich: »Moment mal, Taschenstadt kann doch überhaupt nicht Englisch!«

»Natürlich nicht, warum?«

»Wie hat er dann mein Drehbuch gelesen?«

»Er hat natürlich nicht *Ihr* Drehbuch, sondern das Hellwegs gelesen.«

»Ja, dann!«

»Was, ja dann?«

»Das ist natürlich etwas anderes. Hellwegs Dialoge sind bereits in Ordnung. An meinen muß noch viel gearbeitet werden.«

»Freilich, freilich«, sagte er abwesend. Nun verstand ich ihn überhaupt nicht mehr. Ich wollte etwas fragen, doch die Tür ging auf, und eine Schwester erschien. Sie war häßlich und dick.

»Zwei Gläser, bitte«, sagte Clayton auf englisch.

»Zwei Gläser, bitte«, sagte ich auf deutsch.

»Jawohl, sofort«, sagte die häßliche Schwester auf englisch. Sie verschwand wieder.
»Sie sind auch der Ansicht, daß man an den Dialogen noch arbeiten muß?«
»Ach ja, Jimmy.« Er beleckte seine Zigarre, die im Begriff war, aufzuplatzen. »Ein wenig wird man schon noch an ihnen arbeiten müssen. Aber machen Sie sich keine Sorgen! Lassen Sie sich ruhig Zeit, Sie müssen sich vollständig erholen, das ist jetzt die Hauptsache! Zuerst die Gesundheit! Es gibt nichts Wichtigeres!«
»Ja, aber ...«
»Sie haben Ihre Sache großartig gemacht, ich bin außerordentlich zufrieden mit Ihnen. Mit Hellweg auch. Aber mit Ihnen besonders, Jimmy. Und wenn ich meinen nächsten Film drehe – es wird wahrscheinlich im Herbst und in Spanien sein –, dann können Sie fest damit rechnen, daß ich wieder an Sie denke.«
»Was ist denn los mit Ihnen, Joe? Sie reden ja so, als ob ich bereits fertig mit meiner Arbeit wäre.«
»Sind Sie doch auch, Jimmy, haha!« Er lachte und schlug mir wieder auf den Rücken.
Die häßliche Schwester brachte zwei Gläser.
»Danke«, sagte Clayton und lächelte ihr zu.
»Bitte«, sagte sie. Sie lächelte nicht. Sie sah zuerst die Whiskyflasche und danach mich an, schüttelte den Kopf und verschwand.
»So, hier!« Clayton reichte mir ein Glas. »Auf daß Sie bald wieder ganz gesund sind!« Wir tranken. Der Whisky war warm und schwer. Ich fühlte, wie er mir durch die Brust rann. Dann stellte ich das Glas nieder.

»Joe, was soll das heißen: Ich bin mit meiner Arbeit fertig?« Nun wußte ich schon genau, daß irgend etwas Unangenehmes passiert war. Er sah zu Boden, er vermied es, meinem Blick zu begegnen. Er war ein anständiger Kerl und log fürchterlich schlecht. Er antwortete nicht. »Antworten Sie schon! Wieso bin ich mit meiner Arbeit fertig, wenn ich noch meine Dialoge umschreiben muß?«
»Aber Sie können doch Ihre Dialoge nicht umschreiben, wenn Sie krank im Spital liegen!«
»Ich werde nur drei bis vier Tage hier liegen.«
»Nur drei bis vier Tage?« Er zuckte zusammen. Er hatte ohne Zweifel damit gerechnet, daß es länger dauern würde. Warum, zum Teufel, warum?
»Ja, drei bis vier Tage! Dann bin ich wieder für Sie da! Was heißt denn das, ich kann sogar hier schreiben, damit keine Zeit verlorengeht. Ich habe ohnehin nichts zu tun! Ja, das wird sogar das beste sein ...«
Er biß sich auf die Lippen. Seine Zigarre war ausgegangen, aber er bemerkte es nicht. Draußen im Garten wurde es langsam dämmrig.
»Jimmy, reden Sie keinen Unsinn!« Er hob die Augen Zentimeter um Zentimeter und sah mir schließlich mit einem gequälten Hundelächeln ins Gesicht. »Wie können Sie denn hier schreiben, hier in dieser Umgebung, in Ihrem Zustand ...«
»Ich bin völlig in Ordnung!«
»Selbstverständlich, aber trotzdem: Sie kennen noch nicht das Ergebnis dieser Untersuchung – Gott im Himmel, natürlich wird sie ergeben, daß Sie ganz gesund sind, aber in der Zwischenzeit ...«

»Joe«, sagte ich langsam, »was verbergen Sie mir?«
»Nichts, Jimmy, nichts. Wollen Sie noch einen Whisky?«
»Nein.«
»Aber ich!« Er goß sein Glas voll und kippte es schnell hinunter.
»Also!« sagte ich. »Was heißt das: Ich kann hier keine Dialoge schreiben? Wer denn wird sie schreiben?«
»Zum Glück ist Collins in München«, sagte er und sah mich dabei nicht an. Er wurde ganz rot im Gesicht, der arme Kerl.
»Ach so«, sagte ich und ließ mich zurücksinken. Collins war ein in Amerika sehr gefragter Autor, der sich zu Besuch in Europa aufhielt. Wir kannten einander, ich bewunderte ihn, und er hielt nichts von mir. Also Collins sollte meine Dialoge schreiben. Zum erstenmal an diesem Tage fühlte ich, wie meine Schläfen wieder zu schmerzen begannen.
»Er hat sich freundlicherweise bereit erklärt, die paar kleinen Änderungen anzubringen, als ich ihm sagte, in welche Verlegenheit ich durch Ihren Zusammenbruch gekommen bin ...«
»Joe«, sagte ich, »am Telefon erzählten Sie mir noch, daß Sie durch meinen Zusammenbruch in keinerlei Verlegenheit gekommen wären, Sie alter Lügner!«
»Da hatte ich doch schon mit Collins gesprochen, Jimmy«, flehte er unglücklich.
»Ich glaube«, sagte ich, »daß Sie durch meinen Kollaps tatsächlich in keine Verlegenheit kamen. Im Gegenteil. Mein Unfall muß ja geradezu ein Geschenk des Himmels für Sie gewesen sein.«
»Jimmy, reden Sie nicht so!«
»Es war die beste Art, mich abzuschieben, was?«

»Bitte, Jimmy, Sie wissen, wie ich Sie schätze!«

»Sie und mich schätzen! Seit wann sind Sie mit mir unzufrieden?«

»Nie, ich war nie mit Ihnen unzufrieden!« schrie er und sprang auf.

»Schreien Sie nicht!« schrie ich. »Das hier ist ein Krankenhaus. Und setzen Sie sich!« Er setzte sich. Seine dicken Hände bebten. »Also los, sagen Sie mir schon, wer mich schlechtgemacht hat, wer Ihnen eingeredet hat, meine Arbeit wäre nichts wert!«

»Kein Mensch hat mir so etwas eingeredet, Jimmy, wirklich nicht!«

»Schön. Dann passen Sie auf, was ich Ihnen sage: Collins wird meine Dialoge nicht ändern!«

»Er tut es doch schon!« japste er weinerlich. Es war also noch schlimmer, als ich dachte.

»Gut«, sagte ich, »dann nehmen Sie ihm das Script wieder weg. Ich bin noch unter Kontrakt bei Ihnen. Solange ich unter Kontrakt bei Ihnen bin, dürfen Sie nach dem Gewerkschaftsgesetz keinen anderen Autor an die Geschichte setzen. Sagen Sie Collins, daß es Ihnen leid tut. Es ist meine Arbeit! Ich will sie fertig machen! Oder kündigen Sie mich, wenn Ihnen das lieber ist! Dann können Sie sich so viele Autoren nehmen, wie Sie wollen.«

Er atmete heftig und sah mich stumm an.

»Haben Sie mich verstanden?«

Er nickte.

»Und?«

Er stand wieder auf.

»Jimmy ...«

»Bleiben Sie sitzen!«

Aber er schüttelte den Kopf und blieb stehen.

»Jimmy, ich habe gehofft, daß Sie mir das ersparen würden. Wenn Sie sich weigern, Collins anzuerkennen, dann ...« Er rang nach Luft, jetzt hatte er wirklich nasse Augen.

»Dann?«

»... dann muß ich Sie kündigen«, sagte er leise und setzte sich wieder.

Danach schwiegen wir beide eine Weile.

»Nun können Sie mir noch einen Whisky geben«, sagte ich zuletzt. Er goß unsere Gläser voll, er tat es sehr unsicher, ein bißchen von der bernsteinfarbenen Flüssigkeit floß auf mein Bett. Wir tranken.

»Danke«, sagte ich.

»Sie erkennen Collins an?« fragte er, noch leiser.

»Nein. Schon aus Gründen der Selbstachtung nicht.«

»Dann, dann ...«

»Ja, Joe, natürlich. Sie bezahlen mich noch bis zum Wochenende.«

»Sie sind mir böse?«

»Nein«, sagte ich, »ich habe mich eben in Sie verliebt.«

»Mein Gott, was ist das für ein scheußlicher Beruf! Wirklich, Jimmy, ich hasse den Film! Ich hasse ihn! Sie sind mein Freund, und ich muß Ihnen so etwas sagen! Jetzt, wo es Ihnen ohnedies schlechtgeht ...«

»Sie müssen ja nicht unbedingt.«

»O ja, ich muß! Was sollte ich denn sonst tun?«

»Sich beispielsweise einmal ein eigenes Urteil bilden! Nicht immer dem letzten glauben, mit dem Sie gesprochen haben!«

Er schüttelte den Kopf.
»Es ist schlimmer, mein Junge. Ich habe mit niemandem gesprochen, mit niemandem hier in München.«
»Und woher kommt dann Ihr Entschluß, mich hinauszuwerfen?«
»Von drüben«, sagte er beinahe flüsternd, »von der Küste.« Wir sprachen immer von der »Küste«, wenn wir Hollywood meinten.
»Ach«, sagte ich. Er hatte recht: das war wirklich schlimmer.
»Mit dem Kabel, in dem stand, daß das Geld überwiesen sei, kam noch ein zweites«, fuhr er fort, »und in dem stand, daß ich Collins Ihre Dialoge umschreiben lassen muß. *Muß*, Jimmy, verstehen Sie? Sie können das Kabel sehen, wenn Sie mir nicht glauben!«
»Ich glaube Ihnen schon.«
»Ich bin doch selber nur ein Angestellter! Ich muß doch tun, was die an der Küste verlangen. Ich bin ihnen verantwortlich für alles! Sie bezahlen mich doch!«
»Wer hat es denn drüben gelesen?«
»Was?« Er sah mich verständnislos an.
»Mein Drehbuch.«
»Halloran. Er hat ein Gutachten abgegeben.«
Halloran war der Dramaturg der Gesellschaft, ein sehr gewissenhafter, ehrenwerter und tüchtiger Mensch. Die Stahlleute hatten das größte Vertrauen zu ihm, ich selber auch. Er war unbestechlich, klug und verstand seinen Beruf.
»Und?«
»Er sagt, die Story wäre in Ordnung. Aber die Dialoge wären nix gut.« Die beiden letzten Worte sprach Clayton deutsch. Ich sah in den dämmrigen Garten hinaus und fühlte, wie in

breiten, schweren und trägen Wellen der Schmerz wieder näher kam.

»Sagte er, die Dialoge wären sehr schlecht?«

»Ja, Jimmy. Er sagte, er verstehe das überhaupt nicht, Sie seien sonst doch ein recht guter Autor gewesen, aber diesmal hätten Sie glatt versagt. Die Arbeit sei zerfahren, lieblos, oberflächlich und seicht.« Ich nickte und grinste. »Er müsse abraten, das Buch in seiner gegenwärtigen Form zu drehen.« Mein Kopf nickte von selbst, und mein Mund grinste von selbst, ich kam mir vor wie eine Puppe. »Es tut mir leid«, sagte der arme Clayton wieder.

»Es ist gut, Joe. Sie können nichts dafür. Natürlich ist das alles sehr unangenehm. Aber wissen Sie, was das Unangenehmste ist? Daß ich jetzt, bei Gott, vollkommen unsicher gemacht bin! Ich besitze anscheinend kein eigenes künstlerisches Urteilsvermögen mehr! Ich habe oft Mist geschrieben, aber da wußte ich selber, daß es Mist war! Doch diesmal, diesmal, Joe, ob Sie es mir glauben oder nicht, hoffte ich, ein gutes Buch geschrieben zu haben. Mit Dialogen, die man noch ein *bißchen* besser machen konnte, aber nicht viel! Ich dachte, sie seien schon verflucht gut! Ich rede eigentlich nur aus Eitelkeit vom Bessermachen! Um etwas Lob zu hören, wissen Sie?«

»Ja, Jimmy«, sagte er verlegen.

»Und jetzt kommt Halloran und sagt, die Dialoge wären zerfahren, lieblos, oberflächlich, seicht und dumm.«

»Dumm nicht«, sagte Clayton. »Dumm hat er nicht gesagt.«

»Nein«, rief ich, »dumm hat er nicht gesagt! Und das ist ein Grund zu feiern, Joe! Geben Sie mir noch ein Glas Whisky!«

Er gab es mir.

Ich trank.
»Jimmy, ich weiß wirklich nicht, was ich sagen soll. Ich möchte Ihnen so gerne helfen. Glauben Sie mir doch, das ist ein verfluchter, elender, dreckiger Beruf, der die Leute zugrunde richtet und die Seelen tötet! Sehen Sie den armen Lubitsch an! Der mußte sterben mit fünfundfünfzig Jahren.«
»Hören Sie auf, mich zu trösten.«
»Sie wissen, wie ich es gemeint habe!«
»Ja, Joe, ich weiß. Wollen Sie jetzt gehen?«
Er stand auf.
»Sie meinen ...«
»Ich meine es nicht böse«, sagte ich. »Ich möchte nur allein sein.«
»Nun gut!« Er nahm seinen Hut. Er gab mir die Hand. »Nehmen Sie es nicht zu schwer, Jimmy. Was ich gesagt habe, habe ich gesagt!«
»Was haben Sie gesagt?«
»Daß ich wieder mit Ihnen arbeiten will – in Spanien.«
»Ach so.«
»Und noch etwas, Jimmy: An der Küste erfährt es kein Mensch, da können Sie ganz beruhigt sein. Meine Leute sind anständig – und Halloran kennen Sie doch selber.«
»Ja«, sagte ich, »Halloran kenne ich selber.«
»Na, also, bis dann!«
»Bis dann, Joe«, sagte ich.
Das Telefon läutete, als er die Tür hinter sich schloß. Es war Margaret. Sie fragte, wie ich mich fühle.
»Danke, großartig.«
»Ich rufe schon jetzt an, weil Ted Theaterkarten besorgt hat und ich später keine Zeit mehr haben werde.«

»Wohin geht ihr denn?«
»Fidelio. Du bist doch nicht böse?«
»Um Gottes willen, nein.«
»Ted meinte, ich müßte mich ablenken.«
»Natürlich, Margaret.«
»Ich komme morgen wieder vorbei.«
»Fein.«
»War der Professor schon bei dir?«
»Nein.«
»Er hat mir versprochen, dich heute noch anzusehen. Morgen beginnt die Untersuchung. Er sagte, du müßtest dich zuerst einen Tag lang richtig ausruhen, weißt du? Oh, Roy, beinahe hätte ich es vergessen: Wir trafen Clayton in der Bar!« Ich zuckte zusammen. »Er erzählte mir, wie begeistert die Küste und der deutsche Verleiher von deinem Buch waren!« Der gute dicke Clayton. »Ist das nicht schön?«
»Wunderschön.«
»War er schon bei dir?«
»Ja.«
»Und hat er es dir gesagt?«
»Ja, Margaret.«
»Siehst du! Und wer hat euch beide zusammengebracht?«
»Du, Margaret!« Ich hatte das bestimmte Gefühl, daß sie nicht allein war. »Bist du allein?«
»Nein, Vera und Ted sind bei mir, wir sitzen noch in der Bar!« Teds Stimme rief undeutlich etwas dazwischen. »Sie lassen schön grüßen!«
»Danke«, sagte ich.
»Du siehst: Ich weiß schon, mit wem du arbeiten kannst!«
»Ja, Margaret!«

»Ich bin deine kleine Managerin! Ich werde aus dir noch den meistgefragten Autor der Welt machen!«
Ich stellte mir vor, wie sie an der Theke saß und den Baxters strahlend zunickte und wie die Baxters sie bewunderten.
»Joe hat dich angelogen, Margaret«, sagte ich, »das Drehbuch wurde abgelehnt. Joe hat mich gekündigt. Collins schreibt das Script um!«
Sie hatte sich nach einer Sekunde des Schweigens wieder in der Gewalt: »Das freut mich, das freut mich ganz besonders, Roy! Zwei neue Filme hat Joe dir sofort angeboten? Ich sage ja, du machst Karriere! Aber nun verkaufe dich so teuer wie möglich! Du weißt, was du wert bist. Schließe nicht ab, solange du im Spital liegst, laß mich die Verhandlungen führen wie immer ...«
»Gute Nacht, Margaret«, sagte ich. Sie plauderte aufgeregt weiter, aber ich legte den Hörer nieder. Sie würde den ihren am Ohr behalten, als wäre die Verbindung nicht unterbrochen, weiterreden und sich dann zärtlich von mir verabschieden. Die Baxters würden sie bewundern. Was war sie doch für eine Frau! Ihr Mann ein Künstler, und sie das Wesen, das ihm in treuer und selbstloser Liebe die Wege ebnete, ihn emporführte zum Ruhm unter Hintanstellung eigener schauspielerischer Ambitionen, die Verhandlungen führte und Verträge schloß, die ihn mit solchen Größen der Filmwelt wie Joe Clayton zusammenbrachte ...
Lächerlicherweise hatte sie das tatsächlich getan. Sie war es, die eine erste Verbindung zwischen uns herstellte. Und ich war ihr sogar dankbar dafür gewesen. Allerdings wäre ich damals jedem dankbar gewesen, der es mir ermöglichte zu arbeiten, gleich, für wen und wo, denn ich hatte seit einein-

halb Jahren kein Buch mehr geschrieben, und es ging uns ziemlich elend. Und auch an diesem Zustand hatte Margaret ihren gerüttelten Anteil.

Es begann ganz harmlos, um nicht zu sagen rührend. Ich war sehr glücklich, als sie mir sagte, daß sie ein Baby bekäme, und wir beschlossen, sogleich zu heiraten. Ich wünschte mir damals ein Kind, ein Haus, eine Familie. Es war jene Periode meines Lebens, in welcher ich starke bürgerliche Sehnsüchte verspürte. Ihre Eltern kamen zur Hochzeit in die Stadt. Es waren einfache, nette Leute aus dem Mittleren Westen, sie besaßen einen Drugstore in einer Stadt namens Louisville, Ohio. Margaret hatte ihnen viel über mich und die Wunderdinge geschrieben, die ich in Hollywood vollbrachte, und sie bestaunten mich ehrfürchtig. Sie waren sehr glücklich über diese Heirat. Ich hatte sie gern, besonders Margarets Mutter.

Dann fuhren sie zurück nach Louisville, Ohio, und ich begann mein Leben als Ehemann. Es war eine schöne Zeit. Wir hatten einen wunderbaren Arzt, der auf Margaret achtgab, und das Baby machte prächtige Fortschritte. Meine Freunde kamen zu Besuch und akzeptierten Margaret bereitwillig, freundlich und burschikos, mit jener ungezwungenen Natürlichkeit, die ein Kennzeichen der sozialen Beziehungen meines Berufes ist, in welchem jeder alles werden kann, wenn er begabt ist.

Eine kurze Zeit lang lebten wir in Frieden und Eintracht. Dann begann Margaret, sich um meine Karriere zu kümmern. Ich muß, zum besseren Verständnis des Folgenden, noch vorausschicken, daß in Hollywood, genau wie überall sonst, wo Filme entstehen, entsetzliche Inzucht herrscht.

Filmleute verkehren nur mit Filmleuten, und das einzige Gesprächsthema, das sie besitzen, heißt Film. Es gibt kein anderes. Man spricht über den Film morgens und abends, auf der Straße, im Restaurant, im Klub und im Bett. Man spricht über Rollen, Schauspieler, Sujets, Intrigen, Gagen und Zukunftsprojekte. Es ist eine Krankheit. Es ist eine besondere Art von Exhibitionismus, ein Entblößungs- und Mitteilungswahn, wie ihn kein anderer Beruf aufweist.

Ärzte und Ingenieure, Physiker und Rechtsanwälte haben Nebeninteressen, sie machen Musik oder sammeln Briefmarken, sie verstehen es, zuzuhören, und schalten nach Feierabend ab. Anders die Leute vom Theater und vom Film. Sie schalten ihren Beruf nie aus, sie haben keine Nebeninteressen, keine Ausgleichsbeschäftigungen, sie müssen immer von dem sprechen, was sie bewegt, Tag und Nacht, jahraus, jahrein. Sie müssen sich mitteilen, sie müssen sich nackt und bloß zeigen, sie müssen von sich und ihrer Arbeit sprechen. Sie fallen einander und sich selbst auf die Nerven damit, sie versuchen manchmal, dieser Pest der Fachsimpelei zu entfliehen, sie fahren wild auf das Land und in die Einöde hinaus – und kehren nach ein paar Tagen ausgehungert und wissensdurstig wieder, beseelt von einem einzigen brennenden Wunsch: zu erfahren, was sich in ihrer Abwesenheit Neues ereignet hat.

In dieser Welt lebte nun Margaret. Sie hatte auch früher in ihr gelebt, aber nur als ein kleines hübsches Mädchen, das man auflesen und auf irgendeine Party mitnehmen konnte, wo sie still und bescheiden ihren Schnaps trank und dem Herrn, der sie mitgebracht hatte, zur Zierde gereichte. Nun aber lebte sie in dieser Welt sozusagen gleichberechtigt. Die

Arbeitsaristokratie des Films, die einzige Aristokratie, die der Film kennt, hatte sie anerkannt in ihrer Eigenschaft als Frau des Autors James Elroy Chandler.
Als Frau des Autors machte Margaret bald die berauschende Feststellung, daß sie nun nicht länger nur ein kleines hübsches Mädchen war, das man auflesen und auf eine Party mitnehmen konnte, das still und artig seinen Schnaps trank und dem Herrn, der es aufgelesen hatte, zur Zierde gereichte, sondern daß man sie mitreden ließ, daß man ihr zuhörte, daß die Leute sich umdrehten und ihr freundlich zunickten, wenn sie sprach.
Ich will versuchen, gerecht zu sein. Sie sprach niemals über sich. Sie versuchte niemals, sich selbst in den Vordergrund zu schieben, ihr Talent herauszustreichen, sich interessant zu machen. Ach, hätte sie es doch getan! Wie angenehm, wie harmlos, wie ungefährlich wäre das doch gewesen! Sie tat etwas viel Schlimmeres: Sie sprach über mich. Sie versuchte, mich in den Vordergrund zu schieben, mein Talent herauszustreichen, mich interessant zu machen. Und das war die eine unverzeihliche Sünde.
Denn wenn es ein ungeschriebenes Gesetz gibt in dieser sonderbaren, irrealen und fragwürdigen Scheinwelt des Films, dann ist es dieses: Du darfst über die ganze Menschheit schlecht, aber niemals darfst du über dich selbst oder deine nächsten Angehörigen rühmend sprechen. Das gibt es nicht. Talent haben andere an dir zu konstatieren, nicht du selber. Nach außen hin, ja, das ist etwas anderes, das besorgen deine Manager und Agenten, und keiner »vom Bau« nimmt ein Wort davon ernst. Nach innen hin aber, dort, wo deine Kollegen sitzen, darfst du nur von deiner Arbeit re-

den, nicht von deinen Verdiensten. Voreinander sind wir alle arm und nackt, abgearbeitet und müde. Leute, die sich in einer solchen Umgebung einen Purpurmantel der Außerordentlichkeit um die Schultern legen, wirken deplaciert. Man meidet sie. Ein Exhibitionist wird es einem anderen nicht nachtragen, wenn dieser ihm zu verstehen gibt, daß er sich besser zu entblößen versteht als er.

Aber ebendies war es, was Margaret nun zu tun begann. Sie machte die Kollegen schlecht, und das war ganz in Ordnung. Darüber hinaus aber machte sie für mich Reklame, und das war durchaus nicht in Ordnung. Das ging nicht an! Hier hörte der Spaß auf. Ich bat sie dringend, es sein zu lassen, und sie versprach es mir auch, aber sie konnte ihr Versprechen nicht halten. Ihre Zunge ging immer wieder mit ihr durch. »Wenn sie Jimmy nur ließen«, war ihr geflügeltes Wort.

Wenn sie Jimmy nur ließen, dann würden Warners bald anders dastehen. Wenn sie Jimmy nur ließen, dann wäre Bette Davis' letzter Film nicht durchgefallen. Wenn sie Jimmy nur ließen, dann hätte Gordon McKeith nicht in seinem letzten Buch eine Rolle für Robert Montgomery geschrieben, die so unter aller Kritik war, daß der arme Robert, der leider nicht wußte, was für ihn gut war, nun um einen neuen Kontrakt bitten und betteln mußte. Jimmy hätte dieses besser gemacht und jenes verhindert, Jimmy sagte bereits seit einem Jahr ein Ereignis voraus und hatte bereits seit drei Jahren ein Manuskript im Schrank, das die Fox ihm in der Idee nun stehlen wollte. Jimmy war hundertmal besser als alle anderen Autoren, einschließlich der Anwesenden, und es war nur seine eigene Verschlafenheit sowie die bornierte

Dummheit seiner Umwelt, die verhinderten, daß er jedes Jahr den Oscar für das beste Drehbuch bekam. Ja, wenn sie Jimmy nur ließen!
Wieder versuche ich, gerecht zu sein. Und wieder muß ich sagen, daß Margaret all das niemals aus persönlichen Interessen tat. Sie hatte nachdrücklich und bitter zu hören bekommen, daß sie nicht einen Funken schauspielerisches Talent besaß. War es da ein Wunder, daß sie ihre eigenen Ambitionen auf ihren Mann übertrug, daß sie ihn groß, berühmt und begehrt sehen wollte? Gab es etwas Rührenderes? Gab es einen größeren Beweis ihrer Liebe? Und, mein Gott, gab es etwas Entsetzlicheres?
Schließlich hatte ich sie so weit, daß sie wenigstens in meiner Gegenwart von Lobpreisungen Jimmys absah. Bald aber erzählte man mir, daß sie nun nur um so mehr in meiner Abwesenheit ihre »Wenn-sie-Jimmy-nur-ließen«-Posaune blies. Meine Freunde waren teils schon wirklich verärgert, teils blinzelten sie mir ironisch zu: Es war eine hübsche Idee gewesen, meine Frau zu meinem Reklameagenten zu machen und selbst immer protestierend die unschuldsvollen Hände zu heben. Sie gratulierten mir böse. Irgendwo, bei irgendeinem Produzenten blieben derartige Hymnen immer hängen und brachten Erfolg. Daß sie, die Kollegen, es mir verübelten, was lag mir schon daran?
Unsere ersten Auseinandersetzungen drehten sich daher auch um den eben beschriebenen Sachverhalt, Margarets erste Tränen flossen seinetwegen. Sie meinte es nur gut mit mir. Und ich wollte sie nicht verstehen. Sie schluchzte, ich schämte und entschuldigte mich, sie versprach, es nicht wieder zu tun, und ich ahnte, daß sie ihr Versprechen brechen

würde. Ich behielt recht. Die Katastrophe, zu der es endlich kam, war eine Folge ihres gebrochenen Versprechens.
Das geschah 1941, im Frühjahr.
Margaret war bereits hochschwanger, als wir die erste Vorführung von »Der Tod ist eine Dame« sahen. Dieser Film basierte auf einer Idee, die mir 1938 gekommen war. Ich stand damals unter festem, gutbezahltem Kontrakt bei Warners. Sie kauften die Idee und ließen mich das Drehbuch schreiben. Es war ein psychoanalytischer Thriller mit einer Hauptrolle für Dorothy McGuire. Als ich das Rohdrehbuch abgab, war jedermann enttäuscht. Ich hatte versagt. Sie waren sehr höflich zu mir und setzten mich sofort an ein anderes Buch. Mein Script gaben sie Dore Thompson zur Überarbeitung.
So etwas passiert häufig, es ist geradezu die Regel. Mir passierte es damals zum erstenmal, und es war mir unangenehm. Für die arme Margaret war es der Weltuntergang persönlich. Sie konnte es nicht verwinden. Sie brach in hysterische Tränen aus, als ich es ihr mitteilte. Sie wurde hart und bitter. Sie grüßte den armen Dore Thompson nicht mehr, wenn sie ihn sah, als ob er etwas dafür konnte. Sie machte ihn in Gesellschaft schlecht, sie erzählte Geschichten über ihn. Ich glaube, ein Teil ihres Kummers war darauf zurückzuführen, daß sie damals zum erstenmal das Gefühl beschlich, ich wäre vielleicht tatsächlich nur ein höchst mittelmäßiger Autor und würde niemals Karriere machen.
Die erste Vorführung des Filmes fand am Abend des 23. Februar statt.
Es war sehr kalt an diesem Tag. Die kleine Vorführungskabine war schlecht geheizt und überfüllt mit Menschen. Der

ganze künstlerische und technische Stab des Films war geladen, die Produktionsleitung, der Regisseur und Jack Warner persönlich.
Margaret sah zu dieser Zeit schon sehr unförmig aus, worunter sie litt und was auch eigens für diesen Zweck eingerichtete Kleider nicht verbergen konnten. Sie war unruhig, gereizt und unsicher. Sie lächelte verzweifelt ihr altes Madonnenlächeln nach allen Seiten und machte Konversation. Es blieb ihr nicht verborgen, daß manche Leute das Lächeln nicht mehr erwiderten.
Dann sahen wir den Film. Sie stieß mich an und räusperte sich verächtlich, als ein Vorspanntitel sagte: »Drehbuch: Dore Thompson, nach einer Novelle von James Elroy Chandler.«
»Psst«, machte ich verzweifelt.
»Ach was!« zischte sie verächtlich.
»Margaret, *bitte!*«
Dann war sie neunzig Minuten lang still. Beinahe unheimlich still, dachte ich. Sie saß da, die Hände über dem Bauch gefaltet, und sah nach vorne zu der flimmernden Leinwand. Ihre Stille beunruhigte mich um so mehr, als der Film nicht gut war. Ich sage das nicht, weil man mein Drehbuch verwarf. Er war wirklich nicht gut, spätere Kritiken und seine Aufnahme beim Publikum bestätigten mir das. Dore Thompson hatte eine unverdauliche, langatmige literarische Angelegenheit aus einem Sujet gemacht, dessen Grundvoraussetzungen Atemlosigkeit, Handlung und Spannung waren. Doch das war natürlich an diesem Abend völlig irrelevant. Es gehört zu den Tabus der Branche, daß man nach der Vorführung eines neuen Filmes seine Mitar-

beiter unter allen Umständen zu einem Meisterwerk beglückwünscht. Wer dieses Tabu verletzt, kann seine Sünde nicht mehr gutmachen. Ich nehme an, daß das auch damals der Grund – oder wenigstens einer der Gründe – war, warum ein allgemeines Gratulieren und Händeschütteln anhob, als es endlich wieder licht wurde.

Margaret saß mit weißen Lippen da und sah mich nicht an. Sie blieb sitzen, als ich aufstand, um mich an der Konversation rund um mich her zu beteiligen. Sie hatte eine Entschuldigung für ihr Sitzenbleiben, ihr Zustand war allgemein bekannt.

Ich ging zunächst zu Dorothy McGuire.

»Wunderbar, wirklich wunderbar, Dorothy. Ich beglückwünsche Sie aufrichtig. Das war Ihre beste Rolle.«

»Ach, Jimmy, wie lieb, aber Sie übertreiben!«

»Nein, wirklich, Dorothy, ich schwöre es Ihnen! Finden Sie nicht auch, Mr. Warner?«

Der alte Warner nickte langsam und streichelte lächelnd Dorothys Hand.

»Ja, mein Kind, ich bin außerordentlich zufrieden mit Ihnen.«

»Ich auch, Dorothy!« Das war Dore Thompson. Er küßte ihre Hand. »Ich bin begeistert.«

»Dore«, sagte ich, »es war meine Idee, und Mr. Warner hat Sie dann an das Script gesetzt, aber ich hoffe, daß es Sie besonders aus meinem Mund freut, zu hören, daß Sie großartige Arbeit geleistet haben.«

»Danke, Jimmy, danke! Ich freue mich wirklich darüber!«

So ging das weiter.

Diener brachten ein paar Drinks, es wurde geraucht, und irgendwie konnte sich niemand entschließen, die kleine, kalte Kabine zu verlassen. Das war immer so. Bei Filmen, die jedermann als nicht einwandfrei erkannte, besonders. Man wanderte von Gruppe zu Gruppe und sagte einander Liebenswürdigkeiten. Das war ein bescheidener Luxus. Man hörte Unliebenswürdigkeiten genug. Und es ist eine alte Binsenwahrheit, daß Künstler vom Applaus mehr leben als von ihrem täglichen Brot.

Jack Warner ging hin und her, lächelte väterlich und sprach mit seinen Kindern. Ich versuchte, ihn auf alle Fälle von Margaret fernzuhalten, die in der Mitte einer Gruppe von kleinen Schauspielern saß, aber zuletzt gelang es mir nicht mehr. Warner trat zu ihr. Man machte ihm ehrfürchtig Platz, und dann schloß sich der Kreis sofort wieder um ihn, dichter als zuvor. Ich war von Margaret getrennt.

»Nun, Mrs. Chandler«, sagte der alte Warner und küßte Margaret in komischer, aber sehr herzlicher Galanterie die Hand, »und wie hat Ihnen der Film gefallen?«

Mir stand der Schweiß in dicken Tropfen auf der Stirn. Es wurde still, und in die Stille hinein sagte Margaret laut und kalt:

»Ich finde, er stinkt.«

O Gott, dachte ich, o mein Gott, nein, nicht auch noch das! Ich schloß die Augen. Ich hörte, wie Dore Thompson belustigt lachte. (Lachte er belustigt?) Dann hörte ich die Stimme Jack Warners: »Aber, Mrs. Chandler, wir alle finden ihn großartig!«

Ich öffnete die Augen wieder. Ich sah meine Frau, mit hektisch geröteten Wangen, die Hände schützend um den unförmigen Bauch gefaltet, aufrecht sitzend, den Kopf schüttelnd. Langsam und voll unheimlicher Würde sagte sie: »Ich finde ihn schrecklich.«

»Aber unsere Dorothy –«

»Es liegt nicht an Miß McGuire«, sagte Margaret, »es liegt an dem grauenvollen Drehbuch. Wenn Sie, Mr. Warner, für fünf Cent Verstand und das Drehbuch meines Mannes genommen hätten, dann besäßen Sie heute einen Film, der ein Vermögen wert ist.« Sie sah Dore an. »Es tut mir leid, Mr. Thompson, aber das ist meine Ansicht.« Und zu Jack Warner sagte sie noch: »Sie werden eine Menge Geld an dieser Sache verlieren!« Gott segne sie, sie hatte vollkommen recht, die Gesellschaft verlor tatsächlich viel Geld an »Der Tod ist eine Dame«. Aber das ahnte damals noch niemand. Und es wollte auch niemand wissen.

Margaret stand auf. Man machte ihr befremdet und kühl Platz. Sie trug ihren armen unförmigen Leib voll Hochmut vor sich her und kam mit ihrem Madonnenlächeln auf mich zu.

»Roy«, sagte sie, »ich möchte nach Hause.«

8

Das war aber noch nicht die eigentliche Katastrophe.

Die eigentliche Katastrophe ereignete sich erst am 1. März. Am 1. März verschickten Warners die Formulare, auf welchen den Angestellten die Verlängerung ihrer Kontrakte um ein weiteres Jahr mitgeteilt wurde. Es war ein unheimlicher, gefürchteter Tag, dieser 1. März. Ich saß in meinem Büro und arbeitete, als der Botenjunge kam und mir das gelbe verschlossene Kuvert brachte. Ich tippte noch die Seite zu Ende, an der ich schrieb, dann riß ich es auf und überflog es flüchtig, während ich zur Tür schritt. Ich wollte in die Kantine gehen, um zu Mittag zu essen. Es war ein Uhr.

Ich ging an diesem Tag nicht in die Kantine. Ich kam nur bis auf den Gang hinaus. Dann war mir klargeworden, was in dem Brief stand.

Warners verlängerten meinen Kontrakt nicht.

Ich ging langsam in den Hof hinunter und an Halle 3 vorüber. Den Brief trug ich in der Hand. Warners verlängerten meinen Vertrag nicht. Ich setzte mich auf ein blaßblaues Himmelbett im Stile Ludwigs des Vierzehnten, das vor dem Ateliereingang in der Frühlingssonne stand, und zündete mir eine Zigarette an. Warners verlängerten meinen Vertrag nicht. Ich hob die Beine, legte sie auf das Bett, in welchem gestern noch Betty Grable gelegen hatte, und dachte nach. Ich saß auf der Straße. Das Baby kam. Ich hatte ein bißchen Geld beiseite gelegt und hielt es ein paar Monate aus. Außerdem hatte ich einige Ideen, die ich verkaufen konnte. Aber trotzdem und immerhin: Warners verlängerten meinen Vertrag nicht. Ich war ein Freelance-Writer. Es gab viele Freelance-Writers, denen es besser ging als den Festangestellten. Aber vielen ging es auch schlechter. Vielen ging es elend. Das Baby kam. Und Warners hatten meinen Vertrag nicht verlängert. Warum, zum Teufel, hatten sie es nicht getan?

Ich stand auf und ging hinüber zum Hauptgebäude. Ich wollte Jack Warner sprechen. Oder einen seiner Mitarbeiter. Ich wollte wissen, warum man meinen Vertrag nicht verlängerte. Ja, ich wollte es wissen. Genau wollte ich es wissen, verflucht noch einmal!

Der Eingang des Hauptgebäudes bestand aus einer riesigen Glastür. In einer Glaskabine neben der Tür saß eine platinblonde Schönheit. Ich kannte sie seit sieben Jahren. Sie hieß Mabel Dermott und war mit einem Handelsreisenden verheiratet. Sie hatte zwei Kinder und ließ sich nicht einladen. Der Trick der Glastür war, daß sie sich nur öffnen ließ, wenn Mabel auf einen Knopf drückte. Das war ihr Beruf. Sie hatte jedermann zu kennen und genau zu wissen, wer das Hauptgebäude betreten durfte und wer nicht. Sie kannte jedermann. Sie kannte auch mich. Sie hatte für mich sieben Jahre lang auf den Knopf gedrückt, wenn ich einmal im Hauptgebäude zu tun hatte. Ich nickte ihr zu, und sie nickte gleichfalls. Im nächsten Augenblick prallte ich mit der großen Glastür zusammen.

Ich rüttelte an der Klinke. Die Glastür rührte sich nicht. Mabel hatte nicht auf den Knopf gedrückt. Sie steckte den Kopf aus einem kleinen Fenster.

»Hallo, Mabel«, sagte ich. Mein Magen krampfte sich dabei zusammen.

»Guten Tag, Mr. Chandler«, sagte sie höflich. »Haben Sie eine Verabredung?« Sie wußte es also bereits. Ich war einer von denen, für die sie nicht mehr auf den Knopf drückte. Es war schnell gegangen. Sehr schnell.

»Nein«, sagte ich, »ich habe keine Verabredung.«

»Soll ich Sie anmelden?«

»Danke«, sagte ich.

»Guten Tag, Mr. Chandler.«

»Guten Tag, Mabel«, sagte ich. Dann ging ich zurück in mein Büro, um meine Schreibmaschine und meine Pfeife zu holen.

Margaret strickte, als ich heimkam. Wir hatten ein Haus in Northwood Drive gemietet, ein sehr hübsches kleines Haus mit einer Halle und einer breiten, steilen Holztreppe, die in den ersten Stock hinaufführte. Sie hörte mich die Haustür schließen und rief meinen Namen.

»Ja, Margaret«, sagte ich. Ich stellte die Schreibmaschine nieder und ging zu ihr hinauf. Sie trug einen weiten Hausrock und sah mir lächelnd entgegen.

»Schau«, sagte sie stolz.

Sie zeigte mir ein Stück Babywäsche.

»Hübsch.«

Sie wurde mißtrauisch.

»Was ist denn?«

»Nichts.«

»Doch, du hast etwas! Sag es mir, Roy. Was ist geschehen?«

Ich ging zum Fenster und sah hinaus. Auf dem Rasen jagten einander zwei fremde Hunde.

»Was sind das für Hunde?« fragte ich.

»Wo?«

»In unserem Garten. Fremde Hunde.«

Sie stand auf und kam schwerfällig zu mir. Sie zog mich vom Fenster fort zu sich. »Roy, sag mir, was geschehen ist.«

Ich sah sie an.

Dann sagte ich es ihr.

Sie drehte sich um und ging schwerfällig wieder zu ihrem Sessel zurück. Sie setzte sich, sah das Babyhöschen an und ließ es fallen. Das Haar hing ihr unordentlich in die Stirn, ihr Gesicht wies die typischen gelben Pigmentflecken einer Schwangerschaft auf, und sie war nicht geschminkt …

»Daran bin ich schuld, nicht wahr?« sagte sie tonlos.

»Lächerlich!« Ich fuhr herum. Natürlich war sie schuld. Aber konnte ich es ihr bestätigen? »Was ist das für ein Unsinn? Wieso bist du schuld daran?«
»Weil ich Mr. Warner sagte, daß ich den Film abscheulich fand.«
»Unsinn!« Ich sah wieder zu den Hunden hinunter. Sie gruben kläffend ein Loch in unserem Rosenbeet. »Das hat damit überhaupt nichts zu tun!«
»Selbstverständlich! Glaub mir doch, Roy! Ich weiß es. Dore ist ein persönlicher Bekannter von Mr. Warner. Deshalb bekam er überhaupt den Auftrag, dein Script umzuschreiben!« Sie stand auf und begann hin und her zu laufen. Der lange Morgenrock behinderte sie dabei, und sie stolperte zweimal.
»Natürlich, so ist es gewesen! Dore ging zu Warner und hetzte ihn gegen dich auf! Weil du ihm zu begabt bist!«
»Ich bin nicht begabt.«
»Du bist hundertmal begabter als Dore!«
»Nein, Margaret, das bin ich nicht.«
»Du bist es! Du bist es! Dore hat Angst vor deiner Konkurrenz! Er weiß, daß du ihn bald an die Wand spielen würdest! Und deshalb will er dich kaltstellen! Weil du begabter bist als er!«
Ich ging zu ihr und legte eine Hand auf ihre Schulter.
»Nun höre mir einmal gut zu, Margaret. Ich bin nicht begabter. Ich bin ein durchschnittlicher Autor, das habe ich dir schon oft gesagt, und ich bitte dich jetzt dringend, es dir endlich zu merken.«
»Ich ...«
»Warte! Ich weiß, daß es angenehmer ist, mit Paul Osborn

verheiratet zu sein oder mit John Steinbeck, wenn man ehrgeizig ist. Aber ich bin nicht Osborn! Und ich bin nicht Steinbeck! Und ich verlange von dir, daß du dich endlich damit abfindest!«

»Ich werde mich nicht damit abfinden!« rief sie aufgeregt. »Ich werde mich nicht damit abfinden, weil es nicht wahr ist! Du unterschätzt dich einfach!«

»Ich unterschätze mich gar nicht. Du *über*schätzt mich! Und das muß aufhören!«

»Aufhören – warum?«

»Weil es mir auf die Dauer jede Möglichkeit nimmt, zu arbeiten! Weil ich meine Freunde verliere, meine Beziehungen ...«

» ... und deinen Vertrag mit Mr. Warner«, sagte sie langsam. Ihre Augen saugten sich an meinen fest. Ich erwiderte den Blick stumm. Na schön, dachte ich, wenn du es unbedingt hören willst – bitte.

»Und meinen Vertrag mit Mr. Warner.«

»Also bin ich doch schuld daran!«

Ich wollte es nicht sagen, und ich sagte es dennoch.

»Ja, Margaret.«

»Ach!«

»Es tut mir leid, ja. Was du bei der Premiere getan hast, war unverzeihlich! Ich liebe dich, du bist meine Frau, aber ich kann es nicht entschuldigen!«

»So, du kannst es nicht entschuldigen!«

»Nein.«

»Es war unentschuldbar?«

»Ja.«

»Du hast dich für mich geschämt?«

»Ja, Margaret.«
»Und meinetwegen, wegen dieser Szene in der Vorführung, hat Mr. Warner deinen Vertrag nicht erneuert?«
Ich sprach von selbst, ich wollte nicht sprechen, und ich sprach dennoch. »Es ist kein so entsetzliches Unglück, obwohl es natürlich auch nicht angenehm ist. Aber ich muß dich mit aller Deutlichkeit bitten, dich zusammenzunehmen. In Zukunft muß das anders werden. Sonst ...«
Sie sprang auf.
»Sonst ...?«
»Sonst machst du mich noch arbeitslos!«
Sie lachte grell.
»Ich mache dich arbeitslos! Ich? Ausgerechnet ich? Das ist gut! Das ist sehr gut!« Sie begann wieder stolpernd hin und her zu laufen.
»Setz dich, Margaret, denk an das Kind.«
»Jetzt soll ich an das Kind denken? Jetzt auf einmal? Hast du an das Kind gedacht?«
»Margaret, bitte!«
»Laß mich in Ruhe! Was glaubst du denn eigentlich? Du wagst es, mir Vorwürfe zu machen? Ich versuche, dir zu helfen, dich zu unterstützen, dich weiterzubringen – und du machst mir Vorwürfe?«
»Ich habe dich doch nur gebeten ...«
»Ich halte zu dir, ich trete für dich ein, ich sage Jack Warner die Wahrheit – und du machst mir Vorwürfe? Ja, was willst du denn eigentlich? Irgendeine kleine Hure, die schweigend zusieht, wie man dich schlechtmacht? Die den Mund hält, wenn dir Unrecht geschieht? Die lächelt und vielleicht Mr. Thompson den Hof macht? Bist du unzufrieden mit mir,

ja? Bin ich eine schlechte Frau, ja? Ist es dir unangenehm, daß ich zu dir halte? Wäre es dir lieber, ich würde dieses verlogene Theater mitmachen, wie? Ja, Mr. Warner! Oh, wundervoll, Miß McGuire! Sie sind ein Genie, Mr. Thompson, was?« Sie blieb keuchend vor mir stehen. »Sag mir doch, was du willst! Sag es mir doch!«
»Ruhe will ich, in Ruhe arbeiten will ich!« schrie ich.
»Ach, und dabei störe ich dich!«
Ich wollte es nicht sagen, Gott ist mein Zeuge, ich wollte es nicht sagen, aber ich sagte es dennoch.
»Ja, dabei störst du mich!«
Sie sah mich an.
Tränen schossen ihr in die Augen.
»Das ist der Dank. Der Dank für alles, was ich für dich tat!«
Sie drehte sich um und lief stolpernd zur Tür.
»Margaret, bitte!«
Die Tür flog zu. Ich hörte ihre Stöckelabsätze draußen auf der Diele. Ich rannte gleichfalls zur Tür. Bevor ich sie erreichte, hörte ich den Schrei. Es war ein furchtbarer Schrei. Er klang wie der Schrei eines Tieres, er hatte nichts Menschliches an sich.
»Margaret!« schrie ich.
Sie lag unten in der Halle, den Körper zusammengekrümmt, Todesangst im Gesicht, die Hände an den Bauch gepreßt. Sie sah mich an, mit Augen, in denen das nackte Entsetzen stand, als ich zu ihr hinunterkam. Der weite blaue Hausrock lag wie ein Fächer um sie ausgebreitet.
»Den Arzt, schnell, den Arzt«, keuchte sie.
Sie war die ganze steile Treppe hinabgestürzt.

9

Lieber Gott, mach, daß ihr nichts geschehen ist, mach, daß alles gutgeht, lieber Gott, bitte, bitte, bitte. Es war meine Schuld, ich habe sie aufgeregt. Weil sie aufgeregt war, rannte sie zur Treppe. Bitte, lieber Gott, mach, daß ihr nichts geschehen ist und daß dem Baby nichts geschehen ist. Ich will nie einen guten Film schreiben, lieber Gott, wenn du sie davonkommen läßt, ich schwöre es dir, ich will nie wieder glücklich sein, aber bitte, bitte, bitte, laß sie davonkommen und laß dem Baby nichts geschehen sein, Amen.

Es war drei Stunden später.

Ich stand auf einem der unzähligen weißen Gänge des Bellevue Hospitals und wartete. Meine Hände waren naß, mein Hemd war durchgeschwitzt. Ich schwitzte vor Angst.

Der Arzt war gekommen, er hatte eine Ambulanz gerufen, Margaret hatte zu bluten begonnen. Dann war sie ohnmächtig geworden. Ich saß an ihrer Seite, als die Ambulanz mit heulender Sirene durch die Straßen jagte, und ich fühlte, wie der Arzt mich ansah, lauernd, von der Seite, voll Abscheu.

Sie kam sofort in den Operationssaal, man hatte ihr bereits im Rettungsauto die notwendigen Injektionen gegeben. Der Arzt stieß mich zurück, als ich ihr in den Saal hinein folgen wollte.

»Sie bleiben hier«, sagte er kalt. Er haßte mich. Ich haßte mich selbst. Ich blieb zurück. Das Licht über dem Eingang des Operationssaales flammte auf.

»Operation. Eintritt verboten«, sagte die Lichtschrift.

Ich trat nicht ein. Ich saß auf einer Bank und betete. Um

Margaret. Um ihr Leben. Um das Leben des Babys. Ich betete eine Dreiviertelstunde lang. Dann öffneten sich die Flügel der Tür, und sie rollten Margaret heraus. Sie war bewußtlos und sah wie tot aus.
»Was ist?« fragte ich den Arzt.
»Es ist zu früh.«
»Das Baby ...?«
»Tot«, sagte er.
»Und sie ...?«
»Zu früh«, sagte er. »Kommen Sie in einer Stunde.« Und er ließ mich stehen. Er wußte, daß ich schuld war. Ich ging fort. Ich fand eine Bar, die geöffnet hatte, und trank Whisky. Es war eine Bar in der Nähe des Krankenhauses. Der Mixer nickte mir freundlich zu.
»Müssen Sie warten?«
»Ja.«
»Alle Männer, die hierherkommen, müssen warten«, sagte er.
Ich sagte nichts. Nach einer Weile kehrte er zu mir zurück und stellte schweigend einen zweiten Whisky vor mich hin. Er kam noch ein paarmal. Dann ging ich wieder in die Klinik. Die Schwester, die vor Margarets Zimmer saß, sagte, es sei noch zu früh. Ich sollte in einer Stunde wiederkommen. In einer Stunde!
Der Mixer nickte, als er mich sah. Er stellte eine große Schale schwarzen Kaffee vor mich hin.
»Sie müssen noch immer warten?«
»Ja.«
»Trinken Sie das. Alle Männer, die noch warten müssen, trinken das.«

Ich trank den schwarzen Kaffee. Er war bitter und sehr stark. Dann trank ich wieder Whisky.
Nach einer Weile kam ein anderer Mann herein. Er schwitzte und bestellte Bier. Der Mixer schüttelte den Kopf und gab ihm einen großen Whisky.
»Sie müssen viel zu tun haben«, sagte ich zu ihm.
»Es geht, mein Herr«, erwiderte er. »Gegen Abend läßt es nach.«
Schließlich war die Stunde um, und ich ging zurück in das Spital. Es war schon sehr warm an diesem Tag, sehr warm für März. Die Schwester sagte, es würde noch ein paar Minuten dauern und ich könnte auf dem Gang vor dem Zimmer warten. Ich wartete.
Ich hatte ziemlich viel getrunken, aber ich spürte es nicht. Der Whisky hatte wie Wasser geschmeckt. Ich betete eine Weile. Dann kam der Arzt. Er zündete eine Zigarette an und betrachtete mich feindselig.
»Kann ich zu ihr?«
»Ja.«
»Ist sie gerettet?«
»Ja.«
»Und?«
»Sie wird nie wieder ein Baby haben können«, sagte er und ließ mich stehen. Jetzt haßte ich ihn auch. Ich ging zu Margaret. Sie lag in einem nüchternen, hellen Zimmer und sah aus, als sei sie um zwanzig Jahre gealtert. Sie lächelte das alte Madonnenlächeln, das sich im Profil besonders gut ausnahm, und sagte: »Mach dir nichts daraus, Liebling.«
Ich trat zu ihr und kniete nieder. Mein Kopf lag an ihrer Brust. »Verzeih mir«, flüsterte ich.

»Ich verzeihe dir«, sagte sie ruhig.
Ich sah auf.
Margaret lächelte.

10

Ich lese, was ich bisher geschrieben habe, und es fällt mir auf, daß ich es verabsäumte, über meine Gemütsverfassung an diesem ersten Tag in der Klinik zu sprechen, über meine Gedanken und meine Einstellung zu der Möglichkeit einer Gewächsbildung im Gehirn und der damit verbundenen Operation. Diese Unterlassung hatte ihre Erklärung wahrscheinlich in dem Umstand, daß ich damals auch tatsächlich infolge des Beschäftigungszwanges mit den Besuchen, die ich erwähnte, und den Neuigkeiten, die man mir mitteilte, bis zum Abend kaum Muße hatte, mich mit meiner seltsamen Erkrankung näher zu beschäftigen. Gelegenheit dazu kam erst nach Einbruch der Dunkelheit. Ich hatte wohl Augenblicke der Depression und der steigenden Gereiztheit im Zusammenhang mit meiner Unfähigkeit, gewisse Worte zu finden, beziehungsweise diese auszusprechen, doch nahmen mich im allgemeinen noch die Ereignisse um mich her gefangen. Erst mit dem Fortschreiten der Untersuchung verlor ich mehr und mehr das Interesse an diesen und kapselte mich mehr und mehr in Grübeleien über die Zukunft und mein Schicksal ein.
Nach Margarets Anruf verstärkte sich mein Kopfschmerz. Möglicherweise war der Whisky, den ich hastig getrunken hatte, daran schuld. Ich läutete, weil ich die Schwester um

ein Pulver bitten wollte, aber aus irgendeinem Grund blieb das Signal, wie auch ein zweites, das ich ihm folgen ließ, unbeantwortet. Ich knipste die Bettlampe an und stand auf, um auf den Gang hinauszugehen. Es war das erstemal an diesem Tag, daß ich aufstand, und ich kam mir vor, als schritte ich auf Wolken, als wären alle Gegenstände auf sonderbare Weise von mir entfernt, als wichen sie vor mir zurück, als bewege sich der Boden wie der eines schlingernden Schiffes. Mir war sehr schwindlig, und als ich die Tür endlich erreichte, klammerte ich mich an ihre Klinke. Noch einen halben Meter, und ich wäre gestürzt. Was war das? Nur Schwäche? Wie krank war ich eigentlich? Was fehlte mir? Wann wollte man es mir sagen? Wann kamen endlich die Ärzte? Ich fühlte, wie mich zum erstenmal Panik befiel. Schweiß brach aus. Ich atmete heftig, in der Hoffnung, daß der Schwindel vergehen würde. Er verging nicht. Nur das Schwanken des Bodens ließ etwas nach. Mein rechter Arm tat mir wieder weh. Herrgott noch einmal, wo waren die Ärzte?

Die Klinke wurde von außen niedergedrückt. Ich trat von der Tür fort, die sich öffnete und Doktor Eulenglas sichtbar werden ließ. In seiner Gesellschaft befand sich ein kleiner dicker Mann in einem weißen Mantel. Er sah aus wie ein gerissener Buchmacher – schlau, skrupellos und zynisch. Nur seine Hände verrieten ihn als Arzt. Es war Professor Vogt.

Eulenglas machte uns bekannt und holte ein Pulver, nachdem ich den Grund meines Aufstehens bekanntgegeben hatte. Vogt führte mich zum Bett zurück.

»Es ist besser, Sie bewegen sich vorläufig nur wenig«, sagte

er. Er hatte die Stimme eines Eunuchen. Hoch, singend und weibisch. Ein sehr wunderlicher Arzt, dachte ich. Er setzte sich neben mich und nahm ein Abhörgerät aus dem Mantel.
»Würden Sie vielleicht Ihre Jacke ausziehen, Mr. Chandler?«
Ich tat es, und er begann mich abzuklopfen. Seine Finger waren hart und heiß. »Tief atmen«, sagte er dabei, »schön tief atmen ... Jetzt nicht, bitte ... Und jetzt wieder schön tief, ja ...« Er untersuchte mich gewissenhaft und schnell. Er blickte mir in den Hals, befingerte die Drüsen und prüfte meine Reflexe mit einem kleinen silbernen Hammer. Dann sah er mir in die Augen und ließ mich die Augen rollen.
»Eine kleine gründliche Untersuchung wird Ihnen sehr gut tun, Mr. Chandler. Ich habe es schon Ihrer Frau versprochen. Morgen früh gehen wir gleich einmal ins Augenlaboratorium.«
»Glauben Sie, daß ich ... daß mir ...«
»Ja?« Er sah mich ganz ruhig aus listigen kleinen Augen an.
»... daß ich einen Tumor habe?«
Er lächelte freundlich: »Mein lieber Freund, glauben Sie, daß Sie aus meinem Leben ein Drehbuch machen könnten?«
»Das weiß ich nicht, Herr Professor. Dazu kenne ich Ihr Leben zu wenig.«
»Sehen Sie«, sagte er. »Und ich kenne Ihren Körper zu wenig, um zu wissen, ob Sie einen Tumor haben. Da müssen Sie mir schon noch ein wenig Zeit lassen.«
Eulenglas kam mit einem Pulver, das ich schluckte, während ich Vogt noch einmal meine bisherigen Symptome schilderte, die sein Kollege schon kannte.
»Aha«, sagte er, als ich ihm von meinen gelegentlichen Aus-

drucksschwierigkeiten erzählte, »also manche Worte fallen Ihnen nicht ein.«

»Ja.«

»Was für Worte? Bestimmte Worte?«

»Nein. Ganz plötzlich. Irgendwelche.«

Er nahm einen Bleistift aus der Tasche.

»Was ist das?« Ich sagte es ihm. Er zeigte auf ein Bild und fragte wieder. Nach dem vierten Gegenstand, den er solcherart bezeichnete, muß sich mein Gesicht verändert haben, denn er fragte mich, was ich hätte.

»Gar nichts. Ich bin nur ein wenig erschrocken.«

»Worüber?«

»Über ... über diese Befragung. Das sieht ja fast so aus, als wäre ich verrückt.«

»Reden Sie keinen Unsinn, Mr. Chandler«, sagte er streng mit seiner quiekenden Stimme, die mich zum Lachen reizte, »und nehmen Sie sich bitte zusammen. Es besteht kein Grund zu solchen Impressionen.« Er sah mich an. Seine Augen wurden plötzlich befehlend und hart. Mein Lachreiz verflog. »Gewiß, Herr Professor.«

Er fragte weiter. Dann hatte er mich endlich soweit. Er zog einen Schlüssel hervor.

»Was ist das?«

»Ein Sch ... ein Schla ... ein Schall ...« Ich schwitzte, in meinen Schläfen tobte es, ich war den Tränen nahe. Ich keuchte. Ich versuchte es wieder. Ich konnte das Wort »Schlüssel« nicht aussprechen.

»Aber Sie wissen, was man mit diesem Gegenstand macht?«

»Ja, Herr Professor.«

»Was macht man mit ihm?«

»Man sch … man schall …« Ich sah, daß Eulenglas etwas auf einen Block schrieb, den er in die Tasche steckte.
»Man …« Ich fühlte, wie ich vor Aufregung nasse Augen bekam. »Ich kann es auch nicht sagen, aber ich weiß, was man damit macht.«
»Zeigen Sie es uns, Mr. Chandler«, sagte Vogt freundlich. Ich nahm den Schlüssel und machte die Gebärde des Zuschließens.
»Danke sehr«, sagte er. »Das war ausgezeichnet. Ja, man schließt mit dem Schlüssel.« Er sagte den Satz langsam.
»Man schließt mit dem Schlüssel«, wiederholte ich, unendlich erleichtert. Ich lächelte sogar. »Ich wußte es, Herr Professor, aber ich konnte es nicht sagen.«
»Haben Sie Hunger?«
»Nein.«
»Wirkt das Mittel schon?«
»Ein wenig.«
Vogt erhob sich. »Sehen Sie zu, daß Sie gut schlafen, damit Sie morgen frisch sind. Und machen Sie sich keine Sorgen. Es besteht nicht der geringste Grund dazu, bevor wir irgend etwas finden.« Er gab mir die trockene, heiße Hand. »Gute Nacht, Mr. Chandler.«
»Gute Nacht, meine Herren«, sagte ich. Eulenglas verabschiedete sich gleichfalls und folgte seinem Chef. Ich war wieder allein.
Literale Paraphasien, dachte ich. Es klang pompös. Ich würde die Worte in meinen Sprachschatz aufnehmen und meine Bekannten mit ihnen reizen, wenn ich hier herauskam. »Collins war mein Nachfolger beim ›Schrei aus dem Dunkel‹. Er verfertigte eine literale Paraphasie.«

Das klang bissig und ätzend. Besonders, wenn man nicht wußte, wovon gesprochen wurde. Morgen früh kam ich zum Augenarzt? Warum zum Augenarzt? Was hatte das alles mit meinen Augen zu tun? Und wenn es mit meinen Augen zu tun hatte, bedeutete es, daß ich Schaden an ihnen nehmen konnte? Daß ich vielleicht in Gefahr stand, blind zu werden? Oder blöde? Oder blind *und* blöde?

Das war der Beginn dieser ersten Nacht. Ihr Ende glaubte ich nicht mehr zu erleben. Professor Vogts Bitte, gut zu schlafen, konnte ich leider nicht entsprechen. Ich schlief nicht einmal schlecht. Ich schlief überhaupt nicht. Ich lag da und dachte über meine Krankheit nach, von der noch niemand etwas wußte. Ich malte sie mir in ihren Folgen aus. Es gab allerhand auszumalen, ich hatte viel Phantasie.

Ich hatte schon immer viel Phantasie. Deshalb empfand ich auch stets großes Mitleid für Menschen meiner Art. Wenn jemand zuviel Phantasie hat, kann er eine Reihe anderer Eigenschaften nicht mehr haben, beispielsweise Mut. Phantasie und Mut sind unvereinbar. Das eine schließt das andere aus. Wer sich infolge seiner Phantasie die Zukunft, eine Gefahr oder eine Situation in ihren Möglichkeiten ganz vorstellen kann, der ist ihr nicht mehr gewachsen. Mutig sind nur Menschen ohne Vorstellungsgabe. Sie wissen nicht, was alles geschehen könnte, sie vermögen es sich nicht vorzustellen. Die größten Helden waren stets die simpelsten Naturen. Und die größten Feiglinge infolgedessen wahrscheinlich die Intellektuellen. Ich beneidete die simplen Naturen. Sie hatten es leichter. Und sie fanden dazu noch mehr Anklang. Es war eigentlich eine Ungerechtigkeit, wenn man es so betrachtete.

Als ich endlich in einen wirren und unerfreulichen Traum versank, was es fünf Uhr, und draußen im Garten sangen bereits die Vögel. Kaum zwei Stunden später weckte mich eine Schwester. Sie war farblos, jung und dumm.

»Frühstück, Mr. Chandler.« Sie stellte es vor mich hin. Ich setzte mich auf. Ich fühlte mich nicht mehr schwindlig, mein Kopf schmerzte nur wenig.

»Konnten Sie mich nicht noch schlafen lassen?«

»Es tut mir leid, Mr. Chandler. Dr. Eulenglas hat es so angeordnet. Ihre Untersuchung beginnt um acht Uhr.«

»Soso.«

»Hat das zweite Pulver gewirkt?«

Ich sah sie verständnislos an.

»Welches zweite Pulver?«

»Das ich Ihnen gegeben habe.«

»Wann?«

»Vor zwei Stunden, Mr. Chandler.« Es stellte sich heraus, daß ich sie in der Dämmerung herbeigeläutet und noch ein Pulver gegen meinen Kopfschmerz verlangt hatte. Ich konnte mich beim besten Willen nicht daran erinnern. Es war alles sehr unerquicklich, fand ich, während ich den heißen Kaffee schlürfte. Jetzt vergaß ich auch schon Ereignisse.

»Vielleicht waren Sie nicht ganz wach, Mr. Chandler«, sagte die Schwester. »Sie schliefen sehr unruhig, ich saß eine Zeitlang bei Ihnen.«

»Ach.«

»Sie schrien und redeten im Schlaf.«

»So?« Mußte man sich das in einem Privatsanatorium sagen lassen? »Worüber sprach ich?«

»Sie redeten immer von einem Mann … einem Herrn.« Das Mädchen mußte aus den bayerischen Bergen stammen, es sprach mit einem starken Akzent.
»Wie hieß der Herr?«
»Hiob, glaube ich«, sagte sie.
Es war eine sehr dumme Schwester.

11

Um sieben Uhr fünfundvierzig Minuten war ich rasiert, gewaschen und angezogen. Es ging mir ganz gut. Der Boden schwankte nicht mehr, der Schwindel war gewichen, der Kopfschmerz minimal. Um acht Uhr rief Margaret an und sagte, sie käme am Nachmittag vorbei. »Fidelio« sei traumhaft gewesen. Und die Baxters ließen grüßen. Zehn Minuten nach acht erschien Eulenglas mit Vogt. Vogt trug keinen weißen Mantel, wahrscheinlich tat er es aus psychologischen Gründen. Ich sollte den Eindruck einer legeren, beiläufigen Untersuchung erhalten. Ich erhielt ihn zunächst auch. Wir gingen rauchend und plaudernd durch lange weiße Gänge bis zu einer Tür mit der Aufschrift »Labor I«. Es war ein Röntgenlaboratorium.
»Wir werden uns zuerst einmal Ihren Schädel ansehen«, sagte Vogt. In dem Laboratorium wartete ein Assistent. Eulenglas war es, der mich untersuchte. Vogt stand nur daneben und sah zu. Man postierte mich vor der Apparatur, es wurde dunkel im Zimmer, Röhren surrten, und Vogt verschwand mit Eulenglas hinter dem Röntgenschirm. Sie sprachen ein paar mir unverständliche Sätze in ihrem wissen-

schaftlichen Kauderwelsch und machten zwei Aufnahmen meines Kopfes.

»Haben Sie etwas gesehen?« fragte ich, kaum daß ich mich wieder bewegen durfte. Der Assistent verschwand mit den belichteten Filmen. Vogt schüttelte den Kopf.

»Nein«, sagte er. Ich atmete tief auf.

»Gott sei Dank, dann kann ich ja gehen.«

»Wir sind noch nicht ganz fertig.«

»Aber wenn Sie doch nichts gesehen haben!«

»Was hätten wir denn sehen sollen?«

»Na, den Tumor«, sagte ich. Er lächelte, während er mich zu einer Tür führte, die sich in einen Nebenraum öffnete.

»Sie stellen sich das ein bißchen zu einfach vor, Mr. Chandler.«

»Wieso?«

»Weil man im Röntgenbild einen Tumor niemals sieht.«

»Nein?« Ich fühlte mich plötzlich wieder elend und müde. Ich fror.

»Nein, denn er besteht aus Fleisch, wie das übrige Gehirn.«

Ich schwieg verwirrt. Dann wußte ich, was mich verwirrte:

»Wozu haben Sie mich überhaupt geröntgt?«

»Aus anderen Gründen, Mr. Chandler. Wir wollten uns mit Ihrem Kopf vertraut machen, seinen Gehirndruck prüfen ...«

»Und wie ist der Gehirndruck?«

Er blickte mich ein wenig nervös an. Wir waren inzwischen in das Nebenzimmer getreten, das aussah wie der Ordinationsraum eines Augenarztes.

»Mr. Chandler, Sie dürfen nicht ungeduldig sein.«

»Ich bin nicht ungeduldig.«

»Auch nicht zu neugierig, bitte.«
»Ich wollte nur wissen ...«
»Ja, ja«, sagte Eulenglas, der den Blick seines Chefs auffing, »lassen Sie uns noch ein bißchen Zeit, Mr. Chandler. Wir werden Ihnen bald alles sagen können.« Er führte mich zu einem Stuhl, der Raum wurde wieder verdunkelt, und er begann meine Augen zu untersuchen.
»Was ist das?« fragte ich und wies auf ein Gerät, das er zur Hand nahm.
»Ein Augenspiegel.«
»Und was machen Sie mit ihm?« Eulenglas sah Vogt an. Vogt seufzte.
»Meine Herren«, sagte ich, »seien Sie mir nicht böse wegen meiner Neugier. Aber ich bin aufgeregt. Und es ist doch schließlich mein Schädel, den Sie untersuchen. Ich weiß, daß Sie nicht besonders aufgeregt sind, aber ich bin es. Denn wenn hier jemand krank ist, dann bin ich es, dann ist es mein To ... mein ... Toma ...« Ich würgte. Ich fühlte, wie mich hysterische Beklemmung anflog in mächtigen Wellen. Ich konnte das Wort »Tumor« nicht aussprechen, es war wieder soweit. »Mein To ... To ...« Ich stotterte hilflos und hatte das Gefühl, daß ich den Mund nicht mehr schließen konnte, um aufzuhören. »So helfen Sie mir doch!« schrie ich. »Sagen Sie mir das Wort!«
»Ihr Tumor«, sagte Eulenglas. Vogt sagte nichts. Er sah mich nicht an. Ich dachte, daß er mich haßte. Einen reichen hysterischen Feigling, den er ertragen mußte mit seinen Launen.
»Es tut mir leid«, sagte ich. »Ich werde Sie nicht mehr belästigen. Es kommt daher, daß ich zuviel Phantasie habe.« Da-

nach schwieg ich eine Zeitlang. Plötzlich waren die beiden Ärzte mir ungemein widerlich. Gerechterweise muß ich hinzufügen, daß es mir so vorkam, als wäre auch ich ihnen ungemein widerlich. Eulenglas bewegte den Augenspiegel vor meinem Gesicht hin und her und forderte mich auf, nach oben, nach unten, nach rechts und nach links zu sehen. Ab und zu traf der Strahl einer verborgenen Lichtquelle, die sich irgendwo in dem Spiegel befinden mußte, mich mitten ins Auge und blendete mich in unangenehmer Weise. Es schien eine sehr helle Lichtquelle zu sein, das Sonderbare war nur, daß ich sie nicht sehen konnte.

»Hm«, sagte Eulenglas nach einer langen Weile. Dann stand er auf und gab den Spiegel seinem Chef. Die Untersuchung begann noch einmal. Diesmal war es Vogt, der mich aufforderte, nach oben, nach unten, nach rechts und nach links zu sehen. Er näherte sein Gesicht dem meinen dabei bis auf wenige Zentimeter und sah mir immer wieder in die Augen. Besonders intensiv beschäftigte er sich mit dem linken Auge. Er mußte eine Speise zum Frühstück zu sich genommen haben, welche Knoblauch enthielt. Schließlich stand er auf und unterhielt sich mit Eulenglas. Von allem, was ich hörte, blieb mir nur ein Wort deutlich haften, und zwar das Wort »Stauungspapille«. Ich merkte es mir, um später in einem Lexikon nachzusehen, was es bedeutete. Nach zwei Minuten drehte Eulenglas sich zu mir um und offerierte eine Zigarette.

»Danke«, sagte ich. Wir rauchten alle. Ich hatte das Gefühl, daß diese Aufmerksamkeit Eulenglas' ein schlechtes Zeichen war. Er schien etwas in meinen Augen gefunden zu haben und der Ansicht zu sein, daß ich eine Zigarette verdiente. Aber ich biß die Zähne zusammen und schwieg. *Ich* würde nicht noch einmal fragen! Vogt, der etwas niedergeschrieben hatte, sah mich plötzlich freundlich an.

»Danke«, sagte er lächelnd.

»Wofür?«

»Dafür, daß Sie nicht wieder gefragt haben.«

»Oh, bitte«, sagte ich.

»Wie fühlen Sie sich?«

»Gut.« Ich wollte verdammt sein, wenn ich fragte.

»Es ist noch immer zu früh, um etwas zu konstatieren.« Vogt drückte seine Zigarette aus. »Gewisse Anzeichen sprechen dafür, daß Ihr Gehirn irritiert ist.« Er sah mich dabei fest an, um die Wirkung dieser Erklärung auf den neurasthenischen Intellektuellen James Elroy Chandler, den gut zahlenden feigen Hysteriker, festzustellen, und er hätte wahrscheinlich gerne gesehen, wenn ich zusammengezuckt wäre. Aber ich zuckte nicht zusammen. Ich machte ihm nicht die Freude.

»Soso«, sagte ich und lächelte amüsiert. Ich hoffte jedenfalls, daß es ein amüsiertes Lächeln war, was ich da produzierte.

»Um Sicherheit zu erhalten, werden wir nun schnell noch ein Elektroenzephalogramm anfertigen«, sagte Eulenglas.

»Soll es gleich sein?«

»Wenn es Ihnen recht ist?«

»Mir ist alles recht«, sagte ich und lächelte wieder amüsiert. Sie sollten mich kennenlernen.

12

Die Station, in welcher die Elektroenzephalogramme hergestellt wurden, lag im Keller und bestand aus drei großen Zimmern. Im ersten von ihnen saß eine junge Ärztin beim Fenster und trank Kaffee. Sie war recht gut gewachsen, besaß schwarze Haare mit einer weißgefärbten Strähne und trug eine moderne breite Brille. Sie war sehr kurzsichtig, die Ränder ihrer Gläser funkelten silbern. »Guten Morgen, Doktor Reuter«, sagte Eulenglas, »das ist Mr. Chandler.« Ich gab ihr die Hand. Sie lächelte und entblößte kräftige Zähne.
»Ich habe Ihren letzten Film gesehen, Mr. Chandler.«
»Welchen?« Sie nannte einen Streifen, zu dem ich vor etwa sechs Jahren das Drehbuch geschrieben hatte, eine Ehekomödie für Katherine Hepburn.
»Das war nicht mein letzter Film.«
»Aber er lief gerade in Deutschland an.«
Ich setzte mich auf einen Stuhl, den sie mir hingeschoben hatte.
»Hat er Ihnen gefallen?«
»Ich fand ihn scheußlich«, sagte sie und hantierte mit allerlei technischem Gerät.
»Aber das macht ja nichts«, meinte ich und lächelte ihr freundlich zu. Sie lächelte gleichfalls, während sie zu mir kam. Sie hielt eine breite, dicke Gummibandage in der Hand.
»Bitte machen Sie den Mund zu, Mr. Chandler.«
Ich machte den Mund zu.
Sie hängte die Bandage unter meinem Kinn ein und begann sie nach oben zu drehen, um sie mir über das Haar streifen

zu können. Eulenglas und sein Chef hatten leise miteinander zu sprechen begonnen und gingen dabei langsam in das Nebenzimmer.

»Drücken Sie dagegen«, sagte Doktor Reuter. Ich drückte dagegen. Sie zog und zerrte an der Bandage, die mir den Schädel zusammenpreßte. »Stemmen Sie den Kopf gegen meine Brust.« Ich schloß die Augen dabei. Meine Nase lag in ihrem Busen begraben. Ich konnte sie riechen. Sie roch frisch und jung. Sie stemmte sich gegen mich, und ich mußte mich an dem Sessel anhalten, um nicht umzufallen. Dann glitt die Bandage endlich über mein Haar.

»So«, sagte sie zufrieden. Mir gegenüber an der Wand hing ein Spiegel. Ich erblickte mich darin. Ich sah aus, als hätte ich Zahnweh. Ich konnte nicht mehr sprechen, die Bandage preßte meine Kiefer aufeinander. Doktor Reuter hatte eine Reihe verbogener Metallstreifen von einem Tisch aufgenommen und kam wieder zu mir. Sie begann die Streifen um meinen Kopf zu legen und eng zu verschrauben. Nach ein paar Minuten entstand auf diese Weise eine Art von Käfig um meinen Schädel. Von Zeit zu Zeit nahm sie einen sonderbaren Zirkel zur Hand und stellte Messungen an. Es schien, als müßten die Metallstreifen an vorherbestimmten Stellen meines Kopfes liegen. Während sie dies tat, sprach sie unaufhörlich. Sie erzählte mir, was ihr alles an meinem Film mißfallen hatte. Es war eine Menge, und sie äußerte sich sehr offenherzig. Ich empfand diese Art der Kritik als unfair und nahm einen Bleistift und ein Stück Papier.

»Unfair«, schrieb ich. »Ich kann mich nicht wehren.«

Sie lachte zufrieden.

»Das ist das Schöne daran!« Sie ging wieder fort und suchte

eine Reihe Steckbuchsen und Ösen zusammen, ähnlich jenen, die man in der Radiotechnik für Bananenstecker verwendet. Ich sah ihr nach. Dann fiel mir etwas ein, und ich sah schnell wieder weg. Mir fiel ein, was Jolanthe gesagt hatte. Ich sah Dr. Reuters Beine an. Es waren hübsche Beine. Sie begann die Ösen und Buchsen mit Hilfe der Metallstreifen an verschiedenen Stellen meines Schädels zu befestigen, wobei sie meine Haut zuvor stets mit einer wasserhellen Flüssigkeit bestrich. Sie befestigte insgesamt neunzehn Ösen, ich zählte sie im Spiegel. Bei jeder Öse stellte sie genaue Messungen mit dem gekrümmten Zirkel an. Zuletzt sah ich aus wie ein verschnürtes und verpacktes Stachelschwein, die Ösen standen mir an allen Seiten vom Kopf, sogar an beiden Ohren waren sie befestigt. Während der Zeit, die bis zum Ende dieser Präparation verfloß, sprach Doktor Reuter unaufhörlich. Ich hatte die Absicht, sie zu verletzen, als ich wieder zu schreiben begann.

»Ich fürchte, Sie mögen Männer nicht«, schrieb ich.

Sie lachte fröhlich.

»Ich hasse Männer«, sagte sie und zog die Schrauben meines Metallhelms noch ein wenig enger.

»Sie sind mir sympathisch«, schrieb ich.

»Sie mir auch«, sagte sie und schlug mir auf die Schulter.

Dann führte sie mich in den Nebenraum, der aussah wie eine Bibliothek – alle Wände waren bedeckt mit Stellagen, und in diesen standen unzählige dünne Manuskripte –, und von diesem in den dritten Raum.

Hier sah ich Eulenglas und Vogt wieder. Sie standen neben einem riesigen Schalttisch und blickten einem jungen Arzt über die Schulter, der an dem Schalttisch saß. Dem Schalt-

tisch gegenüber befand sich ein Bett. Auf diesem lag ein Mann, dessen Kopf genauso verschnürt war wie der meine. Von den Ösen seines Kopfes führten bunte Drähte zu einem Kästchen, das an der Stirnseite des Bettes befestigt war, und von dem Kästchen führte ein dickes Gummikabel zu dem enormen Schalttisch, an welchem der junge Arzt saß. Der junge Arzt betätigte Schalter und Knöpfe.
»Augen auf!« sagte er.
Der Patient auf dem Bett machte die Augen auf. Er schwitzte ein wenig. Ich sah ihn mir genau an, um festzustellen, ob er Schmerzen litt, aber er machte nicht den Eindruck.
»Augen zu«, sagte der junge Arzt.
Der Patient machte die Augen wieder zu.
Ich trat an den Schalttisch.
Er wies unzählige Lampen, Griffe und Knöpfe auf. Über ihn lief gleichmäßig ein endloses Papierband, auf welchem acht zitternde Stifte acht zitternde Linien zeichneten. Das Papierband faltete sich selbst zu einem Block zusammen. Für mich sahen die acht Linien alle gleich aus.
Der junge Arzt drehte seine Schalter, und die Stifte begannen in einem neuen Rhythmus zu beben.
»Tief atmen«, sagte er junge Arzt. »Schnell und tief atmen.«
Der Mann auf dem Bett begann schnell und tief zu atmen.
»Sie werden vielleicht schwindlig werden, und Ihre Hände werden möglicherweise einschlafen«, sagte der junge Arzt leidenschaftslos, »aber das geht gleich vorüber.«
Der Mann auf dem Bett nickte und atmete hastig. Die acht roten Stifte zitterten über das endlose Papier. Ich sah mir die riesige Apparatur genauer an. An der Stirnseite bemerkte ich eine kleine Tafel. Auf ihr stand: »Type D Elektroenze-

phalograph.« Und darunter: »Offner Electronics Inc., Chicago.« Es war lächerlich, aber diese kleine Tafel beruhigte mich.

»Diese kleine Tafel beruhigt Sie, ja?« fragte Vogt. Er war zu mit getreten und sprach flüsternd. Ich nickte. »Ich kann nicht laut sprechen«, flüsterte er weiter, »weil ich sonst die Impulse unseres Patienten stören würde.« Ich nickte wieder.

»Dieses Gerät«, flüsterte er, »verstärkt die elektrischen Ströme, die das Gehirn aussendet, zehnmillionenmal. Das Gehirn sendet nämlich verschiedene Ströme aus, wissen Sie? Ströme in der Stärke von einem dreißigmillionstel Volt. Wir haben uns in der ganzen Welt auf neunzehn verschiedene Stellen geeinigt, an denen wir diese Ströme überprüfen, und durch vergleichende Betrachtung können wir gewisse Schlüsse auf die Zustände im Inneren des Gehirns ziehen.«

Ich nickte.

Dann nahm ich den Bleistift der männerfeindlichen Frau Doktor Reuter und schrieb auf ein Stück Papier: »Danke.«

»Wofür?« fragte er.

»Für die Erklärung«, schrieb ich.

Er lächelte.

Fünf Minuten später war der Mann auf dem Bett fertig und erhob sich. Ich nahm seine Stelle ein und erlebte die Prozedur, die ich mit angesehen hatte, nun selber. Frau Doktor Reuter schloß die neunzehn Ösen, die mein Kopf aufwies, an die neunzehn Kabel der Steckdose am Stirnende des Bettes an. Dann begann die Apparatur zu summen, und die acht roten Stifte begannen zu zittern. Vogt und Eulenglas standen neben dem jungen Techniker und betrachteten die Linien auf dem wandernden Papier.

»Augen auf«, sagte der junge Arzt.
Ich machte die Augen auf.
»Augen zu.«
Ich schloß sie wieder.
Routine, dachte ich, auch hier nur Routine wie überall sonst. Ein junger Mann, der Köpfe überprüft. Menschliche Köpfe, in denen Gelüste, Gedanken, Leidenschaften, Tod und Leben sich drängen, Köpfe, die Augen tragen, welche sehen, und Ohren, welche hören, Münder, welche sprechen, und Nasen, welche riechen. Einen Kopf in dreißig Minuten. Das machte bei einem Arbeitstag von acht Stunden und einer Stunde Mittagspause vierzehn Köpfe. In einer Woche machte es vierundachtzig Köpfe. In einem Monat viermal soviel, also dreihundertsechsunddreißig Köpfe. Und in einem Jahr ...
»Ich werde jetzt eine Lichtquelle über Ihrem Kopf anbringen«, erklärte der Arzt. »Wenn ich ›Los!‹ sage, öffnen Sie bitte die Augen. Und wenn ich ›Aus‹ sage, schließen Sie sie!«
Er stellte eine grelle Lampe über meinen Kopf, ging zu seinem Tisch zurück und schaltete wieder an seinen Hebeln.
»Los!« sagte er.
Ich öffnete die Augen und sah in das schmerzhaft blendende Licht.
»Aus«, sagte er. Ich schloß die Augen wieder.
»Bitte, atmen Sie vier Minuten lang tief und regelmäßig. Sie werden sich vielleicht ein wenig schwindlig fühlen, und Ihre Hände werden möglicherweise einschlafen, aber das geht vorbei.«
Ich atmete tief und regelmäßig. Die Apparatur summte. Auf geheimnisvolle, mir unverständliche und komplizierte Wei-

se wurden die Ströme, die mein Gehirn auf geheimnisvolle, mir unverständliche und komplizierte Weise aussandte, zehnmillionenmal verstärkt und in zitternde Linien auf weißem Papier verwandelt. Was hatte ich geschrieben? Eine Geschichte des Ehezerwürfnisses mit humoristischem Einschlag für Katherine Hepburn. Warum hatte ich noch nie eine Geschichte über diesen jungen Arzt mit seinen dreihundertsechsunddreißig menschlichen Köpfen pro Monat geschrieben? Beziehungsweise seinen viertausendzweiunddreißig Köpfen pro Jahr. Nein, das war falsch, er ging ja vier Wochen auf Urlaub. Das machte viertausendzweiunddreißig minus dreihundertsechsunddreißig – dreitausendsechshundertundsechsundneunzig Köpfe pro Jahr, abzüglich der offiziellen und hohen christlichen Feiertage.
»Tiefer atmen, Mr. Chandler, bitte!«
Ich atmete tiefer. Doktor Reuter stand da und lächelte. Es schien ihr sehr zu gefallen, was sie sah. Sie sah, wie ich schwitzte. Mir war übel und schwindlig. Alles drehte sich um mich. Doktor Reuter setzte sich an meinen Bettrand und kreuzte die hübschen Beine. Auch die hübschen Beine drehten sich.
»Tiefer atmen, Mr. Chandler.«
Ich atmete tiefer. Wie lange dauerten eigentlich vier Minuten? »Sind Sie schwindlig?« fragte Doktor Reuter.
Ich nickte.
Sie lehnte sich zurück und hob die Brust an.
Ich atmete weiter, und mir wurde sehr schwindlig und sehr übel, und meine Hände schliefen ein, aber zuletzt war doch alles vorüber, und ich durfte aufstehen, und Doktor Reuter befreite mich von meinen Kopfklammern. Vogt und Eulen-

glas traten hinzu, während sie mir die Metallbänder abnahm. Eulenglas trug einen dicken Stoß Papier – die seismographischen Aufzeichnungen meiner Gehirnströme. Ich fühlte mich benommen und müde.
»Was geschieht jetzt?« fragte ich.
»Sie gehen mittagessen«, sagte Vogt freundlich.
»Und der Befund?«
»Wir müssen uns das Diagramm erst ansehen, Mr. Chandler. Sie hören am Nachmittag unseren Bescheid.«
»Schön«, sagte ich. »Guten Tag, Frau Doktor!«
Sie gab mir die Hand.
»Leben Sie wohl, Mr. Chandler. Es war mir ein Vergnügen.«
»Das habe ich bemerkt«, sagte ich, und wir lachten beide. Dann ging ich durch die langen weißen Gänge und über mehrere Stiegen wieder hinauf zu meinem Zimmer. Ich fühlte mich abgespannt, und der Kopf tat mir wieder weh, nun auch von außen, von den Druckstellen der Metallbänder her. Ich erreichte die Tür meines Zimmers und öffnete sie.
Auf dem Bett saß Jolanthe.
Die Vögel sangen noch immer im Garten, die Sonne schien, irgendwo in der Nähe begannen die Mittagsglocken zu läuten, und auf dem Bett saß Jolanthe. Sie trug ein glänzendes grünes Kleid mit einem schwarzen Lackgürtel. Das Kleid modellierte ihren Körper provokant, und sie hatte keinen Hut. Das rote Haar fiel ihr auf die Schultern. Sie sah schlecht aus, ihre Augen waren umschattet. Sie stand auf, als ich eintrat.
»Geh weg«, sagte ich.
Sie schüttelte den Kopf und bewegte sich auf mich zu.

»Ich habe dir verboten, hierherzukommen.«

»Ich mußte kommen«, sagte sie. Ihre Stimme klang heiser. Sie war bei mir angekommen und legte beide Hände auf meine Schultern. Ich wich bis zur Tür zurück, aber sie folgte mir. Sie stand dicht vor mir.

»Warum mußtest du kommen?«

»Weil ich dich liebe.«

Ich lachte. »Seit wann?«

»Seit heute«, sagte Jolanthe heiser. Ich spürte ihren Atem in meinem Gesicht, so nahe stand sie vor mir.

»Ich war bei Clayton, ich habe ein Telegramm gelesen.«

»Welches Telegramm?« fragte ich, obwohl ich es schon wußte.

»Hallorans Telegramm.«

Ich schwieg.

Sie umarmte mich, und ich fühlte ihren Körper an meinem.

»Dein Drehbuch ist nichts wert«, sagte sie, »nicht wahr?«

»Ja«, sagte ich.

»Sie haben es abgelehnt?«

»Ja.«

»Du bist gekündigt?«

»Ja, Jolanthe.«

Ihr Haar, ihre Augen, ihre Lippen, der Geruch ihrer Haut.

»Ich ahnte es«, sagte sie, »deshalb kam ich hierher.«

»Weil du plötzlich bemerktest, daß du mich liebst?«

»Ja.«

»Auf einmal?«

»Auf einmal.«

»Und was du sagtest ...«

»Vergiß es.«

Ich war sehr schwindlig.

»Und weshalb liebst du mich?« fragte ich.

»Weil du versagt hast«, erwiderte sie ernst. »Weil du wertlos bist – genau wie ich. Weil wir einander so ähnlich sind, Jimmy, weil ich begriffen habe, daß du genauso nutzlos und verloren bist wie ich. Deshalb liebe ich dich.« Ich sah sie stumm an. Sie atmete schwer. »Küß mich«, sagte sie.

Ich küßte sie.

Ich fühlte, wie sie in meinem Rücken den Zimmerschlüssel umdrehte, so daß die Tür nun verschlossen war, und ich spürte das Blut, das aus meiner Lippe quoll, als sie diese mit ihren Zähnen durchdrang.

Ich schluckte das Blut.

Es schmeckte warm und bitter.

13

Ich traf Jolanthe zum erstenmal in der Wohnung Joe Claytons.

Er hatte in Grünwald das zweite Stockwerk einer Villa gemietet und gab mir zu Ehren eine Gesellschaft, als ich in München eintraf. Ich wohnte im Hotel, aber ich hatte schon meinen Wagen. Ich fuhr mit Margaret hinaus. Es war ein schöner, stiller Frühlingsabend, mit einem hellen Himmel, vor dem sich dunkel die Bäume des Grünwalder Forstes abhoben.

Die Villa lag in einem großen Garten. Der Rasen war wild, und das Gras stand hoch. Hinter der Villa gab es ein Glashaus. Die anderen waren schon da, als wir kamen. Joe be-

grüßte uns herzlich, und ich wurde etwa einem Dutzend Menschen vorgestellt. Hellweg, der deutsche Autor, und ein paar Mitglieder des technischen Filmstabes waren darunter. Und Jolanthe. Als ich ihr die Hand gab, fühlte ich einen Stich im Rücken und zuckte zusammen. Im gleichen Augenblick bemerkte ich, daß auch sie zusammenzuckte. Ich sah sie an. Sie begegnete meinem Blick mit ausdruckslosem Gesicht. Ich ließ ihre Hand los.
»Glad to meet you«, sagte ich. Es wurde nur englisch gesprochen.
»Likewise«, sagte sie ernst. Sie trug ein enganliegendes schwarzes Abendkleid, und ihr rotes Haar war hochgekämmt. Ich öffnete und schloß die rechte Hand. Ich konnte noch immer den Druck ihrer Finger spüren. Ich spürte ihn den ganzen Abend lang. Ich sprach mit anderen Menschen und ging in ein anderes Zimmer. Wenn ich mich umdrehte, sah ich sie. Und ihr Blick ruhte auf mir. Ernst, nachdenklich, ein bißchen verschlafen. Nach einer halben Stunde war ich so weit, daß ich nur noch sie sah.
Sie war als meine Sekretärin engagiert worden, hatte bereits zweimal mit amerikanischen Filmleuten in Deutschland gearbeitet, sprach fließend Englisch und war perfekt in Maschineschreiben und Stenographie. All dies teilte Clayton mir mit. Ich hörte kaum hin. Ich sah absichtlich nicht in die Richtung, in der ich sie vermutete. Dann sah ich doch hin. Sie stand da und sah mich an. Und ich sah sie an, wie sie dastand in ihrem schwarzen Abendkleid. Aber ich sah das Abendkleid nicht. Ich sah sie nackt, jedesmal.
Margaret genoß den Abend sehr. Hellweg war ein netter Mensch und ließ sich von ihr in ein Gespräch über zeitge-

nössische europäische Literatur verwickeln. Das war Margarets Steckenpferd. Sie hatte soeben Orwells »1984« gelesen und war von dem Buch begeistert. Ein paar Anwesende kannten es noch nicht. Margaret informierte sie: »Ein phantastisches Buch, glauben Sie mir! Oh, Sie müssen es lesen! Es ist einzigartig! Ein großer Dichter!«

»Gewiß«, sagte Hellweg.

Er sprach langsam und mit einem schweren Akzent, er suchte nach den richtigen Ausdrücken. »Aber ich fürchte, Sie haben es nicht richtig verstanden.«

»Was heißt das?« fragte Margaret. Ihre Augen leuchteten, und sie trank ihr Glas leer. Sie zeigte sich gerne von ihrer intellektuellen Seite. Ich goß ihr Glas wieder voll. Wir tranken Cocktails. Es wurde viel getrunken. Ein Radio spielte leise.

»Wissen Sie, wer Coué war?« fragte in diesem Augenblick eine Stimme.

Alles wandte sich um.

Es war Jolanthe, welche die Frage gestellt hatte. Sie war an unseren Tisch getreten und setzte sich jetzt auf eine Sessellehne. Sie rauchte mit hastigen Zügen, ihr Glas hielt sie in der Hand. Ich sah sie an. Ich sah sie nackt.

»Natürlich«, erwiderte Clayton. »Coué – das war doch so ein französischer Arzt, der seinen Patienten einredete, daß sie sich ihre Krankheiten nur einbildeten, habe ich recht?«

»Stimmt«, sagte Hellweg. »Wie kommen Sie auf ihn?«

»Dieser Coué«, sagte Jolanthe, »war ein Fanatiker. Wenn es einem seiner Patienten schlechtging, dann duldete er nicht, daß seine Mitarbeiter das auch so ausdrückten. Seine Mitarbeiter hatten in einem solchen Fall nicht zu sagen: Herr X

fühlt sich nicht wohl, sondern: Herr X bildet sich ein, sich nicht wohl zu fühlen.«
Ein großer, dunkler Mann mit verschlossenem Gesicht, der zugehört hatte, sprach: »Einmal war es dann so weit, daß man Coué berichten mußte: Herr X bildet sich ein, gestorben zu sein.«
Alle lachten. Am lautesten lachte Clayton. Er klopfte dem Mann auf die Schulter und erklärte, an alle gewandt: »Herr Mordstein berät unsere Gesellschaft in Fragen, die typisch deutsche Verhältnisse betreffen, er geht zu Behörden und erledigt Bankangelegenheiten für uns.«
»Mädchen für alles«, sagte der Mann, der Mordstein hieß, »das bin ich.« Er sah zu Jolanthe. »Entschuldigen Sie, ich habe Sie unterbrochen.«
Sie schüttelte den Kopf. »Durchaus nicht, Sie haben mir das Wort aus dem Mund genommen. So wie dem armen Herrn X geht es uns heute nämlich allen in Europa. Der Patient Europa bildet sich ein, gestorben zu sein.«
»Bravo!« rief Hellweg.
»Ich fürchte, ich verstehe nicht«, sagte Margaret.
»Sie kommen aus einer anderen Welt«, erwiderte Hellweg. »Sie werden vieles nicht verstehen, was Sie bei uns sehen und hören. Aber Fräulein Caspari hat recht.« Hellweg sprach weiter, doch ich konnte ihm nicht folgen. Ich sah Jolanthe. Und ich hatte plötzlich das Gefühl, betrunken zu werden, rapide und fürchterlich. Ich hatte kaum etwas zu mir genommen, aber dennoch drehte sich plötzlich alles um mich. Ich steckte mechanisch eine Zigarette an und vermied es, Jolanthe anzusehen.
Ich wollte Hellweg zuhören.

Ich hörte ihm nicht zu. Ich sah Jolanthe wieder an.
Und ich sah sie wie jedesmal, wenn ich sie sah.
Nackt.

14

Sie drückte ihre Zigarette aus, neigte sich vor und begegnete meinem Blick. Ihre Augen waren ernst, grün und verschleiert. Ihr Blick hielt den meinen fest wie ein Magnet, klammerte sich an ihn, ließ ihn nicht mehr los, und ich fühlte, wie von neuem Hellwegs Stimme von mir fortschwamm, wie alles nebelig wurde und trübe und wie sich der Raum zu drehen begann um mich. Ich preßte meine Hand zusammen. Dann hörte ich ein Geräusch und verspürte einen stechenden Schmerz. Ich hatte den Stiel des Glases, das ich in der Hand hielt, abgebrochen. Der Kelch lag auf der Erde. Der Drink sickerte in den Teppich ein und bildete dort einen dunklen Fleck.
»Verzeihung«, sagte ich.
Ich hob das Glas auf.
»Ihre Hand!« rief Joe.
Ich hatte meinen Daumen zerschnitten. Blut floß aus der Wunde. Ich nahm ein Taschentuch.
»Ich bringe Jod!«
»Bleiben Sie sitzen«, sagte ich. »Es ist nur ein Kratzer.« Jolanthe sagte nichts. Ich drehte ihr den Rücken zu und neigte mich vor, um Hellweg zuzuhören. Er hatte, nach der durch mich verursachten Unterbrechung, wieder zu sprechen begonnen. »In einer solchen geistigen Atmosphäre wächst die

Jugend Europas auf, in einer Atmosphäre der absoluten Hoffnungslosigkeit. Unsere Intellektuellen sind die Chronisten dieser Hoffnungslosigkeit.« Hellweg sprach lauter, es schien sein Lieblingsthema zu sein, auf das er da gekommen war. Die andern hörten aufmerksam zu, wie er langsam und umsichtig seine englischen Sätze baute. Das Radio spielte Gershwins »Amerikaner in Paris«. Mordstein sorgte dafür, daß unsere Gläser voll blieben. Das Licht der Stehlampe war warm und gelb. In einer solchen Atmosphäre ließ es sich wohl über den Weltuntergang plaudern.

Ich hatte Margaret mehrmals mit anderen Frauen betrogen. Sie wußte es. Und ich wußte, daß sie es wußte. Ich hatte mir niemals besondere Mühe gegeben, es vor ihr zu verbergen, wenn ich es tat. An diesem Abend kreisten zwei Gedanken in meinem Kopf: Ich wußte, daß ich sie mit Jolanthe Caspari betrügen und daß ich mir diesmal besondere Mühe geben würde, es vor ihr zu verbergen. Nur eines wußte ich nicht: *warum* ich es diesmal verbergen wollte. Was diesmal anders war. Was mich bedrückte. Denn irgend etwas bedrückte mich. Ich konnte nicht sagen, was. Es war nicht mein Gewissen. Ich hatte Angst.

»Sie trinken ja gar nichts«, behauptete jemand neben mir. Es war Mordstein. Er hielt einen Glaskrug in der Hand und lächelte.

»O doch.« Ich trank mein Glas in einem Zug leer.

»So ist es besser«, sagte er und füllte es wieder. Der Cocktail bestand aus Gin, Rum und Juice und brannte leicht auf der Zunge. Ich sah zu Jolanthe. Sie hatte mich nicht aus den Augen gelassen. Nun hob sie ihr Glas und trank gleichfalls. Ich lächelte schwach.

Auch sie lächelte für einen Augenblick.
Na schön, dachte ich.
Aber ich hatte Angst.
»Lassen Sie den Krug hier«, sagte ich.
»Bitte sehr«, sagte Mordstein. Er stellte ihn vor mich hin. Jolanthe kreuzte die Beine und nahm eine neue Zigarette. Ich gab ihr Feuer. Meine Hand zitterte dabei wie in einem Krampf. Sie sah die Hand an, dann sah sie mich an, dann wieder die Hand. Ich hätte sie gerne geschlagen. Dann nahm sie endlich Feuer. Sie nahm es so spät, daß das Streichholz meinen Finger verbrannte. Es war ein Finger der Hand, um die ich das Taschentuch gewickelt hatte.
Hellweg und Margaret debattierten noch immer.
»Für die Kommunisten«, sagte der deutsche Autor, »ist die antikommunistische Literatur des Westens – mit wenigen Ausnahmen – ein einziger triumphaler Beweis für die Richtigkeit des Weges, auf dem sie sich befinden, und für die Gewißheit des endgültigen Sieges, dem sie entgegenschreiten.« Nachdem er das gesagt hatte, trank auch Hellweg. Er trank zum erstenmal an diesem Abend, und er hatte einen roten Kopf. Er schien ein Thema berührt zu haben, das ihm sehr naheging. Das war anscheinend in Deutschland bei allen Menschen so, ich hatte es auch schon bemerkt. Man konnte mit niemandem zusammensein, ohne sich nach einer Viertelstunde bereits in ein politisches Gespräch auf Tod und Leben verwickelt zu sehen. Es war eine Manie, es war eine Seuche, Europa schien in Politik zu ersticken. Die Menschen mußten sich mit ihr beschäftigen, immer, alle, ausnahmslos. Nein, Margaret hatte wirklich keine Ahnung von diesem Kontinent. Keiner von uns, die wir von drüben,

aus dem Frieden und der Sattheit, kamen, hatte eine Ahnung. »Wie kommt es zu dieser Situation?« fragte der gute, dicke Joe in diesem Moment. Seine Zigarre war erloschen, und er saß Hellweg gegenüber, als säße er bereits vor seinem Kommissar. »Das ist leicht zu verstehen«, meinte der Deutsche. »Die Schrecken des Krieges waren nicht so schlimm. Die hätten wir überwunden. Schlimm war die Enttäuschung des Friedens. Ihr habt uns – und nicht nur uns! – Frieden versprochen, Menschenwürde, Freiheit von Furcht und Not, Freiheit der Rede und des Glaubens und so fort, ich brauche nicht weiterzusprechen.«

»Nein«, sagte Mordstein, »das brauchen Sie bei Gott nicht.«

»Reden Sie weiter«, sagte ich.

»Wenn Sie es hören wollen!« Nun waren alle schon ein bißchen betrunken, auch Hellweg. »Also, nachdem wir euch das alles geglaubt haben, der ›Stimme Amerikas‹ und dem Londoner Rundfunk und dem Moskauer Rundfunk, nachdem ihr mit eurem Frieden unsere einzige Hoffnung gewesen seid, haben wir ihn dann eben erlebt, euren Frieden. Und ihr habt uns enttäuscht. Und ihr habt uns belogen! Kaum war Frieden, da seid ihr schon wieder übereinander hergefallen. Kaum war Frieden, da mußte man schon wieder Angst haben, da wurde man schon wieder verschleppt, geschlagen, eingesperrt. Und sogar ihr, die Verbündeten, seid euch in die Haare geraten und habt euch lieber mit den alten Nazis verbrüdert, als euren Freunden aus dem Krieg auch nur noch die Hand zu geben. Wir haben nicht vergessen, was Herr Churchill sagte.«

»Was hat er gesagt?«

»Er hat gesagt: Wir haben das falsche Schwein geschlachtet.«

Clayton lachte.
»Sehr lustig«, sagte Hellweg, »nicht wahr?«
Clayton hörte zu lachen auf.
»Sie verstehen also«, sagte Hellweg und trank wieder, »warum in Europa solche Bücher geschrieben werden, nicht wahr?«
»Ich beginne zu verstehen«, sagte Margaret.
»Dazu kommt noch das peinigende Gefühl, in einem Wirtschaftssystem zu leben, das überholt und todkrank ist. Man muß ein Kommunist sein, um zu wissen, daß der Kapitalismus zweifellos *nicht* die Gesellschaftsform der Zukunft sein wird. Und trotzdem: Die Zeit der Geigergeräte und falschen Pässe ist noch nicht gekommen!« Er unterbrach sich, lächelte jungenhaft und sagte: »Großer Gott, ein typischer Boche, nicht wahr? Hält sofort Reden. Ich bitte um Verzeihung.«
Er drehte das Radio lauter.
Tanzmusik erfüllte den Raum.
Hellweg erhob sich und trat zu Jolanthe. Er fragte: »Shall we dance?« Es klang ein bißchen sonderbar, sie waren doch beide Deutsche.
Jolanthe nickte. Er tanzte mit ihr fort.
Die Runde um den Tisch war aufgehoben. Margaret tanzte mit Clayton. Die anderen Gäste folgten ihnen. Ich blieb allein zurück mit Mordstein. Wir sahen den Tanzenden zu.
»Jetzt wissen Sie also, woran Sie sind«, sagte Mordstein. Er war ganz ungewöhnlich dunkelhäutig, ich bemerkte es erst jetzt, da er näher rückte. Er trug mehrere Ringe an den Fingern. »Es war sehr informativ, die Situation einmal mit den Augen eines Deutschen zu sehen.«
Er sah mich neugierig an.

»Was ist denn?«
»Gar nichts, Mr. Chandler. Warum?«
»Sie sehen mich so sonderbar an.«
»Ich dachte gerade, wie leicht ihr Amerikaner zu beeindrucken seid.«
Ich drehte ihm den Rücken zu und gab keine Antwort.
Jolanthe tanzte mit Hellweg. Sie tanzte gut. Jedesmal, wenn sie an mir vorüberkam, sah sie mich an. Und jedesmal hatte ich Angst.
Mordstein sprach weiter: »Ihr wißt ja nicht, was wirklich geschieht. Ihr glaubt, ihr habt die Macht und wir hier in Deutschland sind eure Geschöpfe. Wenn ihr nur eine Ahnung hättet! Aber nein! Hellweg und zehn Minuten seiner nebulosen Reden genügen, und ihr seid in der Kirche.« Er machte Hellwegs Stimme nach: »Die Zeit der Geigergeräte und falschen Pässe ist noch nicht gekommen.« Er trank und lachte fröhlich. »Haben Sie eine Ahnung, wieviel in Deutschland schon wieder mit Geigergeräten verdient wird? Und mit Bunkern, Panzern, Radargeräten?«
Der Tanz war zu Ende.
Hellweg verneigte sich ein bißchen steif und sehr deutsch vor Jolanthe. Sie nickte ihm zu und ging von ihm fort zur Tür. Dort blieb sie stehen und drehte sich um. Ihre Augen waren dunkel, tief und gefährlich. Ich erwiderte ihren Blick.
Clayton und Margaret wanderten plaudernd ins Nebenzimmer.
»Und was die falschen Pässe betrifft, für die angeblich die Zeit noch nicht gekommen ist – wer weiß, wann *Sie* einen brauchen werden, Mr. Chandler?«
»Ich brauche keinen.«

»Wer kann das sagen? Eines Tages ist es vielleicht soweit. Wer soll dann helfen? Wohin wenden Sie sich dann? Haben Sie keine Angst, Mr. Chandler, wenn es soweit ist. Kommen Sie ruhig zum guten alten Onkel Mordstein. Wir wollen sehen, was sich für einen amerikanischen Bruder machen läßt ...«
Jolanthe drehte sich um und verließ das Zimmer.
Ich stand auf. Nun war ich wirklich betrunken.
»Entschuldigen Sie mich!«
»Aber natürlich«, sagte Mordstein zufrieden und füllte sein Glas. Ich ging zur Tür. Ich wollte nicht gehen. Meine Beine gingen von selbst. Ich sah Jolanthe vor mir. Jolanthe, die gar nicht mehr da war. Das Radio spielte weiter Tanzmusik. Ich trat auf den Gang.
Der Gang war schwach erleuchtet und leer.
Eine Holzstiege führte hinunter zur Haustür.
Ich hörte, wie die Haustür zufiel.
Ich ging an der Kleiderablage vorbei zur Stiege. Die Haustür öffnete sich geräuschlos. Ich trat in den Garten hinaus. Er lag im unwirklichen, weißen Licht eines eben über die Bäume steigenden Vollmonds. Es war sehr still und warm. Mein Kopf schmerzte plötzlich, und ich sah schlecht.
Vor mir bewegte sich eine Gestalt auf das Glashaus zu.
Ich ging der Gestalt nach.
Beim Glashaus holte ich sie ein.
Es war Jolanthe.
Sie stieg vor mir die zwei Steinstufen in das leere Glashaus hinunter, durch dessen Fenster der Mond schien. Das Glashaus wies einen Tisch, Gartengeräte und ein paar Pflanzen in Töpfen auf. In seiner Mitte stand eine alte, zerrissene Couch.

Bis zu dieser Couch ging Jolanthe.
Wir sprachen kein Wort.
Ich packte sie, zog sie an mich und küßte sie. Sie streifte sich das Kleid von den Schultern, und wir sanken auf den schmutzigen Diwan. Unsere Hände bewegten sich gemeinsam. Jolanthes Gesicht war im Licht des Mondes ganz weiß, die Backenknochen traten hart hervor, und die Augen lagen in tiefen Höhlen. Ihr Mund sah aus wie eine große Wunde. Ihre Brüste waren zwei Flecke in der milchigen Dämmerung.
Ihr Atem ging keuchend, aber sie sprach nicht.
Auch ich schwieg. Einmal stöhnte sie. Meine Hände lagen unter ihren Schultern, und ich preßte sie an mich, als ich ein leises Sausen hörte, das rasend schnell lauter wurde und sich zu einem unerträglichen Toben steigerte. Eine Formation von amerikanischen Düsenjägern auf Nachtübung raste im Tiefflug über den Garten hinweg.
Die Erde zitterte. Ein Blumentopf fiel um.
Lauter und lauter wurde das Dröhnen, zuletzt klang es, als brächen die Maschinen in das Glashaus ein. Ich glaubte die Besinnung zu verlieren vor Erregung und Angst. Im selben Augenblick schlug Jolanthe ihre Zähne wild in meine Lippe. Ich schrie auf. Ich fühlte, wie mir das Blut in den Mund lief. Es schmeckte warm und bitter.

15

»Was sagen die Ärzte?«
Es war eine halbe Stunde später. Jolanthe lag ausgestreckt auf meinem Bett im Spital, und die Sonne schien ins Zimmer.

Es hatte uns niemand gestört. Ich fühlte mich schwer, müde und benommen.
»Die Untersuchung hat erst angefangen.«
Ich saß auf der Bettkante und sah sie nachdenklich an. Ihr Haar war über das Kissen ausgebreitet, die Kleider, die sie hastig abgestreift hatte, lagen unordentlich auf dem Fußboden. Ihre Brust hob und senkte sich regelmäßig, sie atmete tief. Warum hatte ich ihr gestattet, hierzubleiben? Warum fielen wir jedesmal wieder übereinander her wie Tiere, wenn wir uns ein paar Tage nicht gesehen hatten? Warum kamen wir nicht voneinander los? Was war es, das uns verband?
»Woran denkst du?« fragte sie träge und griff nach einer Zigarette.
»An nichts Besonderes.« Ich nahm ihr die Zigarette fort. »Zieh dich erst an, bitte. Jeden Augenblick kann jemand kommen.«
Sie nickte wortlos und erhob sich. Vollkommen unbekümmert griff sie nach ihren Kleidern. Sie besaß eine tierhafte Natürlichkeit, es gab keine Situation, in der sie gehemmt oder verlegen wurde. Sie trat an das offene Fenster, während sie die Bluse zuknöpfte.
»Bist du verrückt?«
»Warum?« Sie wandte erstaunt den Kopf.
»Komm vom Fenster weg! Jeder kann dich sehen.«
»Na und?«
»Es ist nicht unbedingt nötig. Ausgerechnet hier!«
»Ausgerechnet hier nicht«, sagte sie und lachte schallend. Sie schien es sehr komisch zu finden. Sie lachte immer weiter.

»Lach nicht«, sagte ich. Aber ich lachte schon selbst ein unkontrollierbares, halb hysterisches Lachen. Jolanthe hatte ganz recht. Warum wirklich ausgerechnet hier nicht? Es war eine vergleichsweise respektable Lokalität, wenn man die Orte und Gelegenheiten in Betracht zog, an denen und zu denen wir einander schon geliebt hatten. Im Wald, im Zug, auf dem Fußboden, in einer Ateliergarderobe und in der Nische einer Straßenbahnunterführung. Ich lachte gleichfalls. Sie kam zu mir und legte ihren lachenden Mund auf den meinen. Ich packte sie, als sie mich küßte. Wir lachten nicht mehr.
»Wann sehen wir uns wieder?« fragte sie, als sie endlich zum Gehen angezogen war. Von meiner Erkrankung wurde nicht mehr geredet.
»Ich rufe dich an.«
»Ich werde darauf warten.«
Sie gab mir nicht die Hand, sie berührte mich nicht mehr, sie ging zur Tür, ohne sich umzudrehen. Ich saß auf meinem Bett und sah ihr nach.
»Jolanthe«, sagte ich heiser.
Sie blieb stehen, aber sie wandte sich nicht um. Sie wartete. Ich schwieg.
»Was?« fragte sie, ebenso heiser.
»Nichts«, sagte ich. »Geh.«
Sie ging. Die Tür schloß sich hinter ihr. Ich legte mich langsam zurück und sah die Decke an. Vorsichtig tastete ich mit der Zunge über meine zerbissene Lippe. Der ganze Raum duftete nach Jolanthes Parfüm.
Am Nachmittag kam Margaret. Ich war sehr abgespannt, und sie ging bald wieder. Sie hatte mir nichts zu sagen. Eu-

lenglas, mit dem sie sprach, bevor sie zu mir kam, hatte einen definitiven Befund für die nächsten Tage in Aussicht gestellt. Sonst geschah an diesem Tag nichts mehr. Nur gegen Abend erhielt ich noch einen seltsamen Telefonanruf. Mordstein war am Apparat. Ich hatte ihn monatelang nicht mehr gesehen und war überrascht.

»Seien Sie nicht überrascht«, sagte seine Stimme jovial. »Ich hörte von Mr. Clayton, daß Sie sich nicht gut fühlen.«

»Es geht schon wieder.«

»Das freut mich, wirklich, das freut mich, Mr. Chandler!«

»Danke«, erwiderte ich und wartete, daß er den Hörer niederlegte.

Er legte den Hörer nicht nieder. »Was ich noch sagen wollte ... wenn Sie mich brauchen, haben Sie meine Adresse, nicht wahr?«

»Ja.«

»Kommen Sie ruhig zu mir.«

»Sehr freundlich. Aber ich weiß nicht ...«

»Man kann nie wissen«, sagte er. »Heute denken Sie noch: Mordstein soll mich doch in Ruhe lassen ...«

»Bestimmt nicht!«

»Aber morgen ist vielleicht schon alles anders! Morgen denken Sie: Mordstein ist der einzige, der mir helfen kann!«

Ich sollte bald Gelegenheit haben, mich an diese Worte zu erinnern.

16

»Professor Dr. Viktor C. Vogt« stand auf einem Schild an der Tür.

Es war zwei Tage später. Vogt hatte mich gebeten, zu ihm zu kommen, um seinen Befund zu hören. Er hatte mich um fünf Uhr bestellt, es war bereits Viertel sechs, aber er ließ sich durch eine Schwester entschuldigen. Er war aufgehalten worden. Ich saß in dem leeren, dämmrigen Wartezimmer und blätterte in Illustrierten. Marlene Dietrich hatte das Kreuz der französischen Ehrenlegion erhalten. In New York war ein Klub ausgehoben worden, in dem junge Mädchen an Millionäre vermietet wurden. In den Pyrenäen verloren vier Forscher in einer Höhle das Leben. Und in Korea ging der Krieg noch immer weiter. Ich blätterte alle Zeitschriften durch und las zuerst die Bildunterschriften und danach die Witze. Manche Witze waren sehr komisch. Dann sah ich wieder das Schild an der Tür an und überlegte, wofür wohl das »C.« stand. Für Cäsar? Oder für Christoph? Es wurde dunkler.

Die beiden vergangenen Tage waren mit weiteren Untersuchungen angefüllt gewesen, man hatte mich durchleuchtet, beklopft und mir verschiedene Flüssigkeiten zu trinken gegeben. Eulenglas und Vogt waren gleichmäßig freundlich und sachlich. Über den Fortgang der Untersuchung verloren sie kein Wort. Ich fragte auch nicht mehr. Ich war viel ruhiger geworden, die Spitalatmosphäre schläferte mich ein. Vielleicht gab man mir auch irgendwelche Beruhigungspulver ins Essen, Bromide oder etwas Derartiges. Ich hatte gehört, daß es üblich war. So erklärte sich möglicherweise die Gleichgültigkeit, mit der ich den Vorgängen um mich folgte. Meine Sprachschwierigkeiten hatten sich gegeben, die Kopfschmerzen hielten sich in erträglichen Grenzen. Margaret kam jeden Tag. Jolanthe hatte ich seit ihrem Besuch nicht mehr gesprochen.

Ich nahm ein neues Magazin zur Hand. Während ich die Seiten wandte, versuchte ich mich in eine gewisse Erregung zu steigern. Die nächsten Minuten entschieden immerhin über meine Zukunft. Ich würde wissen, ob ich gesund oder krank war, ob ich leben oder sterben sollte. Alles hing von dem Befund der Ärzte ab. Ich erwartete, daß meine Handflächen feucht und meine Lippen trocken würden. Doch es geschah nichts dergleichen. Ich blieb ruhig sitzen und konstatierte, daß mich meine Überlegungen eher langweilten. Es mußte doch am Essen liegen.

Die Tür mit der Tafel öffnete sich, und Eulenglas erschien. Ich erhob mich.

Eulenglas entschuldigte sich noch einmal für die Verspätung, während er mich an sich vorüber in das Zimmer seines Chefs treten ließ. Es war ein gemütliches, großes Wohnzimmer, das nicht im geringsten die ärztliche Tätigkeit seines Besitzers vermuten ließ. Ich gab Vogt die Hand, und wir setzten uns. Der Professor offerierte Zigaretten und Kognak. Dann rückte er näher zu mir. »Wir wollen über die einzige Sache sprechen, die Sie interessiert, über Ihren Befund.«

»Ja«, sagte ich und lächelte. Es war sehr gemütlich in diesem Zimmer.

Vogt sah mich offen an. »Mr. Chandler, wir haben Sie so gewissenhaft untersucht, wie das mit den Methoden, die uns zur Verfügung standen, möglich war. Wir haben die Resultate sorgfältig ausgewertet, und wir sind dennoch nach wie vor nicht in der Lage, Ihnen genaue Angaben über Ihren Zustand zu machen.«

Danach schwieg er, und es entstand eine Stille.

»Was heißt das?« fragte ich endlich. »Sie können mir nicht sagen, ob ich einen Tumor habe oder nicht?«

»Wir können es Ihnen nicht mit absoluter Gewißheit sagen«, erklärte Eulenglas und rückte an seiner scharfen Brille.

»Das war aber eigentlich der Zweck der Übung, meine Herren!« sagte ich und lachte kurz. Es klang fremd, dieses Lachen, ich wunderte mich darüber. Vogt rieb die Hände aneinander, sein rundes Gesicht sah in der Dämmerung aus wie ein großer, weißer Mond.

Seine Stimme quiekte. »Mr. Chandler, wir sprechen über den bisherigen Stand der Untersuchung. Wir sind noch nicht am Ende.«

»Warum fahren Sie dann nicht fort?«

»Weil wir dazu Ihre Zustimmung brauchen«, sagte Eulenglas. Das gab mir einen kleinen Stich, für Sekunden erwachte ich aus meiner Lethargie. »Zustimmung – warum?«

»Eine reine Formalität«, klagte Vogts weibische, singende Stimme aus der Dämmerung, »aber wir brauchen sie.« Er rückte näher, nun roch ich wieder den Knoblauch. »Bisher, Mr. Chandler, können wir Ihnen mit Bestimmtheit mitteilen, daß einiges in Ihrem Gehirn nicht so ist, wie es sein sollte. In der linken vorderen Kopfpartie tragen Sie eine Gewächsbildung mit sich herum.«

»Aha«, sagte ich.

»Wollen Sie noch einen Kognak?« fragte Eulenglas.

»Nein, warum?«
»Ich dachte nur«, sagte er.
»Wenn ich einen Tumor mit mir herumtrage ...«, begann ich.
»Keinen Tumor, eine Gewächsbildung«, korrigierte mich Vogt.
»Na schön, eine Gewächsbildung! Wenn Sie also schon wissen, daß ich so etwas besitze, warum operieren Sie mich dann nicht? Was ist Ihnen denn eigentlich noch unklar, meine Herren?« So war das also, dachte ich. So teilten sie es einem mit. Ziemlich effektlos. »Wollen Sie noch einen Kognak?« Und das war alles? Das sollte sich einmal ein Autor in Hollywood erlauben! So etwas von einer versauten Szene.
»Sie sind ein wenig zu stürmisch, Mr. Chandler!« Vogt goß sich selbst noch ein Glas voll. »So schnell sind wir mit der Operation nicht bei der Hand. In vielen Fällen können wir sie uns nämlich sparen.«
»Wann?«
»Wenn es sich um ein gutartiges Gewächs handelt, das man durch Bestrahlung zum Verschwinden bringen kann.«
»Und Sie halten es für möglich, daß ich ein gutartiges Gewächs habe?«
»Natürlich, Mr. Chandler!«
»Selbstverständlich, Mr. Chandler!«
Das kam wie aus der Kanone geschossen und gleichzeitig. Die beiden sahen mich lächelnd an. Ich hatte das Gefühl, daß ich ihnen eine kleine Freude machen mußte, sie gaben sich solche Mühe mit mir.
»*Jetzt* möchte ich noch einen Kognak«, sagte ich. Man beeilte sich, ihn mir zu reichen.

»Danke«, sagte ich. Dann lehnte ich mich zurück und lachte. »Viel weiter sind wir nicht gekommen! Ist das ein System von Ihnen?«
»Was?«
»Dem Patienten das Todesurteil in Raten zu übermitteln?«
»Mr. Chandler«, sagte Vogt vorwurfsvoll. Seine Stimme gickste.
»Schon gut«, sagte ich. »Ich bin doch, alles in allem, ein ganz erträglicher Kunde. Vorhin, als Sie mir die Sache mit dem Gewächs mitteilten, hätte ich ja auch ohnmächtig werden können, nicht wahr?«
Das kreditierten sie mir.
»Natürlich«, sagte ich, »ist dieses Zwischenstadium nicht besonders angenehm! Wann kann ich Gewißheit haben?«
»Wenn Sie Ihre Zustimmung zu einem kleinen Eingriff geben, morgen abend.«
»Was ist das für ein kleiner Eingriff?«
»Es handelt sich um eine sogenannte Ventriculographie«, sagte Eulenglas.
»Aha.«
»Eine Untersuchungsmethode«, erklärte Vogt (er erinnerte sich, daß man mir alles erklären mußte), »mit deren Hilfe wir genau die Konturen des Gewächses, seine Natur und seine Lage bestimmen können. Wir spritzen eine Kontrastflüssigkeit in Ihr Gehirn und betrachten das Röntgenbild. Die Kontrastflüssigkeit umgibt das Gewächs von allen Seiten, und es zeichnet sich scharf ab.«
»Das klingt sehr vernünftig.«
»Es ist eine großartige Methode«, sagte Eulenglas enthusiastisch.

»Eine Frage …«, ich stellte mein Glas hin.
»Ja, bitte?«
»Wie kommt die Kontrastflüssigkeit in mein Gehirn?«
»Durch zwei kleine Löcher«, sagte Vogt und räusperte sich verschämt.
»Durch zwei kleine Löcher«, wiederholte ich.
»Durch zwei kleine Löcher«, wiederholte Eulenglas. Wir schienen plötzlich alle drei an literalen Paraphasien zu leiden. Vogt stand auf und schaltete das Licht einer Stehlampe ein.
»Wo sind die zwei kleinen Löcher?« fragte ich.
Er trat zu mir und berührte meinen Hinterkopf zu beiden Seiten der Wirbelsäule, etwa zehn Zentimeter über dem Haaransatz.
»Und dafür brauchen Sie meine Zustimmung?«
»Nein«, sagte Vogt überraschenderweise.
»Aber …«
»Wir brauchen Ihre Zustimmung nicht für die Ventriculographie, Mr. Chandler. Doch wenn wir bei dieser feststellen, daß es sich nicht um ein gutartiges, sondern um ein bösartiges Gewächs handelt, dann setzen wir Sie nicht erst einer neuerlichen Wartezeit aus, sondern operieren sofort.«
»Ohne mich noch einmal zu mir kommen zu lassen?«
»Ja, Mr. Chandler.«
Ich stand auf und ging zum Fenster. Draußen war es ganz dunkel geworden. Durch die Bäume des Parks sah ich die Lichter der Straße. Ein Auto fuhr vorbei. Ich drehte mich um.
»Hören Sie«, sagte ich, »ist diese ganze Rederei über die Ventri …«

»Ventriculographie ...«
»... nicht nur Ihre Methode, mir beizubringen, daß eine Operation notwendig ist? Wissen Sie nicht vielleicht schon die ganze Zeit, daß ich einen Tumor, und einen bösartigen dazu, habe?«
»Nein, Mr. Chandler«, sagte Vogt und sah mich an. Sonst sagte er nichts. Aber es war mir sogleich klar: Sie wußten es wirklich noch nicht. Ich ging zum Tisch zurück und setzte mich. »Was muß ich unterschreiben?«
»Sie sind also einverstanden?«
»Natürlich«, sagte ich. »Ich kann doch jetzt unmöglich weiterleben, ohne Gewißheit zu haben.«
»Sehr vernünftig, Mr. Chandler.« Eulenglas nahm ein Formular vom Schreibtisch auf. »Es ist der gewöhnliche Revers, den man vor jeder Operation unterschreibt – auch wenn man sich nur den Blinddarm herausnehmen läßt. Sie erklären, daß Sie mit dem Eingriff einverstanden sind.«
»Haben Sie eine Feder?«
Er reichte mir eine.
Ich unterschrieb das Formular.
Ich las nicht, was darauf stand. Ich hatte Angst, irgendwo im Text das Wort »Tod« zu finden.

17

»Ich werde für dich beten«, sagte Margaret.
Es war sieben Uhr am Abend, und sie saß an meinem Bett. Die Schwester hatte ihr gesagt, daß sie um halb acht gehen müsse. Dann bekam ich ein Schlafpulver.

»Ich werde für dich beten, und alles wird gutgehen. Es tut gar nicht weh, Dr. Vogt hat es mir fest versprochen. Und ich bin sicher, sie werden dich gar nicht operieren.«
»Ich glaube es auch nicht, Margaret.«
»Das Gewächs ist harmlos. Vogt sagt, wir würden nicht glauben, wie viele von diesen Gewächsen harmlos sind.«
»Ja, das sagte er mir auch.«
»Und wenn sie harmlos sind, kann man sie mit Bestrahlungen dazu bringen, sich zu zersetzen.«
»Ja.«
»Mit Röntgenbestrahlungen. Sie haben da sehr gute Heilerfolge erzielt.«
»Ja, hab ich gehört.«
»Du weißt doch, ich habe immer so etwas wie einen sechsten Sinn gehabt, Liebling, nicht wahr?«
»Ja.«
»Und ich fühle: Sie werden dich nicht operieren.«
»Das wäre hübsch.«
»Bestimmt nicht, paß auf! Zwei kleine Löcher, das wird alles sein.«
»Und eine Glatze.«
»Ja, natürlich, eine Glatze wirst du haben!« Sie lächelte. »Ich bin schon neugierig, wie du aussiehst.«
»Ich nicht.«
»Rasieren sie den ganzen Schädel kahl?«
»Ja.«
»Komisch. Warum eigentlich?«
»Für den Fall, daß sie mich doch gleich operieren«, sagte ich. »Dann brauchen sie nämlich Platz.«
Margaret nickte. Sie sah sehr abgespannt aus, ihre Unter-

lippe zuckte ein wenig. »Wie dumm von mir, das zu vergessen.«
»Margaret«, sagte ich, »im rechten Fach meines Schreibtisches liegt ein Testament.«
Sie fuhr auf. »Um Gottes willen, sprich doch nicht davon!«
»Ich muß davon sprechen«, sagte ich. »Es ist das Testament, das ich aufsetzen ließ, als der Krieg ausbrach. Alles, was ich habe, gehört dir.«
Jetzt weinte sie plötzlich. »Liebling, ach, bitte ...«
»Schon gut«, sagte ich. »Es ist ja schließlich denkbar, nicht?«
Sie packte meine Hand. »Nein, es ist nicht denkbar! Es ist ausgeschlossen – selbst wenn sie dich operieren! Vogt ist eine erste Kapazität! Diese Operationen sind sein Steckenpferd! Er hat schon ein paar hundert hinter sich! Er ist der beste Mann in Deutschland!«
»Ja«, sagte ich.
»Ich ... ich bin sicher, es geht gut! Ich *weiß* es! Und ich ... ich hoffe, Roy, daß du nachher nicht nur gesund bist, sondern daß wir beide, daß du und ich ... daß wir ein neues Leben anfangen werden ...« Ihr Gesicht lag nun neben dem meinen auf dem Kissen, sie weinte noch immer. »Glaubst du nicht auch?«
Nein, ich glaubte es nicht, aber ich sagte: »Ja, Margaret!«
»Ich war oft ungerecht zu dir, ich habe dir weh getan, ich weiß. Das wird alles anders werden, Roy, wenn du hier herauskommst, ich verspreche es dir ...«
»Ja, Margaret.« Das Kissen wurde naß.
»Alles wird anders werden ... auch du, Roy, wir lieben einander doch noch, nicht wahr! *Ich* liebe dich, das weiß ich. Und du liebst mich doch auch noch, nicht?«

Ich nickte.
»Sag es, daß du mich noch liebst, Roy!«
»Ich liebe dich, Margaret«, sagte ich. Ich liebte sie nicht mehr. Sie lag schwer auf meinem Arm.
»Wir fahren fort aus dieser Stadt, Roy. Hier haben wir kein Glück gehabt. Wir fahren nach Hause. Zu Hause wird alles gut werden. Vielleicht hätten wir nie nach Europa kommen sollen.«
»Ja, vielleicht.«
»Europa war schlecht für uns, Roy. Es war wie in ›Dodsworth‹.«
»So ähnlich.«
»Aber es hört bei uns anders auf, nicht wahr?«
»Ja«, sagte ich. Bei mir hatte es schon aufgehört, vor langer Zeit. Und bei ihr auch. Sie wollte es nur nicht wahrhaben.
»Küß mich«, sagte sie plötzlich.
Ich küßte sie und spürte den wohlvertrauten Geruch: Pepsodent, Chanel No. 5 und Palmolivseife.
»Ich danke dir, Roy«, sagte sie.
»Wofür?«
»Für alles. Für alle Jahre. Für jeden Tag.«
»Ich danke dir auch«, sagte ich.
Die Schwester kam herein.
»Sie müssen jetzt gehen, Mrs. Chandler.«
»Ja!« Sie erhob sich und strich das Kostüm zurecht. Ihre Augen waren rotgeweint, sie lächelte heroisch und trat zur Seite, um der Schwester Platz zu machen, die mir mein Pulver gab. Dabei restaurierte sie schnell ihr Gesicht.
»Also dann!« Sie küßte mich noch einmal.
»Auf Wiedersehen!« sagte ich und gab ihr die Hand.

»Wenn du aus der Narkose erwachst, werde ich an deinem Bett sitzen.«
»Fein«, sagte ich.
»Schlaf gut.«
»Sicher.«
»Und vergiß nicht meinen sechsten Sinn.«
»Nein, Margaret.«
»Ich rufe nicht mehr an.«
»Nein, es ist auch besser so. Ich werde schlafen.«
»Und ich werde für dich beten.«
»Ja.«
»Leb wohl, Roy«, flüsterte sie. Die Tränen schossen ihr wieder in die Augen, und sie eilte zur Tür. Dort drehte sie sich um und lächelte mit nassem Gesicht.
»Gute Nacht, Margaret«, sagte ich.
Sie schluchzte auf und lief aus dem Zimmer. Die Schwester öffnete das Fenster und klopfte mein Kissen auf.
»Morgen abend ist alles in Ordnung«, sagte sie und lächelte beruhigend.
»Ja, Schwester.«
»Brauchen Sie noch etwas?«
»Nein, danke.«
»Schlafen Sie gut, Mr. Chandler.« Sie ging. Ich drehte das Licht aus und lag im Dunkeln. Über die Decke wanderten Laubschatten. Ein Hund bellte. Dann war es still. Ich versuchte an den kommenden Tag zu denken, aber ich fühlte mich sehr müde. Die Schwester hatte mir ein starkes Schlafpulver gegeben. Mein Bett war weich und warm, meine Lider wurden schwer. Ob ich Jolanthe noch anrief? Ich überlegte. Es war von Minute zu Minute weniger eine Angelegen-

heit des Verstandes, es wurde mehr und mehr ein physisches Problem. Ich hatte das Gefühl, die Arme vor Müdigkeit nicht mehr heben zu können. Ich war erschöpft. Und alles war mir ziemlich gleichgültig. Als ich schon fast schlief, läutete dann das Telefon.

Ich fuhr auf und tastete nach dem Hörer. Als ich ihn endlich fand, hielt ich ihn ans Ohr und sank auf das Kissen zurück. Es war Jolanthe. »Man wollte mich nicht mit dir verbinden.« Ihre Stimme klang dunkel und weit entfernt. »Aber ich bestand darauf.«

»Ja, Jolanthe«, sagte ich langsam.

»Hast du schon geschlafen?«

»Sie haben mir ein Pulver gegeben.«

Stille.

»Du hast nicht angerufen«, sagte sie dann.

»Nein.«

Wieder eine Stille.

»Es macht nichts«, sagte sie.

»Jolanthe?« Ich konnte die Silben der Worte nur noch einzeln sprechen, ich lag auf dem Hörer, ich vermochte ihn nicht mehr zu halten.

»Ja?«

»Sie operieren mich – morgen.«

»Ja.«

»Es tut mir leid, daß ich nicht angerufen habe.«

»Es macht nichts.«

Eine lange Stille.

»Bist du noch da?« fragte sie.

»Ja.«

»Alles Gute, Jimmy.«

»Danke.«
»Sonst kann ich nichts sagen.«
»Ich weiß.«
Der Strom der offenen Verbindung rauschte. Niemand sprach. Meine Augen brannten, obwohl ich sie geschlossen hielt.
»Hast du Whisky zu Hause, Jolanthe?«
»Ja.«
»Trink einen Schluck.«
»Ja, Jimmy.« Nach einer Weile fragte sie: »Denkst du daran?«
»Ja«, sagte ich. Ich dachte wirklich daran.
»An das letzte Mal?«
»Auch«, sagte ich.
»Und wirst du mich anrufen – nachher?«
»Ja.«
Wieder eine Stille.
Dann: »Bist du böse, wenn ich jetzt auflege?«
»Nein«, sagte ich. »Gute Nacht. Vergiß den Whisky nicht.«
»Und denk daran.«
»Ja.«
Dann sagte sie noch: »Wenn … wenn es schiefgeht, Jimmy, bringe ich mich um, mit Veronal. Und ich denke auch daran. Das ist hübsch, wenn wir beide daran denken, nicht wahr?«
»Ja«, sagte ich, »das ist hübsch.«

18

Der Tag begann für mich um sechs Uhr früh.
Ich bekam nichts zu essen, aber der Friseur besuchte mich. Er besorgte seine Arbeit schnell und zielbewußt. Zuerst schnitt er meine Haare ab. Dann schor er sie mit einer elektrischen Maschine. Zuletzt seifte er meinen Kopf ein und rasierte ihn. Er hatte das Gefühl, etwas für meine Unterhaltung tun zu müssen, und erzählte von seinen Kindern.
Er hatte drei, zwei Jungen und ein Mädchen. Die Jungen waren gesund, aber das Mädchen kränkelte. Der Friseur machte sich Sorgen. Er hieß Kafanke und war aus Berlin, die Bomben hatten ihn vertrieben. Im Jahre 1945 war er nach München gekommen. Es war ein sehr netter Friseur. Um halb sieben hatte er seine Arbeit beendet.
»Viel Glück, Mr. Chandler«, sagte er höflich, als er sich verabschiedete. Nach ihm kam Frau Dr. Reuter zu Besuch.
Sie sah wunderbar aus, herausfordernd ausgeschlafen und gepflegt. Sie brachte eine Injektionsnadel mit und forderte mich auf, den rechten Oberschenkel frei zu machen. Ich zog meine Pyjamahose aus. Sie hielt die Nadel zwischen zwei Fingern, wippte ein paarmal auf und nieder und rammte sie mir dann ins Fleisch.
»So«, sagte sie zufrieden.
»Was geben Sie mir da?«
»Ein Beruhigungsmittel«, sagte sie. »Später bekommen Sie noch eine Spritze.«
»Wozu?«
»Damit Sie sich richtig wohl fühlen, Mr. Chandler. Sie werden sehen, das Mittel beruhigt Sie wundervoll.«

»Ich bin nicht beunruhigt.«
»Nein, das sehe ich«, sagte sie und lächelte. »Haben Sie noch einen Wunsch?«
»Ich möchte mich im Spiegel betrachten.«
»Lieber nicht«, lachte sie.
»Sie müssen den letzten Wunsch des Delinquenten erfüllen«, behauptete ich.
»Schön«, sagte sie und holte einen Handspiegel aus dem Schrank. Sie hielt ihn vor mich hin, und ich betrachtete mich. Ich sah schauerlich aus. Die Kopfhaut war gerötet und wies ein paar zerschnittene Pickel auf. Die Knochen des Schädels traten hervor.
»Danke«, sagte ich.
»Ich habe Sie gewarnt!« Sie lachte wieder, legte den Spiegel zurück und ließ mich allein. Ich wurde zusehends schläfriger. Alle Geräusche wichen von mir zurück, und es überkam mich wieder eine große Gleichgültigkeit. Auch verlor ich jedes Zeitgefühl, es schien mir fünf Minuten später zu sein, als die Ärztin zurückkam. Es war schon eine halbe Stunde vergangen.
Nach der zweiten Injektion sank ich in einen leichten Dämmerschlaf. Dr. Reuter kam und ging noch ein paarmal. Ich sah sie aus halbgeschlossenen Augen an, ich hörte auch, wenn sie mit mir sprach, und ich tat, was sie sagte, aber sobald ich es getan hatte, vergaß ich ihre Worte sofort. Ich hatte noch verschiedene Wünsche hinsichtlich gewisser Erledigungen, doch irgendwie kam ich nicht dazu, sie auch laut werden zu lassen.
»Frau Doktor«, hörte ich mich sagen, »da ist noch etwas, worum ich Sie bitten möchte. Es handelt sich um meine Fir-

ma. Man müßte ...« Etwa an diesem Punkt meiner Ausführungen verlor sich meine Stimme jedesmal, meine Konzentrationsfähigkeit wich, und meine Gedanken wanderten frei und leicht. Ich hatte vergessen, was ich sagen wollte. Nein, ich wußte es noch. Nun wußte ich es wieder nicht. Und im Grunde war es wohl auch nicht so wichtig. Nichts war besonders wichtig. Und alles schien recht angenehm ...
Ein riesiger Kerl in einer weißen Bluse kam herein und rollte einen Operationswagen ins Zimmer. Er trat zu mir, hob mich aus dem Bett wie ein kleines Kind und legte mich auf den Wagen. Er deckte mich zu und schob mich auf den Gang hinaus. Ich war unsagbar weit von allem entfernt, aber meine Sinne nahmen noch alles um mich her wahr, Stimmen und Gesichter, Türen, Fenster, einen Transportlift.
Und dann erreichten wir den Vorraum des Operationssaales, oben unter dem Dach. Hier ließ mich der Riese allein. Nebenan redeten ein paar Leute. Die Injektion wirkte jetzt schon mit ihrer ganzen Kraft. Ich hörte die Stimmen, aber ich verstand die Worte nicht, ich wußte nicht mehr, was sie bedeuteten. Nun schien die Zeit sich wieder maßlos auszubreiten, die Minuten wurden zu Stunden. Warum geschah nichts? Warum kam niemand zu mir? Warum holte man mich nicht endlich? Aber dann holten sie mich, der Riese und die Schwester. Sie fuhren mich in den Saal hinein. Seine großen Fenster waren verdunkelt, starke Lampen brannten. Unter einer leuchtenden silbernen Kugel stand der Operationstisch. Sie hoben mich von meinem Wagen und legten mich auf ihn. Fremde Gesichter neigten sich über mich. Waren es fremde Gesichter? Plötzlich glaubte ich Dr. Vogt zu erkennen. »Wie fühlen Sie sich?« fragte das Gesicht, das mich

an ihn erinnerte und über mir in der milchigen Helle der leuchtenden Kuppel schwamm.

»Gut, danke«, sagte ich, aber ich hörte meine eigene Stimme nicht mehr. Das Gesicht schwamm fort.

Eine Schwester schnallte meine Arme fest. Nun konnte ich mich nicht mehr bewegen. Im nächsten Augenblick begann meine Nase zu jucken. Sie juckte unerträglich, ich versuchte den Reiz zu unterdrücken, aber es gelang mir nicht. Die Nase juckte von Sekunde zu Sekunde ärger.

»Meine Nase«, sagte ich.

»Ja?« fragte die Schwester.

»Kratzen Sie sie, bitte.«

Sie tat es.

Von allen Seiten traten jetzt Menschen in Weiß heran und sahen mich an.

»Also, fangen wir an«, sagte eine Stimme.

Instrumente klirrten.

Etwas begann zu summen. Unsichtbare Hände ergriffen meinen kahlen Schädel. Nicht, dachte ich, nicht doch! Ich bin doch noch bei Bewußtsein, ich höre und sehe und fühle doch noch alles. Wie könnt ihr anfangen, wenn ich noch alles fühle?

Meine Nase juckte wieder.

Vielleicht war ich in einer Stunde tot, dachte ich.

Vielleicht sah ich diesen Saal zum letztenmal. Vielleicht war mein Leben gleich zu Ende ...

Die Gesichter trugen Masken. Jemand strich mit einem eiskalten Gegenstand über meinen Kopf. Wenn ich starb, dachte ich, hinterließ ich nichts. Keine Trauer, keinen Freund, nichts Schönes, keine Leistung, keine Erinnerung.

Keinen Haß. Auch keine Liebe. Keine Lücke. Kein Vorbild. Nichts. Es war kein schönes Leben gewesen, wenn man es überlegte. Oder doch. Manchmal war es schön. In manchen Stunden. Ich versuchte mich an eine solche Stunde zu erinnern. Aber es fiel mir keine ein.
Meine Nase begann wieder zu jucken.
»Bitte, Schwester«, murmelte ich. Sie kratzte mich mit der linken Hand. Mit der rechten Hand stieß sie mir eine Nadel in den angebundenen Unterarm. Das war das letzte, was ich von mir wußte. Im nächsten Augenblick erlosch das Licht, und die Stimmen verstummten, und ich stürzte hinunter in die sich weitende Finsternis eines riesigen Brunnenschachts.

19

Am Grunde des Brunnens war es wieder hell.
Er glich einem Hinterhof. Die Gebäude ringsum waren Ruinen, ihre Fenster dunkle Löcher. Es war kalt, der Himmel war grau. Der Hinterhof wies Gerümpel und Geröll aller Art auf, vielerlei Abfall und Unrat und einen kahlen Kastanienbaum. Unter diesem stand eine Bank. Auf der Bank saß Jolanthe. Ich sah sie sofort, als ich in den Hof eintrat, und ging sogleich auf sie zu.
»Entschuldige, ich habe mich verspätet.«
»Es ist gut«, erwiderte sie, »ich warte erst seit zwei Jahren.« Sie trug ein langes, helles Gewand, das Ähnlichkeit mit einem prunkvollen Nachthemd hatte. Nun stand sie auf und begann an meiner Seite über den verwüsteten Hof zu ge-

hen. »Wir müssen uns beeilen«, sagte sie, »der Zug geht bald.« Nach einer Weile fügte sie hinzu: »Es ist der letzte.« Wir kamen rasch vorwärts, obwohl der Boden sehr uneben war. Unsere Füße schienen ihn kaum zu berühren, wir schwebten über ihn wie im Flug. Wir verließen den Hof und kamen durch einen niedrigen, schmutzigen Gang in das Innere einer Ruine.

»Schau«, sagte Jolanthe. Sie wies mit der Hand in den Winkel eines ehemaligen Badezimmers. Dort saßen zwei große, rosige Ratten und blickten uns ernst an.

»Sie wollten auch fort«, sagte Jolanthe. »Aber man hat ihnen kein Visum gegeben.«

»Braucht man ein Visum?«

»Seit ein paar Tagen«, sagte sie und nickte den Ratten zu.

»Viel Glück!« rief die eine Ratte.

»Danke«, sagte Jolanthe. Wir traten auf die Straße hinaus. Es war eine leere, ausgebrannte Straße. Tote Häuser, wie Gespenster, säumten sie auf beiden Seiten. In den halb eingestürzten Torbögen saßen Menschen auf Korbsesseln, wie man es manchmal sieht, wenn die Portiere Feierabend machen. Die Menschen in dieser Straße trugen alle Sonntagskleidung. Und sie waren alle tot. Ihre gebrochenen Augen starrten ins Leere. Jolanthe grüßte sie, als wir vorübereilten. Die Toten rührten sich nicht. Aber Jolanthe grüßte freundlich weiter.

»Sie haben großen Einfluß«, erklärte sie mir.

»Wo?«

»Beim Bahnhofsvorstand«, sagte sie und zog mich fort. Ihr weites Kleid umwehte sie wild, ein starker Wind war aufgekommen, und es begann dünn zu regnen.

Der Bahnhof, den wir nach einigem Umherirren in ähnlichen Straßen erreichten, war auch ausgebrannt. Vor seinen behelfsmäßigen Kassen standen lange Menschenschlangen. Ich wollte mich gleichfalls anstellen, doch Jolanthe zog mich weiter. Wir eilten um den Bahnhof herum bis zu einer kleinen Holztür, an welcher Jolanthe klopfte. Ein Riese in einer weißen Bluse öffnete. Er schien Jolanthe zu kennen, denn er nickte und ließ uns in einen Wartesaal dritter Klasse eintreten. Danach schloß er die Tür hinter uns, griff nach Jolanthe und riß ihr mit einer einzigen Bewegung das weite Kleid vom Leib. Sie war darunter nackt. Er küßte sie. Ich stand daneben und rührte mich nicht. Der Kuß dauerte lange. Draußen auf dem Bahnsteig heulte eine Lokomotive. Der Riese ließ Jolanthe los.

»Kommen Sie«, sagte er. Er führte uns durch den Wartesaal in ein Büro, in dem ein großer Schreibtisch stand. Jolanthe, nackt, wie sie war, und ich, in einem normalen Straßenanzug, traten vor den Schreibtisch. Hinter dem Schreibtisch saß Professor Vogt. Er trug einen Regenmantel, dessen Kragen aufgestellt war, und nickte uns zu.

»Guten Tag, Sie wünschen?« Er kannte uns nicht. Der Riese sagte ihm etwas ins Ohr. Vogts Gesicht zeigte Erstaunen.

»Ach so«, sagte er gedehnt.

»Ja«, sagte Jolanthe und nickte.

»Und womit begründen Sie Ihren Antrag?«

(Es handelte sich um den Antrag auf ein Visum, ich erinnerte mich plötzlich. Der Riese hatte seine Vermittlung zugesagt, wenn Jolanthe sich ihm hingab. Jolanthe hatte mich gefragt, was sie tun sollte. Ich hatte zur Hingabe geraten. Sie hatte sich dem Riesen hingegeben. Dies war der Au-

genblick seiner Vermittlung. Plötzlich fiel mir das alles wieder ein.)
Vogt schüttelte den Kopf, während er uns ansah und auf eine Antwort wartete, die nicht kam. Er sagte weiter: »Sie müssen Ihren Antrag begründen. Das ist Vorschrift.«
»Wir wollen fort«, sagte Jolanthe.
»Das genügt nicht als Begründung«, sagte Vogt.
»Wir können in dieser Stadt nicht mehr leben«, sagte ich.
»Das genügt nicht als Begründung«, sagte Vogt. Der Riese schien das Gefühl zu haben, etwas für uns tun zu müssen, er flüsterte wieder mit Vogt. Dieser zuckte die Achseln und sah auf. »Wann sind Sie gestorben?« fragte er.
»Schon lange«, erwiderte ich.
»Geben Sie den genauen Zeitpunkt an.«
»Am 7. Mai 1945«, sagte Jolanthe. Sie bemerkte, daß Vogts Blick auf ihr haftete, und sie bedeckte ihre Brüste mit den Händen. Vogt räusperte sich und sah fort.
»Dann sind Sie schon lange hier.«
»Wir gehören zu denen, die am längsten hier sind«, sagte ich. »Und es war nicht unsere Schuld, daß wir starben.«
»Ich bin nur ein kleiner Beamter«, murmelte er. »Mich trifft die Schuld auch nicht. Ich darf einfach nicht mehr Visa austeilen, als Plätze im Zug sind.«
»Sind noch Plätze im Zug?«
»Ja«, sagte er, »aber nicht für Sie.«
»Für wen denn?«
»Für die Kinder. Es sind noch viele Kinder hier. Sie kommen zuerst fort. Sie ertragen das Klima nicht.«
»Vielleicht könnten die Herrschaften im Schlafwagen fahren«, sagte der Riese. Er sprach zum erstenmal laut und sah

Jolanthe dabei traurig und hoffnungslos an, als wollte er sie um Verzeihung für sein Unvermögen bitten, uns zu helfen.

»Auch dann müßte die bekannte Bedingung erfüllt sein«, sagte Vogt.

»Welche Bedingung?«

»Die positive Beantwortung einer Frage.«

»Welcher Frage?«

Vogt seufzte und stand auf. Er ging zum Fenster und sah zu dem Bahnsteig hinaus, auf dem der Zug stand. Er wandte sich um und sah mich an. »Sie«, sagte er, »lieben Sie diese Frau?«

»Nein«, sagte ich, »ich liebe niemanden.«

Vogt nickte und wandte sich an Jolanthe. »Lieben Sie diesen Mann?«

Jolanthe schüttelte den Kopf.

»Nein«, sagte sie ruhig, »ich liebe ihn nicht.« Dann drehte sie sich zu mir und lächelte. »Küß mich, Liebling«, bat sie leise. Ich küßte sie.

Vogt ging zu seinem Schreibtisch zurück.

»Die Frage wurde negativ beantwortet«, sagte er. »Ich kann Ihnen kein Visum geben.«

Wir standen vor ihm und schwiegen. Wieder heulte die Zugsirene.

»Darf ich Sie an den Sondererlaß erinnern«, sagte der Riese zu Vogt. Er sprach bittend und demütig. Vogts Gesicht wurde traurig. Er stand mit einer hoffnungslosen Gebärde auf und rief mich mit einer Kopfbewegung zu sich: »Kommen Sie mit mir.«

»Ich?«

»Ja, Sie«, sagte er ungeduldig. Ich sah Jolanthe an, sie ließ meine Hand los.
»Sie bleiben hier«, sagte der Riese zu Jolanthe. Ich folgte Vogt auf den schmutzigen Perron hinaus. Den Zug entlang eilten jetzt Männer, die Erfrischungen verkauften. Sie trugen Gasmasken.
»Der Sondererlaß«, sagte Vogt zu mir, sobald er die Tür seines Büros geschlossen hatte, »setzt mich in die Lage, einen von Ihnen mitfahren zu lassen. Aber Sie müssen selbst bestimmen, wer es sein soll. Sie oder die Frau. Einer darf mit. Der andere bleibt hier.«
»Ich fahre«, sagte ich sofort.
»Gut«, meinte er, »hier ist Ihr Paß.« Er gab ihn mir. »Gehen Sie. Und drehen Sie sich nicht mehr um. Im Schlafwagen hinter der Lokomotive ist ein Abteil für Sie reserviert.«
»Danke«, sagte ich. Er war schon verschwunden. Ich ging den langen Perron entlang bis zum Schlafwagen. Dort stand ein Schaffner, der mich begrüßte.
»Bitte, mein Herr«, sagte er und führte mich in den Waggon hinein. Dieser Waggon war nicht überfüllt. Im Gang war niemand zu sehen.
»Hier ist es«, sagte der Schaffner und öffnete eine Tür. »Ich hoffe, Sie reisen ungestört, mein Herr.«
Ich trat ein. Die beiden Betten waren schon aufgeschlagen, und im oberen lag Jolanthe.
»Guten Abend«, sagte sie. Sie rauchte und sah mich nicht an.
»Guten Abend.« Ich schloß die Tür. »Haben sie dich auch gefragt?«

»Ja«, sagte Jolanthe.
»Und?«
»Ich habe dich verraten.«
»Ich habe dich auch verraten.«
»Einer hat den anderen verraten. Deshalb sind wir beide hier.«
»Aber es darf doch nur einer im Zug sein«, sagte ich erschrocken. In diesem Augenblick klopfte es, und ein Kontrolleur trat ein, ohne die Erlaubnis dazu abzuwarten.
»Die Pässe, bitte!«
»Hören Sie«, begann ich aufgeregt, »ich weiß, es darf nur einer von uns beiden in diesem Zug sein ...«
Er sah die Pässe an, steckte sie ein und gab mir einen fremden Paß zurück. »Es ist nur einer in diesem Zug.«
»Aber ...«
»Sie haben einander doch hoffentlich verraten?« erkundigte er sich mißtrauisch.
»Natürlich«, sagte ich. »Das schon.«
»Dann ist alles in Ordnung«, sagte er. »Sie sind eins.«
Damit schloß er die Tür.
Ich stand da und starrte Jolanthe an. Dann öffnete ich den Paß. Er zeigte nur leere Seiten und keinen Namen.
»Geh schlafen«, sagte Jolanthe. Sie hatte plötzlich kein Gesicht mehr. Ich entkleidete mich langsam. Dabei fühlte ich, wie der Zug sich in Bewegung setzte. Ich lehnte mich vor und löschte das Licht aus. Danach legte ich mich auf das untere Bett.
»Jolanthe?«
»Ja?«
»Wann kommen wir an?«

»Ich weiß es nicht«, erwiderte ihre Stimme.
Die Achsen des Wagens schlugen rhythmisch. Wir fuhren sehr schnell.

20

Ich hatte Durst.
Meine Lippen brannten, die Zunge lag mir schwer im Mund. Mein Kopf schmerzte. In meinen Schläfen pochten zwei Hämmer. Als ich die Augen vorsichtig öffnete, traf mich das Tageslicht wie ein Schlag.
Ich lag in meinem Bett. Vor mir saß Margaret. Über ihre Wangen liefen Tränen. Jetzt lächelte sie.
»Liebling«, sagte sie leise und holte tief Atem.
»Was ist?« fragte ich.
Ich versuchte mich zu bewegen, aber es gelang mir nicht. Ich war sehr schwach. »Warum bin ich hier? Wann operiert man mich endlich?«
»Es ist alles schon vorüber«, sagte sie heiser.
»Vorüber?« Mir wurde sehr heiß, sehr kalt und danach sehr übel. Ich erbrach mich würgend. Margaret wischte mir den Schweiß von der Stirn und stellte das Becken fort.
»War es ein Tumor?«
»Nein.«
»Was denn?«
»Ein harmloses Gewächs.«
»Und?«
»Liebling«, sagte sie und lachte hysterisch, während die Tränen ihr noch immer über die Wangen liefen, »sie haben nur

zwei kleine Löcher gebohrt und das Gewächs untersucht und gesehen, daß es harmlos ist. Sie haben dich überhaupt nicht operiert!«
Das war das letzte, was ich hörte, bevor ich wieder ohnmächtig wurde.

21

Ich blieb nur noch zwei Tage in der Klinik.
Am Abend des ersten Tages konnte ich bereits wieder klar hören und sehen und war richtig bei Bewußtsein. Am Morgen des zweiten Tages schmerzte mich nur noch der Kopf, und ich blieb ein wenig schwach auf den Beinen.
Aber inzwischen war mir doch die Tatsache zu Bewußtsein gekommen, daß in meinem Gehirn kein Tumor wucherte, sondern nur ein harmloses Gewächs, und ich fühlte mich optimistisch und vergnügt.
»Es ist ein Gewächs, das wir mit zehn bis zwanzig Röntgenbestrahlungen zur Auflösung bringen können«, erklärte mir Vogt, als er mich besuchte und mir den endgültigen Befund übermittelte. »Die Bestrahlungen können Sie hier oder anderswo durchführen lassen.«
»Wie lange dauert die Behandlung?«
»Ein paar Wochen. Die Bestrahlungen folgen einander in Intervallen von zwei bis drei Tagen.«
»Wann kann ich die erste bekommen?«
»In ein, zwei Wochen. Ihr Gehirn muß sich beruhigen, die Untersuchung war sehr anstrengend. Ruhen Sie sich jetzt einmal ordentlich aus, entspannen Sie sich, und dann, in

etwa zehn Tagen, kommen Sie wieder zu uns, Mr. Chandler. Einverstanden?«

»Einverstanden«, sagte ich.

Margaret war in diesen Stunden fast ununterbrochen bei mir. Sie sah sehr schlecht aus und zeigte eine Art, plötzlich in Tränen auszubrechen, die auf hochgradige nervöse Erschöpfung schließen ließ. Jolanthe hatte ich am Morgen des zweiten Tages angerufen und ihr mitgeteilt, daß ich sozusagen mit einem blauen Auge aus der ganzen Affäre herausgekommen war. Ich sagte, ich würde zu ihr kommen, sobald ich das Sanatorium verlassen hatte. Sie schien seltsam ungerührt zu sein, ich führte nur ein kurzes Gespräch mit ihr.

An diesem zweiten Tag bekam ich Besuche. Clayton erschien, Hellweg schenkte mir Blumen, und auch die Baxters überbrachten ihre Glückwünsche. Als sie gingen, begann Margaret wieder zu weinen und brauchte lange, bis sie sich beruhigte. Ich empfand seit langer Zeit zum erstenmal so etwas wie Mitleid mit ihr.

Das Ereignis, das die endgültige Katastrophe auslöste, hatte nichts mit ihr zu tun. Sie betrug sich vorbildlich. Alle Menschen um mich herum betrugen sich vorbildlich. Und der Anlaß, der mich zum erstenmal die Wahrheit ahnen ließ, war geradezu ridikül in seiner unbedeutenden Kleinheit. Er wäre mir unter anderen Umständen überhaupt nicht zum Bewußtsein gekommen. Nur mein gereiztes, überwaches Gehirn registrierte ihn, den wahren Anlaß des Besuches von Frau Doktor Reuter.

Sie kam, knapp bevor ich die Klinik verließ, um mir auf Wiedersehen zu sagen. Sie sah gepflegt und interessant aus wie immer. Sie hatte ein paar Minuten Zeit und setzte sich zu

mir. Nachdem sie mich zu dem Befund der Ärzte beglückwünscht hatte, kam das Gespräch auf das Thema Film. Sie hatte in den letzten Tagen zwei Filme gesehen. »Heaven Can Wait« von Lubitsch und »The Silver Net«, einen Kriminalfilm. Der Lubitsch-Film gefiel ihr wunderbar. »The Silver Net« lief in Deutschland unter dem Titel »Das Netz des Todes«, und von ihm sprach sie anschließend.
»Ich sah zuerst Lubitsch und dann das ›Netz‹«, erzählte sie. »Und ich muß Ihnen schon sagen ...«
»Das Drehbuch zum ›Netz‹ habe ich geschrieben«, unterbrach ich sie und grinste in Erwartung eines ausfallenden Angriffs. Ich freute mich auf diesen Angriff wie auf einen Ringkampf mit einem Freund. Frau Doktor Reuter mit ihrem Männerhaß und ihrer Vorliebe, mir unangenehme Dinge zu sagen, amüsierte mich. Ich hatte keine Ahnung, daß diese Unterbrechung ihres Satzes mein ganzes weiteres Leben ändern sollte.
»Ach so«, sagte sie und sah mich an.
»Stand mein Name nicht auf dem Titelvorspann?«
»Ich kam zu spät, ich sah den Vorspann nicht mehr.« Sie schien verlegen zu sein, und zu meiner grenzenlosen Überraschung wurde sie plötzlich blutrot.
»Sagen Sie es ruhig«, forderte ich sie auf und lachte, »daß der Film der größte Mist war, den Sie seit langem sahen!«
»Mist?« Sie schüttelte den Kopf, das Blut verließ ihre Wangen wieder, und sie lächelte freundlich. »Wieso Mist? Der Film gefiel mir außerordentlich! Wirklich, Mr. Chandler. Besonders die Story. Endlich kann ich Ihnen einmal etwas Nettes sagen!« Dies war der Moment, in dem mein Mißtrauen erwachte, in dem kalte Angst in mir hochschoß wie eine

Springflut. Der Film hatte ihr gefallen? Deshalb hatte sie zuerst von Lubitsch gesprochen und danach, in deutlichem Kontrast, zur Kritik an dem »Netz« angesetzt? Ich dankte für die freundlichen Worte, die sie nun folgen ließ, aber ich hörte nicht hin. Sie log, dachte ich. Sie wollte etwas ganz anderes sagen. Und sie hätte es gesagt, wenn ich sie nicht unterbrochen hätte. Sie wollte sagen, daß der Film ihr ungemein mißfiel, daß sie ihn entsetzlich fand. Und nun sagte sie das Gegenteil. Nun, nachdem ich ihr mitgeteilt hatte, was sie nicht wußte.

Warum tat sie das?

Was ging in ihr vor? Noch vor drei Tagen wäre das für sie ein Anlaß gewesen, mich mit freundlichem Hohn zu überschütten. Ich erinnerte mich an meine erste Begegnung mit ihr. Nun saß hier eine andere Frau, ein anderer Mensch. Frau Doktor Reuter log. Frau Doktor Reuter machte mir Komplimente. Warum?

Mein Kopf schmerzte plötzlich zum Zerspringen. Ich saß in meinem Bett, lächelte, dankte für ihre Elogen und ließ mir nicht anmerken, was in mir vorging, doch wie im Takt klopfte ein Wort in meinem Schädel: Warum? Warum? Warum?

Als sie endlich gegangen war, saß ich ganz still, an die Wand gelehnt, mit geschlossenen Augen. Ich konnte niemandem erklären, was ich ahnte. Ich würde niemandem sagen, was ich nun wußte, was ich begriffen hatte, dank dem seltsamen Verhalten von Frau Doktor Reuter. Ich wußte Bescheid. Und niemand wußte, daß ich Bescheid wußte. Eine instinktive Gewißheit bohrte sich in mein Bewußtsein, tiefer und tiefer mit jeder Sekunde. Ich wußte: Sie hatte mich belogen. Ich wußte: Ich trug kein harmloses Gewächs in meinem Schädel. Ich wußte: Mein Fall war hoffnungslos. Deshalb hatten sie mich nicht operiert. Sie sagten es mir nicht, aber es war doch so. Ich wußte es, als ob sie es mir gesagt hätten. Ich wußte es an diesem Herbstnachmittag, einige Stunden bevor ich praktisch gesund die Klinik verließ, da wußte ich: Ich war verloren.

22

Ich lese, was ich eben geschrieben habe, und konstatiere, daß es absolut lächerlich klingt. Der Anlaß steht in so gar keinem Verhältnis zu meiner Schlußfolgerung, daß ich mich selbst bei der Lektüre eines leichten Unbehagens nicht erwehren kann. Und doch war es so. So lächerlich exaltiert, so sinnlos und ohne jede Berechtigung. Die Phantasie eines Hypochonders, der Alptraum eines überreizten Gehirns. Und dennoch bleibt mir nichts anderes übrig, als zu berichten, daß dieser Vorfall und die aus ihm geborene fixe Idee von jenem Nachmittag an jede meiner weiteren Handlungen bestimmten. Was von nun an geschah, sah und beurteilte ich im Licht meiner plötzlich gewonnenen Überzeugung.

Die Freundlichkeit jener, die mich besuchten, Margarets Tränen, ihre angstvolle Sorge um meine Bequemlichkeit – das alles waren Beweise, die mir jeder neue Tag brachte. Beweise dafür, daß ich dem Tod entgegenging und nichts mich mehr retten konnte. Daran dachte ich, während ich in Claytons Garten in Grünwald in der Herbstsonne lag, daran dachte ich nachts, wenn Margaret neben mir schlief, daran dachte ich bei jedem Atemzug, den ich tat, bei jedem Bissen, den ich schluckte, in diesen Tagen, die meiner Entlassung folgten.

Ich ruhte im Liegestuhl, solange es hell war, und nach Einbruch der Dunkelheit ruhte ich auf einer bequemen Couch im Zimmer. Es kam selten vor, daß ich etwas anderes tat, als mich auszuruhen, in jenen Septembertagen des letzten Jahres. Und es kam selten vor, daß ich dabei an etwas anderes dachte als an das eine: mir Gewißheit zu verschaffen, sicher sein zu können, genau Bescheid zu wissen.

Denn natürlich hatte ich meine fünf Sinne noch so weit beisammen, daß mir meine fixe Idee noch keine absolute Bestätigung verschaffte. Ich wurde nur mißtrauisch, entsetzlich mißtrauisch. Ich war nie mißtrauisch gewesen. Nun war ich es. Ich traute keinem mehr. Ich hatte das Gefühl, daß mich alle belogen, daß keiner mir die Wahrheit sagen würde, wenn ich ihn fragte. Und darum fragte ich auch keinen.

Als ich – nach etwa zwei Wochen – wieder gehen und mich anstandslos bewegen konnte, stand mein Plan in allen Einzelheiten fest. Ich war entschlossen, herauszufinden, wie es wirklich um mich stand. Ich sagte Margaret kein Wort von meiner Absicht, und auch sonst niemandem. Bei Jolanthe kam ich erst gar nicht in die Situation, ihr etwas zu erzählen. Ich rief in der zweiten Woche an, und ihr Telefon war auf die Nummer des Kundendienstes gestellt. Dort teilte mir ein Fräulein mit, daß Jolanthe für einige Tage die Stadt verlassen hätte.

»Soll ich etwas ausrichten?« fragte sie.

»Nein, danke.«

»Wer spricht?«
»Das tut nichts zur Sache«, sagte ich und hängte ein. Es war alles sehr sonderbar, fand ich, und Jolanthe war mir ein Rätsel. Das geschah am 21. September. An diesem Tag fuhr ich mit meinem Wagen zum erstenmal in die Stadt. Ich fuhr zu einem Perückenmacher.

23

Seine Adresse hatte ich aus dem Telefonbuch.
Er wohnte in Nymphenburg, im Keller eines Wohnhauses, und war hager und betrunken. Er hieß Manierlich, es stand an der Tür, Alfons Manierlich. Sein Geschäft ging schlecht. Ich erklärte ihm, daß ich eine kleine Operation hinter mir hätte und daß es mir unangenehm wäre, mit einem kahlgeschorenen Kopf herumzulaufen.
»Die Haare wachsen schon nach, verehrter Herr«, sagte er und roch nach Fusel. In seiner Werkstatt war es dämmrig. Überall lagen Haarbüschel herum, und in einem Winkel saß ein freches halbwüchsiges Mädchen und drehte einen roten Zopf. Sie sah mich aus kleinen, hellen Augen an.
»So lange will ich aber nicht warten«, erklärte ich.
»Wegen der jungen Damen, wie?« fragte Manierlich listig und grinste.
»Wegen der jungen Damen.«
Das halbwüchsige Mädchen kicherte.
»Meine Stieftochter«, erklärte Manierlich mit einer Handbewegung.
»Grüß Gott«, sagte die Stieftochter. Ich nickte ihr zu. Ich hat-

te das Gefühl, daß sie nicht seine Stieftochter war. Die beiden verband eine unsaubere Vertraulichkeit.
»Nehmen Sie Platz, verehrter Herr«, sagte Manierlich, »wir wollen uns die Sache mal ansehen.« Ich setzte mich. »Judith«, sagte er, »komm her und hilf mir.« Das Mädchen, das er Judith nannte, stand auf und kam mit faulen, langsamen Bewegungen zu uns. Sie wischte die Hände an ihrem Kleid ab und griff nach einem Bleistift.
»Wo bist du denn gesessen?« fragte Manierlich.
»Bitte?« Ich verstand nicht gleich.
»Wo du deinen Knast abgestoßen hast«, erklärte Judith und rieb ihren Rücken an einem Schrank, während sie mich unverschämt ansah.
»Das ist ein Irrtum!« Ich fühlte, wie ich wütend und rot wurde. »Ich komme aus dem Spital.«
»Klar«, sagte Manierlich und begann mit einem Meterband meinen Schädel zu messen, »wie lange warst du denn drin?«
»Sind Sie verrückt?« Ich stieß ihn fort und stand auf. »Was erlauben Sie sich?«
»Ach, Mensch, hab dich nicht so!« Judith lachte mir ins Gesicht. »Glaubst du denn, du bist der einzige, der herkommt, weil er neue Haare braucht? Ihr Brüder seid doch unsere liebsten Kunden!«
»Die einzigen, kann man fast sagen«, erklärte der Stiefvater trist.
»Wer?«
»Na, ihr Zuchthäusler«, sagte er und bohrte in der Nase. Draußen fuhr ein Lastwagen vorüber, die Fenster der Werkstatt lagen auf der Höhe des Gehsteiges, ich sah nur die Räder des Autos. Während der ganzen Zeit bewegten sich

auch Beine an den Fenstern vorbei. Ich mußte plötzlich lachen.
»Na also«, sagte Manierlich. »Kannst mich Alfons nennen!«
»Okay, Alfons«, erwiderte ich und setzte mich. Ich gab Judith einen Klaps. Sie wackelte geziert mit dem unteren Teil ihres Rückens und kicherte wieder.
»Dreiunddreißig«, sagte ihr Stiefvater, der meinen Schädel vermaß, und sie schrieb die Zahl auf. Er nannte weitere. Dann fragte er: »Welche Farbe soll's denn sein?«
»Schwarz.«
»Kurz oder lang?«
»Ziemlich kurz.«
»Aber nicht zu kurz.«
»Nein, nicht zu kurz.«
»Ich kann die zu kurzen Haare nicht leiden«, sagte Judith und rieb ihren Rücken am Kasten, »die Männer sehen alle aus wie die Preußen damit.«
»So militärisch«, sagte ihr Stiefvater.
»Damit kann man mich schon jagen«, sagte die Stieftochter.
»Wir haben die Nase voll«, erklärte der Stiefvater. »Hinten runter vierundvierzig, seitlich überm Ohr einunddreißigeinhalb. Du wirst's nicht glauben, Kamerad, aber ich habe eine Wohnung gehabt in Dresden, sage ich dir, Mensch, da wärst du glatt auf den Rücken gefallen! Alles Mahagoni und eingelegt. Und Perser. So'n Laden! Und ein blühendes Geschäft. Theaterbranche, verstehst du? Alles da, das Heim, die Kröten und eine hübsche Frau.«
»Eine besonders hübsche Frau«, sagte die Stieftochter.
»Schnauze«, sagte der Stiefvater. Er drehte meinen Kopf zum Licht. »Mensch, du hast ja wirklich zwei Narben!«

»Von einer Prügelei«, erwiderte ich schnell. Ich wollte nicht seine Sympathie verlieren. Er nickte und fuhr übergangslos fort: »Und dann der Angriff. Phosphor und Brandbomben zuerst, und dann drei Wellen Sprengbomben, verstehst du? Die Wohnung im Arsch, das Geschäft im Arsch und die Frau verbrannt. Schön, sie war eine Hure! Na und? Mußte sie deshalb verbrennen?«
»Ich habe ja nur gesagt ...«, begann die Halbwüchsige.
»Schnauze«, sagte er wieder. »Wollen hoffen, daß du mal halb so hübsch wirst! Wenn ich dran denke, wird mir heute noch schlecht! Reingesprungen ins Wasser ist sie. Und immer, wenn sie rauskam, fing sie wieder an zu brennen. Dann schrie sie nach mir. Mit'm andern Kerl hat sie geschlafen, als der Angriff losging. Aber nach mir hat sie geschrien, als sie brannte. Nicht nach dem Kerl. Nur nach mir. Immer nur nach mir. Und ich bin auch zu ihr gerannt, runter zum Fluß, und bei ihr bin ich geblieben, als der zweite Angriff losging am nächsten Morgen. Schnauze!« rief er plötzlich laut.
»Hab' ja gar nichts gesagt«, maulte Judith.
»Dann ist's gut«, sagte er. »Da bin ich gesessen, Kamerad«, fuhr er fort, »am Ufer, weißt du? Die Hunde kamen wieder und schmissen ihre Ladung ab. Diesmal nur Sprengbomben. Und ich hockte da und hielt ihr den Kopf über Wasser, damit sie nicht umfiel und ersoff, denn sie konnte nicht mehr stehen. Es waren auch noch andere Leute da. Aber keine Ärzte. Ab und zu ließ ich sie ein bißchen aus dem Wasser raus, wenn sie blau wurde. Dann fing sie an zu brennen. Und wir ließen es ein bißchen brennen, solange sie es aushielt, und dann stieß ich sie wieder rein. Sie war schon halb verrückt und wußte nicht mehr, was sie schrie. Und sie schrie

andauernd. Die tollsten Sachen. Aber immer nur meinen Namen, verstehst du, Kamerad? Seinen nie. Den Namen von dem Hurenkerl hat sie nicht einmal geschrien ...« Er warf das Meterband fort.
»Und?« fragte ich.
»Zu Mittag war sie dann tot. Ganz plötzlich. Ich ließ sie los, und sie fiel in den Fluß. Sie war sehr schön. Schönsten Körper, den ich je gesehen habe bei einer Frau. Und ganz jung. Mensch, was die noch andern Männern hätte Spaß machen können! Ich werde verrückt, wenn ich daran denke! Willst du richtiges Schwarz oder eines mit'm blauen Stich?«
»Das ist mir egal.«
»Mit'm Stich ist amerikanisch«, sagte die Stieftochter.
»Dann ohne«, sagte ich.
»Schön«, sagte er, »ohne. Kannst du jetzt verstehen, daß ich sage, mich können sie alle am Arsch lecken mit ihrem neuen Krieg, Kamerad?«
»Ja.«
»Hinten und vorne und oben und unten können sie mich«, sagte er. »Ich habe sie ins Wasser fallen sehen. Mir erzählen sie nichts mehr, die Scheißkerle. Sollen sie ihren Dreckkrieg doch alleine führen!« Er ging von mir fort, und ich stand auf.
»Wann kann ich die Perücke haben?« fragte ich.
»Braucht noch eine Anprobe.«
»Wann?«
»In drei Tagen.«
»Und wann kann ich sie haben?«
»In fünf.«
»Gut.«

»Mußt aber die Hälfte anzahlen«, sagte Judith und legte den Block fort.
»Wieviel?«
»Hundert.«
Ich gab ihr einen Schein.
»Willst du eine Quittung?«
»Nein, danke.«
»Wie heißt du denn?«
Ich zögerte.
»Na, wie nennst du dich denn jetzt?« half sie mir. Sie lächelte dabei mütterlich, und plötzlich sah sie aus wie eine erwachsene Frau, mit ihrem zu engen Pullover und ihrem schmutzigen Rock.
»Frank«, sagte ich aufs Geratewohl. »Walter Frank.«

24

Drei Tage später ging ich – heimlich und ohne daß Margaret etwas davon wußte, natürlich – zur Anprobe der Perücke, und sechs Tage später war sie fertig. Es war eine großartige Perücke, und sie saß wundervoll. Auf der Innenseite hatte Manierlich seinen Firmenstempel angebracht. Das ließ er sich nicht nehmen: »Qualitätsware, mein Lieber! Ich muß doch auch ein bißchen Reklame für mich machen.«
Das sah ich ein.
Ich steckte die Perücke in die Tasche und setzte meine Baskenmütze auf, als ich an diesem Abend nach Hause kam. Die Perücke war mein Geheimnis. Ich hatte sie nur versuchs-

weise in der Stadt getragen, um zu sehen, ob jemand sie als Perücke erkannte. Es hatte sie niemand erkannt. Es war eine sehr gute Perücke. Ich versteckte sie im Kofferraum meines Wagens und schloß den Kofferraum ab. Nun konnte mein Experiment beginnen.
Es begann am 28. September, und zwar mit einem unerwarteten Zwischenfall. Ich hatte vorgehabt, diesen Nachmittag allein zu verbringen, aber Margaret machte mir einen Strich durch die Rechnung. Ich lag im Garten, als sie zu mir kam. Sie hielt die Hände auf dem Rücken.
»Rate, was ich habe!«
»Keine Ahnung.«
»Theaterkarten!« Sie präsentierte sie.
»Für wann?«
»Für heute abend!«
Es stellte sich heraus, daß die Baxters die Karten geschickt hatten. Man gab »Richard III.« als Gastspiel Werner Krauß', der aus Wien gekommen war.
»Ich habe keine Lust«, sagte ich.
»Aber, Liebling, du hast wohl nicht richtig zugehört! *Werner Krauß* spielt den König!«
»Na, und wenn schon!«
»Er ist einer der größten lebenden Schauspieler!« Sie kauerte sich neben mich ins Gras. »Du weißt nicht, *wie* schwer es war, die Karten zu bekommen! Es ist eine Sensationspremiere! Wir *müssen* dabeisein! Wir *können* das den Baxters nicht antun, nachdem sie sich solche Mühe gegeben haben!«
»Warum nicht?«
»Sie würden es uns nie verzeihen!«

»Das wäre allerdings entsetzlich.«
Sie richtete sich auf. »Hast du vielleicht etwas anderes vor?«
»Warum?«
»Weil du dich so entschieden weigerst, mitzukommen!«
»Ich weigere mich gar nicht, ich ...«
»Bist du mit *ihr* verabredet?«
»Mit wem?«
Sie lachte, und es klang ein bißchen verzweifelt. »Ach, tu doch nicht so! Du hast sie schon lange nicht gesehen, wie?«
»Wen, verflucht noch einmal?« fragte ich aufgebracht. Ich wußte es wirklich nicht.
»Jolanthe.«
»Ach Gott«, sagte ich und lachte.
»Komisch, wie?«
»Ja«, sagte ich, »sehr komisch.«
Sie begann zu weinen.
»Na, na«, sagte ich.
»Nach allem, was ich mitgemacht habe«, schluchzte sie, »benimmst du dich so! Wenn ich einmal einen kleinen Wunsch äußere!«
»Ach Gott!«
»Ja, ach Gott, ach Gott, ach Gott!« schrie sie plötzlich wild. »Tu dir nur leid! Es geht dir schlecht, wie? Du machst viel mit, was? Mit mir besonders, nicht wahr? Wie fühlt man sich als Jesus Christus?«
»Hör schon auf, Margaret, und mach dich nicht lächerlich. Also gut, ich komme mit. Wo wollen wir uns treffen?«
»Du mußt nicht, wenn du nicht willst.«
»Herrgott, ich will ja!«
»Kein Grund, mich anzuschreien!«

»Ich schreie nicht!« schrie ich.
Sie stand auf und ging über den Rasen in die Villa zurück, vorbei an dem Glashaus, in dessen Scheiben die Sonnenstrahlen funkelten.
Ich sprang auf und eilte ihr nach. Beim Glashaus holte ich sie ein.
»Entschuldige«, bat ich. Zu meiner Verblüffung klammerte sie sich plötzlich wild an mich und bedeckte mein Gesicht mit Küssen. Ihr Atem ging stoßweise, und über ihre Wangen strömten haltlose Tränen.
»Was ist denn, Margaret, was hast du denn, um Gottes willen?«
»Nichts«, flüsterte sie, während sie sich an mich preßte, »nichts, Roy, gar nichts, ach, ich bin ja so dumm, so grauenhaft dumm!« Sie zog mich zu sich herab und küßte mich leidenschaftlich. Dann machte sie sich frei. Ich gab ihr mein Taschentuch. Sie trocknete ihr Gesicht.
»Du hattest etwas anderes vor«, sagte sie leise.
»Keine Spur«, log ich.
»Doch.«
»Wirklich nicht.«
»Na schön!« Ihr Gesicht war wieder beherrscht und von seiner alten, kühlen Schönheit. »Ich muß noch zum Friseur«, sagte sie langsam und sah mich sonderbar an. »Wir treffen einander am besten in der Stadt.«
»Aber wie kommst du hinein?«
»Joe nimmt mich in seinem Wagen mit.«
»Und wo treffen wir einander?«
»Um halb acht im ›Filmcasino‹«, schlug sie vor.
»In Ordnung«, sagte ich. Und ich hatte auch für einen Au-

genblick das Gefühl, daß alles in Ordnung war. Nur trog mich mein Gefühl. Ich sollte Margaret nicht im »Filmcasino« treffen.

25

Nachdem sie mit Joe Clayton abgefahren war – etwa um drei Uhr –, wartete ich noch eine halbe Stunde, dann zog ich meinen Smoking an und setzte vor dem Spiegel die Perücke auf. Über die Perücke setzte ich einen Hut, und über den Smoking zog ich einen grauen Staubmantel. Dann holte ich den Wagen aus der Garage und fuhr zur Münchner Poliklinik. Ich parkte den Wagen auf einem riesigen, eingezäunten Ruinengrundstück und ging danach zum Pförtnerhaus des großen Spitalkomplexes.

»Sie wünschen?« fragte der Portier.

»Ich bin Drehbuchautor«, sagte ich. »Ich soll einen Film schreiben, der im Ärztemilieu spielt, und brauche ein paar Auskünfte.«

»Aha«, sagte er interessiert, »Filme schreiben S', ja?«

»Ja.«

»Und was für Auskünfte brauchen Sie denn?«

»Über Kopferkrankungen«, erklärte ich ihm. »Es ist ein Film über einen Mann, der einen Tumor hat. An wen kann ich mich da wenden?«

»An jemanden von der Nervenklinik«, sagte er, trat aus seiner Kabine und wies mir den Weg. »Da hinauf und dann links, drei Häuser weiter wieder links und dann scharf rechts – das gelbe Gebäude.«

»Danke«, sagte ich.
Die Psychiatrisch-Neurologische Station der Poliklinik lag im Grünen. Vor dem Eingang standen ein paar Bänke. Auf ihnen saßen Patienten mit ihren Angehörigen in der Herbstsonne. Niemand beachtete mich, als ich das Gebäude betrat. Ich versuchte, einen Arzt oder eine Schwester zu finden, doch die Gänge waren leer, und meine Schritte hallten laut in der großen Stille. An einer Tür erblickte ich die Tafel »Arzt vom Dienst«. Ich klopfte und trat ein.
In dem kleinen weißen Zimmer saß eine junge Frau im Ärztemantel hinter einer Schreibmaschine.
»Sie wünschen?«
»Ich weiß nicht, ob ich hier richtig bin, aber ich wollte ...«
»Wie sind Sie überhaupt hereingekommen?«
»Der Portier hat mich geschickt.«
»Und was wollen Sie hier?« Sie sah mich mißtrauisch an.
»Ich bin Drehbuchautor«, begann ich geduldig noch einmal. »Ich soll einen Film schreiben, der im Ärztemilieu spielt, und brauche ein paar Auskünfte.«
»Worüber?«
»Über Kopferkrankungen.« Ich lächelte freundlich. Meinen Hut hielt ich in der Hand. Ich hoffte, daß die Perücke richtig saß. »Der Held meines Films ist ein Mann, der einen Tumor hat.«
»Warum?«
»Was, warum?«
»Warum hat er einen Tumor?«
»Weil – das gehört zur Geschichte«, sagte ich lahm. »Es ist die Geschichte von einem Mann, der einen Tumor hat.«
»Ist es ein deutscher Film?«

»Nur zum Teil«, sagte ich. »Ich bin Amerikaner. Wir drehen den Film für Amerika *und* Deutschland.«
»Aha«, sagte sie.
»Ja«, sagte ich.
Danach schwiegen alle. Wir sahen einander an und schwiegen. Vielleicht saß die Perücke doch schief, dachte ich in plötzlicher Panik. Warum war ich nicht vorher noch einmal auf die Toilette gegangen und hatte in einen Spiegel gesehen?
Die junge Frau hinter der Schreibmaschine blickte mich an, als wüßte sie alles von mir. Ich hielt es nicht mehr aus.
»Was ist denn?« fragte ich.
»Haben Sie in Hollywood gearbeitet?«
»Natürlich.«
»Kennen Sie Alan Ladd?«
»Klar.«
Sie strahlte mich an.
»Den liebe ich nämlich«, bekannte sie glücklich.
»Ach so«, sagte ich. Und dann sagte ich zum erstenmal in meinem Leben etwas Nettes über Alan Ladd. Ich sagte, daß ich ihn für einen großen Schauspieler hielte. Das brach ihr das Herz. Eine Minute später hatte sie eine Telefonverbindung mit dem Chef hergestellt. Zwei Minuten später war ich im Besitz eines Passierscheines. Drei Minuten später ging ich an der Seite einer jungen Schwester bereits durch Krankensäle und lange Gänge zum Laboratorium des Stationsarztes, dem ich als informationsheischender amerikanischer Drehbuchautor avisiert worden war. Der Stationsarzt hieß Kletterhohn. Die junge Frau hinter der Schreibmaschine hieß Rüttgenstein. Dr. Rüttgenstein sagte, Dr. Kletterhohn würde mir alle Informationen, die ich benötige, gerne

geben. Ich sollte nur darauflos fragen. So einfach war das alles. Ich hatte Frau Dr. Rüttgenstein lediglich mitgeteilt, daß Alan Ladd für die Hauptrolle meines Films vorgesehen war.

26

»Nun, Mr. Chandler, womit kann ich Ihnen helfen?«
Dr. Kletterhohn lehnte sich in seinem Sessel zurück und rieb die fleischigen weißen Hände gegeneinander. Ich saß ihm gegenüber. Dr. Kletterhohns Zimmer war behaglich eingerichtet, der Blick aus dem Fenster ging hinaus in den Park. Über seinem Schreibtisch hatte Kletterhohn ein Bild angebracht, welches eine große Anzahl von wilden Pferden zeigte, die direkt aus dem Rahmen auf den Betrachter zugestürzt kamen. Es war ein mächtiges Bild in Öl.
»Ich bin Drehbuchautor«, begann ich zum drittenmal, »und soll einen Film schreiben, dessen Held …«
»… einen Tumor hat, ich weiß.« Er war groß, hager und hatte eine mächtige Adlernase sowie einen ungepflegten, fleckigen Schnurrbart, der über die Mundwinkel hing. Seine Augen waren jung, er selbst jedoch mindestens sechzig Jahre alt.
»Da ich auf medizinischem Gebiet ein absoluter Laie bin, hätte ich gerne von Ihnen erfahren, welcher Untersuchungsmethoden Sie sich bedienen, um einen solchen Tumor festzustellen, beziehungsweise welche Operationsmöglichkeiten es gibt und in welcher Weise ein solcher Tumor den Patienten selbst verändert.«
»Nun«, sagte er und drückte wieder die Handflächen an-

einander – es schien eine feste Angewohnheit von ihm zu sein –, »das ist allerdings ein sehr weites Feld.«

»Ich möchte auch nur ein paar Anhaltspunkte haben, um die ärgsten Schnitzer zu vermeiden.«

Er überlegte kurz. Dann gab er mir einen sehr klugen und vollständigen Überblick über die ersten Symptome (die ich gut kannte), über den ersten Zusammenbruch (den ich ebenfalls kannte), bis zu den verschiedenen Untersuchungsmethoden (die mir noch in Erinnerung waren). Ich hörte aufmerksam zu und machte mir Notizen, während ich mit Genugtuung feststellte, daß wir jenem Teil seiner Ausführungen, die mich besonders interessierten, immer näher kamen. Dr. Kletterhohn zögerte niemals auch nur einen Augenblick, mich in irgendwelche ärztliche Finessen oder psychologische Tricks dem Patienten gegenüber einzuweihen. Ich war ein Autor, der einen Film schrieb. Meine hervorragende Perücke erstickte jeden Anflug von Argwohn im Keim. Es war alles sehr, sehr einfach. Etwa eine halbe Stunde später war er bei dem Kapitel »Ventriculographie« angelangt, und ich richtete mich auf.

»Natürlich verlangen wir vor dieser Untersuchung von dem Patienten seine schriftliche Zustimmung«, sagte er.

»Warum?«

»Wenn sich während des Eingriffes herausstellt, daß das Gewächs bösartig ist, operieren wir sofort.«

»Sie meinen, ohne den Mann noch einmal zu sich kommen zu lassen?«

Er nickte. »Ja. Und so eine Kopfoperation ist immerhin eine komplizierte Sache. Manchmal geht sie schief. Da müssen wir durch seine Zustimmung geschützt sein.«

Meine Lippen waren trocken, und ich befeuchtete sie, ehe ich die nächste Frage stellte: »Von der Ventriculographie an gibt es also nur noch zwei Möglichkeiten: Entweder das Gewächs ist harmlos, und Sie operieren nicht. Oder es ist gefährlich, und Sie operieren. Dabei gibt es natürlich wieder zwei Möglichkeiten: Entweder der Patient kommt davon, oder der Patient kommt nicht davon. So ist es doch, nicht wahr?«

»Nein«, sagte der Arzt.

»Nein?«

»Es gibt noch eine dritte Möglichkeit«, erklärte er mir, er wurde richtig eifrig dabei. »Wir können bei der Untersuchung feststellen, daß der Tumor in solchem Maß gefährlich ist, daß eine Operation unbedingt zum Tod des Patienten führen würde.«

»Gibt es so etwas auch?« fragte ich heiser. Meine Stimme klang entfernt. Ich räusperte mich. »Einen Tumor, den man nicht entfernen kann?«

Er rieb seine Hände gegeneinander.

»Aber natürlich, Mr. Chandler«, rief er strahlend. »Was glauben Sie, wie oft das vorkommt? Der schlimmste Tumor, den wir kennen, ist das sogenannte Glioblastom.«

»Was ist denn so schlimm an ihm?« (Glioblastom, schrieb ich auf meinen Zettel. Dahinter machte ich ein Kreuz.)

»Daß seine Ränder nicht scharf begrenzt sind. Deshalb kann man es nicht schneiden. Weil man nie zu sagen vermag, wo es anfängt und wo es aufhört.«

»Unheimlich«, flüsterte ich und zog das Kreuz nach.

»Ihr Mann müßte natürlich so ein Glioblastom haben.«

»Warum?« Ich fuhr auf.

»Sie sagten doch, er hätte nur noch ein Jahr zu leben. Darauf basiert doch die ganze Geschichte – oder nicht?«

»Ja«, sagte ich und lachte, »darauf basiert die ganze Geschichte. Ein Glioblastom muß es sein, das ist das beste. Ich bin Ihnen wirklich dankbar, Herr Doktor, Sie sind für mich von unschätzbarem Wert.«

»Aber ich bitte Sie!«

»Nein, wirklich! Ich wüßte nicht, was ich ohne Sie getan hätte!«

»Das freut mich, Mr. Chandler.«

»Und was geschieht also, wenn Sie feststellen, daß es sich um ein Glioblastom handelt?«

»Gar nichts. Wir machen die beiden kleinen Löcher wieder zu, und die Sache ist erledigt.«

»Aha«, sagte ich. »Und der Patient? Dem teilen Sie dann mit, daß er unheilbar krank ist?«

»Um Gottes willen!« Er schüttelte den Kopf. »Selbstverständlich nicht! Das sagen wir höchstens seinen Angehörigen.«

»Und was sagen Sie ihm?«

»Ihm sagen wir, daß wir bei der Operation die Harmlosigkeit des Gewächses erkannten und deshalb keine Notwendigkeit sahen, zu operieren.«

»Aber das ist doch eine Lüge!«

»Natürlich, Mr. Chandler. Was hätte der arme Kerl von der Wahrheit? Es ginge noch schneller mit ihm bergab. Nach der Untersuchung ist er ohnehin sehr mitgenommen. Da verdient er eine kleine Erholung. Wir sagen ihm, daß er sich ausruhen und wiederkommen soll. Und wenn er wiederkommt, geben wir ihm Röntgenbestrahlungen.«

»Jeden zweiten oder dritten Tag«, sagte ich und schwieg erschrocken.
»Woher wissen Sie das?«
»Ich habe es einmal gelesen«, erwiderte ich schnell, und er nickte beruhigt.
»Ja, jeden zweiten oder dritten Tag. Zwanzig bis vierundzwanzig Bestrahlungen im ganzen.«
»Und helfen ihm die?«
Kletterhohn zuckte die Schultern. »Das ist schwer zu sagen. Manchmal mehr, manchmal weniger, ein bißchen immer. In diesem Stadium kommt es ganz auf die Disposition an. Und auf Autosuggestion. Es ist das erfreulichste Stadium für den Patienten. Danach folgt nur noch wenig Hübsches.«
»So«, sagte ich. »Was folgt dann?«
»Dann geht er langsam zugrunde«, erwiderte Doktor Kletterhohn.

27

Er hatte mir eben mein Todesurteil verkündet, ohne es zu wissen. Er saß mir gegenüber, groß, hager und freundlich, und nickte. »Ja, es ist eine unheimliche Erkrankung, Mr. Chandler. Wir können heute schon in vielen Fällen helfen – aber in vielen anderen ...« Er hob die Hände und ließ sie wieder fallen.
»Wie sieht das aus, dieses Zugrundegehen?« fragte ich.
»Warum wollen Sie denn das auch noch wissen? Das ist doch wirklich *zu* unerfreulich! Das kann man im Film doch nicht zeigen.«

»Wir wollen es ja nicht zeigen«, sagte ich. »Aber wissen muß ich es doch, wenn auch aus keinem anderen Grund als aus dem, um alle Dinge zu kennen, die ich *nicht* zeigen darf.«
»Muß Ihr Held noch lange leben, nachdem er untersucht wurde?«
»Ich fürchte, ja«, sagte ich, »da fängt der Film eigentlich überhaupt erst an.«
»Wie lange muß er leben?«
»Solange es möglich ist. Wie lange ist es denn möglich?«
»Höchstens ein Jahr«, sagte Kletterhohn bedächtig. »Meistens nicht einmal. Das kommt darauf an, welchen Erfolg die Bestrahlungen haben.«
»Und ist er in diesem Jahr noch halbwegs repräsentabel? Ich meine: Kommt der Tod plötzlich, oder verblödet der Patient langsam, oder was geschieht?«
»Manchmal kommt der Tod plötzlich, durch einen Gehirnschlag. Dann ist der Mann in einer Sekunde tot. Mitten in einem Satz, den er spricht, mitten in einem Wort, das er schreibt.«
»Gut«, sagte ich erleichtert.
»Dann hat er aber Glück gehabt«, sagte der Arzt.
»Und wenn er kein Glück hat?«
Es wurde allmählich dämmrig im Zimmer, die Sonne war untergegangen.
Kletterhohn stand auf und steckte eine elektrische Heizsonne an, die wie ein großes rotes Auge zu glühen begann.
»Wenn er kein Glück hat, beginnt ein sehr unangenehmer geistiger und körperlicher Auflösungsprozeß.«
»In welcher Form?«
»Zunächst äußert er sich psychisch. Das Gehirn verändert

sich. Der Mann entwickelt Charaktereigenschaften, die er vorher nicht hatte.«
»Zum Beispiel?«
»Zum Beispiel wird er unheilbar mißtrauisch. Das ist ein typisches Symptom.«
Mißtrauisch! Ich zuckte zusammen. Ein typisches Symptom ...
»Er nimmt von jedem Menschen an, daß er ihn belügt. Er traut keinem mehr. Nicht einmal eigenen Wahrnehmungen. Dadurch kommt es zu einem langsamen Abbau seines Gemeinschaftsgefühls. Er verliert den Kontakt mit der Umwelt, er wird eigenbrötlerisch, verschlossen, verschlagen.«
»Aha«, sagte ich.
»Das nächste Stadium«, sagte Kletterhohn, »ist die Folge der ersten Umwandlung. Der Patient entwickelt egoistische, asoziale Eigenschaften. Er denkt nur noch an sich selbst. Er verliert die Unterscheidungsmöglichkeit für Gut und Böse. Er wird amoralisch.«
Ich schrieb auf meinen Zettel: mißtrauisch, egoistisch, asozial, amoralisch.
Es sah aus wie ein Fahrplan.
Mein Fahrplan, meine Reiseroute.
Die Endstation der Route hieß Tod.
»Amoralisch, nicht unmoralisch«, sagte der Arzt. »Er handelt nicht *gegen* seine Moral, er *hat* keine Moral mehr. Eigentumsbegriffe, Verantwortungsbewußtsein, religiöse und private Bindungen verlieren ihre Bedeutung. Unser Mann wird stehlen, betrügen, ein maßloses Sexualleben führen, Morde begehen – ohne irgend etwas dabei zu empfinden, ohne ein Gefühl zu haben für die Vergehen, deren er sich

schuldig macht. Ein Mann mit einem Tumor in vorgeschrittenem Stadium ist unter Umständen eine lebensgefährliche Existenz, die man am besten hinter Gitter steckt.«

Mir war plötzlich sehr übel, und meine Hände waren feucht von Schweiß. »Grauenhaft«, sagte ich, »ist diese Krankheit eigentlich häufig?«

Er sah mich seltsam an: »Wissen Sie, Mr. Chandler, manchmal glaube ich fast, es wäre die Krankheit unserer Zeit – die Erklärung für all den Wahnsinn, der heute geschieht!«

»Wie meinen Sie das?«

»Nun«, sagte er, »hat nicht auch unsere Zeit den Verstand verloren? Ist nicht alles Leid, alle Wirrnis und aller Schrecken dieses Jahrhunderts darauf zurückzuführen, daß es uns unmöglich geworden ist, richtig zu denken? Unsere Gehirne haben sich verändert, sie können einfache menschliche Zusammenhänge nicht mehr erfassen und verstehen und verfälschen einfache menschliche Wahrheiten. Kranker Geist – kranke Welt: für mich sind meine Patienten manchmal nicht mehr als lebende Symbole.«

»Hm«, sagte ich. Dann hob ich den Kopf. »Diese Zerfallserscheinungen, die Sie eben erwähnten, sind doch nicht obligatorisch?«

»Einzelne von ihnen treten stets auf.«

»Und ist sich der Kranke seines Zustandes bewußt? Ich meine: Leidet er unter seinen Handlungen? Schämt er sich für sie?«

»In manchen Fällen. In den meisten jedoch kommt ihm, was er tut, nicht zu Bewußtsein, und er empfindet es als ganz natürlich, sich zu entkleiden oder Geld zu stehlen.«

»Aber Sie könnten sich trotzdem einen Mann vorstellen, der

sich in diesem letzten Lebensjahr noch halbwegs normal benimmt?«
»Es wäre innerhalb der Grenzen der medizinischen Wahrscheinlichkeit.«
»Gut«, sagte ich.
»Sie haben mir aber doch gerade erzählt, daß der Mann ein Verbrecher ist.«
»Er ist ein Verbrecher«, sagte ich, »aber kein Verrückter. Er begeht Verbrechen, doch man bemerkt sie nicht. Er muß ein sehr gerissener Verbrecher sein.«
»Aha«, sagte er.
»Wie steht es mit Schmerzen?« Das mußte ich auch noch wissen.
»Sie nehmen natürlich zu.«
»Kann man etwas dagegen tun?«
»Anfangs ja«, sagte er. »Später hilft nur noch Morphium. Der Kranke versucht dann natürlich unter allen Umständen, es zu bekommen. Und wenn er es bekommt, nimmt ihm die Droge die allerletzten verbliebenen Hemmungen.«
»Aber auch den Schmerz?«
»Auch den Schmerz«, sagte er.
Das war sehr wichtig.
»Wie hört Ihr Film denn auf?«
»Das weiß ich noch nicht genau«, sagte ich. »Am liebsten wäre mir, wenn der Mann eines Tages feststellt, daß es rapide und ekelhaft mit ihm zu Ende geht, und wenn er sich dann umbrächte, bevor er ein lallender Kretin wird.«
»Ich verstehe.«
»Würde es denn genügen, wenn er zuviel Morphium nimmt?«

»Natürlich.«
»Ja«, sagte ich, »dann werde ich ihn wohl so sterben lassen.«
Die Tür öffnete sich, und Frau Dr. Rüttgenstein, mit der ich zuerst gesprochen hatte, trat ein. Sie trug Papiere in der Hand. Ich erhob mich.
»Bleiben Sie ruhig sitzen«, sagte sie freundlich, »ich gehe sofort wieder.«
»Ich habe schon alles Nötige erfahren. Dr. Kletterhohn war sehr nett zu mir.«
»Ich hoffe, daß ich Ihnen ein wenig weitergeholfen habe.«
»O ja, das haben Sie wirklich.«
Ich sammelte meine Notizen ein und reichte der Ärztin die Hand.
»Glauben Sie, daß Alan Ladd mir ein Autogramm geben würde?« fragte sie.
»Ich werde ihm heute noch schreiben. Wie heißen Sie mit dem Vornamen?«
»Veronika.«
»Sie bekommen das Bild. Ich lasse es an das Spital schicken.«
Ich verabschiedete mich von Kletterhohn, setzte meinen Hut auf und ging zur Tür.
»Rüttgenstein mit zwei t«, sagte die Ärztin.
»Mit zwei t«, wiederholte ich lächelnd und lüftete noch einmal meinen Hut. Wie es geschah, weiß ich nicht zu sagen. Aber im nächsten Augenblick fühlte ich, daß mein Kopf kahl war. Ich sah in den Hut. Die Perücke lag in ihm. Ich hatte sie mit dem Hut zusammen abgenommen.

28

Dr. Kletterhohn war aufgesprungen.
Er starrte mich mit weit aufgerissenen Augen an.
»Mr. Chandler –«, flüsterte die Ärztin.
»Sie sind selber –«, flüsterte er.
»Ja«, sagte ich heiser. Dann drehte ich mich um und rannte auf den Gang hinaus.
»Warten Sie!« schrie der Arzt. »Bleiben Sie stehen!«
Ich hörte seine Schritte. Als ich um die erste Biegung des Ganges rannte, sah ich mich um. Er kam mir nach. »Mr. Chandler!« schrie er. »Bleiben Sie hier!«
Ich rannte wie um mein Leben. Aus verschiedenen Türen traten Menschen, Ärzte und Patienten.
»Aufhalten!« schrie der Arzt, der mich verfolgte. »Halten Sie den Mann auf!«
Eine Schwester trat mir in den Weg. Ich rannte in sie hinein, sie taumelte gegen die Wand und ließ mich los. Nun liefen schon mehrere Menschen hinter mir her. Von allen Seiten kamen sie auf mich zu.
Ich glitt über den geölten Boden. Hände streckten sich nach mir aus, Stimmen riefen durcheinander. Da sah ich den Paternoster. Eine leere Kabine glitt eben an mir vorbei nach unten – ich wagte es und ließ mich vorwärts fallen. Ich glitt schräg in den sich rapid verengenden Spalt zwischen Fußboden und Aufzugdecke und stürzte, ohne mir weh zu tun. Die Kabine glitt weiter nach unten. Als sie das Erdgeschoß erreichte, sprang ich ins Freie. Der Flur lag leer, meine Verfolger hatten mich noch nicht eingeholt. Ich rannte in den dämmrigen Park hinaus, den Weg zum Pförtnerhaus hinun-

ter. Hinter mir hörte ich viele aufgeregte Stimmen. Ein paar Leute, denen ich begegnete, blieben stehen und blickten mir nach.

Der Portier telefonierte, er sah mich überhaupt nicht. Ich lief die Straße hinab zu dem Ruinengrundstück, auf welchem mein Wagen stand. Der Verkehr war stark, viele Autos fuhren nach beiden Richtungen. Ich keuchte, als ich mich noch einmal umdrehte. Im Eingangstor des Krankenhauses sah ich Dr. Rüttgenstein in einer Gruppe von Menschen stehen. Sie debattierten und wiesen mit den Händen, aber sie hatten die Verfolgung abgebrochen.

Ich wartete, bis mein Atem halbwegs regelmäßig ging, dann warf ich den Hut fort und setzte meine Baskenmütze wieder auf. Ich fühlte mich leicht und voll Frieden. Jetzt, da ich fast schon mit Gewißheit annehmen konnte, daß ich vom Tod gezeichnet war, erfüllte mich eine ungeheure Genugtuung über meine eigene Schlauheit. Ich war richtig gut aufgelegt, als ich mein Auto erreichte und mich hinter das Steuer setzte. Dem Platzwart gab ich eine Mark. Und als ich den Wagen hinaus auf die Straße lenkte, pfiff ich die »Barcarole« aus »Hoffmanns Erzählungen«.

Erst als ich den Stachus erreichte, sprach sie zum erstenmal. Sie saß hinter mir, es schien geradezu lächerlich, daß ich sie nicht schon früher bemerkt hatte. Vielleicht war die Dunkelheit schuld daran, die plötzlich hereingebrochen war. Sie saß ganz still, und zuerst sah ich ihr Gesicht im Rückspiegel, als ihre Stimme ertönte.

»Guten Abend«, sagte Margaret.

29

»Guten Abend, Margaret«, sagte ich. Die Lust zu pfeifen kam mich wieder an, aber ich unterdrückte sie.

»Ich war so unruhig heute nachmittag, du warst so sonderbar. Da habe ich Joe gebeten, dir zu folgen.« Ich fuhr schweigend zum Lenbachplatz hinunter, sehr langsam und vorsichtig.

»Du warst im Spital?«

»Ja.«

»Wegen ... wegen deines Kopfes?«

»Ja, Margaret.«

Sie legte eine Hand auf meine Schulter. »Und ... haben sie es dir gesagt?«

In diesem Augenblick wußte ich plötzlich genau, wie ich die Sache zu einem Ende bringen mußte. »Ja, sie haben es mir gesagt. Ich habe erklärt, als Filmautor ein paar Informationen zu brauchen, und da sagten sie es mir. Ich weiß es jetzt.«

Ich lenkte den Wagen an den Randstein und hielt. Wir standen vor dem Luitpold-Kino, es war knapp vor Beginn der Halb-sieben-Uhr-Vorstellung, und viele Menschen warteten im Freien. Man gab »Ninotschka«.

Wenn sie nüchtern zuhörte, dann erkannte sie noch im letzten Augenblick die Falle, dachte ich. Dann sah sie plötzlich, daß ich gar nichts wissen *konnte* ...

»Du weißt ...«, flüsterte sie tonlos.

»Ja.« Und dann riskierte ich es. »Ein Glioblastom«, sagte ich laut. »Man kann mich nicht operieren.«

Ich sah sie im Rückspiegel an.

Ihr Gesicht war weiß und reglos.

»Du hast es gewußt«, sagte ich.
Sie nickte wortlos.
»Man hat es dir gesagt?«
Wieder nickte sie.
»Weiß es sonst noch jemand – die Baxters oder so?«
»Natürlich nicht«, flüsterte sie. Ich erwartete, daß sie in Tränen ausbrechen würde, aber ich täuschte mich. Sie blieb ganz ruhig, unheimlich ruhig. »Niemand weiß es. Nur ich. Ich ... ich konnte es dir doch nicht sagen, Roy.«
Nun wußte ich es also definitiv. Es war geradezu kindisch einfach gewesen, es zu erfahren. Ich griff in die Tasche. »Jetzt kann ich auch die Perücke wieder aufsetzen«, meinte ich und tat es. Sie sah mich mit aufgerissenen Augen an. »Na«, sagte ich und drehte mich zu ihr um, »wie gefalle ich dir? Ist es nicht eine großartige Perücke?«
Sie öffnete den Mund, sie wollte etwas sagen, aber sie bekam die Worte nicht heraus. Statt dessen begann sie plötzlich zu lachen. Sie lachte schallend, wie in einem Krampf, schwer hysterisch. Sie lachte und lachte und lachte.
»Hör auf«, sagte ich.
Doch sie hörte nicht auf. Sie konnte nicht mehr aufhören. Da begann auch ich zu lachen. Wir lachten beide, bis uns die Tränen in die Augen schossen und wir nach Luft ringen mußten. Dann schwiegen wir abrupt. In ihr Gesicht trat jäh panische Angst. Ich wußte, wovor: Sie hatte Angst vor dem, was ich nun sagen würde. Aber sie mußte keine Angst haben, ich war sehr harmlos in dieser Minute, sehr friedlich, sehr vergnügt.
»So«, sagte ich, »und nun, nach diesem Schreck, wollen wir zu Abend essen. Ich bin schrecklich hungrig.«

Wir gingen zu Humpelmayr, und ich bestellte ein enormes Menü, eines der größten, die ich je verzehrt habe. Dazu tranken wir zunächst einen Dry Pale Sherry, zu den Hauptgängen einen Heidsieck Monopole brut und zum Nachtisch Courvoisier und Mokka.

Die Bedienung war wundervoll. Bei dem Blumenmädchen kaufte ich Margaret eine große weiße Rose. Und von den Langusten nahm ich zweimal. Meine Frau saß mir zunächst noch wie erstarrt gegenüber, so, als erwarte sie jede Sekunde meinen definitiven Zusammenbruch. Als er ausblieb und ich mich durchaus normal betrug, wurde sie ruhiger. Vom Filet an zeigte auch sie Hunger. Und vom Spargel nahm *sie* zweimal. Es war ein Abendessen, wie es schöner und friedvoller nicht hätte sein können. Die Tatsache meines baldigen Todes erwähnten wir nicht ein einziges Mal. Ich hatte seit Jahren nicht mehr so nett mit Margaret gegessen. Ich fand sie sehr hübsch. Der Friseur, den sie aufsuchte, war begabt. Ich machte ihr ein Kompliment. Sie erwiderte es hinsichtlich meiner Perücke. In bezug auf die Pralinébombe zum Dessert waren wir beglückt einer Ansicht: Sie war das Delikateste, was uns auf diesem Gebiet jemals untergekommen war.

Margaret trug die weiße Rose in der Hand, als wir das Lokal verließen, und ich behielt meine Perücke auf. Wir fuhren zum Theater hinüber, wo sich festlich gekleidete Damen und Herren auf einen außerordentlichen Abend vorbereiteten. Wir fanden die Baxters sofort, sie hatten schon die Karten, und es stellte sich heraus, daß wir eine Loge für uns allein besaßen.

Der Courvoisier wärmte meinen Magen, ich war ein wenig

alkoholisiert und sehr mit mir zufrieden, als ich eine Viertelstunde später aus meiner Rangloge hinab in das volle, strahlend erhellte Haus blickte. Es war ein nach jeder Richtung hin absolut erfreulicher Tag gewesen.
Die Lichter erloschen. Der Vorhang hob sich über dem Bühnenbild einer Straße Londons, und ich tastete im Dunkeln sogar nach Margarets Hand, die ich festhielt. Ich lehnte mich zurück. Der Gloster Werner Krauß' stand auf der Bühne. In Frieden mit mir und der Welt hörte ich ihn sprechen:
»Nun ward der Winter unseres Mißvergnügens glorreicher Sommer durch die Sonne Yorks; die Wolken all, die unser Haus bedräut, sind in des Weltmeers tiefem Schoß begraben ...«

30

Nicht doch, Herr Krauß, Herr Gloster, Herr Shakespeare! Nicht doch, meine Herren, nicht doch! Sie sind noch da, die Wolken. Des Weltmeers tiefer Schoß hat sie noch nicht empfangen. Nicht *meine* Wolken. Nicht jene, die *mein* Haus bedräuen. Im Gegenteil, der Sturm steht noch bevor, nun ist die Bühne erst gerüstet.
»Denn ich, zu Possenspielen nicht gemacht ...«
Das war schon besser.
»... noch um zu buhlen mit verliebten Spiegeln; ich, roh geprägt, entblößt von Liebesmajestät ...«
Entblößt von Liebesmajestät – das traf zu. Werner Krauß, Darsteller des Herzogs von Gloster, nachmals König Richard III. von England, stampft die Rampe entlang. Und nun be-

ginnt dieser häßliche Sohn Eduards IV. langsam meine Sympathie zu gewinnen, nun, da er weiterspricht: »Ich, um dies schöne Ebenmaß verkürzt, von der Natur um Bildung falsch betrogen, entstellt, verwahrlost, vor der Zeit gesandt in diese Welt des Atmens, halb kaum fertig gemacht, und zwar so lahm und ungeziemend, daß Hunde bellen, hink' ich wo vorbei ...«

Daß Hunde bellen, hink' ich wo vorbei.

Viele Hunde bellen.

Joe Clayton bellt. Meine Freunde in Hollywood bellen. Meine Freunde in München. Und falsch, betrogen, entstellt und verwahrlost – all das bin ich auch. Ich bin sogar noch ein bißchen mehr, wenn wir schon davon sprechen. Ich bin vom Tod gezeichnet. Wie pathetisch das klingt. Der Tod ist pathetisch. Hatte Richard III. einen Tumor? Wußte er, daß er bald sterben mußte? Nein. Und dennoch nahm er sich heraus, derartig voll Mitleid mit sich selbst zu sprechen?

»Und darum, weil ich nicht als ein Verliebter kann kürzen diese fein beredten Tage, bin ich gewillt, ein Bösewicht zu werden ...«

Ein Bösewicht?

Bloß, weil ihn niemand liebt? Nun wird ihn erst recht niemand lieben. Aber vielleicht ist ihm das gleich. Mir ist es ja schließlich auch gleich, ob mich jemand liebt oder nicht. Ist es mir gleich? Natürlich ist es mir gleich. Darin unterscheide ich mich von Richard III. Und auch darin, daß er nicht sterben muß. Übrigens, wenn ich mich recht erinnere, stirbt er auch. Aber er weiß es noch nicht. Ich weiß es. Das ist der kleine Unterschied. Es lebe der kleine Unterschied!

Was tut ein Mann, der weiß, daß er sterben muß? Ist er sofort

gewillt, ein Bösewicht zu werden? Ich weiß nicht recht. Immerhin könnte er in dem Jahr, das ihm bleibt, noch ein paar nützliche, erbauende, Gott wohlgefällige Dinge tun. Ich könnte auch noch eine Menge Dinge tun.
Ja?
O freilich.
Zum Beispiel?
Ich könnte irgendeinen Tyrannen töten. Einen politischen Despoten. Es gibt ja genug. Ich könnte mich einschleichen in seinen Palast und in sein Vertrauen und ihn dann töten. Dann wäre ich ein Held, und ein unterdrücktes Volk atmete auf. Es gab viele unterdrückte Völker. In Europa und anderswo. Ich wußte nur nichts von ihnen. Und sie waren mir herzlich gleichgültig. Warum sollte ich einen Tyrannen töten? Es waren schon viele Tyrannen getötet worden. Und Denkmäler gab es gleichfalls schon genug. Vielleicht mißlang mein Mordanschlag auch, und ich wurde verhaftet und irgendwo an die Wand gestellt. Dann half es mir nichts, daß ich auf meinen Tumor hinwies. Sie ließen mich das Ende nicht abwarten, sie verlegten es ein wenig nach vorne. Es war unangenehm, erschossen zu werden. Vielleicht hängten sie mich auch auf. Und das Volk wollte gar nicht befreit werden. Die meisten Völker waren schon zu oft befreit worden. Es machte ihnen keinen Spaß mehr.
Natürlich könnte ich mich auch einem Forscher zur Verfügung stellen. Als menschliches Versuchskaninchen. Er vollführte ein lebensgefährliches Experiment mit mir. Mit irgendeinem neuen Serum. Gegen Krebs. Oder gegen Kinderlähmung. Die Zeitungen wären voll mit meinen Bildern. »Heldenhafter amerikanischer Filmautor riskiert sein Le-

ben im Dienst der Menschheit.« Wochenschaukameras an meinem Bett. Wie fühlen Sie sich, Mr. Chandler? Geben Sie uns Ihre Eindrücke bekannt! Werden Sie auch Mr. Eisenhower wählen, wenn Sie mit dem Leben davonkommen? Tja, wenn ich mit dem Leben davonkomme!
Aber sagen wir, ich komme davon. Das Experiment glückt. Der Forscher erhält den Nobelpreis. Ich erhalte eine Medaille. Und ein paar Monate später bin ich tot. Wenn ich Glück habe, ziehe ich bei der Überreichung der Medaille noch nicht meine Hosen aus, weil ich meine exhibitionistischen Triebe nicht mehr beherrschen kann. Vielleicht ziehe ich sie aber doch aus. Und der Skandal ist so groß, daß man mich sogleich in eine geschlossene Anstalt überführt. Zurück zu Doktor Kletterhohn. Er wird sich freuen, mich wiederzusehen.
Oder ein Buch.
Ich könnte ein Buch schreiben. Ein großartiges Buch. Das Buch des Jahrhunderts. Das Buch, das die Welt bewegt. Das Buch, auf das Millionen Verzweifelter gewartet haben. Ja, das könnte ich auch – wenn ich es könnte. Ich kann es nur nicht. Denn ich bin nur ein kleiner, trauriger Mensch, der selbst verzweifelt ist und an nichts glaubt und Angst hat und der deshalb nur ein verzweifeltes, ängstliches Buch schreiben könnte. Nein, ich denke, das wäre auch nicht das richtige.
Dann gibt es natürlich noch immer die Kirche. Leute, die ich kenne, haben sich mit Priestern zusammengesetzt und eine Menge interessanter Dinge erfahren. Sie sind danach viel ruhiger und glücklicher geworden. Wenigstens haben sie mir das erzählt. Priester sind gar nicht so, haben sie ge-

sagt. Man erlebt erstaunliche Dinge mit Priestern. Aber ich weiß nicht, ob ich diesen Erzählungen Glauben schenken soll. Bei mir hat der liebe Gott nie sehr gut funktioniert. Ich könnte es selbstverständlich trotzdem versuchen, vielleicht würde es helfen. Vielleicht würde Friede einkehren in meine Seele, und die Unrast würde weichen, und ich würde noch einen schönen weißen Winter verleben an der Seite Margarets, im Vertrauen auf den allmächtigen Gott und seinen gütigen, unerschöpflichen Ratschluß.
Nur daß ich keinen Winter mehr an der Seite Margarets verleben wollte.
Jetzt nicht mehr.
Ich hatte es auch schon früher nicht tun wollen, aber da war das Problem noch nicht so akut gewesen. Jetzt war es akut. Jetzt zählte jeder Tag. Jetzt wollte ich nicht mehr an ihrer Seite leben. Nein, der Teufel sollte mich holen, wenn ich das jetzt noch wollte!
Aber was wollte ich eigentlich? An der Seite eines anderen Menschen leben? An der Seite Jolanthes zum Beispiel? Ich überlegte ernsthaft. Mir fiel wieder alles ein, was ich mit Jolanthe getan hatte. Der Taumel und die verrückten Stunden fielen mir ein, aber auch andere Stunden. Stunden des Streits und des kalten Hasses. Stunden, die öd und leer und schal gewesen waren, dumm und bedeutungslos. Stunden, in denen ich sie nicht ertragen konnte. An der Seite Jolanthes dieses letzte Jahr verbringen? Wer wußte, ob sie es so lange aushielt? Vielleicht verschwand sie plötzlich – so, wie sie es eben getan hatte, nachdem sie mit Selbstmord im Falle meines Ablebens drohte. Nein, auch Jolanthe war wohl nicht das rechte!

Nichts war mehr das rechte.
Und niemand.
Um mich wurde es hell, und die Leute klatschten wie rasend. Der erste Akt war zu Ende. Ich klatschte auch, ich erwachte ein wenig aus meiner Versunkenheit, aber ich erwachte nicht sehr. Den ganzen Abend über wurde ich nicht mehr richtig wach. Ich sprach zwar mit Margaret und den Baxters, ich ging sogar in der großen Pause hinunter in das Foyer, aber in Wahrheit saß ich dabei stets in meiner dunklen Loge und dachte darüber nach, was ich nun beginnen wollte. Ich bemerkte, daß Margaret mich ein paarmal besorgt ansah. Jedesmal, wenn sie es tat, lächelte ich beruhigend.
Aber sobald die Lichter des Hauses wieder erloschen und das Spiel um den schurkischen König weiterging, versank ich wieder in meine Reverie – mit einer gewissen Freude und Erleichterung sogar, so wie man sich manchmal voll Wehmut und angenehmer Trauer, nachts, in Zügen, oder im Winter, wenn es dunkelt, vor dem Kamin, längst vergangener Mädchen erinnert und längst vergangener Situationen in blühenden Wiesen, stillen Gärten oder Tanzcafés mit leiser Musik ...
Nach Hause, dachte ich.
Ich wäre gerne nach Hause gefahren in diesem letzten Jahr. In das Haus meiner Jugend und zu meinen Eltern. Wir hatten ein schönes, großes Haus, ich war in ihm sehr glücklich gewesen. Aber meine Eltern waren tot, und das Haus war verkauft. Nach Hause! Wo war ich denn noch zu Hause? In Hotelzimmern, im Atelier oder in Flugzeugen? Bei Jolanthe? Oder bei Margaret? Oder bei mir selber? Überall, wo

ich auch war, sehnte ich mich fort nach anderswohin. Und anderswo sehnte ich mich zurück nach irgendwo. Aber fort sehnte ich mich immer. Seit Jahren.
Das war vielleicht das beste.
Anderswohin zu gehen. Allein zu gehen. Und wenn anderswo die Dinge nicht so waren, wie ich sie wünschte, dann versuchte ich eben einen neuen Ort. Es gab viele Orte, wenn man genug Geld hatte.
Hatte ich Geld genug?
Nicht besonders viel. Ich hätte gerne mehr gehabt. Aber es war kaum anzunehmen, daß ich noch mehr bekam. Wenigstens nicht auf ehrliche Weise. Auf andere Weise vielleicht schon. Wenn ich gewillt war, ein Bösewicht zu werden.
War ich gewillt, ein Bösewicht zu werden, dann konnte ich gehen, wohin ich wollte, an alle Orte und in alle Länder. Wenn ich genug Geld hatte, war alles einfach in diesem letzten Jahr. Und es mußte einfach sein. Ein schwieriges letztes Jahr konnte ich nicht ertragen. Es würde aber schwierig sein – ohne Geld. Ein Mann in meiner Situation brauchte Geld. Für dies und das. Später für Morphium. Es war anzunehmen, daß ich viel Geld für Morphium brauchen würde. Ich machte mir noch keine richtigen Vorstellungen über meine letzten Monate, aber daß sie kostspielig sein würden, war mir schon klar. Besonders wenn ich geistig doch nicht mehr so ganz in Ordnung war …
Wenn ich Geld hatte, war alles leichter. Dann war ich frei, dann konnte ich heute hier sein und morgen dort und nirgends lange genug, damit sie mich fanden und fingen. Und wenn ich eines Tages merkte, daß ich tatsächlich kleine Kinder belästigte oder nicht mehr richtig essen konnte, dann

gab es noch immer das Morphium. Das Morphium gab es immer.
Aber ich war frei. Ganz frei! Ich konnte tun, was ich wollte. Keine Verpflichtungen mehr. Kein Zwang. Keine heroischen Ambitionen. Keine christliche Demut. Keine berufliche Verzweiflung. Keine Liebe mit ihren Komplikationen. Nur ich. Ich allein. Ich war schon immer gern allein gewesen. Und ich würde wieder allein sein. Wundervoll allein. Nur das Geld brauchte ich noch dazu …
Ich öffnete die Augen.
Margaret, neben mir, sah mich an, ernst und unverwandt. Ich hatte das Gefühl, daß sie mich schon lange so ansah. Ich lächelte. Sie lächelte gleichfalls. Die Baxters blickten zur Bühne hinunter. Das Stück ging seinem Ende entgegen. Auf der Ebene von Tamworth erschienen dem schlafenden König die Gespenster seiner verratenen und ermordeten Freunde. Sie erhoben sich nacheinander im fahlen Licht des Mondes um sein Zelt und flüsterten ihre Flüche. Buckinghams Geist neigte sich über ihn.
»Träum weiter«, murmelte er, »träum weiter, träum! Von Tod und von Verderben! Du sollst verzweifeln und verzweifelt sterben …«
Das war nicht sehr hübsch.
Doch Richard III. träumte auch nicht weiter. Er schreckte jäh von seinem Lager auf und sah wild um sich. Die Geister waren verschwunden.
Nichts regte sich, auf der Bühne nicht und nicht im Zuschauerraum. Dies war die große Szene: »O feig' Gewissen, wie du mich bedrängst! Das Licht brennt blau, 's ist tote Mitternacht. Mein schauerndes Gebein deckt kalter

Schweiß. Was fürcht' ich denn? Mich selbst? Sonst ist hier niemand?«
Ich neigte mich fasziniert vor, es fiel mir ein, daß wir das Stück einmal in der Schule gelesen hatten, mit verteilten Rollen. Ich hatte den Ratcliff gesprochen. Aber ich kannte die Worte des Königs noch, sie kamen mir alle wieder ins Bewußtsein, und leise sprach ich sie mit: »Richard liebt Richard: das heißt, ich bin ich. Ist hier ein Mörder? Nein. – Ja, ich bin hier. – So flieh. – Wie? Vor dir selbst? Mit gutem Grund: ich möchte rächen. Wie? Mich an mir selbst? Ich liebe ja mich selbst. Wofür? Für Gutes, das je ich selbst hätt' an mir selbst getan?«
»Pssst!« machten zwei wütende Stimmen. Ich schreckte auf. Aus der Nebenloge wandten sich mir empörte Gesichter zu. Ich schwieg und lehnte mich zurück. Ich schloß die Augen und hörte die Stimme des Königs: »Ich muß verzweifeln, kein Geschöpf liebt mich. Und sterb' ich, wird sich keine Seel' erbarmen. Ja, warum sollten's andere? Finde ich selbst in mir doch kein Erbarmen mit mir selber ...«
Die Stimme verklang wieder. In meinem Schädel klopfte stark und warm das Blut. Mein Blut. Noch lebte ich. Und mein Blut sagte: fort.
Immer nur: fort.
Ich berauschte mich an dem Wort.
Fort. Weit, weit fort.
Auf der Bühne stürzte Werner Krauß vorbei und schrie nach einem Pferd, für welches er willens war, sein Königreich zu opfern.
Fort. Fort. Nur fort, sagte mein Blut.
Das Blut in meinem Schädel.

Das Blut, welches das Glioblastom umströmte und bespülte.
Mein Blut.
In meinem Schädel.
Der Vorhang fiel, ich sah es durch einen Schleier. Wieder setzte rasender Beifall ein, Lichter flammten auf, Menschen schrien sich heiser nach dem großen Darsteller der Titelrolle. Er trat auf die Bühne und verneigte sich unzählige Male. Der Beifall ließ nicht nach. Zu jenen, die am lautesten klatschten, gehörte ich.
»Wonderful«, schrie Ted Baxter mir zu, »isn't he just wonderful?«
»Yeah«, rief ich und klatschte wie verrückt, »he's great!«
Ich sah hinunter zur Rampe. Dort stand Werner Krauß und verneigte sich noch immer. Alle sahen ihn, nur ich sah ihn nicht. Ich sah an seiner Stelle jemand anderen stehen, ganz deutlich sah ich ihn, und ich applaudierte ihm laut.
Ich sah mich selbst.
Und ich verneigte mich vor mir, der ich mir selber Beifall zollte.

31

Nach diesem Abend überstürzten sich die Ereignisse ein wenig. Am nächsten Vormittag bereits klingelte es, und Dr. Kletterhohn kam zu Besuch. Er brachte Dr. Eulenglas mit. Es war ihm nicht sehr schwer gefallen, auf dem Umweg über Eulenglas' Klinik herauszufinden, wo ich wohnte.
Die beiden zeigten sich zuerst sehr erregt und besorgt, doch

gelang es mir, sie mit einem völlig ausgeglichenen, fast fröhlichen Geisteszustand einigermaßen zu beruhigen. Ich versprach, keine Dummheiten zu machen (wie Eulenglas das ausdrückte) und auch in einigen Tagen brav zur ersten Röntgenbestrahlung zu kommen. Ich dachte nicht daran, mein Versprechen einzulösen, denn ich hatte schon ganz andere Pläne, aber es beruhigte die beiden sehr. Margaret beruhigte es auch. Ich sagte Kletterhohn noch, daß es mir besonders leid täte, ihn belogen zu haben, und er nahm meine Entschuldigung an. Als ich versprach, seiner Kollegin das Bild mit dem Autogramm Alan Ladds dennoch zu besorgen, musterte er mich ein wenig ängstlich. Ich war ihm nicht geheuer.
Am Nachmittag rief ich eine bestimmte Telefonnummer an, in dem unerklärlichen Gefühl, wieder einmal anrufen zu müssen. Es meldete sich jedoch niemand, das Telefon war nach wie vor auf Kundendienst gestellt.
Jolanthe blieb verschwunden.
Der zweite Anruf hingegen war nicht vergeblich. Ich telefonierte beide Male aus einer Telefonzelle bei der Straßenbahnstation Großhesselohe, den Wagen hatte ich bei mir, Margaret war so weit beruhigt, daß sie mich allein in die Stadt fahren ließ.
»Hallo?« sagte eine Stimme, nachdem ich die zweite Nummer gewählt hatte.
»Guten Tag, hier spricht Chandler.«
Darauf entstand eine kurze Stille.
»Bitte, Mr. Chandler?« sagte Mordstein dann höflich. Ich hatte das Gefühl, daß ich ihn störte.
»Kann ich einen Sprung bei Ihnen vorbeikommen?«

»Ja, natürlich ...«, er zögerte. »Worum handelt es sich denn?«
»Sie haben mir seinerzeit ein Angebot gemacht ...«, begann ich, und er unterbrach mich lebhaft.
»Ach ja! Ist es soweit?«
»Das möchte ich mit Ihnen besprechen.«
»Schön. Wann wollen Sie kommen?«
»Geht es jetzt gleich?«
Wieder zögerte er, dann sagte er: »Wann können Sie da sein?«
»In zehn Minuten.«
»In Ordnung.«
Er wohnte in der Nähe des Hauptbahnhofs, in der Schwanthalerstraße, ich hatte die Adresse. Es war ein schöner, sonniger Herbsttag, die Wärme tat mir wohl. Ich fuhr mit dem Lift in den fünften Stock hinauf und klingelte an einer Tür, die Mordsteins Namen trug.
Er öffnete mir selbst. Er war elegant wie immer und trug einen blau-rot gestreiften Schlafrock.
»Kommen Sie weiter«, sagte er und führte mich in eine behaglich eingerichtete Junggesellenwohnung hinein. Eines der Fenster stand offen, und von tief unten drangen leise Straßengeräusche in das Zimmer. Ich sah mich um.
»Nehmen Sie Platz«, sagte er.
»Sind Sie allein?«
»Ja, warum?«
»Ich habe nur gefragt«, sagte ich. Sonderbarerweise hatte ich das Gefühl, daß noch jemand in der Wohnung war. Ich konnte das Gefühl nicht begründen, aber es ließ mich nicht los. Es war kein beunruhigendes Gefühl, eher ein sol-

ches, das mir eine gewisse freudlose, schwere und müde Genugtuung bereitete. Es war noch jemand in der Wohnung, ich wußte es. Aber er sagte das Gegenteil – was sollte ich also tun? Mordstein bot Zigaretten und Kognak an. Ich akzeptierte beides. Dann setzte er sich zu mir. »Also, Sie wollen Papiere?«

Ich nickte.

»Habe ich Ihnen nicht gesagt, daß Sie zu mir kommen würden, als wir uns das erste Mal sahen?«

»Ja. Ich denke oft daran. Wie konnten Sie es wissen?«

»Ich habe ein Art von sechstem Sinn«, sagte er. »Die Papiere sind für Sie allein – oder noch für jemand anderen?« Das fragte er mit einem sonderbar lauernden Blick.

»Für mich allein.«

»Sie sind verheiratet, nicht wahr?« fragte er höflich.

»Das hat damit nichts zu tun«, sagte ich kurz.

In diesem Augenblick fiel draußen eine Tür zu.

»Was war das?« Ich sprang auf und sah ihn erschrocken an.

»Eine Tür, warum?« Er blieb sitzen.

»Sie sagten, Sie wären allein.«

»Das stimmt auch.«

»Und die Tür?«

»Es war eine Tür irgendwo nebenan.« Er trank einen Schluck und rührte sich nicht. Ich wandte mich um und lief schnell in das Vorzimmer hinaus. Das Vorzimmer war leer. Ich riß die Eingangstür auf. Auch der Flur war leer. Ich lauschte. Aber ich hörte nicht einmal Schritte. Während ich langsam und ein wenig beschämt zu ihm zurückging, fühlte ich, wie sich meine rätselhafte Traurigkeit verstärkte. Mich fröstelte plötzlich, als ich wieder in das Zimmer trat.

»Entschuldigen Sie«, sagte ich, »ich bin nervös.«
»Schon gut. Was brauchen Sie also?«
»Einen Paß, einen Geburtsschein und einen Heimatschein.«
»Amerikanische Papiere?«
»Nein.«
»Deutsche?«
»Österreichische«, sagte ich. Er sah erstaunt auf. Jetzt lächelte er ein bißchen. »Entschuldigen Sie meine Heiterkeit, aber ist das nicht ein etwas ungewöhnlicher Wunsch?«
»Ich habe mir alles genau überlegt«, sagte ich. »Übrigens: Wenn ich von einem Dritten höre, daß Sie dieses unser Gespräch nicht vertraulich behandelten, werde ich alles leugnen. Sie haben keinen Zeugen.«
Er schüttelte den Kopf. »Aber, aber, Mr. Chandler! Wofür halten Sie mich? Das ist doch schließlich mein Beruf, nicht wahr? Ich werde mich doch nicht selber ins Gefängnis bringen. Sie sind auf keinen Fall jemals hier gewesen – selbst wenn es Ihnen einfallen sollte, das zu behaupten.«
»Wollen Sie nicht wissen, warum ich die Papiere brauche?«
»Nein«, sagte er. »Aber wenn Sie österreichische Papiere wollen, dann müssen wir Ihnen auch einen Identitätsausweis verschaffen. Sonst kommen Sie nicht über die Demarkationslinie in die russische Zone.«
»Schön«, sagte ich.
»Auf welchen Namen sollen die Papiere gehen?«
»Auf den Namen Walter Frank«, sagte ich, in Erinnerung an meinen Perückenmacher.
»In Ordnung.« Er trank sein Glas leer. »Verheiratet?«
»Nein.«

»Kinder?«
»Nein.«
»Beruf?«
»Was Sie wollen, nur kein künstlerischer.«
»Wohnort?«
»Am besten Wien.«
»Geboren?«
»Auch Wien.«
»Wie alt?«
»Etwa Mitte Vierzig.«
Er nickte wieder. »Schön, Mr. Chandler.«
»Schreiben Sie sich nichts auf?«
»Niemals«, sagte er, »wofür halten Sie mich?«
»Kann ich noch einen Kognak haben?«
Er gab mir die Flasche.
»Daten der Eltern, Berufe und so weiter nach meinem Ermessen, einverstanden?«
»Einverstanden.«
»Haben Sie Paßbilder mitgebracht?«
»Ja.« Ich gab sie ihm. Er sah sie aufmerksam an, dann steckte er sie in die Tasche.
»Wie ist eigentlich Ihre Untersuchung ausgegangen?« fragte er abrupt.
»Danke, gut«, sagte ich überrascht.
»Das freut mich. Sie sind also gesund?«
»Ja, ganz.«
»Fein«, meinte er uninteressiert und lächelte höflich.
Ich weiß nicht, warum ich es ihm sagte, es geschah unter dem Eindruck der großen Traurigkeit, die mich gefangenhielt, seit ich zu ihm gekommen war.

»Hören Sie, Mordstein«, sagte ich leise, »ich bin nicht gesund. Ich bin unheilbar krank. Und in einem Jahr bin ich tot.«

»Das tut mir leid«, sagte er ebenso uninteressiert. Er räusperte sich kurz. »Wieviel wollen Sie anzahlen?«

»Wieviel werden die Papiere kosten?«

»Das kann ich noch nicht sagen.«

»Ungefähr.«

»Ungefähr sechstausend«, erwiderte er kurz. Ich hatte mit achttausend gerechnet.

»Gut«, sagte ich, »dann gebe ich Ihnen jetzt zweitausend.«

Er zählte die Noten aufmerksam, dann steckte er sie ein.

»Wann kann ich die Papiere haben?«

»In fünf Tagen.«

»Also am Samstag«, sagte ich.

»Am Samstag.«

»Zuverlässig? Das muß ich wissen.«

»Zuverlässig, wenn Sie das Geld mitbringen.«

Ich nickte.

»Ja, das Geld«, wiederholte ich. Dann sah ich ihn an. »Sind Sie an einem weiteren Geschäft interessiert, Mordstein?«

»Ich bin an jedem Geschäft interessiert. Worum handelt es sich?«

»Um Geld.«

»Was für Geld?«

»Geld, das mir gehört«, sagte ich. »Deutsche Mark. Ziemlich viel deutsche Mark.«

»Was soll ich dabei tun?«

»Sie könnten mir helfen, sie in österreichische Schilling zu wechseln.«

Er sah mich neugierig an, aber er schwieg und begann nur still zu lächeln.
»Nun?«
»Um wieviel handelt es sich?«
»Wieviel könnten Sie mir abnehmen?«
»Das käme darauf an. Zu welchem Kurs?«
»Sechs«, sagte ich.
»Fünf, fünf«, sagte er.
Nach längerem Hin und Her einigten wir uns auf fünf, acht.
»Wie bekomme ich das Geld in Österreich? Man darf doch noch nichts legal überweisen.«
»Ich gebe Ihnen die Adresse eines Freundes. Sie zahlen das Geld hier auf ein Konto ein, das ich Ihnen nenne, und zeigen ihm, wenn Sie nach Österreich kommen, die Quittung. Dann bekommen Sie von ihm die Schilling.«
»Wo wohnt Ihr Freund?«
»Es kommen mehrere in Betracht.«
»Wohnt einer von ihnen in Wien?«
»Ja«, sagte er.
»Dann nehmen wir den.«
»Gut«, sagte er.
»Einen Moment noch.« Ich hob eine Hand. »Wer garantiert mir, daß ich das Geld in Wien auch bekomme, wenn ich den Gegenbetrag eingezahlt habe?«
»Ich.«
»Ja, eben.«
»Genügt Ihnen das nicht?«
»Nein«, sagte ich. »Ich mache Ihnen einen anderen Vorschlag. Ich gebe den Markbetrag in Ihrem Beisein als Paket in der Gepäckaufbewahrung des Hauptbahnhofs auf. Den

Aufgabeschein nehme ich mit nach Wien. Wenn ich die Schilling habe, bekommt Ihr Freund den Schein.«
Er dachte nach, dann grinste er.
»Meinetwegen. Das ist eine hübsche Idee.«
»Ich habe auch eine Nacht über sie nachgedacht.«
»Um welchen Betrag handelt es sich?«
»Um vierzigtausend Mark«, sagte ich.
Er saß ganz still und lächelte. Dann sah er das Kognakglas an, das er in der Hand hielt, und drehte es hin und her. »Sie sind ein interessanter Mensch, Mr. Chandler«, sagte er schließlich.
»Ist der Betrag zu hoch?«
»Vierzigtausend Mark – das sind weit über zweihunderttausend Schilling.« Er schüttelte den Kopf. »Nein, das ist nicht zu hoch. Höchstens gibt mein Freund Ihnen den Betrag in zwei Teilen.«
»Einverstanden«, sagte ich. »Dann werden wir auch zwei Päckchen zur Aufbewahrung geben.« Ich stand auf und reichte ihm die Hand. Er ergriff sie und lächelte mit schmalen Lippen. Seine Finger waren heiß und trocken, ich hatte das Gefühl, daß er eine große Erregung verbarg.
»Mr. Chandler«, sagte er leise, »haben Sie überhaupt soviel Geld?«
»Wenn ich es nicht hätte, wäre ich nicht zu Ihnen gekommen.« In Wahrheit hatte ich in diesem Moment mit allem, was auf meinem Bankkonto lag, etwa zehntausend Mark. Aber am Samstag um zwölf Uhr hatte ich zweihunderttausend.
Die ganze Operation war einigermaßen kompliziert, und da anzunehmen ist, daß sich die deutsche Polizei noch immer

mit dem Fall beschäftigt, will ich versuchen, einen möglichst vollständigen Bericht zu geben über die Vorgänge, die mich in den Besitz einer so großen Summe brachten.
Den Anstoß zu dem Betrug, den ich beging, gab ein Erlebnis, das ich in der ersten Woche meines Aufenthaltes in Deutschland mit Joe Clayton hatte. Es war ein sehr unbedeutendes Erlebnis, es fiel mir erst viel später wieder ein. Das war an dem Tag, an dem ich meinen Vertrag unterschrieb. Ich unterschrieb ihn im Büro der Filmgesellschaft in der Theatinerstraße. Die erste Rate war gleich fällig. Joe entschuldigte sich dafür, daß er den Betrag nicht im Büro hatte. Er mußte auf die Bank gehen, um ein paar Schecks einzulösen. Wenn ich wollte, konnte ich ihn begleiten, sagte er.
Die Bank lag in der Nähe, wir gingen zusammen hinüber. Unterwegs erklärte mir Joe Clayton eine Eigentümlichkeit unserer Firma. »Wir hier in München sind eigentlich nur eine Filiale. Das Hauptquartier der Gesellschaft liegt in Frankfurt am Main. Dort, auf der Rhein-Bank, liegt auch das Geld. Nicht alles, natürlich, aber das meiste. Einmal in der Woche kommt der Hauptkassier mit dem Flugzeug nach München und bringt Geld oder Schecks mit. Diesmal brachte er Schecks.«
»Aha«, sagte ich. Ich hörte kaum hin, es interessierte mich herzlich wenig, wie ich zu meinem Geld kam, *wenn* ich zu meinem Geld kam. Wir betraten gemeinsam den großen, modern eingerichteten Schalterraum der Bank, und Joe ging sofort auf den fröhlichen jungen Mann zu, den er zu kennen schien. Die beiden begrüßten einander herzlich.
»Tag, Herr Kleinschmied«, sagte Joe in einem ridikülen Deutsch. »Was macht das Forellen?«

Es stellte sich heraus, daß Kleinschmied, wie auch Joe, ein passionierter Angler war. Auf dieser Ebene eines gemeinsamen Privatvergnügens waren sie Freunde geworden. Nachdem sie sich eine Zeitlang fachmännisch unterhalten hatten, überreichte Clayton seine Schecks. Kleinschmied war trotz seiner Jugend anscheinend in einer gehobenen Stellung. Er sah sehr sympathisch aus. Wenn er lächelte, entblößte er zwei Reihen tadelloser weißer Zähne.
Jetzt lächelte er. »Mr. Clayton, es tut mir leid, aber auf diese Schecks kann ich Ihnen kein Geld geben!«
Joe bekam einen roten Kopf.
»Sie können nicht?« rief er englisch. »Ist etwas nicht in Ordnung mit den verfluchten Schecks?«
Auch Kleinschmied sprach englisch: »Es sind Verrechnungsschecks, Mr. Clayton. Haben Sie das übersehen?«
Clayton sah die Papiere an.
»Gott verdamm mich«, sagte er dann, »das habe ich wirklich übersehen.«
Ich trat etwas näher und wurde interessierter, es ging hier schließlich um meine erste Rate.
»Was ist das, ein Verrechnungsscheck?«
Kleinschmied erwärmte sich für das Thema. »Ein Verrechnungsscheck ist ein solcher mit dem aufgedruckten Vermerk: Zur Verrechnung. Damit kann man Geld von einem Bankkonto auf ein anderes überweisen.«
»Und?«
»Und wenn Sie diesen Verrechnungsscheck hier zum Beispiel bei uns einreichen, dann schicken wir ihn per Post an die Rhein-Bank in Frankfurt, und Sie bekommen zunächst nur eine Einreichbestätigung für ihn. Die Rhein-Bank sieht

nach, ob der Scheck echt und gedeckt ist, und schickt ihn uns mit einem entsprechenden Vermerk zurück. Wenn er bei uns wieder eintrifft, bekommen Sie Ihr Geld. Es ist eine geschäftliche Einrichtung. Sie bildet zusätzlich Schutz gegen Betrug und erleichtert die Buchhaltung.«

»Ich verstehe«, sagte ich.

»Mr. Chandler, Mr. Kleinschmied«, stellte Joe etwas spät vor. »Mr. Chandler ist unser Autor.«

»Sehr erfreut, Mr. Chandler«, sagte Kleinschmied.

Joe war verärgert. »Was soll jetzt geschehen? Wir brauchen Geld!«

»Telefonieren Sie doch mit Frankfurt«, schlug Kleinschmied vor, »und bitten Sie um eine telegrafische Überweisung per Post. Die ist in ein, zwei Stunden da.«

»Ja, das ist richtig. Aber was machen wir mit den Schecks?«

»Die lassen Sie hier.«

»Wie lange wird es dauern?«

»Zwei, drei Tage«, erwiderte Kleinschmied. »Wir schicken sie heute weg, morgen sind sie in Frankfurt und übermorgen wieder hier.«

»Schneller geht es nicht?«

»Kaum, Mr. Clayton.«

»Keine Ausnahme zu machen, he?«

»Persönlich sehr gerne. Aber wir haben unsere Vorschriften. Und außerdem, Mr. Clayton, handelt es sich um eine große Summe – hundertfünfzigtausend Mark.«

»Ja, ja«, sagte Joe. Er sah zwar alles ein, aber es ärgerte ihn.

»Moment«, rief ich, »ein *wenig* beschleunigen könnte man die Sache schon, denke ich.«

»Wie?«

»Indem Sie«, sagte ich zu Kleinschmied, »die Schecks auf unsere Kosten *expreß* nach Frankfurt schicken und die Rhein-Bank ersuchen, Ihnen *telegrafisch* mitzuteilen, ob sie gedeckt sind – natürlich auch auf unsere Kosten.«
»Ja«, sagte Kleinschmied, »das wäre möglich.«
»Wie lange würde das dauern?«
»Jetzt ist es zwei ...«, Kleinschmied überlegte, »... der Nachmittagszug geht um fünf und ist morgen um fünf Uhr früh in Frankfurt. Dann wird der Brief mit der ersten Post ausgetragen und erreicht die Bank um acht ... und um neun oder zehn Uhr könnten wir die Antwort haben, wenn gleich telegrafiert wird.«
»Sehen Sie!« rief ich triumphierend. »So sparen Sie zwei Tage.«
»Wollen wir es versuchen?« fragte Kleinschmied bereitwillig.
Ich ärgerte mich ein bißchen über Joe, als er brummig erwiderte: »Nein, danke. Vielleicht ein andermal. Ich rufe lieber an und bitte um telegrafische Überweisung. Lassen Sie die Schecks den normalen Weg gehen.«
Wie gesagt: Ich war ein wenig ärgerlich, ich hatte mir alles so hübsch überlegt. Aber Joe telefonierte nur stumpfsinnig. Wenn auch mit Erfolg: Drei Stunden später traf die telegrafische Überweisung ein, und ich erhielt meine erste Rate.

32

In den nächsten Wochen begleitete ich Joe noch ein paarmal auf die Bank und befreundete mich gleichfalls ein bißchen mit Peter Kleinschmied. Er war ein sehr aufmerksamer, hilfsbereiter Mensch. Auf seinen Vorschlag ließ ich mir selber auch ein Konto bei der Bank einrichten. Unsere Gesellschaft bezahlte uns fast ausschließlich mit Schecks, und mit der Zeit prägte ich mir die Namen der beiden Prokuristen in Frankfurt ein, welche die Schecks unterzeichneten. Der eine hieß »Liddelton« und der andere »Hill«. Liddelton schrieb nur seinen Namen. Hill setzte die Initialen K. M. vor den seinen.

Ich trug meine Schecks Woche für Woche zu Peter Kleinschmied, plauderte ein wenig mit ihm, wenn er Zeit hatte, und verabschiedete mich wieder. Die kleine Szene bei unserer ersten Begegnung hatte ich bald vergessen. Als ich jedoch am Abend des 28. September, nach Ende der Vorstellung, aus dem Theater auf die Straße hinaustrat, stolperte ich. Und im Stolpern fiel mir die Szene wieder ein. Es fiel mir noch etwas mehr ein. Über diesem zusätzlichen Einfall lag ich eine ganze Nacht wach. Als der Tag anbrach, hatte ich meinen Plan gefaßt.

Das war am Montag.

An diesem Tag besuchte ich nur Mordstein und besprach jene grundsätzlichen Dinge mit ihm, die ich weiter vorne erwähnt habe. Am Dienstag fuhr ich in die Theatinerstraße, in Joes Büro. Ich hatte noch etwas Geld zu bekommen und damit einen legitimen Anlaß, ihn bei der Arbeit zu stören. Er war herzlich wie immer, und alle Angestellten waren besonders freundlich zu mir. Sie wußten, daß ich gekündigt worden und im Spital gewesen war, und trugen eine aufdringliche Sympathie zur Schau, die mir ein wenig lästig war.

»Donnerstag geht es los, Jimmy«, sagte Joe, als er mich in sein Büro geführt hatte.

»Es geht los?«
»Ja, Jimmy, erster Drehtag. Endlich!«
»Ich gratuliere.«
»Danke, Jimmy.« Er sprach rasch, um mich möglichst wenig zu Wort kommen zu lassen. »Wir fangen mit den Außenaufnahmen an – am Chiemsee und in den Bergen. Wir fahren alle mit, der ganze Stab. Das Büro machen wir für zwei Wochen zu. Und draußen in Grünwald dürft ihr euch dann richtig austoben – Sie und Margaret.«
»Wieso?«
»Das Haus gehört euch! Ich fahre natürlich mit!«
Das war weit besser, als ich erwartet hatte.
»Könnte ich da vielleicht noch vorher mein Geld haben?« fragte ich.
»Aber selbstverständlich, Jimmy, ich bitte Sie!« Er klingelte, und sein deutscher Buchhalter trat ein. Joe gab ihm den Auftrag, einen direkten Scheck für mich auszufüllen und ihn zur Unterschrift hereinzubringen. Der Buchhalter entfernte sich. Im gleichen Moment erhob ich mich, um mich zu verabschieden.
»Sie müssen nicht gleich wegrennen, Jimmy!«
»Doch, doch, ich muß! Sie haben alle Hände voll zu tun, ich kenne das! Ich warte draußen im Büro.«
Er war gerührt über meinen Takt und bekam feuchte Augen, als er mir die Hand schüttelte. »Guter alter Jimmy! Lassen Sie es sich recht gut gehen in den zwei Wochen.«
»Na, wir sehen uns doch am Abend noch.«
»Ja, ja«, sagte er verwirrt, »natürlich.«
Ich nickte ihm noch einmal zu und ging in das Büro des Buchhalters, das an Joes Zimmer angrenzte. Er war allein

und schrieb gerade pedantisch meinen Scheck aus. Das Formularheft, aus dem er den Scheck gerissen hatte, lag neben ihm. Und der kleine Tresor, in dem Bargeld, Akten und weitere Scheckbücher lagen, stand offen.

»Einen Augenblick, Mr. Chandler«, sagte er, sich erhebend. Er blies auf das Formular, damit die Tinte schneller trocknete.

»Darf ich warten?«

»Bitte«, sagte er und ging zu Joe hinein.

Im nächsten Augenblick stand ich vor dem offenen Tresor. Ein Blick, zwei Griffe – und ich hatte, was ich suchte: ein angebrochenes Formularheft für Verrechnungsschecks auf die Rhein-Bank und das Konto der Frankfurter Gesellschaft. Ich riß drei leere Seiten heraus, steckte sie in die Tasche und setzte mich wieder.

Gleich darauf kam der Buchhalter zurück und gab mir meinen gewöhnlichen, von Joe unterschriebenen Scheck. Ich verabschiedete mich dankend. Der erste Schritt war getan.

Rückblickend kann ich feststellen, daß es eigentlich der riskanteste, der mit dem größten und gefährlichsten Maß von Zufall verbundene Schritt war. Alle anderen, wenn auch vergleichsweise erregender, waren in Wahrheit noch viel einfacher und ergaben sich als Folge des ersten.

In den nächsten drei Tagen lag ich meistens im Garten und ruhte mich aus. Margaret machte mehrmals den Versuch, das Gespräch auf mich, meine Krankheit, die Zukunft und ihre Probleme zu bringen, aber ich schnitt diese Versuche jedesmal kurz ab, und sie hatte nicht den Mut, sie gegen meinen Willen fortzusetzen.

»Ich kann dir noch gar nichts sagen«, erklärte ich ihr. »Du mußt mir etwas Zeit lassen. Es ist nicht leicht für mich.«
»Nein, Roy«, flüsterte sie. »Kann ich dir irgendwie helfen?«
»Laß mich noch ein wenig allein«, bat ich. Ich benützte dieses Alleinsein zur genauen und leidenschaftslosen Untersuchung meiner Chancen und nächsten Aufgaben. Ich hatte eine Menge zu überlegen. Am Mittwoch vormittag begann ich die Unterschriften der Herren Liddelton und Hill (K. M.) zu üben. Ich hatte einen alten Geschäftsbrief gefunden, der ihre Schriftzüge trug. Ich kannte die beiden nicht. Ich stellte mir der Erholung halber vor, wie sie wohl aussahen. Liddelton hielt ich für klein, dick und bösartig, ein wenig zum Schlagfluß neigend. Hill stellte ich mir am liebsten als einen Asketen vor, bleich, mönchisch und abends von dunklen Trieben auf dunkle Straßen gejagt. Am Nachmittag war ich so weit, daß ich riskieren konnte, die Namen auf die Schecks zu schreiben. Sie waren nicht allzu ähnlich, aber das machte nichts. Denn die Schecks sollten die Rhein-Bank niemals erreichen.
Ich füllte zwei Schecks aus. Einen auf 104 650 Deutsche Mark, den anderen auf 84 500 Deutsche Mark. Ich wählte absichtlich keine runden Summen. Mit Ausnahme der beiden Unterschriften brachte ich sämtliche Vermerke mit Schreibmaschine an. Man würde ohne weiteres feststellen können, daß es meine Schreibmaschine war. Nicht so ohne weiteres allerdings würde man feststellen können, wo *ich* war. Den dritten Scheck und das Papier, auf dem ich geübt hatte, verbrannte ich. Dann legte ich mich wieder in den Garten und dachte nach.
Am Donnerstag nachmittag fuhr ich zur Bank. Ich hielt

mich dort sehr kurz auf und nahm nur eines der vielen Bankkuverts mit, die im Schalterraum bei allen Schreibpulten auflagen. Das Kuvert trug den Aufdruck des Bankhauses. Ich steckte es in die Tasche und fuhr wieder nach Hause, wo ich mit Schreibmaschine die Adresse der Rhein-Bank darauf anbrachte sowie die Vermerke »Eingeschrieben« und »Expreß«. Schließlich steckte ich zwei leere Schreibmaschinenblätter in das Kuvert und klebte es zu. Dieses Kuvert sollte noch eine Rolle spielen.

Am Freitag morgen hatte ich eine Auseinandersetzung mit Margaret. Ich sagte ihr, daß ich über eine Nacht an den Chiemsee fahren wollte, um bei den Außenaufnahmen zuzusehen. Sie war sehr begeistert von der Idee und traf Anstalten, sich für eine rasche Abreise fertigzumachen. Ich sah mich gezwungen, das Mißverständnis aufzuklären.

»Ich möchte allein fahren, Margaret.«

»Du willst mich nicht mitnehmen?«

»Nein. Lieber nicht.«

Sie sah mich stumm an.

»Ach so«, sagte sie dann und wandte sich ab.

»Was, ach so?«

»Nichts.« Sie sah in den Garten hinaus. Ihre Schultern zuckten. Sie weinte wieder. Sie weinte in diesen Tagen sehr oft.

»Warum weinst du?«

»Ich weine nicht«, schluchzte sie.

»Bloß, weil ich einen Tag allein sein will?«

Sie fuhr herum, ihre Wangen waren naß, aber in ihren Augen brannte ein verrücktes Feuer, das mir gar nicht nach Mitleid und Verständnis aussah. »Es geht nicht um den einen Tag! Ich weiß genau, daß du nicht an den Chiemsee fährst. Es ist mir auch egal! Aber wir müssen einmal offen miteinander reden – über alles! *Jetzt* müssen wir darüber reden!«

»Warum?«

»Weil es so nicht mehr weitergeht! Verstehst du denn nicht, daß das für mich unerträglich ist? Sag mir doch endlich die Wahrheit! Oder wirst du weggehen? Eine Woche liegst du jetzt im Garten und denkst nach! Worüber denkst du nach? Willst du es mir nicht sagen?«

»Noch nicht«, erwiderte ich. Aber in mir bebte ein verrücktes Verlangen, es ihr dennoch zu sagen. Bald, dachte ich mit einer Art von Frohlocken, wirst du es erfahren, bald schon wird dir alles klar sein, blendend klar ...

Unser kurzer Streit verlief im Sand. Ich fuhr allein, sie blieb in Grünwald. Ich sagte, ich würde im Laufe des Samstags heimkommen. Sie nahm es zur Kenntnis in der resignierten Überzeugung, daß ich zu Jolanthe fuhr und daß sie nichts dagegen tun konnte. Ich sah sie im Rückspiegel meines Wagens, als ich abfuhr. Sie stand reglos, ihr Gesicht war eine Maske der Verwirrung und Schwäche.

Ihre fixe Idee, ich führe zu Jolanthe, brachte mich auf einen Einfall. Als ich in die Stadt kam, ging ich in ein Postamt und meldete ein Gespräch nach Chiemsee an. Ich verlangte Joe Clayton und hatte Glück. Er war sprechbereit.

»Joe«, sagte ich mit jener besonderen Lustigkeit, die Männer haben, wenn sie von derartigen Dingen sprechen, »Sie müssen mir einen kleinen Gefallen tun!«

»Ja, Jimmy?«

»Ich habe Margaret erzählt, daß ich euch einen Tag besuchen komme und am Chiemsee übernachten werde.«

»Fein, Jimmy! Das ist aber nett!« Er klang ehrlich, er freute sich wirklich.
»Nur, daß ich nicht zu Besuch kommen und am Chiemsee übernachten werde«, sagte ich.
»Nein?«
»Nein. Ich übernachte woanders.«
Darauf entstand eine genierte Stille. Joe hatte Margaret gerne. Mich hatte er lieber. Aber es war ihm unangenehm, was ich von ihm verlangte.
»Haben Sie verstanden, Joe?«
»Ja, Jimmy, ich habe verstanden.«
»Und wenn sie anruft ...«
»Ja, Jimmy, es ist schon gut. Dann werde ich ihr sagen, daß Sie hier sind, aber gerade schlafen oder fischen oder gerade sonst etwas tun.«
»Danke, Joe.«
»Bitte.« Eine Pause. Dann: »Jimmy?«
»Ja?«
»Muß das sein?«
»Ja, Joe.«
»Margaret ist eine gute Frau.«
»Ja, das ist sie.«
»Und trotzdem?«
»Ja«, sagte ich, »trotzdem. Es muß sein. Ich habe etwas Dringendes in Ordnung zu bringen.« Und damit sprach ich sogar die Wahrheit.
Ich verbrachte den ganzen Tag in der Stadt. Ich hatte einen kleinen Koffer mit einigen Wäschestücken und einem Toilettenbeutel in den Wagen gelegt. Nach dem Mittagessen fuhr ich zu einem Juwelier in die Maximilianstraße und ließ

mir Schmuck zeigen. Es dauerte eine Weile, bis wir einander richtig verstanden und der Juwelier begriff, daß ich die Absicht hatte, mein Vermögen in Schmuck anzulegen. Von da an wurde ich mit ausgesuchter Höflichkeit behandelt. Ich hielt mich etwa eine Stunde im Geschäft auf. Schließlich wählte ich drei Stücke. Einen antiken Rubinring mit Brillanten in Form einer Schlange und in Platin gefaßt, einen modernen Smaragdring und eine goldene Tabatiere, die zwei ineinandergeflochtene Ringe von Saphiren aufwies. Die beiden Ringe waren so gearbeitet, daß ein Mann sie tragen konnte. Die drei Stücke zusammen kosteten fünfunddreißigtausend Mark. Ich sagte, daß ich noch gewisse Bankformalitäten zu erledigen hätte und Samstag vor zwölf Uhr wiederkommen würde. Pro forma ließ ich tausend Mark Anzahlung zurück und gab meinen richtigen Namen an: James Elroy Chandler. Es schien, daß der Juwelier von Amerikanern allerhand gewohnt war. Er zeigte sich nicht im geringsten erstaunt – weder über die Höhe der Summe noch über meine Art, den Schmuck zu kaufen.

Gegen fünfzehn Uhr fuhr ich zum Stadtbüro der Pan American Airways und holte dort eine Hin- und Rückflugkarte nach Frankfurt ab, die ich telefonisch bestellt hatte. Auch sie lautete auf den Namen James Elroy Chandler. Es lag mir daran, diesen Namen in den letzten Stunden, in denen ich ihn benützte, noch möglichst häufig zu gebrauchen. Das Flugzeug ging um achtzehn Uhr, der Autobus zum Flughafen verließ das Stadtbüro um siebzehn Uhr. Um zwanzig Uhr war die Maschine in Frankfurt. Ich ließ meinen kleinen Koffer gleich im Büro. Danach rief ich Mordstein an und fragte ihn, ob ich zuverlässig mit den Papieren rechnen konnte.

»Jawohl«, sagte er. »Und kann ich zuverlässig mit dem Geld rechnen?«
»Selbstverständlich«, erwiderte ich und hängte ein. Im nächsten Augenblick fühlte ich, wie mir sehr schwindlig wurde, und ich hielt mich an der Zellenwand fest. Plötzlich stand mir deutlich vor Augen, in was ich mich eingelassen hatte. Mir wurde heiß und kalt, aber ich biß die Zähne zusammen. Der Schwindelanfall ging vorüber. Ich wischte mir mit einem Taschentuch die Stirn trocken und verließ den Automaten. Es war fünfzehn Uhr dreißig.

33

Ich fuhr zur Bank und parkte dem Eingang gegenüber. Der Nachmittagsverkehr setzte schon ein, es waren viele Menschen auf der Straße. Ich wartete bis fünf Minuten vor vier, ich wußte, daß die Bank um vier Uhr schloß. Um fünfzehn Uhr fünfundfünfzig verließ ich meinen Wagen und ging in das Bankgebäude hinein. Der Kassenraum war fast leer, die meisten Schalter wurden schon geschlossen. Ich sah mich um. Zu meiner Erleichterung erblickte ich Kleinschmied. Er kam lächelnd auf mich zu und begrüßte mich sofort. Es war genau zwei Minuten vor sechzehn Uhr.
»Hören Sie, Peter«, sagte ich. »Sie müssen mir helfen. Ich bin in einer richtigen rue de cac. Meine Gesellschaft ist auf Außenaufnahmen gefahren, mich hat man hergeschickt – und hier bin ich jetzt mit zwei Verrechnungsschecks.« Ich legte sie vor ihn hin und beobachtete ihn scharf, während er sie zur Hand nahm und betrachtete.

Eine Minute vor sechzehn Uhr.

Mir war, als säße ich im Kino und sähe mir selber auf der Leinwand zu. Ich fühlte keinerlei Erregung, nur noch ein wissenschaftliches Interesse daran, ob mein Betrug auch gelingen würde.

»Eine sehr große Summe, Mr. Chandler«, sagte Kleinschmied und ließ die Schecks sinken.

»Es ist eine Produktionsrate. Die Schauspieler und Techniker sitzen draußen am Chiemsee und warten auf das Geld. Die Arbeit steht am Montag, wenn wir die Schecks bis dahin nicht eingelöst haben.«

Sechzehn Uhr.

»Meine Damen und Herren, es wird gebeten, den Schalterraum zu verlassen«, rief der uniformierte Diener beim Eingang.

»Es tut mir fürchterlich leid, Mr. Chandler, aber ich weiß wirklich nicht, wie ich Ihnen helfen kann.« Kleinschmied hob hilflos die Schultern. Hinter ihm schlossen Kollegen ihre Schreibtische. Sekretärinnen eilten hin und her, es herrschte eine Atmosphäre des allgemeinen Aufbruchs. In einiger Entfernung sah ich einen hageren, pickelgesichtigen Jungen, der von Tisch zu Tisch ging und Post einsammelte.

»Können Sie die Schecks nicht expreß nach Frankfurt schicken und um telegrafische Antwort ersuchen?« fragte ich. »Sie erinnern sich, ich habe Ihnen schon einmal den Vorschlag gemacht, damals, als wir uns kennenlernten.«

»Ja, Mr. Chandler ...« Er zögerte, drehte die Schecks hin und her und überlegte unschlüssig. »... aber die Zeit ist wirklich sehr knapp. Wir haben schon geschlossen. Der Zug nach Frankfurt geht um fünf, also in einer Stunde ... ich weiß nicht, wie wir ihn noch erreichen können.«

»Der Bursche da drüben«, sagte ich und wies auf den pickelgesichtigen Jüngling, dessen rote Haare wie wild von seinem Kopf abstanden, »geht der nicht noch zur Post?«

»Ja, aber nicht zu der beim Bahnhof, nur zu dem Postamt um die Ecke.«

»Könnte er nicht ausnahmsweise –«

»Es ist auch für ihn schon Feierabend, Mr. Chandler.«

»Ich habe einen Wagen draußen, ich würde ihn zum Bahnhof bringen.«

»Ja ...«

Wieder zögerte Kleinschmied.

Drei Minuten nach sechzehn Uhr.

Der Schalterraum hatte sich geleert. Der Uniformierte vom Eingang kam zu mir. »Die Bank wird gleich geschlossen, mein Herr.«

»Einen Moment noch«, sagte ich, und Kleinschmied gab dem Diener einen Wink. Er zog sich zurück. Kleinschmied drehte sich um.

»Konrad!« rief er.

Der Jüngling kam zu uns.

»Ja, Herr Kleinschmied?«

»Würdest du mit diesem Herrn zum Bahnhofspostamt fahren – er bringt dich hin – und einen Brief aufgeben? Es ist sehr dringend.«

»Sehr dringend«, sagte ich und gab Konrad fünf Mark.

»Danke«, sagte Konrad. »Ja, Herr Kleinschmied, das läßt sich machen!« Er hatte unzählige Pickel und befand sich in

einem sehr unglücklichen Alter, auch seine Stimme war brüchig.
Kleinschmied sah sich um. »Jetzt sind die Mädchen wieder weg«, sagte er, »ich muß doch einen Begleitbrief schreiben ...«
Er hob eine Schreibmaschine vom Tisch und auf das Brett hinter dem Schalter, spannte einen Bogen ein und begann zu tippen, wobei er die Nummern der Schecks abschrieb. Ich sah ihm zu. Als ich mutmaßte, daß er fast fertig war, eilte ich zu einem der Pulte und holte ein Kuvert. »Hier, nehmen Sie gleich das da!« Er nahm es.
»Rhein-Bank«, tippte er darauf und danach die Adresse.
»Schreiben Sie noch: Expreß und eingeschrieben«, sagte ich.
Er tat es.
Nun sah das Kuvert genauso aus wie jenes, das ich in der Tasche hatte. Kleinschmied steckte die Schecks hinein und klebte es zu.
»Gib her«, sagte er dann zu Konrad. Dieser reichte ihm ein schwarzes Vormerkheft, in welches Kleinschmied die Adresse des Briefes eintrug. Es war das Postempfangsbuch der Bank. Eingeschriebene Briefe quittiert das Postamt jeweils neben der im Buch vermerkten Adresse. Zuletzt gab Kleinschmied mir eine Bestätigung für die beiden Schecks.
»Ich danke Ihnen, Peter«, sagte ich. »Wirklich, ich werde Ihnen das nie vergessen.«
»Schon gut, Mr. Chandler!« Er lächelte sein nettes Lächeln. »Nun beeilen Sie sich aber, damit der Brief noch den Fünf-Uhr-Zug erreicht.«
»Ja«, sagte ich, »kommen Sie, Konrad.«

Ich sah zu, wie er unseren Brief in seine Mappe legte. In der Mappe lagen schon viele andere Briefe. Meiner lag obenauf. Es war eine gewöhnliche Mappe, die man ohne weiteres öffnen konnte.
»Ich komme morgen früh, so gegen zehn Uhr, vorbei!« rief ich Kleinschmied zu, während ich hinter Konrad her schon zum Ausgang eilte.
»Ist gut, Mr. Chandler!« rief er zurück.
Der uniformierte Diener hielt die Tür für uns auf, als wir auf die Straße hinausliefen.
»Da drüben steht mein Wagen!« sagte ich. Der Verkehr war jetzt sehr stark. Ich ließ den Jüngling zuerst einsteigen, er öffnete die andere Tür für mich, und ich glitt hinter das Steuer. Es war sechzehn Uhr zwölf.
Die Mappe mit der Post lag zwischen uns auf den vorderen Sitzen. Ich lenkte den Wagen vorsichtig auf die Straße hinaus. Wir fuhren zum Bahnhof. Als ich den Odeonsplatz erreichte, bremste ich scharf, versuchte mit dem dritten Gang wieder anzufahren und würgte den Motor so ab. Wir standen mitten auf der Fahrbahn. Hinter uns hupten Autos, ein Polizist schrie mir aus seinem Turm die Aufforderung zu, weiterzufahren. Ich rüttelte an dem Ganghebel und tat, als bekäme ich ihn nicht aus dem Getriebe heraus.
»Was ist denn?« fragte Konrad aufgeregt.
Um uns brach die Hölle los. Dutzende von Autos waren aufgehalten, Hupen und Stimmen ertönten, und der Polizist kam über die Straße auf uns zugerannt.
»Sind Sie wahnsinnig geworden?« schrie der Polizist. »Warum fahren Sie nicht weiter?«
»Ich kann nicht!« brüllte ich. »Der Gang ist steckengeblie-

ben.« Dazu rüttelte ich immer weiter an dem Ganghebel. Der Polizist rannte hinter meinen Wagen und versuchte ihn weiterzuschieben. Ich ließ den Motor ein paarmal anspringen und würgte ihn jedesmal wieder ab.
»Warten Sie!« Konrad sprang ins Freie, die Tür flog hinter ihm zu. Er beteiligte sich gleichfalls an dem Versuch, den Wagen von der Kreuzung fortzubringen. Ich trat fest auf die Bremse, damit dieser Versuch nicht zu früh von Erfolg gekrönt wurde, und hielt mit der linken Hand das Steuer fest. Mit der rechten griff ich in Konrads Briefmappe und holte den Expreßbrief an die Rhein-Bank hervor. Ich steckte ihn ein. Dann holte ich *meinen* Brief an die Rhein-Bank, in dem sich die beiden leeren Papierbogen befanden, aus der Brusttasche und legte ihn in die Mappe. Es ging alles sehr schnell, und niemand bemerkte etwas. Konrad und der Polizist waren damit beschäftigt, den Wagen zu schieben. Jetzt nahm ich den Fuß von der Bremse und zog den Gang heraus. Der Motor sprang sofort an, und der Wagen hüpfte nach vorne. Konrad kam angerannt und sprang neben mich. Der Schlag flog hinter ihm zu.
»Los!« schrie der Polizist. »Fahren Sie schon!«
Ich fuhr.
Der Brief mit den beiden gefälschten Schecks lag nun in meiner Tasche.

34

Beim Bahnhofspostamt setzte ich Konrad ab. Ich sah ihm nach, bis er im Eingang des Gebäudes verschwand, dann blickte ich auf die Uhr. Es war sechzehn Uhr einunddreißig. Nun fuhr ich zurück zum Flugbüro. In seiner Nähe gab es einen bewachten Parkplatz. Dort stellte ich meinen Wagen ab und ging zu Fuß. Der Autobus wartete schon. Bevor ich ihn betrat, ging ich noch auf die Toilette des Büros. Dort zerriß ich den Brief mit den gefälschten Schecks in kleine Stücke und spülte ihn fort.

Die Maschine – eine viermotorige Douglas-Hudson – startete pünktlich um achtzehn Uhr. Wir flogen in den Sonnenuntergang hinein, es war ein sehr schöner Flug. Unterwegs nahm ich einen kleinen Imbiß ein. Der Autobus, der uns in Frankfurt vom Flughafen in die Stadt brachte, erreichte das Zentrum gegen zwanzig Uhr dreißig. Um einundzwanzig Uhr war ich im Hotel »Europa«, wo ich ein Zimmer bestellt hatte – gleichfalls auf den Namen James Elroy Chandler. Und um einundzwanzig Uhr schlief ich bereits, tief und traumlos.

Am nächsten Morgen regnete es – dünn, strähnig und unfreundlich.

Ich stand um sechs Uhr auf, frühstückte um halb sieben und beglich um sieben Uhr meine Rechnung. Dann trug ich meinen Koffer in das Frankfurter Büro der Pan American Airways. Das Flugzeug nach München ging um halb zehn, der Autobus vom Flugbüro um halb neun. Ich nahm ein Taxi und fuhr zur Rhein-Bank, wo ich ein wenig warten mußte. Als um acht Uhr die Schalter geöffnet wurden, erkundigte ich mich bei einem von ihnen danach, ob ein Herr Klaren (Joseph Maria Klaren aus Heidelberg) für mich, James Elroy Chandler, Geld hinterlegt habe. Das Fräulein, an welches ich diese Anfrage richtete, versprach nachzusehen und entfernte sich. Nach drei Minuten kam sie wieder und teilte mir mit, daß ein Herr Joseph Maria Klaren aus Heidelberg kein Geld für mich hinterlegt hatte, ja, daß ein Herr dieses Namens der Rhein-Bank völlig unbekannt sei. Über diese Auskunft zeigte ich mich sehr betroffen.

»Das ist aber recht unangenehm«, sagte ich verwirrt. »Ich weiß gar nicht, was ich jetzt tun soll. Ich hatte fest mit dem Geld gerechnet.« Mein Gesicht erhellte sich ein wenig. »Darf ich vielleicht ein Telegramm aufgeben?«

»Selbstverständlich«, sagte das Fräulein, »draußen im Foyer stehen unseren Kunden zwei Zellen zur Verfügung. Bitten Sie die Dame vom Amt, Ihnen den Betrag für das Telegramm gleich mitzuteilen. Sie können ihn dann an unserer Kasse begleichen.«

Ich dankte dem Fräulein und ging in das Foyer, wo man mir eine Telefonverbindung mit der Frankfurter Telegrammannahme herstellte. Bei dieser gab ich ein Telegramm des folgenden Inhalts auf:

»Schecks Nummer« (hier setzte ich die Nummern der beiden gefälschten Schecks ein, die auf der Empfangsbestätigung standen, welche Kleinschmied mir gegeben hatte) »gedeckt und in Ordnung Rhein-Bank Reeger«.

Den Namen Reeger kannte ich von einer Scheckbestätigung her, die ich einmal bei Joe gesehen hatte.

Diese Information, die ich als Blitztelegramm aufgab, kostete zwölf Mark vierzig Pfennig, welche ich an der Portokasse bezahlte. Damit war der Sinn meines Frankfurter Aufenthaltes erfüllt, und ich fuhr zurück zum Flugbüro. Die Maschine, die um halb zehn Frankfurt verließ, erreichte München um elf Uhr fünfzehn. Ich nahm am Flughafen wieder ein Taxi und fuhr sofort zur Bank, wo ich um elf Uhr fünfundvierzig eintraf. Sofort, als ich eintrat, sah ich Kleinschmied. Er winkte mir zu. »Mr. Chandler, wo bleiben Sie denn so lange? Wir haben Sie schon telefonisch zu erreichen versucht!«

»Ja?« Ich hielt mich an dem Schalterbrett fest. »Wo haben Sie ...«

»Bei Ihrer Frau in Grünwald«, sagte er. Seine Stimme entfernte sich etwas.

»Ich war ...«, begann ich schwach, aber er nickte. »Ihre Frau sagte uns, daß Sie zu Mr. Clayton an den Chiemsee gefahren wären.«

»Ja, das stimmt«, sagte ich. Meine Stimme kam wieder zurück. »Ist das Telegramm angekommen?«

»Vor einer Stunde bereits.«

»Fein«, sagte ich.

»Nehmen Sie einen Augenblick Platz, ich hole das Geld.«

Ich setzte mich schnell. Hätte ich noch einen Augenblick länger stehen müssen, so wäre ich sicher ohnmächtig geworden. Meine Knie zitterten plötzlich wie in einem Krampf. Drei Minuten später kam Kleinschmied mit einem zweiten Kassier. Der zweite Kassier paßte auf, während Kleinschmied zählte. Ich bekam mein Geld in Hundertmarkscheinen, gebündelt, Kleinschmied hatte den Betrag auf einem Tablett vorbereitet. Es waren achtzehn Pakete mit je hundert Hundertmarkscheinen und ein Paket mit neunzig Hundertmarkscheinen. Ich unterschrieb eine Bestätigung dafür und verstaute die Bündel in einer mitgebrachten Aktentasche. Dann bedankte ich mich bei Kleinschmied für seine große Hilfe und wünschte ihm ein gutes Wochenende und viel Erfolg beim Forellenfang. Als ich das Bankgebäude verließ, begannen von allen Kirchtürmen Münchens die Glocken zu läuten. Es war zwölf Uhr mittag. Wenn die Rhein-Bank den unverständlichen Expreßbrief mit dem Inhalt der beiden leeren Briefseiten nicht noch telegrafisch oder telefonisch in München reklamierte, hatte ich einen Vorsprung von achtundvierzig Stunden bis Montag früh. Ich hatte allerdings auch noch eine Menge zu tun.

Zunächst holte ich wieder meinen Wagen.

Den Koffer legte ich nach hinten, die Aktentasche mit dem Geld in den Gepäckraum, nachdem ich einen Teil des Betrages herausgenommen und in meinen Rocktaschen untergebracht hatte.

Dann rief ich Margaret an, sagte ihr, daß ich wieder in München wäre und im Laufe des Spätnachmittags nach Grünwald kommen würde. Die Baxters waren bei ihr und ließen grüßen.

»Ich lasse sie auch grüßen«, sagte ich.

»Danke. Und komm bald, Roy, ich habe Wiener Schnitzel zum Nachtmahl eingekauft.«

Wiener Schnitzel waren meine Lieblingsspeise.

»Fein«, sagte ich.

»War es schön am Chiemsee?«

»Wunderschön.«

»Hast du Joe aus seiner Schwierigkeit helfen können?«

»Aus seiner Schwierig...« Ich verstand nicht gleich, dann begriff ich, daß dieser Satz auf die Anwesenheit der Baxters zurückzuführen war.

»Natürlich«, sagte ich.

»Siehst du«, rief sie, künstlich beglückt, »kaum bist du aus der Klinik, brauchen sie dich schon wieder! Was würde Joe wohl tun, wenn er dich nicht hätte!«

»Ja, was wohl?«

»Leb wohl, Roy. Und komm bald.« Das war das letzte Mal, daß ich Margarets Stimme hörte. Ich habe sie nie wieder gesehen.

Nun fuhr ich in die Maximilianstraße zu meinem Juwelier und holte den Schmuck ab. Einen der beiden Ringe steckte ich an den Finger, der andere und die Tabatiere wurden verpackt. Der Rubinring, den ich am Finger trug, war taubenblutrot. Ringe wie diesen, sagte mir der Juwelier, konnte man jederzeit wieder zum gleichen Preis verkaufen, sie bildeten eine wirkliche Wertanlage.

Als ich, von ihm zur Tür gedienert, endlich auf die Straße hinaustrat, sah ich gegenüber ein Delikatessengeschäft. Ich kaufte eine Flasche Hennessy, die ich gleich öffnen ließ, und einen Papierbecher. Die Flasche legte ich im Wagen neben mich.

Von Zeit zu Zeit trank ich einen Schluck. Es regnete noch immer.

Die Straßen leerten sich schon, und jene typische Leere, die an Samstagnachmittagen allen Großstädten gemeinsam ist, bereitete sich vor, als ich aus einem Automaten Mordstein anrief.

»Ich dachte schon, es sei etwas passiert«, sagte er argwöhnisch.

»Es ist alles in Ordnung. Ich bin sofort vor Ihrem Haus. Kommen Sie herunter.«

Er stand schon auf der Straße, als ich vorfuhr, und ich öffnete den Schlag für ihn. »Steigen Sie ein.«

Ich ließ den Wagen in eine stille Nebenstraße rollen, und dort parkte ich.

»Zeigen Sie mir die Papiere«, sagte ich.

»Zeigen Sie mir das Geld«, sagte er.

Ich zeigte es ihm.

Er gab mir die Papiere.

Sie waren tadellos. Nach dem Identitätsausweis war ich Walter Frank, am 17. Mai 1906 in Wien geboren, wohnhaft in Innsbruck, Kaiserallee 34, römisch-katholisch, ledig und von Beruf Exportkaufmann. Mein Paß wies ein bis Dezember gültiges deutsches Visum sowie einige Aus- und Einreisestempel der Deutschen Bundesrepublik auf. Der Tauf- und Heimatschein befriedigten mich gleichfalls. Als Beruf meines Vaters wählten die Fälscher sinnigerweise den eines Oberjustizrates. Nachdem ich die Papiere geprüft hatte, trank ich einen Schluck aus der Flasche und bot sie danach Mordstein an, der gleichfalls trank.

»Auf Ihre Zukunft«, sagte er dazu und lächelte.

»Danke«, sagte ich. Dann gab ich ihm das Geld, das er noch für die Dokumente zu bekommen hatte. Ich holte dabei einen großen Haufen Hundertmarkscheine aus der Tasche, aber er sprach kein Wort und sah schweigend zu, wie ich seinen Betrag abzählte. »So«, sagte ich, »und nun weiter. Kann Ihr Freund vierzigtausend Mark übernehmen?«

»Er bezahlt Sie in zwei Teilen. Jeweils einhundertzwanzigtausend Schilling.«

»Gut«, sagte ich, »dann machen wir zwei Pakete.« Ich holte von dem Rücksitz Packpapier und Bindfaden. Dann stellte ich zwei kleine Päckchen her. Jedes Päckchen enthielt 20 000 Mark in Hundertmarkscheinen. Ich verschnürte sie sorgfältig. Mordstein, der mir genau auf die Finger sah, trank in der Zwischenzeit noch einmal aus der Flasche. Als ich fertig war, fuhren wir zum Hauptbahnhof. Ich parkte den Wagen und ging zur Gepäckaufbewahrung. Mordstein folgte mir wie ein Schatten. Er ließ die Päckchen nicht einen Augenblick aus den Augen.

»Haben Sie Angst, daß ich sie austausche?«

»Ja, natürlich«, erwiderte er freundlich.

Ich gab die beiden Pakete auf, versicherte sie der Form halber und erhielt zwei Empfangsbestätigungen. Mit diesen ging ich zu meinem Wagen zurück.

»Wie ist die Adresse Ihres Freundes?« fragte ich Mordstein, der nun beruhigt aussah.

»Ich habe sie Ihnen aufgeschrieben«, erwiderte er und gab mir einen Zettel. Auf dem Zettel stand: Ingenieur Jakob Lauterbach, Wien IV., Prinz-Eugen-Straße Nr. 108. Darunter stand noch: Telefon R 28 8 42. »Wann werden Sie ihn anrufen?« fragte Mordstein.

»Montag früh.«

»Sie fahren also heute abend?«

»Ja«, sagte ich.

»Wann?«

»Wollen Sie mir Blumen an den Zug bringen?«

»Nein«, sagte er. »Es war nur eine Frage. Sie müssen sie nicht beantworten. Es gibt ohnehin nur zwei Züge.«

»Eben. Wollen Sie noch einen Schluck mit mir trinken?«

»Gerne«, sagte er. Diesmal trank er aus dem Becher und ich aus der Flasche. Wir standen im Regen, unter dem trüben Himmel, auf dem Parkplatz vor dem Bahnhof, und ich fühlte, wie ich langsam müde von dem Kognak wurde. Zeit, aufzuhören, dachte ich, es war noch immer viel zu erledigen.
»Lassen Sie es sich gutgehen, Herr Frank«, sagte Mordstein und warf den Becher fort. »Vielleicht sehen wir uns wieder einmal.«
»Kaum«, meinte ich und gab ihm die Hand.
Er zuckte die Schultern. »Wer weiß?« Damit drehte er sich um und ging fort. Ich sah ihm nach. Dann stieg ich wieder in meinen Wagen und fuhr zur Autobahn nach Stuttgart hinaus. Vor der Stadt regnete es stärker.
Beim Anfang der Autobahn standen ein paar Frauen und winkten, doch ich nahm niemanden mit. Radio München sendete Tanzmusik. Ich fuhr sehr schnell. Eineinhalb Stunden später erreichte ich Augsburg, bog in eine Pappelchaussee ein und hielt an. Das Radio brachte noch immer Musik, nun allerdings Opernausschnitte, als ich einen Bleistift hervornahm und zu rechnen begann.
35 000 Mark hatte ich für den Schmuck bezahlt. 6000 für die Dokumente. Und 40 000 lagen in München auf dem Bahnhof. Das waren zusammen 81 000.
189 000 und etwa noch 3000 von meinem eigenen Geld hatte ich besessen. Ich zählte, was mir verblieben war. Es waren etwa 111 000 Mark.
Von diesen zählte ich wieder 15 000 ab und steckte sie in die linke Brusttasche. 2000 Mark steckte ich in die rechte Brusttasche. Aus dem verbleibenden Betrag machte ich mit Hilfe von Packpapier und Bindfaden ein drittes Päckchen und

legte es neben mich. Den Zettel mit meinen Additionen warf ich aus dem Fenster in den überschwemmten Straßengraben. Dann fuhr ich die verlassene Chaussee entlang nach Augsburg hinein. Es war fünfzehn Uhr, als ich den Hauptbahnhof erreichte, und auch hier herrschte schon feiertägliche Geruhsamkeit. Ich gab das Geldpaket in der Gepäckaufbewahrung auf und verwahrte den Empfangsschein sorgfältig. Dann ging ich in das Bahnhofspostamt und schickte die 15 000 Mark, die ich beiseite gesteckt hatte, per Postanweisung an Margaret. Der Beamte sagte mir, das Geld würde am Montag ankommen. Schließlich kaufte ich noch ein wenig Briefpapier, tankte und fuhr wieder auf die Autobahn zurück.

Etwa fünfundzwanzig Kilometer hinter Augsburg sah ich eine große Benzinstation, vor der ein paar Lastwagen parkten. Neben der Benzinstation gab es eine kleine Kantine. In ihr war es angenehm warm. Zwei Kellnerinnen bewirteten zahlreiche Gäste. Ich fand einen leeren Tisch beim Fenster und bestellte Kaffee.

Über die Scheibe des Fensters rannen Tropfen. Das flache Land davor lag in Dunst gehüllt, die Erde der Äcker glänzte feucht und schwarz, und am Horizont verlief eine Straße über einen kleinen Höhenrücken, deren halb entblätterte Bäume als Silhouetten in den grauen Himmel ragten. Ich trank den heißen Kaffee und schraubte meine Feder auf. Ich schrieb zwei Briefe.

35

Liebe Margaret,
ich schreibe diesen Brief knapp vor meiner Abreise. Wenn Du ihn liest, habe ich das Land bereits verlassen. Es hat keinen Sinn, die Polizei zu verständigen und mich zu suchen, denn ich habe meinen Namen gewechselt und lebe mit falschen Papieren. Ich überweise Dir heute 15 000 Mark, die Du Montag erhalten wirst, um Dir die Möglichkeit zu geben, unseren Münchner Haushalt aufzulösen und nach Hause zu fahren. Ich kann leider in Zukunft nicht mehr für Dich sorgen und halte es für das beste, wenn Du zu Deinen Eltern gehst. Ich werde den Rest meines Lebens auf ständigen Reisen verbringen und weiß nicht, ob ich Dir noch einmal schreiben werde. Ich glaube, kaum. Ich weiche absichtlich einem direkten Abschied aus und schreibe diesen Brief, um einer Szene aus dem Weg zu gehen, die für beide Teile nur unerfreulich wäre. Ich kann nicht verlangen, daß Du mir verzeihst, was ich tue. Ich habe jedoch lange darüber nachgedacht und glaube zu wissen, daß es das einzige ist, was ich tun kann. Ich will allein sein. Ich liebe Dich nicht mehr, und ich muß fort. Es beruhigt mich ein wenig, daß Du zumindest, gestützt auf Deine Eltern, nicht Not leiden wirst. Ich weiß nicht, was ich Dir noch schreiben soll, es ist möglich, daß ich in der Tat schon ein wenig den Verstand verloren habe, und ich bitte Dich, etwas Derartiges anzunehmen, wenn es Dir dann leichter fällt, die Tatsachen zu ertragen.
Lebe wohl.

Dein Roy.

36

Liebe Jolanthe,
Du wirst diesen Brief vorfinden, wenn Du wieder einmal heimkommst. Ich möchte Dir auf diesem Wege sagen, daß ich noch heute das Land verlasse und Du mich nie wiedersehen wirst. Ich bin nicht, wie Du annimmst, gesund, sondern unheilbar krank und habe nur noch ein Jahr zu leben. Ich werde dies unter falschem Namen und auf Reisen tun. Ich hoffe, daß es Dir weiterhin gutgeht und daß man Dich nicht allzusehr in den Skandal um mich hineinzieht. Das beste wird sein, wenn auch Du ein wenig verreist.

Dein Jimmy.

37

Ich las die beiden Briefe noch einmal, dann steckte ich sie in Kuverts und adressierte diese. Marken bekam ich bei der Kellnerin. Ich bezahlte den Kaffee und ging zu meinem Wagen zurück. Der Regen strömte gleichmäßig weiter herab, es wurde zeitig dunkel.

Um halb fünf war ich wieder in München. Ich fuhr zuerst zum Bahnhofsbüro der Wagon-Lits-Gesellschaft und bestellte einen Schlafwagenplatz zweiter Klasse für den Schnellzug nach Wien, der München um dreiundzwanzig Uhr fünfundfünfzig verließ. Ich buchte das Bett auf den Namen Walter Frank und wies zum erstenmal meinen österreichischen Paß vor. Als ich wieder ins Freie trat, erblickte ich einen Briefkasten. Ich warf den Brief an Margaret hinein. Danach zögerte ich. Ich stand, den zweiten Brief in der Hand, im Regen vor dem gelben Bahnhofsbriefkasten und sah über den weiten, leeren Platz, auf dem schon einzelne Lichter brannten. Dann, ohne mir selber erklären zu können, was mich dazu bewegte, drehte ich mich um und ging mit dem zweiten Brief zu meinem Wagen zurück. Ich fuhr in die Romanstraße 127.

Es war ganz dunkel, als ich ankam. In der Romanstraße brannten keine Laternen. Der Regen rauschte herab und verströmte sich im Laub der weinbewachsenen Hauswand, als ich in das stille Stiegenhaus trat. Ich ging langsam in den zweiten Stock hinauf. Ich besaß noch die Schlüssel zu Jolanthes Wohnung und sperrte die Eingangstür auf. Im Vorzimmer war es gleichfalls dunkel. Ich rief Jolanthes Namen, aber niemand antwortete mir.

Dann ging ich durch die ganze Wohnung. In jedem Zimmer, das ich betrat, drehte ich das elektrische Licht an, auch in der Küche und im Badezimmer. Die Wohnung war leer. Es schien, als hätte Jolanthe sie verlassen, um sich auf eine längere Reise zu begeben. Schränke standen offen, Kleiderbügel lagen auf dem Fußboden, und einzelne Wäschestücke waren auf den Sesseln verstreut.

Ich ging in das Schlafzimmer und öffnete ein Fenster. Der Regen trommelte auf das Blech des Gesimses, und ich setzte mich auf das unordentliche Bett. Auf dem Nachttisch stand neben dem Telefon eine Flasche Bier. Sie war geöffnet und halb leer. Ich ließ mich auf das Kissen fallen und drehte das Gesicht nach unten. Das Kissen roch nach Jolanthe. Ich schloß die Augen und lag ganz still.

Das Licht ließ ich brennen.

38

Als ich erwachte, war es zehn Minuten vor elf.
Mein Kopf schmerzte, und ich fror. Zunächst erschrak ich heftig, denn ich wußte nicht, wo ich mich befand. Es fiel mir wieder ein, und ich stand auf, um das Fenster zu schließen. Es hatte ins Zimmer geregnet, der Teppich war ganz naß. Ich ging wieder durch die Wohnung und löschte überall das Licht. Den Brief an Jolanthe legte ich auf ihr Bett. Dann schloß ich die Eingangstür ab und ging zum Wagen hinunter.
Ich hatte ihn neben einem Kanalgitter geparkt. Durch dieses Kanalgitter warf ich die zerrissenen Teile meines amerikanischen Passes und meiner anderen Personalpapiere einschließlich meines Führerscheins. Dann fuhr ich zum Bahnhof zurück. Den Wagen ließ ich abgesperrt auf dem Parkplatz stehen. Meinen Koffer trug ich in der Hand. Ich zählte noch einmal das Bargeld, das ich besaß. Ich wußte, daß ich nur wenig mit über die Grenze nehmen durfte, und behielt deshalb lediglich hundert Mark. Alles andere warf ich in eine Ruine hinein. Es waren noch ungefähr 1800 Mark.
Ich hatte gehofft, daß mein Kopfschmerz an der frischen Luft nachlassen würde, aber ich wurde enttäuscht. Er nahm an Intensität eher noch zu. Es war dreiundzwanzig Uhr zwanzig. Ich ging in die Bahnhofsrestauration, bestellte wieder Kaffee und schluckte zwei Aspirin. Dann aß ich, obwohl ich keinen Appetit verspürte, noch zwei belegte Brote. Um dreiundzwanzig Uhr fünfundvierzig ging ich auf den Perron hinaus. Die Kopfschmerzen hatten nicht nachgelassen.

Der Perron war lang und glänzte vor Nässe. Es waren ziemlich viele Menschen da. Der Zug nach Wien schien sehr voll zu sein. Ich fragte nach dem Schlafwagen.
»Der erste Wagen hinter der Lokomotive, mein Herr«, sagte ein Schaffner.
Ich ging die Wagen entlang und spürte, wie mir der Regen vom Hut über die Perücke in den Hals lief. Je weiter ich ging, um so deutlicher hatte ich plötzlich das Gefühl, diesen Weg schon einmal gegangen zu sein.
Neben dem Eingang des Schlafwagens stand ein Schaffner. Ich gab ihm meine Bettkarte.
»Herr Walter Frank«, las er und machte eine höfliche Bewegung. »Erlauben Sie, daß ich Ihren Koffer trage.« Er kletterte vor mir in den Wagen hinein. Mein Schädel schmerzte zum Zerspringen. »Bett 14«, sagte der Schaffner, während er vor mir her den Gang hinunterging. »Die gnädige Frau wartet schon auf Sie.«
Ich schloß die Augen. »Wer wartet?«
»Ihre Frau«, sagte der Schaffner, ohne stehenzubleiben. »Sie hat sich schon hingelegt.« Er blieb vor einer geschlossenen Abteiltür stehen und klopfte.
»Herein!« rief eine Stimme.
Der Schaffner trat ein, und ich hörte, wie er sich entschuldigte. Die Tür fiel hinter ihm zu, während er den Koffer versorgte. Dann öffnete sie sich wieder, und der Schaffner kam zu mir. »So, bitte sehr«, sagte er einladend. »Ihre Karte bleibt bis zum Morgen bei mir.«
»Ja«, sagte ich.
»Haben Sie noch einen Wunsch, mein Herr?«
»Nein«, sagte ich.

»Dann wünsche ich Ihnen eine recht gute Nacht, mein Herr.«
»Danke«, sagte ich. Er ging. Ich trat in mein Abteil und schloß die Tür hinter mir. Beide Betten des Abteils waren aufgeschlagen. Im oberen lag Jolanthe.
»Guten Abend«, sagte sie. Sie rauchte und sah mich nicht an.
»Guten Abend, Jolanthe.«
»Ich heiße nicht mehr Jolanthe«, erwiderte sie und blies eine Rauchwolke aus.
»Nein? Wie heißt du denn?« fragte ich höflich. Ich hatte das Gefühl, daß meine Schmerzen mich jeden Moment ohnmächtig werden lassen würden.
»Ich heiße Valerie.«
»Ein schöner Name«, sagte ich lächelnd und hielt mich an ihrem Bettrahmen an.
»Und mit dem Zunamen Frank«, fuhr sie fort. »Valerie Frank. Ich bin deine Frau.«
Draußen schrien Gepäckträger durcheinander, und die Zugsirene heulte klagend auf. Ich lehnte mich gegen den Spiegel über dem Waschbecken.
»Hat Mordstein dir alles erzählt?«
Sie nickte.
»Kennst du ihn?«
»Ja.«
»Bist du zu ihm gegangen?«
»Nein. Er rief mich an und sagte mir, daß du die Absicht hättest, zu verreisen.«
»Und deine Papiere – sind die auch von ihm?«
Sie nickte wieder.

»Woher hattest du das Geld, sie zu bezahlen?«
»Er gab sie mir auf Kredit«, sagte sie.
Draußen verkündete eine heisere Lautsprecherstimme, daß der Schnellzug nach Wien in wenigen Minuten vom Gleis drei abfuhr. Es wurde gebeten, die Türen zu schließen und vom Zug zurückzutreten.
»Wo warst du in den letzten Tagen, Jolanthe?« fragte ich leise.
»Warum?«
»Ich versuchte, dich zu erreichen.«
»Das tut mir leid.«
»Warum hast du das getan?« fragte ich. Ich fühlte, wie der Zug sich in Bewegung setzte. »Warum bist du hierhergekommen? Warum nahmst du dir falsche Papiere?«
»Weil ich fort will«, sagte sie. »Weit fort. Immer weiter fort. Das willst du doch auch, oder nicht?«
»Ja«, sagte ich, »das wollte ich auch.«
»Jetzt willst du es nicht mehr?«
»Ich wollte allein fort.«
Sie sah mich aufmerksam an.
»Ohne mich?«
»Ja.«
»Das geht nicht, Jimmy«, sagte sie. »Du mußt mich mitnehmen. Du wirst sehen, daß wir es gut haben werden. Du wirst sehen, daß es schön sein wird. War es nicht schon manchmal schön?«
»Doch.«
»Es wird wieder so sein.«
»Aber ich will es nicht.«
»Dann mußt du aussteigen und die Polizei rufen und ihr er-

zählen, daß ich mit falschen Papieren reise, weil ich bei dir sein will ...«

»... und weil Herr Mordstein dir erzählt hat, daß ich viel Geld habe«, sagte ich.

»Das mußt du der Polizei auch erzählen«, sagte sie ruhig.

Wieder heulte die Zugsirene.

Ich antwortete nicht. Ich sah zu dem Tischchen beim Fenster. Dort lag eine langstielige weiße Rose.

»Von wem ist die Rose?«

»Von Herrn Mordstein. Er hat sie mir zum Abschied geschenkt. Warum?«

»Nur so«, sagte ich.

Sie griff unter ihren Kopfpolster. »Übrigens, hier ist dein richtiger Identitätsausweis. Mordstein hat ihn mir für dich mitgegeben. Den anderen mußt du wegwerfen. In dem andern steht, daß du ledig bist.«

Sie gab mir das gelbe Dokument.

»Danke«, sagte ich. Dann holte ich den anderen Identitätsausweis aus der Tasche und warf ihn aus dem Fenster.

Jolanthe sah mir dabei zu.

»Jimmy ...«

»Ja?« sagte ich.

»Das Geld, das du plötzlich hast, ist gestohlen, ja?«

»Ja«, sagte ich. »Ich habe eine Bank betrogen. Ab Montag werden sie mich suchen.«

Sie nickte.

»Das habe ich mir gedacht.«

Ich setzte mich auf das untere Bett und zog meine Schuhe aus.

»Jimmy ...«

»Ja?«

»Du bist ein wenig verrückt, Jimmy, nicht wahr?«

»Ja, ich glaube.«

Ich stand auf, zog mein Hemd aus und nahm einen Pyjama aus dem Koffer.

»Jimmy –«

»Ja?«

»Ich glaube, ich bin auch verrückt. Wirst du mich schlagen, wenn ich es sage?«

»Nein«, murmelte ich, »ich werde dich nicht schlagen. Was ist es?«

»Ich liebe dich«, sagte sie heiser.

Ich zog den Pyjama an und drehte das Licht aus.

Dann legte ich mich in das untere Bett. Es war nun ganz finster in dem Abteil, nur durch einen Spalt der Fensterverdunklung fiel etwas unstetes Licht. Ich lag still, und mein Kopf schmerzte noch immer.

»Jimmy –«, sagte ihre Stimme.

»Ja?«

»Wann sind wir an der Grenze?«

»Ich weiß es nicht«, erwiderte ich.

Die Achsen des Wagens schlugen rhythmisch.

Wir fuhren sehr schnell.

Zweites Buch

1

Heute haben wir den 14. Februar.
Ich liege im Bett, und Doktor Freund hat mir verboten zu schreiben. Er wäre sehr böse, wenn er wüßte, daß ich es dennoch tue. Ich muß es jedoch tun, denn ich will weiterkommen, ich will fertig werden. Ich weiß jetzt, daß ich nicht mehr viel Zeit habe. Noch ein oder zwei Anfälle der Art, wie ich sie vor einer Woche erlebte, und auch das Morphium hilft mir nicht mehr. Dann wird es gut sein, Schluß zu machen. Der Anfall, der mich ins Bett warf, war nicht der erste, jedoch der schlimmste. Er kam ganz unerwartet. Ich hatte gerade die letzten Zeilen meines Berichtes über das Wiedersehen mit Jolanthe im Schlafwagen nach Wien niedergeschrieben, als die Kopfschmerzen begannen.
Diese Kopfschmerzen haben in letzter Zeit ihren Charakter völlig geändert. Wenn sie jetzt auftreten, gehen sie mit fast ohnmachtartigen Betäubungsperioden einher und halten durch Tage an. Morphium lindert zwar die Schmerzintensität, verstärkt jedoch die Tiefe des Dämmerzustands. In einem solchen dauernden Halbschlaf, mit bleischweren Gliedern und hämmernden Schläfen, habe ich mich nun eine ganze Woche lang befunden.
Heute geht es mir zum erstenmal etwas besser.

Doktor Freund hat sich in rührender Weise um mich gekümmert, er saß stundenlang an meiner Seite und hörte mein wirres, fiebriges Gerede an – denn es scheint, daß ich in dieser Woche ein unstillbares Bedürfnis gezeigt habe, mich mitzuteilen. Wahrscheinlich läßt sich das als eine Ersatztätigkeit für das unterbrochene Schreiben erklären. Dieses Schreiben, das mich vier Wochen lang von früh bis abends beschäftigte und den ersten Teil meiner Beichte hervorbrachte, war natürlich auch die Ursache meines Zusammenbruches. Ich habe mich einfach überanstrengt. Doktor Freund ist derselben Ansicht.

»Ich werde dafür sorgen, daß Sie sich auf diese Weise nicht mutwillig und sinnlos ums Leben bringen«, sagte er. Danach fiel es mir natürlich nicht allzu schwer, ihn von der Lächerlichkeit dieser Erklärung selbst zu überzeugen. Er mußte zugeben, daß sein Vorsatz auf keinen Fall Erfolge irgendwelcher Art zeitigen kann. Er ist überhaupt ein wenig hilflos, was sein Verhalten mir gegenüber betrifft. Ich verleite ihn zu einer ganzen Reihe von ungesetzlichen Taten. Er hat es bisher versäumt, die Polizei zu verständigen, und ich habe ihm ganz offen gesagt, daß ich Morphium nehme. Er weiß nicht, was er tun soll. Das beunruhigt ihn sehr, ich sehe es. Wir haben uns schließlich darauf geeinigt, daß ich nicht weiterschreiben werde, bis ich mich wieder – relativ – ganz wohl fühle, und daß ich mich dann – relativ – durch eine Arbeitszeit von vier Stunden täglich zu schonen suche und den Rest meiner Zeit ruhe. Darauf bin ich eingegangen. Obwohl auch das natürlich im Grunde höchst lächerlich ist.

2

16. Februar

Heute bin ich zum erstenmal aufgestanden. Es geht mir schon viel besser, und ich denke, daß ich morgen oder übermorgen weiterschreiben werde. Ich würde es gleich tun, aber es hat sich eine kleine Schwierigkeit ergeben: Ich muß alles, was ich geschrieben habe, noch einmal lesen, um mich über das Bisherige zu informieren. Unangenehmerweise stellt es sich nämlich heraus, daß ich mich gewisser Ereignisse nicht mehr entsinnen kann. Es sieht alles ein wenig verschwommen aus in meiner Erinnerung. Anscheinend beginnt mein Gedächtnis nun schon wirklich zu leiden, auf die von Doktor Kletterhohn seinerzeit so freundlich skizzierte Weise. Ich werde versuchen, mich sehr zu konzentrieren.

3

18. Februar

Ich sitze wieder an meinem Tisch beim Fenster. Draußen im Park fallen die Flocken zur Erde, lautlos und stetig, Stunde um Stunde, Tag und Nacht. Der Schnee ist sehr tief, die Kinder der Anstalt spielen in ihm, sie formen Figuren und Bälle. Die Zentralheizung arbeitet in meinem Zimmer. Es ist angenehm still und warm.

Auch die Zentralheizung des Schlafwagens, in dem ich mit Jolanthe nach Wien kam, war schon in Betrieb. Das Coupé erwärmte sich so sehr, daß ich in der Nacht aufstand und das Fenster halb öffnete. Über den offenen Teil zog ich den schwarzen Rollvorhang. Ich sah Lichter vorüberhuschen,

und wenn der Zug in einer Station Aufenthalt hatte, hörte ich viele Stimmen und Geräusche. Ich schlief kaum in dieser Nacht. Jolanthe schwieg, doch sie war gleichfalls wach. Ich wußte es, obwohl wir nicht miteinander sprachen.
Gegen zwei Uhr erreichten wir die österreichische Grenze, wo der Zug etwa eine Stunde stand. Vier Grenz- und Zollbeamte besuchten uns nacheinander und stempelten unsere Papiere. Das Gepäck untersuchten sie nicht. Sie waren schläfrig und naß, es regnete auch hier. Um fünf Uhr erreichten wir die sowjetische Demarkationslinie an der Enns. Diesmal schlief Jolanthe, als der russische Posten kam. Ich weckte sie nicht rechtzeitig, und sie schreckte auf, als er sie vorsichtig berührte und nach ihren Papieren fragte.
»Es ist nicht wahr!« schrie sie. »Er lügt, wenn er das sagt! Das habe ich nicht getan!«
Der Posten trat erschrocken vor ihr zurück.
»Jolanthe!« rief ich.
Sie sah verwirrt um sich, dann strich sie sich das Haar aus der Stirn und lachte.
»Ach so«, sagte sie, »Verzeihung!« Sie gab dem Soldaten ihren Ausweis. Er sah ihn an und lachte gleichfalls, dann ließ er uns wieder allein. Der Schlafwagenschaffner schloß die Tür hinter ihm ab. Wir lagen in unseren Betten und schwiegen.
Eine Stunde später wurde es langsam hell. Der Regen hatte aufgehört, das herbstliche Land dehnte sich feucht, halb von Nebeln bedeckt und menschenleer, vor dem Fenster. Ein ganz schmaler goldener Streifen erschien neben dem Waschtisch. Im Osten war die Sonne aufgegangen.
»Jolanthe?«

»Ja?« sagte sie sofort.
»Komm zu mir.«
Sie glitt aus ihrem Oberbett zur Erde. Ich rückte an die Wand. Sie legte sich neben mich. Ihr Körper war heiß, ihre Hände waren eiskalt.
»Was ist?« fragte sie.
»Jolanthe, ich habe mir alles überlegt. Ich kann nicht zur Polizei gehen, das ist klar. Du kannst es jederzeit, wenn du willst.«
»Ja«, sagte sie. Der goldene Streifen neben dem Waschtisch wurde breiter. Der Rollvorhang klopfte rhythmisch gegen das Fenster.
»Ich muß aber allein sein«, flüsterte ich. »Ich habe das alles nur getan, um allein zu sein. Ich mache dir keinen Vorwurf. Ich mache dir einen Vorschlag.«
»Ja?«
»Du sagst mir, wieviel es kostet, wenn du mich allein läßt und nach München zurückfährst.«
»Nein.« Das kam heftig und schnell.
»Ich habe viel Geld. Überlege es dir.«
»Ich habe es mir schon überlegt.«
»Und?«
»Ich will bei dir sein. Ich will nicht mehr zurück. Nie mehr.« Sie atmete heftig. »Ich will fort. Ich kann sowenig bleiben, wie du bleiben kannst. Ich muß fort, ich *muß!* Und *du* mußt mich mitnehmen. Deshalb habe ich alles getan.«
»Und weil du mich liebst«, sagte ich höflich.
Ihr Körper wurde starr.
»Und weil ich dich liebe«, sagte sie. »Ja, auch deshalb, du Narr.«

»Du liebst mich nicht«, murmelte ich. »Genausowenig, wie ich dich liebe. Du hast dich so bedenkenlos und ohne Skrupel entschlossen, mich zu erpressen, wie ich mich bedenkenlos und ohne Skrupel entschlossen habe, dich im Stich zu lassen. Das haben wir beide gemeinsam: die Skrupellosigkeit.«
»Wir haben noch andere Dinge gemeinsam.«
»Aber keine Liebe.«
»Auch Liebe«, sagte sie und stöhnte plötzlich.
»Was hast du?«
»Nichts«, sagte sie schnell. »Leg dich wieder hin.« Ich war aufgefahren und hatte mich über sie geneigt. Nun sank ich zurück. »Du bist ein Schriftsteller«, sagte sie, »du hast Drehbücher geschrieben und Geschichten, in denen von der Liebe erzählt wird. Versuche du, es zu erklären, ich kann es nicht. Ich erpresse dich und lebe mit falschen Papieren und will mit dir fortfahren. Vielleicht bin ich verrückt, ich weiß es nicht, ich kann mich nicht ausdrücken, aber so ist es, Gott soll mich strafen, wenn ich lüge. Du glaubst mir nicht, nein?«
»Nein.«
»Du kannst mich nicht verstehen.«
»Nein.«
»Du fühlst nichts für mich.«
»Doch«, sagte ich, »aber das nennt man nicht Liebe. Das heißt ganz anders.«
Sie stöhnte wieder. »Du weißt nichts«, sagte sie heiser. »Du hast keine Ahnung, Jimmy, mein armer, kleiner Jimmy, du weißt nicht, was los ist ...«
Damals schwieg ich zu diesen Worten. Später, viel später, er-

innerte ich mich an sie. Ich hatte damals wirklich keine Ahnung. Als ich die Wahrheit dann erfuhr, war es zu spät – für uns alle.

»Geh zurück in dein Bett«, bat ich.

»Nein«, sagte sie und drehte sich zu mir.

Ich richtete mich auf.

»Geh, oder ich schlage dich.«

Sie ging nicht.

Ich schlug sie.

Dann riß ich ihr das Nachthemd von der Schulter. Sie lag ganz still und sah mich an. Ihr Mund stand offen. Sie sah aus wie die Großmutter aller Huren der Welt. Ich fühlte Wut und Ohnmacht und Haß in einer heißen Welle in mir aufsteigen, als ich sie nahm.

Später bemerkte ich, daß meine Augen voll Tränen standen, voll Tränen des Zorns über meine eigene Schwäche. Jolanthe bemerkte es nicht, sie schlief. Ich aber lag wach und sah hinaus in den Sonnenschein dieses Sonntagmorgens. Wir fuhren durch ein Waldstück, und ich hörte die Lokomotive keuchen. In meinem Kopf drehten sich wirre Gedanken im Kreis. Ich fror.

Ich war noch immer gefangen, erkannte ich plötzlich. Ich hatte mich noch immer nicht befreit.

Weil ich zu schwach war.

Und zu feige.

4

Wir stiegen in Wien im Hotel Sacher ab.
Der Sonntag verlief ruhig, auch in den Montagmorgenzeitungen fand sich noch keine Meldung über meinen Betrug. Vielleicht hatte man ihn noch nicht entdeckt, dachte ich. Vielleicht arbeiteten auch die österreichischen Zeitungen nur etwas langsamer. Ich hatte noch am Sonntag den Ingenieur Lauterbach angerufen, und er forderte mich auf, ihn Montag nachmittag in seinem Büro zu besuchen. Das Geld, sagte er, läge für mich bereit.
Am Montag morgen bat ich Jolanthe, in ein Vermittlungsbüro zu gehen und sich nach einer möblierten Wohnung zu erkundigen.
»Wieso? Bleiben wir nicht im Hotel?«
»Nein«, sagte ich, »das ist zu riskant. Die Polizei kann die Namen im Gästebuch überprüfen. Wenn wir privat irgendwo wohnen, ist das viel schwerer.«
Ihre Augenbrauen stiegen hoch, ihre Nasenflügel vibrierten.
»Aber wir wollten doch nach Italien.«
»Wir müssen ein wenig warten.«
»Ich will nicht warten! Ich will weg von hier.«
»Ich will auch weg«, sagte ich, »aber ich will nicht ins Gefängnis. Im Augenblick eine Grenze zu überschreiten, wäre Wahnsinn. Wir müssen ein, zwei, vielleicht vier Wochen hierbleiben und abwarten, was geschieht.«
Sie sah ein, daß ich recht hatte. »Ja, gut, Jimmy, ich gehe eine Wohnung suchen.« Ich sah plötzlich, daß ihre Finger wie in einem Krampf zu zittern begannen.

»Was ist?«
»Nichts!« Sie preßte die Hände zu Fäusten zusammen. »Ich will nur weg von hier, das ist alles.«
»Ich will auch weg«, sagte ich, »aber so einfach geht das nicht.«
Ich war den Tag über allein. Ich machte einen Spaziergang durch die mir fremde Stadt, aß in einem Gartenrestaurant zu Mittag und fuhr dann in die Prinz-Eugen-Straße. Das Büro des Ingenieurs Lauterbach befand sich im obersten Stockwerk eines pompösen Hauses und bestand aus mehreren pompösen Räumen. An der Tür stand unter seinem Namen noch das Wort »Realitätenvermittlung«.
Welche Realitäten immer Herr Lauterbach vermittelte, es schien ein lukratives Unternehmen zu sein, das er da besaß. Der Bürojunge, der mich eintreten ließ, führte mich in einen riesenhaften Raum, wo er mich einen Augenblick Platz zu nehmen bat. Das Zimmer wies große Fenster, einen venezianischen Luster und einen echten Perserteppich auf. An den Wänden hingen zwei Gobelins, und ich sah antike Möbel.
Hinter einem Rokokoschreibtisch saß eine junge Dame und tippte auf einer Schreibmaschine. Sie hatte aufgesehen, als ich eintrat, und höflich gegrüßt. Ich setzte mich ihr gegenüber in eine Ecke und blätterte nervös in ein paar Illustrierten, die auf einem Tischchen lagen. Dann ließ ich die Zeitschriften sinken, denn ich hatte das Gefühl, daß die junge Dame mich ansah. Auch das Schreibmaschinengeklapper war verstummt.
Ich war ein wenig erstaunt, als ich konstatierte, daß sie mich tatsächlich ansah – mit hellen, großen Augen. Sie hatte die

Hände sinken lassen und saß mir still und neugierig gegenüber: ein junges, schönes Mädchen mit blondem Haar und einem großgeschnittenen Mund. Ich erwiderte ihren Blick. Sie blieb ganz ernst, selbst als ich zu lächeln begann. Sie trug ein graues Sportkostüm, eine weiße Bluse und flache braune Sämischschuhe. Ihre Augen waren grau, mit einem Stich ins Grüne. Das blonde Haar trug sie straff nach hinten gekämmt und dort zu einem großen Knoten gebunden.

»Ja?« sagte ich.

Sie schrak zusammen und wurde dunkelrot.

»Verzeihung«, sagte sie verlegen.

Ich lächelte freundlich. »Was ist denn?«

»Nichts«, sagte sie hastig und neigte sich wieder über ihre Maschine, »entschuldigen Sie, bitte.« Und sie fuhr fort, ihren Brief zu schreiben. Gleich darauf summte eine Glocke. Sie erhob sich, öffnete eine Tür und sah in ein Nebenzimmer hinein, aus dem eine Männerstimme ertönte. Sie drehte sich um und sah mich an: »Bitte, Herr Frank! Der Herr Ingenieur läßt bitten.«

Als ich an ihr vorüberkam, versuchte ich, sie noch einmal anzusehen, aber sie wandte den Kopf ostentativ zur Seite. Ich konnte sie riechen, sie roch jung und sauber. Ihr Gesicht war noch immer blutübergossen. Ich hörte, wie sie schnell die Tür hinter mir schloß.

Ingenieur Lauterbach kam mir entgegen. Sein Arbeitszimmer wies dieselbe Großzügigkeit und gediegene Eleganz auf wie das Empfangszimmer. Er war ein schwerer, dunkler Mann mit einem Walroßschnurrbart und riesigen Händen, die von gelben Pigmentflecken bedeckt waren. Er ging vorgeneigt wie ein Bär, und aus den Manschetten lugten ihm

Büschel schwarzer Haare. »Nehmen Sie Platz, Herr Frank«, sagte er höflich. »Mein Freund Mordstein hat Sie mir angekündigt. Haben Sie die Empfangsbestätigung der Gepäckaufbewahrung mitgebracht?«

»Ja.«

»Kann ich sie sehen?«

»Haben Sie das Geld?«

»Natürlich«, sagte er. »Ich gebe Ihnen Schecks.«

»Auf wieviel?«

»Zunächst auf insgesamt 120 000 Schilling. Das ist doch richtig so, oder?«

»Ja«, sagte ich, »das wäre die erste Rate von 20 000 Mark.«

»Genau, Herr Frank.« Er drückte auf einen Knopf. Die Tür öffnete sich wieder, und das blonde Mädchen kam herein. »Die Schecks für Herrn Frank, bitte«, sagte Lauterbach. Sie verschwand.

»Ich gebe Ihnen vier Schecks«, sagte er. »Und zwar auf vier verschiedene Banken.«

»Die Banken haben aber jetzt am Nachmittag geschlossen.«

»Ja, und?« Er lächelte.

»Und deshalb wollen wir die Sache vielleicht auf morgen vormittag verschieben«, sagte ich. »Sie können dann gleich mit mir kommen.«

»Warum?«

»Damit ich Ihnen, nachdem ich den letzten Scheck behoben habe, die Empfangsbestätigung geben kann«, sagte ich.

»Sie trauen mir nicht, Herr Frank?«

»Ich kenne Sie nicht«, erwiderte ich. »Würden Sie an meiner Stelle anders handeln?«

»Nein«, sagte er. »Und deshalb habe ich die vier Banken

auch angerufen. Das Geld liegt vorbereitet. Wir können es jetzt noch abholen, obwohl es schon Nachmittag ist. Ich werde mir auch erlauben, Sie gleich mit meinem Wagen hinzufahren.«
»Schön«, sagte ich. »Und nichts für ungut.«
»Aber ich bitte Sie!« rief er.
Das blonde Mädchen trat wieder ein. Sie kam auf Lauterbach zu, ohne mich anzusehen, es war, als vermiede sie es ängstlich, meinem Blick noch einmal zu begegnen. Knapp vor mir stolperte sie über eine Falte des Teppichs, und einer der Schecks, den sie in der Hand hielt, fiel vor mir zur Erde. Ich bückte mich und hob ihn auf.
»Danke«, sagte sie, als sie ihn in Empfang nahm. Sie hielt den Kopf abgewandt. Ein sehr sonderbares Mädchen, fand ich.
Sie gab die Schecks Lauterbach.
»Noch etwas, Herr Ingenieur?«
»Nein, danke.«
Sie ging wieder.
»Wann können Sie mir den zweiten Betrag geben?« fragte ich.
»In zehn Tagen.«
»Früher nicht?«
»Leider nein.«
»Das ist aber unangenehm.«
»Hätten Sie das Geld früher gebraucht?«
»Ja«, sagte ich.
»Es tut mir leid, Herr Frank.« Er erhob sich. »Vielleicht ist es aber ganz gut so. Sie sollten ein wenig ausspannen. Ich glaube, das wäre im Augenblick opportun.«

»Wie meinen Sie das?«
»Wie ich es sage«, erwiderte er harmlos. »Wien ist eine schöne Stadt. Sehen Sie sie ein wenig an. Können wir gehen?«
Ich nickte. Er ging vor mir her durch das Büro, in dem das junge Mädchen saß, zum Ausgang.
»Gute Nacht, Fräulein Vilma«, sagte er.
»Gute Nacht, Herr Ingenieur. Sie kommen nicht mehr zurück?«
»Nein.«
Wir hatten die Tür erreicht.
»Gute Nacht«, sagte ich gleichfalls.
Es kam keine Antwort.
Ich drehte mich um.
Sie saß hinter der Maschine, und ihre großen, hellen Augen waren wieder auf mich gerichtet. Sie bewegte die Lippen, ich sah, daß sie die Silben eines Grußes formte, aber er wurde nicht hörbar. Dann senkte sie schnell wieder den Kopf und begann zu tippen. Ich schloß die Tür.

5

Ich erhielt das Geld anstandslos und gab Lauterbach die Quittung für das erste der beiden Päckchen auf dem Münchner Hauptbahnhof. Wir vereinbarten, daß wir einander in zehn Tagen wieder in seinem Büro treffen würden. Dann brachte er mich in seinem Wagen zum Hotel.
Jolanthe wartete schon auf mich. Sie hatte Glück gehabt und eine Wohnung gefunden. Sie lag in einem Palais im Diplomatenviertel und gehörte einer alten Gräfin, die im Begriff

war, Wien für ein halbes Jahr zu verlassen und an einen oberösterreichischen See zu fahren. Jolanthe hatte schon mit ihr gesprochen, wir konnten gleich einziehen. Der Mietzins war hoch, aber die Wohnung wies jeden Komfort auf. Am Dienstag fuhr ich mit Jolanthe noch einmal hin, um mich selbst von ihrer Brauchbarkeit zu überzeugen, und am Mittwoch verließen wir das Hotel und zogen in die Reisnerstraße 112.

Es war eine Wohnung im ersten Stock, bestehend aus drei Zimmern mit Nebenräumen. Die alte Gräfin nahm das Geld für zwei Monate im voraus in Empfang, machte uns mit dem Hausbesorger bekannt und verabschiedete sich gegen Mittag, nachdem sie uns alle Schlüssel übergeben hatte. Ihr Zug ging um vierzehn Uhr. Wir hatten einen sehr vertrauenerweckenden Eindruck auf die alte Dame gemacht.

An diesem Nachmittag ging ich in die City zu einem Schneider, um ein paar Anzüge zu bestellen – ich besaß nur einen einzigen und ganz wenig Wäsche, ich hatte alles in Grünwald zurückgelassen. Jolanthe hatte den größten Teil ihrer Garderobe mitgebracht. Ich kaufte verschiedene Dinge ein und nahm ein Taxi, um mit meinen Paketen heimzufahren. Bevor ich die City verließ, kaufte ich eine Abendzeitung. Auf der zweiten Seite fand ich es dann: »Frecher Bankbetrug zwischen Frankfurt und München«. Nun war es also soweit. Ich überflog den Bericht im Auto, dann ließ ich den Chauffeur halten und kaufte auch noch die anderen Abendzeitungen. Zu Hause angekommen, las ich sie danach mit Jolanthe gemeinsam. Die Zeitungen meldeten alle dasselbe. Ein gewisser James Elroy Chandler hatte es verstanden, durch einen raffinierten Trick – er wurde im einzelnen erläutert –

einer Münchner Bank einen Betrag von fast 200 000 Mark herauszulocken. Chandler, ein amerikanischer Staatsbürger, war seit der Tat, die er am Samstag verübt hatte, flüchtig. Es blieb anzunehmen, daß er sich in den Besitz falscher Papiere gesetzt und möglicherweise das Land verlassen hatte. Die Frau des Betrügers war von der Münchner Polizei einvernommen worden, wobei sich ihre völlige Unschuld und Ahnungslosigkeit herausstellte. Nach dem Verschwundenen wurde im ganzen Bundesgebiet gefahndet, die Polizei hatte bereits gewisse Anhaltspunkte, die eine Verhaftung in der allernächsten Zeit wahrscheinlich machten.

Dann klang alles sehr allgemein und eigentlich zufriedenstellend. Von dem Umstand meiner Erkrankung war in den Berichten ebensowenig die Rede wie von dem Verschwinden Jolanthes.

Es war der typische Bericht, der in allen Ländern der Welt erscheint, wenn die Polizei keinen, aber auch überhaupt keinen Anhaltspunkt besitzt und alles andere wahrscheinlicher ist als eine Verhaftung in allernächster Zeit.

»Du siehst«, sagte ich, »daß wir ein wenig Geduld haben müssen. Ich möchte auch warten, bis mein Haar richtig nachgewachsen ist und ich die Perücke nicht mehr brauche. Außerdem zahlt Lauterbach die zweite Rate erst in zehn Tagen.«

Sie nickte. »Ja, ich verstehe! Hier fühle ich mich auch sicherer als im Hotel. Aber bitte, Jimmy, bitte, laß uns keinen Tag länger hierbleiben, als es unbedingt notwendig ist!«

»Hast du solche Angst?«

Sie nickte stumm.

»Vor der Polizei?«

Sie schüttelte den Kopf.
»Wovor denn?«
Sie biß sich auf die Lippen und schwieg.
»Sag es mir!«
Wieder schüttelte sie den Kopf.
Im nächsten Augenblick läutete es, und wir sahen einander an.
»Wer kann das sein?«
»Keine Ahnung.« Ich sah, wie ihre Finger wieder zu flattern begannen.
»Soll ich aufmachen?«
»Warte«, sagte ich und trat seitlich neben das Fenster. Ich blickte auf die Straße hinaus. Dem Haus gegenüber brannte eine einsame Gaslaterne. Und neben dieser, an eine Gartenmauer gelehnt, stand ein junger Mann, der zu meinem Fenster emporsah. Er rauchte eine Zigarette und trug einen hellen Staubmantel. »Polizei?« flüsterte Jolanthe, die neben mich getreten war.
Ich zuckte die Achseln.
»Laß mich aufmachen«, sagte ich dann und ging zur Eingangstür. Inzwischen läutete es noch einmal, diesmal etwas länger. Ich schloß die Tür auf und öffnete.
Der Flur war leer.
Mir wurde ein wenig unheimlich.
»Hallo!« sagte ich.
Keine Antwort.
»Hallo! Ist da jemand?«
Dann sah ich sie. Sie stand in eine Ecke neben der Tür gepreßt, blutrot im Gesicht und so verlegen, daß sie mich kaum ansehen konnte.

»Ja, ich«, flüsterte sie stockend. »Bitte, verzeihen Sie die Störung.«
»Kommen Sie weiter, Fräulein Vilma«, sagte ich verblüfft.

6

Nachdem ich sie mit Jolanthe bekannt gemacht hatte (wobei ich ihren Zunamen erfuhr, sie hieß Parisini), entstand eine kleine Pause. Jolanthes Erregung hatte sich ein wenig gelegt, doch sie betrachtete Vilma mit einem sonderbaren Ausdruck von Neugier und Argwohn.
»Nun«, sagte ich, »was führt Sie zu uns, Fräulein Parisini?«
»Ich ... ich bin ... ich wollte nur ...«, begann sie unglücklich und brach dann wieder ab. »Nein«, sagte sie, den Tränen nahe, »ich kann es Ihnen nicht einmal erzählen. Es ist so verrückt, daß ich es nicht aussprechen kann. Mein Gott, mein Gott, was ist mir überhaupt nur eingefallen, herzukommen?« Sie schüttelte in kindlichem Kummer den Kopf und atmete heftig aus und ein. Sie schien nicht die Kraft zu finden, auch nur aufzusehen. Sie saß in ihrem Trenchcoat auf einem der schönen alten Barocksessel, die Knie zusammengepreßt, die Hände gefaltet, ein buntes Tuch noch auf dem Kopf. (Sie hatte sich geweigert, abzulegen.) »Nein«, murmelte sie verloren, »ich kann es Ihnen nicht sagen. Ich habe es mir nicht so schlimm vorgestellt. Aber jetzt ... jetzt sehe ich erst, was ich tun wollte ...«
Jolanthe blickte mich an, und ich zuckte die Achseln. Jolanthe neigte sich vor. »Wie haben Sie denn herausgefunden, wo wir wohnen?« fragte sie. Das war eine typisch weibliche

Frage, dachte ich bewundernd, nüchtern und logisch. Vilma gab auch eine nüchterne und logische Antwort darauf. »Ich habe im Hotel Sacher gefragt«, erklärte sie. Jetzt sah sie zum erstenmal auf und versuchte ein Lächeln, das Jolanthe erwiderte.
»Und?« fragte Jolanthe ermutigend.
»Und dann habe ich mit Felix gesprochen ...«
»Wer ist Felix?«
»Ein Freund. Er hat gesagt, ich soll es versuchen. Ich habe gesagt, er soll mitkommen, aber er hat gesagt, es ist besser, ich gehe allein.« Sie sah mich an, und wieder flutete das Blut in ihre frischen Kinderbacken. »Ich habe nicht gewußt, daß Sie verheiratet sind, Herr Frank.«
»Was hat das damit zu tun?« fragte Jolanthe lächelnd.
»Wenn ich es gewußt hätte, wäre ich nicht gekommen, gnädige Frau«, sagte Vilma sofort.
»Nein?« Jolanthes Lächeln wurde breiter.
»Gewiß nicht, gnädige Frau!« Vilmas Stimme hob sich. »Niemals!« Sie sah von einem zum andern und biß sich auf die Lippen. »Mein Gott, mein Gott, ist das unangenehm! Mir ist noch nie so etwas Peinliches passiert ...«
Jolanthes Lächeln wurde geradezu mütterlich, sie sah sehr nett aus in diesem Augenblick. »Wie alt sind Sie denn?«
»Wie bitte?« Vilma starrte sie an.
»Wie alt Sie sind!«
»Neunzehn.«
»Neunzehn«, wiederholte Jolanthe und rückte mit ihrem Sessel an den Vilmas heran. »Und weshalb sind Sie gekommen? Wollen Sie mir das nicht erzählen?«
»Doch!« Vilma schluckte heroisch.

»Nun?«
Vilma sah mich an. »Ich wollte Sie bitten, mit mir in ein Theater zu gehen.«
»Ach«, sagte Jolanthe.
»Und mit Ihnen auch, gnädige Frau! Mit Ihnen beiden, natürlich! Ich habe doch nicht gewußt, daß es Sie gibt, gnädige Frau! Aber jetzt weiß ich es. Und jetzt möchte ich Sie beide einladen!«
Ich lächelte. »Das ist sehr lieb von Ihnen, Vilma, aber wie kamen Sie gerade auf mich – eh, auf uns?«
Ich fand sie sehr nett, aber ich hatte das Gefühl, daß sie eine ziemlich exzentrische junge Dame war. Vielleicht hatte sie ihre Pubertät noch nicht überwunden, vielleicht war sie auch ein wenig verrückt. Sie mußte ein wenig verrückt sein, wenn sie so ohne weiteres zu einem fremden Mann in ein fremdes Haus ging, allein und nach Einbruch der Dunkelheit. Ich fühlte mich plötzlich sehr beruhigt durch Jolanthes Anwesenheit. Im nächsten Augenblick brach die seltsame junge Dame in Tränen aus. Sie legte einfach den Kopf auf den Tisch und begann zu schluchzen. Ich erschrak.
»Um Gottes willen, was haben Sie denn?« Ich versuchte sie aufzurichten.
Jolanthe schob mich fort. Sie setzte sich auf die Lehne von Vilmas Sessel und streichelte ihren Kopf. »Na, na«, sagte sie, wie man zu einem kleinen Kind spricht, »was ist denn so schrecklich? Können Sie es uns nicht erzählen?«
Vilma stieß einen hohen, qualvollen Ton aus, schüttelte den Kopf und blieb mit dem Gesicht auf der Tischplatte liegen.
Jolanthe gab mir einen Wink.
»Kognak«, sagte sie. Ich war nicht sicher, ob das die beste

Medizin für ein junges Mädchen in Vilmas Situation war, aber ich ging zu einem Tischchen, auf dem eine Flasche stand, und goß ein kleines Glas voll.
Dabei blickte ich zufällig aus dem Fenster auf die Straße. Der einsame Mann neben der Laterne sah nach wie vor zu meinem Fenster empor. Er rauchte jetzt nicht mehr und hatte die Hände in die Manteltaschen geschoben. Ich fühlte, wie meine Achselhöhlen feucht wurden.
Ich trank das Glas mit dem Kognak selber aus.

7

Danach füllte ich es wieder und brachte es Jolanthe.
»So«, sagte diese und hob Vilmas Kopf hoch, während sie mich fragend ansah und kurz in die Richtung zum Fenster blickte. Ich nickte. Sie strich über Vilmas tränenverheertes Gesicht und sagte ruhig: »Da, trinken Sie einmal!«
Vilma trank gehorsam und verschluckte sich.
»Scharf«, sagte sie. Plötzlich fand ich sie kindlich und unerträglich, ich hatte das Gefühl, daß sie Theater spielte.
»Fräulein Vilma, Sie haben jetzt lange genug Zeit gehabt, Ihre Verlegenheit zu besiegen. Ich muß Sie bitten, mir endlich zu sagen, was Sie von mir wollen!«
Ich erschrak ein wenig über meine eigene Stimme. Sie klang hart und brutal. *So* brutal wollte ich gar nicht sein. Vilmas Reaktion war überraschend. Sie schien Kognak wirklich nicht gewöhnt zu sein. Ihre Augen blitzten, sie sah mich fast herausfordernd an, als sie nun den Kopf zurückwarf und sagte: »Ich wollte Sie um Geld bitten.«

Danach folgte eine eindrucksvolle Pause.
»Um wieviel?« fragte ich schließlich.
»Um viertausenddreihundertfünfzig Schilling«, sagte sie präzise.
»Ich dachte, Sie wollten mit uns – mit meinem Mann – ins Theater gehen?« meinte Jolanthe.
»Das auch«, sagte das seltsame Mädchen. »Ich wollte zuerst mit ihm ins Theater gehen und ihn dann um Geld bitten.«
»Wie kamen Sie ausgerechnet auf mich?«
»Ich habe doch ...«, begann sie und unterbrach sich. »Kann ich vielleicht noch einen Kognak haben?«
»Natürlich, mein Kind«, sagte Jolanthe.
Ich gab ihr die Flasche.
Vilma kippte das Glas, das Jolanthe vollgoß, in einem Zug und blies die Luft durch die Zähne. Sie sah sehr komisch aus, und ich ertappte mich dabei, daß ich vor mich hin lächelte. Ich hatte andere Sorgen, aber ich konnte mir nicht helfen: dieses Mädchen gefiel mir.
»Was haben Sie?«
»Ich habe doch die Schecks für Sie ausgeschrieben, Herr Frank!« Ihre hellen Augen sahen mich offen an. »Schon am Samstag! Die vier Schecks, die Herr Lauterbach Ihnen gab. Hundertzwanzigtausend Schilling! Mein Gott, den ganzen Samstag habe ich an nichts anderes gedacht! Am Abend erzählte ich es Felix. Und dann haben wir den ganzen Sonntag debattiert. Soll ich es versuchen, soll ich es nicht versuchen. Am Montag war ich entschlossen, es nicht zu versuchen. Dienstag früh habe ich es davon abhängig gemacht, wie Sie aussehen.«
Ich lächelte. »Ja, ich erinnere mich.«

»Ich habe mich sehr dafür geschämt«, sagte sie.
»Ich war sehr geschmeichelt«, sagte ich.
»Wovon sprecht ihr eigentlich?« fragte Jolanthe.
»Ich habe Ihren Mann ...«, begann Vilma.
»Fräulein Vilma hat mich ...«, begann ich gleichzeitig.
»Ja?« sagte Jolanthe. Jetzt lächelte sie nicht mehr.
»Fräulein Vilma hat mich sehr gründlich angesehen, als ich zu ihrem Chef kam.«
»So«, sagte Jolanthe und ging zum Fenster. »Und ist die Prüfung *für* meinen Mann ausgefallen?« Sie sah auf die Straße hinunter. Ich sah zu ihr. Sie drehte sich um und nickte, wie ich genickt hatte. Der Mann stand also noch da.
»Ja«, sagte Vilma und blickte mich plötzlich strahlend an. Diesmal fühlte ich, wie *ich* rot wurde.
»Warum kamen Sie dann nicht gleich?«
»Da konnte ich es nicht mehr, weil Sie mir doch so gut gefielen«, sagte sie.
»Wenn ich Ihnen weniger gut gefallen hätte, wären Sie gleich gekommen?«
»Natürlich«, sagte sie offen. »Bei Ihnen war es so, daß ich überhaupt nicht kommen wollte, nachdem ich wußte, wie Sie aussahen. Ich habe es Felix auch gesagt. Ich kann nicht, habe ich gesagt. Bei jedem andern. Bei ihm nicht. Und ich habe es auch nicht getan. Ich bin nicht gekommen.«
»Bis heute abend«, sagte Jolanthe und kam vom Fenster zurück.
»Ja, bis heute abend.« Vilma nickte tragisch. »Ich habe immer noch gehofft, daß ein Wunder geschieht und wir das Geld von anderswo erhalten. Aber heute ist der letzte Abend, und wir haben es nicht bekommen. Wenn wir mor-

gen nicht bezahlen, sperrt man unser Theater. Vier Tage vor der Premiere! Verstehen Sie? Vier Tage bevor Felix' erstes Stück herauskommt.«

»Wer sperrt was?«

»Das Finanzamt unser Theater«, sagte sie.

»Was für ein Theater?« fragte ich. Dieses Mädchen war wirklich unheimlich.

»Wir haben ein kleines Theater. Felix, ich und ein paar andere. Im Keller des Cafés Schubert, ›Studio 52‹ heißt es. Sie haben natürlich schon davon gehört, nicht wahr?«

»Natürlich«, log ich.

Jolanthe sah mich kurz an.

»Aber dort waren Sie noch nie?«

»Leider nein.«

Vilma nickte traurig. »Es waren erst sehr wenige Leute dort«, sagte sie. »So ist es auch zu unseren Schulden gekommen.«

»Wie?«

»Wir haben die Steuer für zehn Monate nicht bezahlt.«

»Aha«, sagte ich.

»Und jetzt, wo wir endlich so weit sind, daß Felix sein Stück inszenieren kann, sagte die Behörde, daß das Theater gesperrt wird, wenn wir nicht bezahlen. Bis morgen abend«, fügte sie hinzu. »Und das können wir natürlich nicht«, fügte sie an die Hinzufügung. Danach entstand eine kurze Pause. Jolanthe sah mich an, diesmal wandte ich den Kopf fort.

»Moment«, sagte Jolanthe, »ich verstehe das nicht ganz. Ich dachte, Sie wären Sekretärin bei Herrn Lauterbach.«

»Ja, das bin ich auch.«

»Aber?«
»Aber nur nebenberuflich. Hauptberuflich bin ich Schauspielerin. Doch da verdiene ich zuwenig. Im ›Studio‹ bekommen ich kaum etwas, und dann habe ich nur noch ein paar Radiosendungen und ab und zu eine winzige Rolle in irgendeinem großen Theater. Vielen von uns geht es so. Die meisten haben Nebenberufe.«
»Und das läßt sich vereinen?« fragte ich erstaunt. »Ich meine: zeitlich!«
»Nicht besonders gut«, sagte sie. »Ich habe schon deshalb viele Unannehmlichkeiten mit Herrn Lauterbach gehabt. Wahrscheinlich wirft er mich auch bald hinaus.«
Ich nickte.
»Deshalb habe ich auch nicht gewagt, *ihn* um Geld zu bitten.«
Ich nickte wieder.
»Weil er ohnehin wütend auf die ganze Theaterspielerei ist.«
Ich nickte zum drittenmal und bemerkte, daß auch Jolanthe nickte.
»Können Ihre Eltern Ihnen nicht helfen?«
»Denen geht es auch nicht besonders gut. Mein Vater ist Bibliothekar. Er verdient nicht genug.« Sie stand auf und trat zu mir. »Herr Frank, bitte, glauben Sie nicht, daß Sie uns das Geld schenken sollen! Wir möchten Sie nur um ein Darlehen ersuchen. Um ein kurzfristiges Darlehen. Felix hat gesagt, daß ich Ihnen Zinsen anbieten soll.«
»Hm«, sagte ich und machte ein ernstes Gesicht. Jolanthe wandte sich ab.
»Fünf Prozent?« fragte Vilma leise.

»Was?«
»Oder mehr?« fragte sie schnell. »Felix und die anderen haben gesagt, daß ich bis zu zehn Prozent gehen soll. Das sind die üblichen Bedingungen bei den Wucherern.«
Ich machte den Mund auf, aber ich fand, daß meine Stimme versagte. Jolanthe griff nach einem Taschentuch und schneuzte sich erstickt. Ich sah, wie ihr Rücken vor unterdrücktem Gelächter bebte.
»Fräulein Vilma«, krächzte ich endlich heiser, »Sie bieten mir zehn Prozent Zinsen für ein Darlehen von viertausenddreihundertfünfzig Schilling?«
»Ja«, sagte sie. »Felix meint, Sie müßten etwas daran verdienen. Es muß ein Anreiz dasein. Sonst machen Sie es doch nicht.«
Ich hatte mich erholt und räusperte mich. »Da hat er auch ganz recht. Wie lange wollt ihr das Darlehen?«
»Für sechs bis acht Wochen.« Sie wurde ein wenig hoffnungsvoller, ihr Mund öffnete sich leicht, und ihre Augen strahlten mich an.
»Für sechs bis acht Wochen«, wiederholte ich langsam. Ich sah sie prüfend an, dann drehte ich mich um, steckte die Hände in die Achselhöhlen meiner Weste und begann, versunken auf und ab zu gehen. Dazu brummte ich ein paarmal vor mich hin.
»Und welche Sicherheiten könnt ihr mir bieten?«
»Wir verpfänden die Abendkasse«, sagte sie sofort.
»Nennen Sie das eine Sicherheit?«
Sie wurde wieder rot.
»Herr Frank, das Stück, das Felix geschrieben hat, ist sehr gut! Es wird sicherlich volle Häuser bringen!«

»Habt ihr schon einmal ein Stück gehabt, das volle Häuser brachte?«
»Nein, das nicht, aber ...«
»Und wie viele Besucher machen ein volles Haus?«
»Neunundvierzig«, sagte sie kleinlaut. »Aber wir können uns noch mindestens zwanzig Sessel hineinstellen. Außerdem hat man uns eine Subventionierung durch die Gemeinde Wien versprochen. Und dann ...«
»Ja, ja«, sagte ich und kam mir vor wie der Weihnachtsmann, mein Rücken prickelte vor Vergnügen, ich mußte an mich halten, um mir nicht die Hände zu reiben, »das ist alles schön und gut, aber keine Sicherheit für mich, verstehen Sie? Ich bin ein nüchterner Geschäftsmann, für mich gibt es leider keine künstlerischen Gesichtspunkte, sondern nur Zahlen und Garantien!«
Ich staunte über mich selbst: ich war vergnügt, die Schatten des letzten Monats wichen von mir zurück, und ich atmete freier. Es war ein Wunder, ich faßte es nicht. Dieses junge Mädchen, das zu mir kam, um Geld zu leihen, machte mich froh. Dieses so sonderbare Mädchen mit den hellen Augen und dem hochgekämmten Haar ...
»Wie steht es mit Bürgen?« fragte ich und fühlte, wie mein Blut mich noch wärmte, wie mein Herz noch klopfte und wie mein Auge den Anblick von Schönheit und Jugend, von Reinheit und Unschuld in ein zutiefst innerliches Wohlbehagen zu verwandeln vermochte. »Habt ihr jemanden, der für euch bürgt?«
Sie schüttelte traurig den Kopf, sie ahnte nicht, wie nah sie vor der Verwirklichung ihrer Sehnsucht stand. »Nein, Herr Frank, wir haben niemanden. Wir sind ganz allein. Fünf-

zehn Leute, mit dem Beleuchter und der Toilettenfrau, und ich glaube nicht, daß jemand für uns bürgen wird, der Geld hat. Wir kennen auch niemanden. Bei uns könnte nur einer für den anderen bürgen. Aber das nützt Ihnen nichts.«

»Nein«, sagte ich, »das nützt mir nichts.«

»Felix meinte ...«, begann sie noch einmal, aber dann brach sie mutlos ab. Sie wußte nicht weiter, sie hatte alles versucht. Einen Augenblick war es ganz still im Zimmer. Dann ging Jolanthe schnell zum Fenster und öffnete es. Wenn ich sie jemals liebte, dann war es in diesem Augenblick.

»Felix!« rief sie in die Dunkelheit hinaus.

Der einsame Mann neben der Laterne blickte auf. »Ja, bitte?«

»Kommen Sie schon endlich herauf und trinken Sie einen Kognak mit uns«, sagte Jolanthe.

8

An diesem Abend gab man in Wien eine Theatervorstellung allein für Jolanthe und mich. Man gab sie im Keller des Cafés Schubert, in einem Saal, der etwa fünf mal zehn Meter groß war, und auf einer Bühne, die fünf mal zwei Meter maß.

An den Wänden des Zuschauerraums waren Figurinen angebracht. Sie bestanden aus Draht, Buntpapier und Flitter und waren sehr modern und frech entworfen. Um drei der vier Wände lief ein Schriftstreifen. Die Wände waren dunkelgrau, und die Buchstaben des Streifens waren aus weißer Pappe. Sie nannten, einfach aneinandergereiht, die Namen

großer und berühmter Theaterleute: Tairoff. Piscator. Jessner. Reinhardt. Stanislawski.
Es gab keine Sesselreihen, sondern nur Tischchen mit Stühlen. Vor Beginn der Vorstellung erschien ein Kellner und fragte nach unseren Wünschen. Ich bestellte eine Flasche Wein. Wir saßen etwa in der Mitte des Raumes auf zwei harten Holzsesseln, die weiß und golden gestrichen waren. Die Tischchen um uns waren alle leer, die Stühle lehnten an ihnen. Jolanthe trank den größten Teil der Flasche, ich selbst trank nur ein Glas. Ich sah hinauf zu der lächerlichen Miniaturbühne mit ihren lächerlichen, angedeuteten Kulissen und dem halben Dutzend junger Leute, das da oben Theater spielte.
Sie spielten großes Theater. Es gab keinen unter ihnen, der nicht ganz unglaublich begabt gewesen wäre. Und das Stück war gut. Es war ein Stück, das im Wien der Gegenwart spielte, unter Menschen, die Angst hatten. Es war ein Stück gegen die Angst. Felix Reinert, der Autor (zweiundzwanzig Jahre alt), war ein junger Kokoschka. Das dunkle Haar stand ihm unordentlich von seinem knorrigen, verwitterten Langschädel ab und hing in die gefurchte Stirn. Das Stück, das er geschrieben hatte und das ich an jenem Abend sah, hieß »Die Toten haben keine Tränen«.
»Woher kommt der Titel?« hatte ich ihn gefragt, nachdem er, auf Jolanthes Einladung, in unserer Wohnung einen Kognak getrunken hatte. Er sprach sehr schnell, ich hatte Mühe, ihn zu verstehen, und er stotterte auch ein wenig. Es war, als kämen ihm die Gedanken schneller als die Worte für sie, als eilten jene diesen beständig voraus.
»Aus der Mythologie«, sagte er. Vilma saß neben ihm auf ei-

nem breiten Barockdiwan und sah ihn bewundernd an. Er war ein großer Mann für sie. »Sie kennen die Geschichte doch bestimmt. Die Lebenden müssen viel leiden, die Toten weniger. Aber man soll nur ja nicht glauben, daß es deshalb ein erstrebenswerter Zustand wäre, tot zu sein. Im Gegenteil! Das Leben ist noch immer besser. Denn solange man lebt, kann man sich wehren und kann man handeln. Man kann weinen über ein Unglück oder ein Unrecht, das einem widerfährt.«

»Und die Toten können nicht mehr weinen?« fragte Jolanthe.

»Nein«, sagte er, »die Toten können nicht mehr handeln, sie können sich nicht mehr wehren, und sie können nicht mehr weinen. Sie wissen alles, sie sind überall, und sie bleiben jung. Aber weinen können sie nicht mehr. Auch nicht, wenn sie einmal glücklich sind. Die Toten haben keine Tränen.«

»Dann propagiert Ihr Stück also die Tränen und das Leben?«

»Ja«, sagte Felix.

Und so war es. Ich saß in dem kalten Kellerraum, wir hatten nicht einmal die Mäntel abgelegt und froren erbärmlich, und ich fühlte, wie eine große Rührung mich überkam angesichts dieser jungen Leute, die für die Hoffnung und für die Tränen Reklame machten, die kein Geld hatten, wenig Zukunft und keine Vergangenheit und die dennoch daran glaubten und willens waren, es allen zu verkünden, daß das schlechteste Leben noch immer besser war als der schönste Tod und daß es nur eine Sünde in unserer Zeit gab, nämlich: die Hoffnung verlieren.

Ich nahm diese Erfahrung dankbar zur Kenntnis. Sie wurde nicht getrübt durch Selbstanklage oder peinliche Vergleiche mit meiner eigenen Existenz. Ich war einfach glücklich und erfüllt von reiner Erleichterung. Ich vergaß für zwei Stunden, daß ich sterben mußte und daß die Polizei eines ganzen Kontinents mich suchte; daß ich meine Frau verlassen und mich unfähig gezeigt hatte, mich von meiner Geliebten frei zu machen; daß mein Leben in der Tat sinnlos und wertlos war.

Das alles vergaß ich für zwei Stunden.

Ich sah Vilma auf der Bühne. Sie spielte eine kleine Rolle – beileibe nicht die größte –, und ich fand, daß sie wundervoll war. Sie hatte die Zartheit einer Elisabeth Bergner, und sie besaß dazu die rustikale Kraft einer jungen Wessely. Sie glaubte, was sie sagte, von ganzem Herzen, und aus jedem Wort, aus jedem Mienenspiel leuchteten eine solche Innerlichkeit und Reinheit, daß man über ihr geblendet die Augen schließen mußte. Hier, das wußte ich, wenn ich irgend etwas in Hollywood gelernt hatte, wuchs eine große Schauspielerin heran.

Was war das doch für eine seltsame Stadt, dachte ich, in welcher das Talent sich ohne Unterlaß ergoß aus allen Ecken und Enden, in der es aus dem Boden quoll und sich in Kellern und Dachkammern manifestierte – eine viergeteilte Stadt inmitten eines viergeteilten kleinen Landes, das viel zu klein war für all die Begabung, die es barg und verschwenderisch hervorbrachte seit Jahrhunderten …

Das Stück hatte drei Akte. Im letzten sah ich, wie Jolanthe neben mir ihr Glas zurückschob, sich zurücklehnte und in der Handtasche kramte. Sie hatte nasse Augen. Sie wischte

sie mit einem Taschentuch trocken, aber sehr vorsichtig, um die Wimperntusche nicht zu verschmieren.
Wir klatschten beide, als es hell wurde. Wir standen allein in dem leeren Zuschauerraum und klatschten und lachten dem Ensemble zu, das sich feierlich verneigte. Sogar den Vorhang zogen sie auf und zu. Dann ging ich nach vorne und trat zu Vilma.
»Hier«, sagte ich und gab ihr ein Kuvert mit dem Geld. Sie schrie auf, warf die Arme in die Luft und fiel mir um den Hals. Im nächsten Augenblick machte sie sich erschrocken frei und sah entsetzt zu Jolanthe.
»Bitte, verzeihen Sie, gnädige Frau!«
Jolanthe war zu uns getreten. Ihre Augen glänzten noch immer feucht. Sie lächelte. »Ihr wart wundervoll«, sagte sie. Und danach gab sie jedem die Hand.
Felix kam und bedankte sich bei mir. »Wir zahlen es bestimmt zurück, Herr Frank, wirklich, Sie können ganz sicher sein! Und wir vergessen nie, was Sie heute für uns getan haben!« Vilma stand neben ihm und strahlte mich an. Plötzlich fing sie an zu weinen.
»Was hast du denn?« fragte Felix erschrocken.
»Nichts«, schluchzte sie, »nichts! Es ist ja zu blöd. Ich bin nur so glücklich!« Und sie blies geräuschvoll in Felix' Taschentuch. Danach gingen wir alle noch hinauf in das kleine Kaffeehaus. Wir stellten ein paar Tische zusammen und feierten das Ereignis unserer Bekanntschaft. Alle nahmen an dieser Feier teil, auch der Beleuchter und die Toilettenfrau sowie der Besitzer des Kaffeehauses und seine Frau. Wir sahen aus wie die Mitglieder eines Betriebsausfluges oder wie eine kleinbürgerliche Hochzeitsgesellschaft, vielleicht auch

wie ein Sparverein am Abend der Jahresversammlung. Ich saß zwischen Jolanthe und Vilma. Wir aßen alle Wiener Würstchen mit Senf und tranken dazu Pilsner Bier. Jeder bekam zwei Paar Würstchen. Im Lokal war es heiß. Alle sprachen durcheinander. Der Senf stand in großen Schalen auf dem Tisch. Wir tauchten die Würstchen hinein und aßen sie mit den Händen. Wir hatten alle ganz fettige Finger.

9

Ich weiß nicht genau, wann es mir zum erstenmal zu Bewußtsein kam, daß ich Vilma liebte. Wahrscheinlich kam es mir auch nicht plötzlich zu Bewußtsein. Solche Dinge wachsen, ohne daß man sie bemerkt, sie werden größer und stärker, und wenn man sie erkennt, ist man schon lange ihr Opfer. Zuerst trägt man eine wohlige Unruhe mit sich herum. Man ahnt noch nicht die Ursache dieser Unruhe, aber der ganze Körper richtet sich schon auf sie ein, wandelt und bereitet sich vor auf etwas Neues, so wie ein Indikator in der Chemie auch die kleinste Veränderung der Ionenverhältnisse in einer wäßrigen Lösung feststellt. Das Gehirn interessiert sich selbständig für Dinge, die man nicht wahrnimmt in seinem Bewußtsein. Wie alt war Vilma? Neunzehn. Ich war fünfundvierzig. Sechsundzwanzig Jahre älter. Es war phantastisch! Aber wenn ich fünfzig wurde, dann war sie nur halb so alt wie ich ...

Dann fiel mir ein, daß ich niemals fünfzig Jahre alt werden würde. Nicht einmal sechsundvierzig. Es war Wahnsinn, heller Wahnsinn. Aber es war süßer Wahnsinn, und er machte mich berauscht wie edler Wein. Ich kam fast täglich mit ihr zusammen in dieser Woche, die unserem Theaterbesuch folgte. Ich saß bei den Proben dabei und sah zu. Mit der Unverschämtheit des Geldgebers, der sich seit Urzeiten herausnimmt, Künstler, die er finanziert, zu tyrannisieren, äußerte ich Wünsche, stellte Fragen, gab ungebetene Ratschläge. Alle waren rührend zu mir, man ging auf mich ein.

»Ja, Herr Frank, wir sind genau wie Sie der Ansicht, daß die Dekoration des zweiten Bildes ärmlich wirkt. Aber Susi hatte keine Leinwand mehr, um ordentliche Kulissen herzustellen.«

»Warum hatte sie keine Leinwand mehr?«

»Kein Geld«, sagte Susi, die ponyhaarige Bühnenbildnerin mit der großen Hornbrille, lakonisch.

»Hier ist Geld«, sagte ich. »Gehen Sie Leinwand kaufen, Susi!«

»Fein, Herr Frank, das ist aber nett von Ihnen!«

»Wir zahlen es bestimmt zurück!« Das war Felix.

»Sie sind wundervoll, Herr Frank!« Das war Vilma.

Ja, ich war wundervoll für sie. Ich war das schöne Märchen, das man den Kindern erzählt, damit sie gut schlafen. Ich bewegte die Hände – und Susi kam freudestrahlend mit einer Rolle Leinwand angerannt. Ich bezahlte einen kleinen Angestellten, und Maschinen setzten sich in Bewegung, um Plakate in Rot und Blau auf herrlichem weißen Papier zu drucken, die dann an den Litfaßsäulen klebten.

»Studio 52«, verkündeten sie, »präsentiert die Welturaufführung des Stückes ›Die Toten haben keine Tränen‹ von Felix Reinert.« Darunter standen, nach dem Alphabet geordnet, die Namen der Mitwirkenden. Auch ihr Name. Pa-

risini. Vilma Parisini. Unter den sich entblätternden Bäumen der Ringstraße sahen wir das erste dieser Plakate an einer Litfaßsäule – sie und ich. Wir gingen gerade von einer Probe nach Hause. Sie erblickte es zuerst.
»Da«, sagte sie atemlos, »sehen Sie doch!«
Sie wies mit der Hand auf die andere Straßenseite. Dann riß sie sich los und rannte wie ein kleines Kind über die Fahrbahn – fast in einen Autobus hinein.
»Vilma!« schrie ich.
Aber sie hörte mich nicht mehr, und das nächste, was ich wußte, war, daß ich hinter ihr her rannte – ich, James Elroy Chandler, alias Walter Frank, gesucht von der internationalen Kriminalpolizei, ich, Walter Frank, tot in einem Jahr, wenn ich Pech hatte, und früher schon, wenn ich Glück hatte. Ich, Walter Frank, der all das vergaß, als er sie nun einholte und neben ihr stand, schwer atmend wie sie, und sah, wie sie sich freute, wie sie lachte, wie ihre Wangen glühten.
»Oh, Herr Frank, ich bin ja so glücklich, so glücklich! Das alles verdanken wir Ihnen! Und wenn ich denke, welche Angst ich hatte, als ich zu Ihnen kam vor ein paar Tagen ...«
»Hatten Sie Angst, Vilma?«
»Furchtbare Angst, Herr Frank!« Und dann lachten wir wieder, und ich nahm ihre Hand, und so gingen wir weiter, über den Asphalt, über die gelben Blätter, an vielen fremden Häusern einer fremden Stadt vorbei, die mir vertraut schien in diesen Tagen, als wäre ich in ihr geboren worden.
Ja, ich glaube, ich war wirklich ein Wunder für sie. Wenn es einmal am Abend regnete, hob ich eine Hand, und ein Taxi bremste und brachte uns heim. Sie saß im Fond, an meiner Seite, die Lichter der Straße glitten über ihr Gesicht, wäh-

rend sie mir tausend Geschichten erzählte, von denen ich mir keine einzige merkte, weil ich nur die ganze Zeit daran dachte, wie wunderbar es sein mußte, sie zu küssen. Aber ich küßte sie nicht. Vor dem Haustor verabschiedete ich mich und ging allein durch den Regen zurück in die Reisnerstraße, in die stille Wohnung der Gräfin, die ich gemietet hatte und in welcher Jolanthe auf mich wartete.

Ich war ein Wunder. Für Vilma, für ihre Freunde, für mich selbst. Ich verbreitete Fröhlichkeit, wo immer ich erschien. Ich, ausgerechnet ich! Der Vorhang war alt und häßlich? Nun, dann mußte ein neuer Vorhang her! Zu wenig gute Sessel? Lächerlich, dann ließ man andere kommen! Felix hatte keinen dunklen Anzug für die Premiere? Felix erhielt einen dunklen Anzug. Er erhielt ihn vom besten Schneider der Stadt und in drei Tagen.

Das Geld tat Wunder.

Nicht ich, das Geld! Es kam mir plötzlich zu Bewußtsein, eines Vormittags, als ich im Zuschauerraum des Theaters saß und zusah, wie sie den neuen Vorhang befestigten, mit Geschrei und Gelächter. Das Geld war die Quelle alles Guten. Das Geld, um welches ich eine Bank betrogen hatte und das der Ingenieur Lauterbach in eine andere Währung verwandelt hatte auf dunklen Wegen. Das schmutzige, verfluchte Geld, dem ich mein ganzes Leben nachgelaufen war und von dem ich niemals genug bekam bis zu diesem Punkt meines Daseins, an dem ich nun stand. Das Geld war es, das Geld, nicht ich! Ja, wenn ich immer Geld besessen hätte, dann wäre mir die Welt zu Füßen gelegen, und ich hätte Frauen kaufen können und Männer, Liebe und Macht. Das Geld, das Geld, das Geld.

Nicht ich.
Ich legte den Kopf auf die falsche Marmorplatte des Tischchens und schloß die Augen. Ich fühlte mich wie ein sentimentaler Narr. Dann hörte ich ihre Stimme.
»Ist Ihnen nicht gut, Herr Frank?«
Da stand sie vor mir, schon im Kostüm der Szene und mit Rouge auf den Wangen, den großen Mund bemalt und mit geschwärzten Wimpern. Sie neigte sich über mich mit Augen, in denen die Sorge saß.
»Doch, doch, natürlich. Was gibt es denn?«
»Oh, Herr Frank, wir haben es uns überlegt! Der neue Vorhang gefällt uns nicht. Und er ist so teuer. Wir wollen den Stoff zurückgeben, und Susi bemalt den alten mit Goldfarbe, dann sieht er auch aus wie neu.«
»Klar«, sagte die Bühnenbildnerin Susi (sie war siebzehn Jahre alt). »Was glauben Sie, wieviel Geld wir dabei sparen!«
»Meint ihr wirklich?« fragte ich leise.
»Na, und ob!« rief Felix. »Wir wollen das gar nicht einreißen lassen, bloß weil wir Sie gefunden haben und Sie uns helfen!« Ich stand auf, und wieder fühlte ich die Schwere in meinen Gliedern und die wohlige Müdigkeit in meinem Kopf, als wäre ich berauscht von südlichem Wein.
»Lassen Sie mich nur machen!« sagte Susi. »So einen Vorhang, wie ich ihn male, können Sie mit allem Geld der Welt nicht bezahlen!«
»Mit allem Geld der Welt«, wiederholte ich.
»Oder glauben Sie's mir nicht?« fragte Susi herausfordernd.
»Ich?« sagte ich und sah sie alle an. »Ich liebe euch!«
»Wie lieben Sie auch«, sagte Vilma.

10

Ja, so begann es wahrscheinlich – in diesen Spätherbsttagen, die der Premiere vorangingen. An einem Mittwoch war sie zu mir gekommen. Von diesem Mittwoch an lebte ich wie in einem Traum. Es war ein kurzer Traum, er währte drei Wochen, dann war er zu Ende. Aber es war der schönste Traum meines Lebens, und wenn ich an alles denke, was nachher kam, dann fallen die Gemeinheiten und der Verrat der letzten Monate ab wie eine Schale in der Erinnerung an diese drei Wochen, welche die glücklichsten meines Daseins gewesen sind.

Ich denke an sie, nachts, wenn ich wach liege, und tags, wenn ich an meinem Schreibtisch sitze, sie leuchten heraus aus allem Schmutz, und wenn ich die Augen schließe, sehe ich noch genau, wie alles war, jede Kleinigkeit, jedes Lächeln, jeder Druck ihrer Hand.

Ich habe sie nie besessen, aber sie ist mir näher gewesen und ich habe sie mehr geliebt als irgendeine andere Frau in meinem Leben. Ich glaube, sie wußte es. Wir haben niemals davon gesprochen, aber aus der Art, in der sie mich manchmal ansah und zu mir sprach, konnte ich erkennen, daß sie ahnte, was ich niemals sagte, weil die Zeit zu kurz war und der Tod mir auf den Fersen folgte.

Ich weiß nicht, wo sie heute ist. Aber wenn es einen Gott gibt, dann wird er sie glücklich werden lassen für das Glück, das sie mir gegeben hat, bevor es endgültig dunkel und kalt wurde um mich. Wenn es einen Gott gibt, dann wird er ihr mit Gutem vergelten, was sie mir Gutes getan hat, ohne es zu wissen.

Tagsüber, von neun bis vier, war sie im Büro, und ich konnte sie nicht sehen. Aber ich rief sie an. Heimlich und mit verstellter Stimme, damit mich niemand erkannte, und von einem Telefonautomaten aus.

»Kann ich bitte einen Augenblick Fräulein Parisini sprechen?« Wie ein Schuljunge kam ich mir vor, so, als ginge ich noch ins College und riefe meine Freundin Claudette an, die Sprechstundenhilfe bei einem Zahnarzt.

»Einen Augenblick«, sagte der Bürojunge, der auch das Telefon bediente. Er war immer sehr mißtrauisch. Aber ich glaube nicht, daß er je etwas merkte. Und dann hörte ich ihre Stimme, diese kindliche, ein wenig brüchige Stimme mit dem stets fragenden, stets erstaunten Unterton. »Hallo?«

»Hier ist Frank.«

»Oh, guten Tag!« Sie sagte nicht meinen Namen, das war eine stillschweigende Vereinbarung, so hatten wir ein Geheimnis zusammen, das süßeste und unschuldigste Geheimnis der Welt.

»Ich bin gerade in der Nähe – da dachte ich, ob wir uns wohl sehen könnten?«

»O ja, das wäre schön.«

»Wie immer? Um die Ecke in der kleinen Konditorei?«

»Ja, bitte.« (Ich mußte alle wichtigen Dinge sagen, sie konnte nicht sprechen, der Bürojunge paßte auf.)

»Um vier?«

»Ja, bitte.«

»Ich freue mich, Vilma.«

»Ja, bitte.«

»Leben Sie wohl.«

»Ja, bitte!«
Und um vier saß ich in der kleinen Konditorei um die Ecke, die immer leer war und immer ein wenig nach Naphthalin roch, in welcher immer dieselben Torten in der Auslage standen und immer dieselbe Katze durch den Raum ging, majestätisch, unbeirrt und unnahbar. Da saß ich dann und trank einen Wermut, und bei jedem Stöckelschlag auf dem Pflaster der stillen Nebengasse draußen fuhr ich auf, und bei jeder Frau, die an der Auslage mit den Cremeschnitten vorüberging, erhob ich mich halb von meinem Sessel – bis sie dann kam, mit ihrer geräumigen Schultertasche, in welcher sie unzählige Dinge mit sich herumschleppte, von Frühstücksbroten angefangen über Rundfunkmanuskripte bis zu Seidenstrümpfen, deren Laufmaschen zu repassieren waren. Die Besitzerin der Konditorei war eine alte Dame mit dem Äußeren einer Kupplerin. Sie strahlte, wenn sie an unseren Tisch kam, und stellte jeden Nachmittag dieselbe Frage: »Was darf es heute für die junge Dame sein?« Und jeden Nachmittag erhielt sie dieselbe Antwort: »Heiße Schokolade mit Schlagobers und drei Portionen Erdbeertorte.«
An manchen Nachmittagen brachte es Vilma auf vier Portionen. Es war ihre Lieblingstorte. Vor der Bestellung der Extraportion kam jedoch stets das Gewissen zu Wort. »Oh, Herr Frank, ich weiß wirklich nicht, ob ich noch eine Torte essen soll!«
»Warum nicht, Vilma, sie schmeckt Ihnen doch so!«
»Ja, aber es kostet doch alles so schrecklich viel Geld.«
»Ich kann es mir eben noch leisten«, sagte ich. Und dann bestellte sie die Torte. Und ich bestellte noch einen Wermut.

»Ich weiß, daß ich es nicht tun soll«, begann sie wieder.
»Jetzt hören Sie aber auf, Vilma!«
»Nein, nicht nur wegen des Geldes. Auch wegen der Linie. Als Schauspielerin muß ich sehr auf meine Linie achten.«
»*Sie* müssen nicht auf Ihre Linie achten!«
»Auch ich, Herr Frank! Glauben Sie, daß ich im letzten Monat ein Kilo zugenommen habe?«
»Niemals!«
»Doch. Es ist schrecklich! Ich weiß nicht, wie das weitergehen soll. Meine Sachen sind mir schon eng.«
»Lächerlich.«
»Nein, wirklich, schauen Sie nur, der Rock!« Sie schlug ihre Jacke auf, erhob sich und drehte sich vor mir im Kreis. »Da bitte! Und der Pullover! Hier!« Sie stand vor mir, zum Greifen nahe, und zeigte mir, wie eng ihr Pullover geworden war. Und ich saß da und betrachtete den Pullover und die kleinen, festen Brüste, die an zwei Stellen seine Maschen weiteten, so daß ich das weiße Unterkleid sehen konnte.
»Bitte, sagen Sie doch selbst!«
Lieber Gott, dachte ich. Lieber Gott im Himmel!

11

Am Samstag mußte sie nicht ins Büro, Lauterbach gab ihr frei. Sie sagte es mir am Freitag abend, als ich sie nach Hause brachte.
»Ich habe morgen auch frei«, erklärte ich. Ich dachte an Jolanthe, aber sie war mir gleichgültig. »Können wir nicht zusammensein?«

»Ja, ich wollte eigentlich ...«, begann sie.
»Was wollten Sie?«
»Ich habe eine Sendung im Radio«, sagte sie. Wir standen in der Einfahrt des Hauses, in dem sie wohnte, es regnete wieder, und sie trug den Mantel, den sie anhatte, als sie zum erstenmal zu mir kam, und dasselbe Kopftuch. Es machte mich so verrückt, dieses Kopftuch zu sehen, daß mir bei jedem Atemzug, den ich tat, das Herz weh tat, als wollte es zerspringen.
»Ja, und?«
»Und ich muß meine Rolle noch lernen.«
»Lernen wir sie zusammen.«
»Ja, aber ich weiß nicht ...«
»Was wissen Sie nicht?«
»Ich gehe immer in den Wald, wenn ich meine Rollen lerne«, sagte sie. »Zu Hause mache ich nämlich zu viel Lärm. Die Nachbarn beschweren sich, wir haben so dünne Wände.«
»Die Idioten«, sagte ich erbittert.
Sie nickte. »Würden Sie glauben, daß sie einmal die Polizei herbeigerufen haben?«
»Nein!«
»Doch! Da übte ich gerade ›Hanneles Himmelfahrt‹. Die Szene, in der die Großmutter stirbt, wissen Sie? Und ich habe ein bißchen laut geübt, das gebe ich zu. Großmutter, habe ich geschrien, Großmutter, stirb nicht, Großmutter, du darfst nicht sterben, hörst du mich nicht, Großmutter?«
Mein Herz tat so weh, daß ich glaubte, ich würde sterben. Ich beschloß, weniger zu atmen.
»Und?« fragte ich.

»Und zwanzig Minuten später war dann die Polizei da. Sie glaubten, meine Großmutter würde wirklich sterben.«
»Hm«, sagte ich und atmete nicht.
»Dabei ist sie schon seit zehn Jahren tot.«
»Das tut mir leid«, sagte ich höflich.
»Danke«, erwiderte sie. »Also treffen wir uns morgen früh um acht bei der Straßenbahn, ja?«
»Bei welcher Straßenbahn?«
»Linie 46«, sagte sie, »vor der Bellaria. Werden Sie hinfinden?«
»Bestimmt.«
Ich fand hin. Ich nahm ein Taxi und nannte den Ort. Aber ich ließ den Chauffeur eine Straßenecke früher halten und ging das letzte Stück zu Fuß. Ich wollte nicht, daß Vilma mich für einen Kapitalisten hielte.
Sie war schon da und winkte. Es war ein schöner Tag, der Himmel wolkenlos blau. Die Sonne wärmte noch, und es wehte ein starker Ostwind. Vilma trug ein braunes Kostüm. Diesmal hatte sie ihr Kopftuch zu Hause gelassen. Nur ihre Schultertasche war wieder da, prall gefüllt. Es lagen Brötchen darin, wie sie mir in der Straßenbahn, die uns durch die westlichen Vororte zum Wienerwald hinausfuhr, erklärte.
»Was für Brötchen?«
»Belegte. Salami, Emmentaler und Extrawurst. Was haben Sie am liebsten?«
»Salami«, sagte ich aufs Geratewohl.
»Oje!« Sie biß sich auf die Lippen.
»Was ist denn?«
»Nichts.«

»Sagen Sie es mir, Vilma!«
»Ich habe Salami auch am liebsten«, gestand sie bedrückt.
»Ich machte nur Spaß«, sagte ich sofort. »Ich kann Salami nicht leiden.«
»Das ist nicht wahr!«
»Doch, wirklich!«
»Nein, Sie sagen es nur, damit ich die Salamibrote essen kann!«
»Vilma, wofür halten Sie mich?«
»Für einen Lügner.«
»Ich schwöre.«
»Das genügt nicht! Wollen Sie in einem Jahr tot sein, wenn Sie gelogen haben?«
Das war eine leichte Frage.
»Ja«, sagte ich. Sie gab sich zufrieden.
»Dafür bekommen Sie Paprika«, erklärte sie. »Grüne Paprika, Mutti gab mir drei mit. Haben Sie Paprika gerne?«
»Ich liebe Paprika.«
»Tomaten sind auch noch da«, sagte sie stolz. Sie schien einen ganzen Gemüseladen mitgenommen zu haben. Sie hielt das immer so, erklärte sie mir etwas später. Wenn sie in den Wald ging, um ihre Rolle zu lernen, packte ihre Mutter Brote ein.
»Man gibt so viel Geld aus, wenn man unterwegs etwas zu essen kauft.«
»Aber man muß weniger tragen«, sagte ich mit einem Blick auf die schwere Tasche.
»Wir werden einander abwechseln«, meinte sie. Das hatte ich davon.
Hinter der Endstation der Straßenbahn begann eine Villen-

straße, die steil in den Wald hineinführte. Hier wehte der Wind viel heftiger. Er sang in den Alleebäumen und wirbelte Staub und Blätter vor sich her. Vilmas Haare flogen um ihren Kopf. Der Himmel leuchtete. Mir wurde sehr warm beim Gehen, und ich zog meinen Mantel aus. Es roch nach Herbst. In einem Garten hatten zwei Männer ein Feuer entzündet und verbrannten altes Holz und welkes Laub. Der Rauch des Feuers wehte zu uns auf die Straße heraus.
Vilma schnupperte.
»Riecht fein, nicht?«
»Ja. Haben Sie es auch so gern?«
»Sehr. Und auch den Geruch des Feuers, in dem man Kartoffeln röstet.«
»Und den Geruch von Teer, wenn eine Straße repariert wird!«
»Von Teer auch«, sagte ich. Es war eine vollkommene Liebe. Wir verstanden einander in allen Fragen des Lebens. Knapp bevor der wirkliche Wienerwald begann, sahen wir einen Zeitungskiosk.
»Moment«, sagte Vilma. Sie lief zu dem Laden und kam mit einer Zeitung zurück.
»Ich muß nachsehen, ob ich drinstehe«, erklärte sie und blätterte.
»Wo drin?«
Ich erfuhr, während sie eilig die Seiten des Blattes wandte, daß die Zeitung eine tägliche Rubrik besaß, in welcher Rundfunksendungen kritisiert wurden. Vilma hatte am Donnerstag in einem Hörspiel mitgewirkt.
Jetzt schrie sie auf.
»Hier! Schauen Sie her!«

Ich schaute hin. Da stand es, am Ende eines Absatzes, ganz unten: »In einer kleinen Rolle fiel Vilma Parisini auf.« Das war alles. Aber sie strahlte mich dermaßen an, daß ich das Gefühl hatte, als wäre ihr eben der Iffland-Ring verliehen worden.

»Ha!« sagte sie. »Diesmal konnten sie mich nicht übergehen! Langsam komme ich schon weiter!« Sie las bewundernd noch einmal die Zeile, dann steckte sie die Zeitung in die überfüllte Schultertasche. »Wenn es auch langsam geht«, sagte sie dazu. »Die Sykora war natürlich wieder großartig! Kunststück, bei dem Wasser, das die macht!« Die Sykora war eine Kollegin, welcher der Kritiker der Radiorubrik ausführlicher und mit ein paar ehrenden Epitheta gedachte. »Sie werden es nicht glauben, aber ich weiß positiv, daß sie sich selber Briefe schreibt!«

»Was macht sie?«

»Nach jeder Sendung, in der sie mitwirkt, bekommt das Studio ein paar begeisterte Hörerbriefe. Evi Sykora war wieder wundervoll! Warum wird diese begnadete Künstlerin nicht häufiger eingesetzt? Wir warten auf die nächste Sendung mit Evi Sykora!« Vilma schneuzte sich empört. »Würden Sie das für möglich halten?«

»Unglaublich«, sagte ich.

»Aber das Tollste ist, daß die Idioten vom Sender das ernst nehmen! Die glauben auch alles! Die halten das tatsächlich für die Stimme des Volkes!«

»Wieso?« sagte ich. »Das ist doch ein sehr durchsichtiger Schwindel – Briefe, die keine Absender haben!«

»Aber sie *haben* einen Absender! Das ist ja die Gemeinheit! Die Sykora bittet alle ihre Bekannten, solche Briefe zu

schreiben. Da stehen dann natürlich auch die echten Absender darauf!«
Ich war beeindruckt.
»Das ist wohl das letzte, was ein Künstler tun darf, nicht?« fragte sie.
»Ich weiß nicht«, sagte ich, »mir imponiert es. Die Leute wollen betrogen werden, sie fordern es doch direkt heraus!«
»Meinen Sie wirklich?«
»Natürlich, Vilma. Sobald ich nach Hause komme, setze ich mich hin und schreibe einen Brief über die unvergleichliche Schauspielerin Vilma Parisini!«
Ihr Gesichtsausdruck wechselte abrupt, sie begann zu strahlen.
»Das wollen Sie wirklich tun?« rief sie und hatte vollkommen vergessen, wie sehr sie diese unlautere Methode eben selbst verdammt hatte.
»Natürlich, Vilma, heute noch!«
»Ach«, rief sie, »das wäre herrlich! Die Sykora wird zerspringen! Wissen Sie, schicken Sie den Brief nicht an die Sendeleitung, sondern an Herrn Jakobowitsch!«
»Wer ist Herr Jakobowitsch?« fragte ich und fühlte, wie eine unlogische, lächerliche Welle der Eifersucht gegen mein Herz schwemmte.
»Das ist der Regisseur, mit dem ich immer arbeite. Kriechen Sie dem auch ein bißchen hinein!«
»Was?«
Sie wurde blutrot.
»Mein Gott, entschuldigen Sie, ich meine: Machen Sie dem auch ein paar Elogen.«
»Worauf Sie sich verlassen können«, sagte ich. »Herr Jako-

bowitsch ist für mich der größte Rundfunkregisseur des Kontinents.«

Es wurde noch sehr warm an diesem Tag. Wir gingen durch den Wald, auf schmalen Wegen zwischen hohen Bäumen, in welchen der Sturm orgelte, denn hier hatte sich der Wind endgültig in einen solchen verwandelt. Es war ein wilder herrlicher Herbststurm, der über unseren Köpfen brauste, und wir mußten schreien, wenn wir miteinander sprachen. Wir sprachen nur wenig. Wir gingen hintereinander, sie zuerst. Es war fast windstill im Wald, der Sturm glitt über die Wipfel der Bäume hin, und dadurch entstand eine unwirkliche Atmosphäre, die mich benommen werden ließ. Ich hörte den Sturm, er machte mich fast taub, aber ich spürte ihn nicht. Dazu schien das Sonnenlicht blendend und schräg durch die Stämme, und unsere Schuhe versanken in Bergen von welkem Laub. Nach einer halben Stunde hatte ich das Gefühl, als wäre ich höhenkrank. Ich schritt hinter Vilma her, und ab und zu drehte sie sich um und lachte mich an. Jetzt trug ich die Schultertasche.

Gegen Mittag waren wir beide müde genug, um Gefallen an einem kleinen Gasthaus zu finden, das mitten im Wald stand. An der windgeschützten Seite des Hauses erblickten wir noch ein paar Tische mit Stühlen. Wir waren die einzigen Gäste. Der Wirt begrüßte uns freundlich. Er hielt uns für ein Liebespaar und empfahl sofort seinen besten Wein. Ich bestellte eine Flasche. Vilma verwundete das Kennerherz des Wirtes dadurch, daß sie darauf bestand, den Wein mit Sodawasser gemischt zu trinken. Sie würde sonst zu leicht betrunken, sagte sie.

Aber ich versöhnte den Wirt wieder, indem ich ihn aufforderte, ein Glas mit uns zu leeren, und als er zufrieden war, packte Vilma ihre Brote aus. Der Wein in den Gläsern funkelte im Sonnenlicht, der Sturm tobte in den Bäumen, und Vilma verteilte ernst und vertieft den Proviant. Sie aß wirklich alle Salamibrote. Ich aß drei grüne Paprikaschoten und eine Menge Emmentaler. Sogar Pfeffer und Salz hatte Vilma mitgebracht, in zwei kleinen Papiersäckchen. Auf dem einen stand in Blockbuchstaben »Salz« und auf dem anderen »Pfeffer«. Damit man sie nicht verwechselte, sagte Vilma.

Dann begannen wir zu arbeiten. Sie holte ihr Rollenbuch hervor, und ich hörte sie ab. Es war ein Märchenhörspiel. Vilma spielte darin eine böse Fee. Die Rolle war ziemlich groß, und ich glaube, das Hörspiel war abscheulich. An diesem Vormittag jedoch hatte ich das Gefühl, die ewigen Verse des unsterblichen Shakespeare zu vernehmen. Ich gab ihr die Stichworte, sie schloß die Augen und sagte ihren Text her, wobei sie rhythmisch den Kopf vor und zurück bewegte und mit der zur Faust geschlossenen linken Hand skandierend auf den Tisch klopfte. Wenn es notwendig war zu schreien, dann schrie sie. Es war herrlich, sie schreien zu sehen. Denn hören konnte man sie keine drei Schritt weit, so laut orgelte der Sturm.

Ich trank ein paar Gläser Wein und wurde noch ein wenig benommener und von Minute zu Minute glücklicher. Die Sonne ließ Vilmas Haar golden aufleuchten, und die kleinen grünen Flecke in ihren grauen Augen waren ganz dunkel und sahen aus wie Samt. Es war etwa zwei Uhr, als ich fühlte, wie meine Kopfschmerzen wiederkamen. Ich versuchte sie zu ignorieren. Als ich sie nicht mehr ignorieren konnte, atmete ich tief und sprach so wenig wie möglich. Das hatte bisher geholfen. Diesmal half es nicht. Schließlich hielt ich es nicht mehr aus und schluckte zwei Myracid-Tabletten. Vilma erschrak.

»Fehlt Ihnen etwas?«

»Kopfschmerzen«, sagte ich, »sie werden gleich vorübergehen.«

»Das ist der Wein. Sie hätten ihn auch mit Sodawasser trinken sollen.«

»Ja«, sagte ich.

Sie rückte zur Seite.

»Legen Sie sich hin!«

»Bitte?«

»Sie sollen sich hinlegen. Mit dem Kopf in meinen Schoß. Ich lege Ihnen meine Hand auf die Stirn.«

»Das hilft?«

»Meistens«, sagte sie. »Mein Vater hat auch oft Kopfschmerzen. Dann lege ich ihm die Hand auf die Stirn, und sie gehen vorüber. Wir haben es schon oft probiert. Auch bei anderen Leuten.«

Ich legte die Beine auf einen zweiten Stuhl und lehnte mich zurück. Ich blinzelte zu den Baumwipfeln empor, durch welche die Sonne schien.

»Machen Sie die Augen zu«, sagte sie und legte mir eine trockene, kühle Hand auf die Stirn. Das Brausen des Sturms, meine horizontale Lage und die Kopfschmerzen im Verein mit Vilmas Nähe ließen mich ungemein schwindlig werden. Ich kam mir vor wie in einer Luftschaukel. Vor meinen geschlossenen Augen drehten sich rote Kreise und Wirbel. Vilmas Hand strich leise über meine Stirn. Ich fühlte mich warm, glücklich und schläfrig. Zehn Minuten später waren die Kopfschmerzen weg.

»Ich habe es Ihnen ja gleich gesagt«, meinte Vilma zufrieden.

Auf der anderen Seite der kleinen Terrasse saß ein braunes Eichhörnchen und betrachtete uns ernsthaft. Es hielt eine Nuß in den Pfoten.

12

Die Premiere am Montag war für mich noch mit großen Aufregungen verbunden. Grund der Aufregungen war ein gewisser Josef Hermann. Josef Hermann war fünfzig Jahre alt, verkommen und unbekannt, ein Schauspieler, der sich niemals durchgesetzt hatte und der nun verbittert und aussichtslos einem aussichtslosen und verbitterten Lebensabend entgegensteuerte. Niemand wußte, wovon er lebte. Und vor allem wußte niemand, wovon er trank. Denn das tat er. Unaufhörlich und maßlos. Er trank natürlich mit gutem Grund, um nicht zu sagen, mit gutem Recht, aber es war für seine Umgebung nicht immer angenehm. Josef Hermann war als einziger Schauspieler des Ensembles älter als fünfundzwanzig Jahre. Felix hatte ihn engagiert, weil er großes Mitleid mit dem armen Komödianten empfand, der tagelang im Café Schubert herumlungerte, stumm, alkoholisiert und anklagend durch seine bloße Existenz. Außerdem kam in dem Stück ein alter Bettler vor, den keiner von den jungen Leuten spielen konnte. Aus Gründen der Handlung mußte der Bettler einen weißen Bart tragen. Bei den Proben ging auch alles noch ganz gut. Hermann war ein ungewaschener Eigenbrötler, der keinen von uns besonders gern hatte. Solange er sein bißchen Geld und seinen Gin bekam, war er zufrieden. Wir fanden heraus, daß er sogar noch ziemlich betrunken seinen Text sprechen konnte. Außerdem spielte er einen Bettler, der auf dem Boden saß. Er mußte also nicht einmal stehen können.

Am Montag abend war ich schon um siebzehn Uhr im Theater und so aufgeregt, daß ich ununterbrochen Zigaretten rauchte, hin und her lief und entsetzlich schwitzte. Alle versuchten mich zu beruhigen, aber es half nichts. Jolanthe kam gegen neunzehn Uhr. Sie sah sehr schön aus, trug ein schwarzes Abendkleid unter einem Pelzcape und wurde voll Ehrerbietung begrüßt. Sie bemühte sich gleichfalls um mich, sie hatte viel Humor und Verständnis. Sie ließ mich Kognak trinken. Wir saßen in der winzigen Garderobe des Theaters, die durch ein Tischtuch, das man über ein Seil geworfen hatte, geteilt worden war. Auf der einen Seite kleideten sich die Damen um, auf der anderen die Herren. Auf jeder Seite gab es einen Schminktisch und einen Spiegel sowie einen Mantelständer aus dem Kaffeehaus.

Ich saß auf einer Kiste und trank Kognak. Ich hatte damit gerechnet, daß Jolanthe zumindest ärgerlich über mein Betragen in den letzten Tagen sein würde, aber noch war sie voll Gleichmut und Sympathie. Ich stammte aus der Welt, in der ich mich nun befand, in ihr fühlte ich mich wohl. Das sagte sie, als ich mich einmal dafür entschuldigte, daß ich besonders spät nach Hause kam. Sie war eine kluge Frau, wenn auch leider letzten Endes nicht klug genug.

Die Vorstellung begann um acht. Um halb acht war der Zuschauerraum fast voll. Wir hatten das Haus ausverschenkt, und es waren die ersten Kritiker der Stadt erschienen. Wien nahm großen Anteil an der Tätigkeit seiner diversen Kellertheater und beurteilte ihre Leistung mit Wohlwollen. Ich stand alle zwei Minuten auf und sah durch ein Loch in dem von Susi herrlich bemalten alten Vorhang in den Saal. Danach trank ich wieder einen Schluck Kognak aus der Flasche.

Ich war längst nicht mehr nüchtern, als Felix mir die Katastrophe des Abends zur Kenntnis brachte. Er hatte sich, beunruhigt durch den Umstand, daß Josef Hermann um halb acht Uhr noch nicht erschienen war, auf die Suche nach ihm gemacht. Nach kurzer Zeit schon fand er ihn. Josef Hermann lag im Kohlenkeller des Hauses, den man durch eine Eisentür von der Damentoilette aus erreichen konnte. In diesem Kohlenkeller befand sich auch der Kessel der Zentralheizung, die das ganze Gebäude speiste. Sie war in diesem Jahr noch nicht in Betrieb, und deshalb gab es auch noch keinen Heizer. Der Heizer des Vorjahres hatte neben dem Kessel ein Feldbett errichtet. Neben dem Feldbett stand ein Tisch, und an der Wand klebten ein paar Mädchenbilder, die aus Illustrierten herausgeschnitten waren. Über dem Lager baumelte eine nackte Glühbirne von der Decke herab.

An diesem Abend fiel ihr unbarmherziges, hartes Licht auf Josef Hermann, den Alkoholiker, der auf dem Feldbett lag und schnarchte. Ich habe etwas früher gesagt, daß Hermann in seiner Rolle nicht stehen, sondern nur sitzen mußte. Doch sein Zustand an diesem Abend erlaubte ihm nicht einmal dies. Er war so unbeschreiblich betrunken, daß er nur noch liegen (und selbst das nicht besonders hübsch) konnte. Er stank nach Fusel wie eine ganze Brauerei.

Wir standen um sein Bett und schwiegen erschüttert. Was sollte nun geschehen? In zehn Minuten ging der Vorhang auf. Hermanns Szene lag im ersten Bild. Wo bekam man in der Eile einen Schauspieler her, der die Rolle beherrschte? Nirgends. Den Schauspieler gab es nicht. Bleiches Entsetzen sank über mich. Alles war zu Ende. In einem Anfall sinnloser Wut stürzte ich mich auf den regungslosen Hermann und schlug auf ihn ein. Das Ensemble riß mich zurück.

»Das Schwein!« schrie ich. »Das verdammte Schwein! Laßt mich los, ich bringe den Kerl um!«

Dann hörte ich Jolanthes kühle Stimme. Sie stand neben dem Kessel, ihr rotes Haar leuchtete, und ihr schwarzes Abendkleid glänzte, und alle drehten sich zu ihr um, als sie sagte: »Spring du doch für ihn ein!«

Ich war, wie gesagt, weit davon entfernt, selbst nüchtern zu sein, aber ich hatte sie genau verstanden.

»Ich?« flüsterte ich entsetzt.

»Warum nicht? Du kannst doch die Rolle auswendig, du warst doch bei jeder Probe!« Ich sah sie scharf an, um herauszufinden, ob das vielleicht ihre Art war, sich zu rächen, aber sie blieb ganz harmlos und freundlich. Im nächsten Augenblick nahmen die anderen Anwesenden die Idee mit Begeisterung auf.

»Ja!« rief Felix. »Natürlich! Das ist die Lösung! Sie sind beinahe so alt wie Hermann!« (Sehr freundlich, dachte ich.)

»Und Sie sind so groß wie er!«

»Und mit dem Bart sieht man Ihr Gesicht kaum!« Das kam von Vilma.

»Aber ich bin doch kein Schauspieler!«
»Für die Rolle brauchen Sie keiner zu sein! Herr Frank, Sie werden sich doch noch auf den Boden setzen und ein bißchen betteln können!«
»Nein, das kann ich nicht!«
»Es wird schon gehen! Denken Sie an die Premiere!«
»Ich denke an die Premiere!« schrie ich. »Und ich weiß, es wird nicht gehen!«
Jolanthe gab mir die Flasche.
»Trink noch einen Schluck, Liebling.«
Ich packte die Flasche und trank einen großen Schluck.
»So«, knurrte ich, »und jetzt will ich euch etwas sagen: Eher lasse ich mich von euch totschlagen, bevor ich auf die verdammte Bühne hinausgehe!«
»Ist das Ihr letztes Wort, Herr Frank?«
»Jawohl, das ist mein letztes Wort!«
Eine Viertelstunde später war ich dann auf der Bühne. Sie hatten mich umgezogen, geschminkt, mir den ekelhaften Bart umgehängt und mir noch zweimal die Flasche gegeben. Zuerst hatte ich mich gewehrt und getobt, so laut, daß man es bis in den Zuschauerraum hinaus hörte und draußen eine kleine Unruhe entstand. Vilma schaffte es schließlich.
»Bitte, Herr Frank«, sagte sie, während die andern mich in die schmierigen Kleider des schmierigen Hermann zwängten, »lassen Sie uns nicht im Stich!«
Da war es mit meinem Widerstand zu Ende.
Sie bespuckten mich alle symbolisch, bevor sie mich auf die winzige Bühne hinausstießen, und Jolanthe stand in der Kulisse und war ganz kraftlos vor unterdrücktem Gelächter. Ich

setzte mich in meine Ecke und legte einen Hut vor mich hin. Ich schwitzte so sehr, daß mir unentwegt Tropfenreihen vom Nacken über den Rücken und von der Stirn in die Augenbrauen liefen. Als dann der Vorhang aufging und ich in den dunklen Saal hinaussah, aus welchem hier und dort in unheimlicher Weise ein menschliches Auge aufleuchtete, fühlte ich mich plötzlich so betrunken, daß ich den Mund nicht aufmachen konnte. Ich saß zusammengesunken da und murmelte vor mich hin. Ich schloß die Augen und lehnte mich an die Kulissenmauer. Ich glaubte, daß Vilma mich schon zweimal angesprochen hatte, als ich endlich aufschreckte. Sie stand vor mir und sah mich an. Ihre Augen waren groß und sehr dunkel. Sie stand mit dem Rücken zum Publikum und hatte anscheinend die Absicht, mich zu hypnotisieren. Ihr Blick ließ mich nicht los, sie wollte, das sah ich natürlich sofort, mich *zwingen,* meinen Text zu sprechen.

Aber die Grenze dessen, was ich zu ertragen imstande war, schien erreicht. Selbst Vilma konnte daran nichts ändern! Süße Vilma. Schöne Vilma. Geliebte junge Vilma, dachte ich. So ist das eben. *Mich* hypnotisierst du nicht, ich bin betrunken und habe Angst. Außerdem kann ich schon nicht mehr richtig sitzen. Gleich falle ich um. Es tut mir leid, geliebte, süße Vilma, aber ich werde nicht antworten. Ich wüßte nicht, was. Ich habe den ganzen Text vergessen.

Ich antwortete auch nicht. Ich saß gelassen da und schwieg. Um mich her war nur noch ein großes Brausen und Getön, und das nächste, was ich weiß, ist, daß sie mich zu dritt zurück in die Gemeinschaftsgarderobe schleppten und dort auf eine schmutzige Couch legten. Sie standen alle um mich

herum, als ich die Augen aufmachte, Vilma kniete an meiner Seite.
»Tja«, sagte ich. »Ihr habt es so gewollt, Kinder.«
»Wovon sprichst du?« fragte Jolanthe.
»Habt ihr die Vorstellung abbrechen müssen? Gab es Skandal?«
»Du weißt also nichts davon?« fragte Jolanthe.
»Ich weiß nur noch, daß Vilma mich zu hypnotisieren versuchte, um mich dahin zu bringen, mitzuspielen, und daß sie es nicht fertigbrachte.«
Sie sahen einander an und begannen alle zu lachen.
»Sehr lustig, nicht wahr?« sagte ich. »Dann können wir ja jetzt nach Hause gehen!«
»Was können wir?«
»Nach Hause gehen.«
»Du bist wohl verrückt«, sagte Jolanthe. »Jetzt ist doch erst die große Pause.«
»Große Pause?« wiederholte ich stumpfsinnig. »Geht die Vorstellung denn weiter?«
»Natürlich!«
»Aber ich habe doch das erste Bild geschmissen!«
»Sie haben es nicht geschmissen«, sagte Vilma lächelnd.
»Nein?«
»Sie waren großartig, Herr Frank«, sagte Felix. »Wir haben so etwas noch nie erlebt. Sie hatten Szenenapplaus, so gut waren Sie.«
Mein Magen krampfte sich zusammen.
»Moment«, sagte ich, »ich *habe* meine Rolle gesprochen?«
»Natürlich.«
»Und wie, Herr Frank!«

»Wundervoll!«
»Und es hat den Leuten gefallen?«
»Großartig! Ich sage Ihnen ja: Szenenapplaus!«
»Aber das ist doch nicht möglich.« Ich fühlte, wie mir übel wurde. »Ich habe doch kein Wort gesagt und bin nur so dagesessen. Ich habe doch auch noch die Unruhe im Saal gehört!«
»Das war der Applaus«, sagte Jolanthe.
»Aber ich weiß nichts von alldem ... das gibt es doch nicht ... das ist doch unmöglich ...«
»Es ist die Wahrheit«, sagte Felix. »Vilma hat Sie tatsächlich hypnotisiert.«
Ich sah Vilma an. Ihre Augen waren jetzt wieder hell und strahlend. Sie erwiderte meinen Blick.
»Ja«, murmelte ich, »das hat sie anscheinend getan.«
Dann sprang ich plötzlich auf und raste zur Tür.
»Um Gottes willen!« rief Jolanthe. »Was hast du?«
»Nichts«, sagte ich heiser, »erschreckt bitte nicht, ich bin gleich wieder da. Mir ist nur plötzlich schlecht geworden.«

13

In den nächsten Tagen sammelte ich Zeitungsausschnitte. Die Kritiken waren hervorragend, es war ein großer Erfolg für das »Studio 52«. Ich selbst wurde auch lobend erwähnt, allerdings nur indirekt. Das Lob galt dem »skurrilen, wunderbaren und eigenartigen Schauspieler Josef Hermann«, den man gerne bald auf einer größeren Bühne und in einer größeren Rolle sehen wollte. Ja, so war das: Die Kritik hatte

tatsächlich nichts gemerkt. Auf dem Theaterzettel stand »Ein Bettler: Josef Hermann«, und also war Josef Hermann der Bettler gewesen. Ein Glück, daß ich keine schauspielerischen Ambitionen besaß, sonst hätte das Ganze leicht zu einer Tragödie ausarten können!
So aber blieb es komisch, wenn auch nicht ganz. Denn bei jeder neuen Zeitung, die ich öffnete, beschlich mich die Angst, Josef Hermann könnte eine *schlechte* Kritik in ihr erhalten haben. Das ging dann auch auf mein Konto. Und er mußte es dennoch, wie das Lob, auf seine Kappe nehmen. Ich gönnte ihm das Lob, aber die Vorstellung, daß er durch mein Einspringen getadelt wurde, war mir schrecklich. Der arme Kerl – in seiner Situation – mußte ein böses Wort wie einen Todesstoß empfinden. Ich saß da und las fieberhaft immer neue Berichte, und jedesmal, wenn wieder von »Hermann, dem wunderbaren verkannten Volksschauspieler« oder von »der zu Herzen gehenden Studie eines großen Menschendarstellers« oder von »der Schande, daß in einer Stadt wie Wien ein solcher Darsteller beschäftigungslos bleiben konnte« die Rede war, atmete ich auf und hatte das Gefühl, daß wir beide, Hermann und ich, gerade noch einmal davongekommen waren.
Am Donnerstag war die Zehntagefrist des Ingenieurs Lauterbach vorüber. Ich rief am Mittwoch bei ihm an und fragte ihn, ob es bei unserer Abmachung bliebe. Er sagte ja. Am Donnerstag gegen drei Uhr nachmittags fuhr ich in die Prinz-Eugen-Straße, ohne jede Freude, in einiger Verwirrung und Ratlosigkeit. Wenn Lauterbach die zweite Rate des Markbetrages in Schilling wechselte, hatte ich vor Jolanthe jeden Grund für eine Prolongation unseres Wienaufenthal-

tes eingebüßt. Über kurz oder lang würde ich die Stadt verlassen oder eine Entscheidung anderer Art herbeiführen müssen. Ich empfand Angst vor einer solchen Entscheidung. Ich hatte schon einmal bewiesen, daß ich ihr nicht gewachsen war.

Als ich das große Patrizierhaus, in dem Lauterbach sein Büro hatte, betrat, kam mir einen Augenblick lang der verrückte Gedanke, daß es das Angenehmste gewesen wäre, wenn Lauterbach mich nicht bezahlen konnte. Die Tatsache, daß die Eingangstür des Ingenieurs offenstand, machte mich noch nicht besonders stutzig. Etwas mehr verblüffte mich schon der Umstand, daß der Bürojunge nicht im Vorzimmer saß. Als ich dann in Vilmas Zimmer trat und es gleichfalls leer fand, fühlte ich, wie mir kalt wurde.

»Hallo!« rief ich. Aber es blieb ganz still, nur die Zentralheizung tickte leise. Ich ging weiter und stieß die Tür zu Lauterbachs Zimmer auf. In diesem saßen zwei Herren in Konfektionsanzügen und spielten eine Streitpatience.

»Guten Tag«, sagte ich. Die beiden sahen auf. Ihre Karten lagen auf Lauterbachs Schreibtisch. Der eine war hager und gelb im Gesicht, der andere fett und rosig.

»Guten Tag«, sagte der Rosige. »Sie wünschen?«

»Ich möchte Herrn Lauterbach sprechen.«

Der Rosige legte die Karten auf den Schreibtisch, erhob sich und fragte: »In welcher Angelegenheit?«

»In einer privaten.«

»Soso«, sagte er und grinste, während er näher trat und mich musterte.

Der Gelbe erhob sich gleichfalls, kam zu mir und sagte: »Zeigen Sie uns einmal Ihren Ausweis.«

»Ich denke nicht daran!«
»Soso«, sagte der Rosige wieder. Aber er grinste nicht mehr.
»Wer sind Sie eigentlich?« fragte ich.
»Kriminalpolizei«, erklärte der Gelbe und zeigte mir eine Marke.
»Na, wird's bald?« fragte der Rosige.
»Bitte sehr, meine Herren«, sagte ich und zeigte ihnen meine Identitätskarte. Der Rosige nahm einen Block heraus und schrieb meine Daten auf. Das war nicht besonders angenehm, aber ich konnte nichts dagegen tun.
»Wo ist Herr Lauterbach?«
»Wir haben ihn verhaftet«, sagte der Rosige und versuchte, hinter dem Rücken seines Kollegen dessen Karten aufzuheben und anzusehen.
»Weshalb?«
»Sind Sie ein Verwandter von ihm?«
»Nein.«
»Oder ein Freund?«
»Nein.«
»Was denn?«
»Ich wollte ein Geschäft mit ihm besprechen.«
»Was für ein Geschäft?«
»Export«, sagte ich.
»Soso«, sagte der Rosige wieder.
»Sie müssen Ihr Geschäft mit jemand anderem machen«, sagte der Gelbe.
»Sehr liebenswürdig, meine Herren. Kann ich jetzt gehen?«
»Bitte sehr«, sagte der Gelbe.
»Danke sehr«, sagte ich, während er den Ausweis vom Tisch aufhob und ihn mir gab. Ich ging zur Tür. »Mischen Sie die

Karten«, riet ich ihm noch, »Ihr Kollege hat den Herzbuben und die Treffdame gesehen, die obenauf liegen.«
Dann war ich wieder draußen. Während ich die Stiegen hinunterging, überlegte ich, was ich nun, da Lauterbach verhaftet worden war, anfangen konnte. Würde er reden? Kaum. Und selbst wenn er redete – das Päckchen in München ging nicht auf meinen Namen, und die ersten vier Schecks hatte er selbst auf der Rückseite unterschrieben. Allerdings: Die nächsten zwanzigtausend Mark konnte Herr Lauterbach mit den schönen antiken Büromöbeln nicht mehr umwechseln. Ich trat auf die Straße hinaus. Es wehte ein kalter Wind, und es regnete leicht. Ich überlegte kurz. Dann ging ich in die kleine Seitengasse und betrat die stille Konditorei. Vilma saß dort, und vor ihr stand ein Teller mit drei Erdbeertortenschnitten.
»Hallo«, sagte ich.
Sie nickte gramvoll.
»Ich habe gehofft, daß Sie kommen würden, Herr Frank.«
Ich setzte mich zu ihr, die kupplerische Besitzerin erschien und grüßte strahlend. »Einen Kognak?«
»Einen dreifachen«, sagte ich. Sie verschwand.
Die Katze stolzierte durch den Raum.
»Sie essen ja gar nichts«, sagte ich.
»Ich kann nicht!« Vilma sah schlecht aus, erschrocken und bleich, unter ihren Augen lagen Schatten. »Sie haben mich erst vor einer Stunde gehen lassen.«
»Wer?«
»Die Kriminalbeamten.«
»Was war denn los? Ihr Chef wurde verhaftet?«
»Ja.«

»Warum?«
»Oh, es ist schrecklich!« Sie schüttelte den Kopf und biß sich auf die Lippen.
»Na, sagen Sie es mir schon.«
»Er soll ein ganz großer Betrüger sein, Herr Frank!« Sie schluckte schwer und grub mit dem Löffelchen in den Tortenstücken herum. »Er sitzt schon in Untersuchungshaft, es ist ganz schnell gegangen! Und er war doch ein so seriöser Mensch. Können Sie das begreifen?«
»Nein.«
Die alte Kupplerin kam mit dem Kognak.
»Wohl bekomm's«, sagte sie.
»Danke«, sagte ich und trank das Glas leer. »Noch einen, bitte.«
»Jawohl, sofort«, flüsterte sie und eilte fort.
»Was hat man Sie denn alles gefragt?« erkundigte ich mich.
»Was ich von ihm wüßte.«
»Und was haben Sie gesagt?«
»Nur Gutes. Er hat mir so leid getan. Er sah so alt aus, als sie ihn wegführten. Und so traurig.«
»War auch von mir die Rede?«
»Nein, Herr Frank!« Sie sah auf. »Wieso denn?«
»Es wäre doch möglich gewesen.«
Sie schüttelte den Kopf. »Es war nicht von Ihnen die Rede. Aber selbst wenn von Ihnen die Rede gewesen wäre …«, sie brach ab und steckte ein Stück Torte in den Mund.
»Ja?«
»Hätte ich kein Wort verraten!«
»Wovon?« fragte ich leise.
»Von der Markumwechslung«, sagte sie. »Da können Sie Gift

darauf nehmen, Herr Frank, ich hätte den Mund gehalten, und wenn Sie noch ganz andere Geschäfte mit dem Ingenieur abgeschlossen hätten!«

»Ja?«

»Ja.«

»Das ist lieb von Ihnen, Vilma.« Ich legte eine Hand auf die ihre. Sie zog sie nicht weg. »Essen Sie Ihre Torte«, sagte ich.

»Ich kann nicht.«

»Warum nicht?«

»Weil ... weil ...« Sie biß sich auf die Lippen und schüttelte den Kopf.

»Na?«

»Weil ich so unglücklich bin«, flüsterte sie, und in ihre Augen schossen plötzlich Tränen.

»Warum sind Sie unglücklich?«

»Ihretwegen.«

»Meinetwegen?«

Sie nickte verzweifelt und zog Luft durch die Nase auf.

»Aber wieso denn?«

»Sie hätten doch heute Ihr Geld bekommen sollen!«

»Ja, das stimmt.«

»Herr Frank, ich habe die Schecks versteckt, als die Polizei kam.«

»Wo haben Sie sie versteckt?«

»Hier«, sagte sie und wurde sehr rot. Sie deutete auf ihre Brust.

»Vilma«, sagte ich erstickt.

Sie nickte.

»Ich habe sie in meinen Büstenhalter geschoben«, flüsterte sie mit flackernden Augen, »und als sie mich einen Augenblick hinausließen, habe ich sie zerrissen und ins Klosett geworfen. Sie brauchen keine Angst zu haben, es wird nie herauskommen.« Ich sah sie nicht deutlich, denn auch meine Augen standen voller Tränen, aber ich versuchte doch, ihr Bild festzuhalten, wie sie dasaß in der Dämmerung dieses Herbstabends, in dieser lächerlichen Konditorei, und noch immer lag meine Hand auf der ihren. Sie war sehr schön in dieser Sekunde, und ich wußte, daß sie in dieser Nacht meine Geliebte werden würde.

»Danke«, sagte ich leise.

»Was werden Sie jetzt tun?«

»Wieso?«

»Sie bekommen doch das Geld nicht?«

»Nein.«

»Und?«

»Ich werde es anderswo bekommen.«

»Wo?«

»Das weiß ich noch nicht, Vilma.« Ich sah sie unentwegt an, und sie wich meinem Blick nicht mehr aus, sie erwiderte ihn fest und mit der Innigkeit eines jungen Mädchens, das sich auf eine erste Liebe freut. Die Tür der Konditorei ging auf, und eine alte Frau trat ein. Sie trug einen Hängekorb mit roten Rosen und kam sogleich auf uns zu.

»Eine Rose gefällig für das Fräulein Braut?«

»Geben Sie her«, sagte ich.

»Eine?«

»Alle!«

»Nein!« Vilma schrie auf.

»Doch«, sagte ich schnell. »Wieviel kosten sie?«

Die Frau nannte einen Betrag. Ich bezahlte.

»Nein! Nein! Nein!« Vilma schlug mit ihren kleinen Fäusten auf den Tisch. »Tun Sie das nicht! Ich will es nicht! Bitte!«
»Geben Sie schon her«, sagte ich zu der Frau und nahm alle Blumen aus dem Korb. Sie verschwand. Die Kupplerin erschien, betrachtete uns lächelnd und verschwand wieder in ihrem Verschlag.
»Das hätten Sie nicht tun dürfen.« Vilma war den Tränen nahe. Ich raffte die roten Rosen – es waren etwa drei Dutzend – zu einem großen Strauß zusammen und legte sie in ihren Schoß. Sie sah mich an, ihr Atem ging keuchend, sie sagte kein Wort, und ihre Augen glänzten. Es war schon dunkel in der Konditorei, draußen flammten Laternen auf.
»Warum tun Sie das?«
»Weil ich glücklich bin.«
»Glücklich – worüber?«
»Darüber, daß Lauterbach verhaftet wurde und ich mein Geld nicht bekomme«, sagte ich und lachte befreit.
»Das verstehe ich nicht. Deshalb sind Sie glücklich?«
»Ja, weil ich nun noch hierbleiben kann«, sagte ich, und ich sprach selbst nicht ganz fest.
»Und warum wollen Sie hierbleiben, Herr Frank?«
»Weil ich dich liebe«, sagte ich. Dann küßte ich sie. Ihr Schoß war voller Rosen, die sie krampfhaft festhielt, als ich sie umarmte, und ihre Lippen waren wunderbar und jung. Sie glitt in meiner Umarmung gegen die Wand zurück und stöhnte. Dann wurde ihr Mund warm und weich und öffnete sich, und ich hielt sie fest in meinen Armen und fühlte ihren Körper an dem meinen und ihren Atem an meinen Lippen, und unsere Hände bewegten sich gemeinsam.
»Ich liebe dich auch«, sagte sie, als wir uns endlich vonein-

ander lösten. Ein paar Rosen waren zu Boden gefallen, ich hob sie auf. Sie nahm sie alle und begrub ihr Gesicht in ihnen.
»Komm«, sagte ich. »Laß uns jetzt gehen.«
»Wohin?«
»Ich weiß nicht, wohin«, sagte ich, plötzlich ernüchtert. Ich konnte nicht zu mir nach Hause gehen, und ich haßte den Gedanken an irgendein Hotel. Sie hielt meine Hand umklammert.
»Komm zu mir«, sagte sie.
»Zu dir – aber deine Eltern!« stammelte ich.
»Sie sind nicht da«, sagte sie leise. »Ich bin bis morgen früh allein.«
Selbst in der schweren Dunkelheit, die nun herrschte – die alte Kupplerin hatte noch immer kein Licht angezündet –, konnte ich sehen, wie das Blut in einer heißen Welle ihr Gesicht überschwemmte. Sie gab mir eine Art von Sehnsucht und Begierde, die ich noch nie verspürt hatte. Es war nicht die Begierde, die Jolanthe mir gab. Das war eine abenteuerliche, gefährliche und zur Aussichtslosigkeit verurteilte Begierde, die mich krank machte und aushöhlte und verbrannte in Verzweiflung, Selbstanklage und Schwachheit. Die Sehnsucht nach Vilma aber beglückte und stärkte mich, und ich fühlte mich frei und sicher, geborgen und zu Hause in meiner Liebe zu ihr.
Wir gingen durch die Stadt. Es regnete nun sehr stark, die Straßen glänzten, und die Autos bespritzten uns mit Kot, aber wir bemerkten es nicht. Wir gingen eingehängt und sprachen kaum. Der Regen strömte auf uns herab, und fremde Menschen stießen gegen uns, doch es kam uns nicht

zu Bewußtsein. Wir waren glücklich. Bald, dachte ich, bald schon waren wir allein! Es war mir gleich, was noch geschah. Sollten sie mich verhaften, heute noch, morgen schon. Sollte Jolanthe mich anzeigen, sollte ich sterben. Ich hatte Vilma getroffen, ich hatte sie geliebt, an einem Abend, da es regnete und ein obskurer Ingenieur verhaftet worden war, ich hatte sie geliebt, wie man einen Menschen nur lieben kann, und alles andere war mir gleich. Wir erreichten ihr Haus. Sie blieb stehen, und ich fühlte, wie sie erstarrte. In den Fenstern ihrer Wohnung brannte Licht.

»Die Eltern«, flüsterte sie. »Sie müssen früher heimgekommen sein.«

Mein Herz krampfte sich zusammen, ich sah hinauf zu den drei erleuchteten Vierecken, und alles in mir war tot und leer. »Was sollen wir tun?«

»Ich weiß nicht«, flüsterte sie.

Das Blut rann rauschend durch meine Adern, und ich spürte ihren Atem an meinem Gesicht. Der Regen strömte herab, und die Finsternis hüllte uns ein. Ich lächelte. Ich dachte noch einmal an ein Hotelzimmer, dann sagte ich heiter: »Geh.«

»Nein.« Sie lag in meinen Armen.

»Doch«, sagte ich. »Geh jetzt, Geliebte. Soviel Zeit haben wir noch. *So* soll es nicht sein. Ich kann warten. Glaube mir, daß ich warten kann.«

»Ich glaube dir«, flüsterte sie. Dann riß sie sich los und lief in das Haus hinein. Ich sah ihr nach. Meine Schuhe standen voll Wasser, aber ich war glücklich. Und wenn es einen Gott gibt, dann danke ich ihm für diesen Weg durch die Stadt Wien am fünfzehnten Oktober, gegen zwanzig Uhr, als ich an Vilmas Seite durch den Regen schritt, befreit, voll Liebe und im Besitz einer unerfüllten Sehnsucht, die allein die Erfüllung bedeutet.

14

»Auf Wiedersehn, auf Wiedersehn, bleib nicht zu lange fort ...«

Die Mädchenstimme und die begleitenden Saxophone drangen bis in das stille Stiegenhaus. Jolanthe hatte unser Radio überlaut eingestellt, die Wohnung hallte wider vom Lärm primitiver Synkopen, als ich sie eine halbe Stunde später betrat. Alle Zimmer waren strahlend erhellt, und es herrschte ziemliche Unordnung.

»Guten Abend«, sagte ich und sah mich überrascht um, »was ist denn hier los?«

Jolanthe hob kurz den Kopf – sie kniete über einen Koffer gebeugt auf dem Boden – und wandte sich dann wieder ihrer Arbeit zu. »Wir reisen ab.«

Ich betrachtete die Wäschestapel auf dem Bett, die Schuhe auf dem Teppich und die Kleiderbügel, die im Zimmer verstreut waren, und machte ein höfliches Gesicht. »So plötzlich?«

»Ja.« Jolanthe warf das Haar zurück und richtete sich auf, um nach einem halbleeren Glas zu greifen, das neben ihr stand. Neben dem Glas stand eine Kognakflasche. Sie war gleichfalls halb leer. Jolanthe trank. Sie schien schon ziemlich viel getrunken zu haben, ihre Augen glänzten feucht, und ihre Bewegungen waren nicht besonders sicher. Ihre

Finger zitterten ein wenig, als sie nun eine Zigarette in den Mund steckte.

Ich trat vor, um ihr Feuer zu geben, und dabei drehte ich das Radio leiser.

»Warum drehst du es ab?«

»Ich drehe es nicht ab, ich drehe es leiser.«

Sie sah mich sonderbar an, dann kehrte sie sich wieder wortlos von mir ab und fuhr fort zu packen.

»Jolanthe«, sagte ich, »wir *können* nicht abreisen.«

»Wir können.«

»Nein, wir können nicht.«

»So. Und weshalb nicht?«

»Weil Lauterbach verhaftet wurde.«

Das ließ sie aufhorchen. »Du hast das Geld nicht bekommen?«

»Nein.«

Sie zögerte, in die Betrachtung eines Seidenstrumpfes versunken, den sie gerade in der Hand hielt. Plötzlich legte sie ihn energisch in den Koffer. »Dann fahren wir ohne das Geld.«

»Keinesfalls«, sagte ich. »Meine Pläne sind ganz anderer Art.«

»Das ist mir gleich!«

»Jolanthe, was hast du denn?« fragte ich, jetzt lauter. Draußen tobte ein plötzlich aufgekommener Sturm. Die Fenster klapperten leise, es war kein modernes Haus.

Sie trank das Glas leer. »Ich habe von Wien genug, das ist alles. Deshalb fahre ich fort. Und du fährst mit.«

»O nein.«

»Gut«, sagte sie. Der Blick ihrer grünen Augen lag nun zum

erstenmal kalt und hart auf mir. »Dann wirst du allerdings der Polizei Verschiedenes erklären müssen.«

Ich fühlte mich plötzlich sehr müde und gelangweilt. Das Bild Vilmas glitt flüchtig an mir vorüber, ich versuchte es festzuhalten, aber es war schon wieder verschwunden. Ich seufzte. »Du hast getrunken, Jolanthe.«

»O ja.«

»Zuviel.«

»Das geht nicht alles auf mein Konto«, erklärte sie mit einer Bewegung zu der Flasche. »Ich hatte Besuch.«

»Wen denn?«

»Herrn Felix«, sagte sie.

»Wer ist das?« Zunächst wußte ich mit dem Namen wirklich nichts anzufangen.

»Du erinnerst dich nicht an Herrn Felix?«

»Ich bedaure, nein.«

»Er kam eigentlich, um mit dir zu sprechen.« Sie setzte sich auf den offenen Koffer und zog die Beine an den Leib. Ihr Schlafrock fiel auseinander. Sie saß nachlässig, die Fersen nach innen, die Zehen nach außen. Die Strümpfe trug sie herabgerollt. Sie schluckte dezent. Ich roch den Kognak.

»Worüber wollte er mit mir sprechen?« Zum erstenmal seit längerer Zeit begannen meine Schläfen wieder zu schmerzen.

»Über Fräulein Vilma«, sagte Jolanthe und blies eine Rauchwolke aus. Die Aschenkrone ihrer Zigarette wuchs. Jetzt wußte ich wieder, wer Herr Felix war. Vilmas Freund. Der Freund Vilmas, die ich liebte. Herr Felix. Er war hier gewesen. »Als er erfuhr, daß du nicht da seist, entschloß er sich, mit mir zu reden.«

»Worüber?«
»Über seine Sorgen.«
»Er hat Sorgen?«
»Ja.« Die Aschenkrone war bereits zwei Zentimeter lang. »Mit Vilma.« Die Asche fiel auf den Teppich, zwischen Jolanthes Beine. Sie griff nach der Flasche. Ich packte sie und hielt sie fest. Die Flasche wurde hin und her gezerrt …
»Du hast genug.«
»Noch lange nicht.« Sie entwand mir die Flasche und goß ihr Glas voll. Es lief über. Beim Aufheben verschüttete sie noch mehr. »Herr Felix war sehr betrübt darüber, daß Fräulein Vilma dich liebt. Er bat um Rat und Hilfe. Raten konnte ich ihm nicht. Aber ich versprach ihm Hilfe.«
Mein Kopfschmerz verstärkte sich.
»Er ist tatsächlich hierhergekommen, um dir zu erzählen, daß Vilma mich liebt?«
»Er ist noch sehr jung, Jimmy. Du darfst es ihm nicht übelnehmen. Er liebt Fräulein Vilma auch.«
»So.«
»Mehr als du.«
»Was?«
»Ich sagte, mehr als du.«
»Ich liebe Fräulein Vilma nicht«, sagte ich laut. Es tat mir weh, ich wollte es nicht sagen. Ich hatte das Gefühl, Vilma damit zu verlieren.
Warum log ich?
»Warum lügst du?« fragte Jolanthe.
Die Schminke um ihren Mund hatte sich verschmiert. Sie sah ein wenig aufgedunsen aus und Ihre Haut wirkte fettig.

»Ja«, sagte ich mit plötzlichem Ekel. »Warum wirklich? Ich korrigiere mich: Ich liebe Fräulein Vilma.«

»Eben.« Sie nickte mehrmals, ich dachte schon, sie würde nicht mehr aufhören zu nicken.

Ich griff nach dem Glas, das sie in der Hand hielt, aber sie ließ es nicht los.

»Ich gebe es dir ja zurück«, sagte ich. »Ich will nur auch einen Schluck.«

Sie ließ das Glas los. Der Kognak brannte heftig und schmeckte dabei unangenehm süßlich. Ich stand auf, denn ich hatte plötzlich ungewohnte Schluckbeschwerden. Ich atmete tief ein. Es wurde mir wieder besser. Nur der Kopfschmerz dauerte an.

»Ich hatte mir vorgenommen, mit dir darüber zu sprechen. Es ist einfach so: Ich habe mich in dieses Mädchen verliebt. Schon vor einiger Zeit.«

»Das weiß ich«, sagte sie ruhig. Ich begann auf und ab zu gehen. Wenn ich ihr den Rücken wandte, sah ich sie in dem venezianischen Spiegel, der an der Wand hing. Sie sah mich auch.

»Wir müssen in Ruhe darüber reden«, meinte ich freundlich. »Es wird sich eine Lösung finden. Für uns beide.«

»Wir müssen fort«, sagte sie mit schmalen Lippen.

»Warum müssen wir fort, wenn du es, wie du sagst, schon einige Zeit weißt?«

»Wir müssen nicht Vilmas wegen fort.«

»Sondern?«

»Sondern aus einem anderen Grund.«

»Aus welchem?«

»Ich kann darüber nicht reden.«

»Lächerlich!« rief ich. »Warum nicht?«
Ich stand jetzt vor dem Spiegel und sah sie an. Ich sah, daß ihre Knie wie in einem plötzlichen Krampf gegeneinanderschlugen. Sie sah, daß ich es sah, und zog den Morgenrock zusammen.
»Ich sage dir, ich kann nicht!«
»Dann kannst du nicht von mir verlangen, daß ich mitkomme.«
»Ich habe Angst!« schrie sie plötzlich wild. »Ich habe Angst, verstehst du?«
»Nein.«
»Ich muß fort von hier! Sofort! Heute nacht noch! Und du mußt mit! Morgen ist es zu spät!«
»Zu spät wozu?«
»Zu allem! Du Narr, du verliebst dich hier in ein kleines Mädchen und glaubst, die Welt bleibt deshalb stehen! Du weißt ja nicht, was um dich geschieht!«
»Anscheinend nicht. Aber du könntest es mir erklären.«
»Ich könnte es nicht, ich kann es nicht! Ich sage dir nur, es geht um mein Leben! Und um das deine!«
Meine Schläfen schmerzten unerträglich.
»Du bist betrunken und eifersüchtig«, erwiderte ich laut. »Das ist alles.«
»Du Schwein«, sagte sie, während sie zu weinen begann. Sie bückte sich blitzschnell. Dann flog das Schnapsglas auf mich zu. Es war aus einem Glasblock herausgeschnitten und sehr schwer. Ich riß den Kopf zur Seite. Das Glas traf den Spiegel, der krachend zerbrach.
»Jolanthe!« schrie ich und sprang vor. Aber sie war schneller. Die Kognakflasche sah ich erst einen Sekundenbruchteil,

bevor sie mich an der Nasenwurzel traf. Im nächsten Augenblick zerbrach sie schon. Ich verspürte ein heftiges Brennen, als der Alkohol meine zerschnittene Haut berührte, und dann senkte sich ein roter Blutvorhang über meine Wimpern. Ich taumelte nach vorne, in ihre Arme hinein.

»Jimmy, mein Gott, was habe ich getan?«

»Gib mir ein Taschentuch«, sagte ich. Ich sah nichts mehr.

»Ja, Jimmy, ja. Ich wollte es nicht tun! Ich habe Angst! So furchtbare Angst!«

»Das Taschentuch, schnell!«

»Hier!« Sie drückte es auf die Wunde.

Dann kam es.

Blitzschnell, atemnehmend, entsetzlich.

Es kam, wie es schon einmal kam.

Die blendende Helle, der wahnsinnige Schmerz, das bodenlose Fallen.

»Jolanthe!« schrie ich verzweifelt. »Halt mich fest!«

Sie hielt mich fest. Und dennoch stürzte ich, tief, tiefer als jemals zuvor. Es war mein zweiter schwerer Anfall.

15

Schmerzen.

Ich kann sie nicht beschreiben, die Schmerzen der folgenden Stunden, der folgenden Tage. Sie hatten nichts Definierbares an sich. Man müßte neue Worte erfinden, um sie zu definieren. Doch ein Mensch kann diese Worte nicht finden. Denn der Schmerz, den sie definierten, trug nichts Menschliches an sich. Ich lebte nicht mehr. Zwischen Träumen und Wachen dämmerte ich dahin, unfähig zu hören, unfähig zu sehen, unfähig zu denken. Ich aß nichts, ich trank nichts. Ich konnte meine Glieder nicht bewegen. Ich war wie gelähmt. Ich lag da und wartete darauf, daß der Schmerz vorübergehen würde. Aber er ging nicht vorüber. Der Schmerz bestand.

16

Ist es Tag?
Ist es Nacht?
Welche Stunde? Welcher Tag?
Einmal öffnete ich die Augen. Jolanthe sitzt an meinem Bett, ich kann sie als Silhouette erkennen. Als rotgefärbte, an den Rändern auseinanderfließende Silhouette. Ich trage einen Verband, das spüre ich. Sie neigt sich über mich.
»Besser?«
»Nein«, sage ich. Ich weiß nicht, daß ich es gar nicht sage, daß sich nur meine Lippen bewegen. Es geht mir nicht besser. Es sieht so aus, als würde es mir nie mehr bessergehen. Vielleicht ist dies das Ende? Aber wenn es das Ende ist, warum dauert es dann so lange?
Endet das Ende denn niemals?

17

Der Schmerz hat sich, wie eine Wucherung, längst vom Kopf weiter ausgebreitet. Manchmal habe ich das Gefühl, als schmerzte mein Kopf überhaupt nicht mehr, als wäre er bereits tot und als wären seine Gefäße und Organe abgestorben wie ein kranker Ast. Das sind die Minuten, in denen in meinem rechten Bein die Hölle tobt oder in meiner Brust oder in den Fingern einer Hand.

Natürlich zeigten sich darin nur Übermüdungs- und Abnützungserscheinungen meiner Nerven, die nicht mehr Schritt halten können mit den Anstrengungen dieser Tage. Das Mitteilungssystem meines Körpers ist vollkommen in Unordnung geraten, alle Reflexe und Reaktionen sind verwirrt. Nur eines besteht in souveräner Ruhe: der Schmerz. Der Schmerz an sich. Am dritten Tag – Jolanthe nennt mir später die Stunde – bin ich so weit, daß ich mit Bleistift ein Wort auf einen Block kritzeln kann, den sie mir hinhält. Sie liest das Wort, während ich sie gespannt betrachte. Dann nickt sie und erhebt sich, um zu gehen, während ich in Erwartung des köstlichen Wunders erschöpft die Augen schließe. Ich habe geschrieben: *Morphium.*

18

Ich bekam es nicht sogleich.

Es war nicht einfach, ohne Rezept Morphium zu erhalten. Jolanthe fuhr durch die ganze Stadt. Sie ging in die verrufensten Lokale, in die dunkelsten Gassen der Vorstädte, jenseits der Donau. Sie handelte mit Zuhältern, Schleppern, Matrosen und qualligen Weibern, die in Teestuben Rum ausschenkten.

Ich lag halb besinnungslos in meinem Bett und wartete darauf, daß sie heimkam. Ich vermochte noch immer nicht zu sprechen, aber selbst in meinem Dämmerzustand hinein drang die grausige Tatsache, daß Jolanthe keinen Arzt herbeirufen konnte, der mich untersuchte und behandelte; daß ich in keine Klinik eingeliefert werden konnte; daß mir jede medizinische Hilfe verwehrt bleiben mußte – wenn ich nicht die Absicht hatte, mich sofort zu verraten, in der nächsten Minute verhaftet und unter Anklage gestellt zu werden. Das war mir nicht genügend klar gewesen, als ich mein Abenteuer begann. Jetzt war es mir klar. Jetzt wußte ich, daß ungezählte anonyme Kriminalbeamte in vielen Ländern nur darauf warteten, geduldig darauf warteten, daß eines Tages irgendwo ein Mann auftauchte, der es vor Schmerzen nicht mehr aushielt und um Hilfe flehte. Auf diesen Mann mit dem Tumor warteten sie. Sie konnten warten. Sie hatten Zeit. Und sie hatten keine Schmerzen.

Jolanthe war bleich und erschöpft, als sie spätnachts nach Hause kam.

»Morgen«, sagte sie sofort. Ihre Lippen zitterten. »Morgen erhalte ich es.«

Ich schloß kurz die Augen, um ihr zu zeigen, daß ich sie verstanden hatte.

»Der Mann, der es mir gibt, kommt damit her. Um zehn Uhr.«

Ich tastete nach dem Block und schrieb: »Das will ich nicht!«

»Es geht nicht anders«, sagte sie heiser. »Er besteht darauf.«

»Warum?« schrieb ich.

»Es ist seine Bedingung«, erwiderte sie, und ihre Unterlippe zitterte jetzt wie in einem Anfall von Schüttelfrost. »Sonst bekommen wir es nicht.«

Ich begriff das nicht, doch ich schwieg und sah mit wachsender Verwunderung, daß Jolanthe plötzlich hysterisch zu schluchzen begann. Ich wollte sie beruhigen, aber ich konnte mich noch immer nur äußerst mühsam bewegen, und an Sprechen war nicht zu denken. Deshalb sah ich nur zu, wie sie mein Kissen naß weinte und die Hände hastig öffnete und wieder zu Fäusten schloß. Sie hatte doch früher niemals geweint, dachte ich überrascht und unbehaglich. Was war nur in sie gefahren? Ließen ihre Nerven sie im Stich? Oder war es meine Affäre mit Vilma? Sie lag da und schluchzte stumm, der Eindruck drang deutlich in mein ansonsten vernebeltes Bewußtsein.
Der zweite Eindruck, den ich behielt, war die Tatsache, daß Jolanthe am folgenden Morgen – wir hatten beide kaum geschlafen, ich war durch den Mangel jeder Nahrung und die nun rapide einsetzende endgültige Erschöpfung meines Körpers bereits von Seh- und Hörstörungen gequält – um neun Uhr ein Wasserglas voll Kognak hinunterstürzte. Sie tat es heimlich und glaubte, daß ich sie nicht sah, weil sie im Nebenzimmer stand. Doch ich vermochte ihre Gestalt in einem Eckstück des zerschlagenen Spiegels zu erkennen, der noch in seinem Rahmen stak. Sie lehnte am Fenster, starrte auf die Straße hinunter und krümmte sich richtig zusammen, als sie die enorme Menge Alkohol schluckte. Dann ging sie ins Badezimmer und putzte ihre Zähne.
Sie ging in der nächsten Stunde noch zweimal ins Badezimmer, nachdem sie vorher in den Nebenraum getreten war und wieder getrunken hatte. Sie trug ein hochgeschlossenes blaues Kleid, und als sie zu mir zurückkam und sich an mein Bett setzte, erschrak ich, denn sie hatte ihr Gesicht kreide-

weiß gepudert und den Mund schreiend rot bemalt, so daß er aussah wie eine häßlich klaffende Wunde. Ihre Augen lagen in bläulichen Höhlen. Sie sah gespenstisch aus. Wie ein Clown nach seinem Ableben. Ich versuchte zu lächeln, aber sie blieb ernst.

»Kommt er bestimmt?« schrieb ich auf meinen Block.

»Bestimmt«, sagte sie, ohne mich anzusehen.

Er kam pünktlich auf die Minute. Als es draußen klingelte, erhob sich Jolanthe wie eine Puppe.

»Es ist deine Schuld«, sagte sie leidenschaftlich, während ihre Augen mich festhielten, »alles ist deine Schuld. Ich wollte fort. Nun ist es zu spät.«

Damit ließ sie mich allein und ging in das Vorzimmer hinaus. Ich verstand sie nicht. Ich hatte keine Ahnung, wovon sie redete, und es kam mir, nicht zum erstenmal, der Gedanke, daß sie vielleicht verrückt war. Verschiedenes in ihrem Verhalten sprach dafür. Dann trat sie wieder in das Zimmer. Der Mann, der ihr folgte, trat sofort hinter ihr ein. Er lächelte erfreut und hob die Arme zum Gruß, als er mich sah. In der rechten Hand hielt er ein kleines Päckchen.

»Hallo, hallo, Mr. Chandler«, sagte er laut.

Es war Herr Mordstein.

19

Ich starrte ihn an.

Tausend Gedanken versuchte mein gequältes Gehirn zu fassen, aber es faßte nicht einen einzigen. Ich begriff nichts mehr. Jolanthe stand nun hinter Mordstein. Ihr weißes Gesicht war wie aus Stein, nichts regte sich mehr in ihm. Mordstein setzte sich vorsichtig auf den Bettrand.

»Sie werden«, sagte er, »gewiß erstaunt sein, mich hier zu sehen.«

Ich nickte.

»Können Sie nicht sprechen?«

Ich schüttelte den Kopf.

»Schmerzen?«

Ich nickte wieder.

Die Antwort schien ihn zu befriedigen. Er schlug die Beine übereinander und holte eine Tabatiere hervor. »Es stört Sie doch nicht, wenn ich rauche?« fragte er lächelnd. Ich bewegte mich nicht, ich starrte ihn nur an. Er steckte eine Zigarette in den Mund und wandte sich danach halb um. »Feuer, bitte«, sagte er.

Wie eine Schlafwandlerin griff Jolanthe nach einem Feuerzeug, das auf dem Tisch lag, und knipste es an. Ihre Hand, die das Feuerzeug hielt, zitterte so sehr, daß sie sie mit der anderen stützen mußte.

»Danke«, sagte Mordstein und lächelte. Ihre Augen blickten stumpf auf ihn nieder. Er wandte sich wieder zu mir. »Um die Frage zu beantworten, die Sie zweifellos am meisten beschäftigt, Mr. Chandler: Ja, ich habe das Morphium mitgebracht.«

Ich atmete tief aus.

»Darüber sind Sie froh, nicht wahr?«

Ich nickte.

»Sehen Sie, hier ist es«, fuhr er mit seiner freundlichen Stimme fort. Er öffnete das Päckchen und entnahm ihm eine Schachtel mit Ampullen. »Sogar an eine Injektionsnadel

habe ich gedacht«, sagte er und legte eine solche auf mein Bett. »Der Arzt, der mir die Sachen verkaufte, erklärte mir genau, wie man eine Spritze gibt. Ich bin eine perfekte Krankenschwester.« Er lachte herzlich über diese Behauptung und hielt die Nadel prüfend zum Licht.
Was bedeutete das alles? Wie kam Mordstein hierher? Wer war er wirklich? Was wußte Jolanthe von ihm? Was wußte er von Jolanthe? Diese Fragen, oder eigentlich nur wirre Bruchstücke dieser Fragen, quälten mich. Ich wartete erschrocken auf die weiteren Ereignisse. Denn es war mir klar, daß noch weitere Ereignisse folgen würden.
»Soll ich Ihnen gleich eine Injektion machen?« fragte Mordstein.
Ich nickte.
»Sie haben arge Schmerzen, nicht wahr?« Wieder nickte ich. Was sollte das? Warum fragte er? Er wußte es doch. »Und Sie haben begriffen, daß nur Morphium Sie von diesen Schmerzen erlösen kann?«
Nicken.
»Dieses Morphium«, sagte er langsam. *»Mein* Morphium.«
Nicken.
Ich glaubte zu begreifen. Ich packte den Block und kritzelte: »Ich bezahle natürlich.«
Er las, was ich geschrieben hatte, und lachte wieder: »O ja, Mr. Chandler, natürlich werden Sie bezahlen!«
Ich mußte die Augen schließen. Plötzlich konnte ich die Injektionsnadel und die Ampullen nicht mehr sehen, in einer heißen Welle glitt der Schmerz verstärkt über mich hin. Ich zwang mich, die Augen wieder zu öffnen. Er hielt mir die Nadel immer noch vor das Gesicht. Ich mußte einen Ausdruck

von so tierischer Gier und Verzweiflung gezeigt haben, daß Jolanthe ihn nicht ertrug.
»Hör schon endlich damit auf!« sagte sie atemlos.
Er drehte sich langsam zu ihr um.
»Schweig, Liebling«, bat er, ohne die Stimme zu heben. Und nun trug *ihr* Gesicht einen Ausdruck von solcher Angst, Demut und nackter Ergebung, wie ich ihn noch nie bei einem Menschen gesehen hatte. Sie ging zum Fenster. Ihr Rücken bebte. Sie weinte wieder. In diesem Augenblick begriff ich den größten Teil dessen, was mich verwirrt hatte. Den Rest erklärte mir Mordstein sogleich.
»Verzeihen Sie die Störung, Mr. Chandler«, sagte er höflich. »Meine Frau ist manchmal ein wenig vorlaut.«
Nun war es totenstill im Zimmer.
Wir sahen einander lange an, Mordstein und ich.
»Ja«, sagte er dann und nickte, »Jolanthe ist meine Frau. Wußten Sie das nicht?«

20

Nein, das wußte ich nicht.
Ich hatte geglaubt, eine ganze Menge zu wissen. Eigentlich alles. Aber man machte immer Fehler. Daran hätte ich nun wirklich denken können. Es war so einfach, es lag eigentlich von Anbeginn an auf der Hand. Und es erklärte alles. Jolanthes Benehmen in München, ihr Verschwinden, Mordsteins Antrag, mir zu helfen, das Wiedersehen im Schlafwagen, Jolanthes Furcht in Wien, Jolanthes Tränen. Ja, es erklärte alles! Nur hatte ich es nicht gewußt.

»Um mich präziser auszudrücken«, fuhr Mordstein fort, »muß ich vielleicht sagen, daß Jolanthe meine Frau *war.* Sie ließ sich vor zwei Jahren von mir scheiden. Aber ansonsten und im eigentlichen Sinne des Wortes, wenn Sie verstehen, was ich meine, ist sie noch immer meine Frau. Wenigstens zuzeiten. In den entscheidenden Augenblicken, möchte ich sagen.« Er drehte sich um und sah zu ihr. Er sah nur ihren Rücken. Es genügte ihm. »Wir haben soviel Gemeinsames, Mr. Chandler. Soviel, das uns – wie soll ich mich ausdrücken – aneinander bindet, nicht wahr? Man kommt niemals ganz von einem Menschen los, den man einmal geliebt hat. So geht es auch uns. Vor allem Jolanthe. Sie dürfen ihr das nicht übelnehmen, Mr. Chandler.« Er neigte sich über mich, denn ich hatte gestöhnt. »Wie, bitte?«

»Geben Sie mir das Morphium«, schrieb ich auf den Block.

»Gleich, Mr. Chandler, gleich. Ich muß Sie zuvor nur noch über ein paar Kleinigkeiten aufklären. Der Plan, mir Ihr Geld anzueignen ...«

»Das Morphium, bitte!«

»Sie dürfen nicht ungeduldig sein, Mr. Chandler. Dadurch dauert es nur um so länger. Also: Der Plan, mir Ihr Geld anzueignen, kam mir natürlich sogleich, als Sie mich um falsche Papiere baten. Ich hatte vor, Sie zu erpressen. Unsere liebe Jolanthe – Sie verzeihen schon, wenn ich ›unsere‹ sage – war auch sofort bereit, mir in diesem Zusammenhang zu helfen. Später allerdings erwies sie sich als Niete, was ich sehr bedauere – für *sie.*«

Wieder sah er zum Fenster, dann sah er wieder mich an. »Sie hätte Sie gleich erpressen müssen. Im Schlafwagen noch.

Meinem Plan zufolge hätten wir noch in dieser Nacht im Besitz des Geldes sein müssen …«
»Das Morphium, *bitte!!!*«
»Ja, Mr. Chandler, ich bin gleich soweit. Jolanthe erpreßte Sie also nicht, sondern benützte die Papiere, die ich ihr gegeben hatte, dazu, um mit Ihnen zu fliehen. Sie erklärte mir zwar gestern, als ich sie in Wien wiederfand, daß sie damit nicht die Absicht verband, mich zu hintergehen, und ich bin fast geneigt, ihr zu glauben. Denn wer weiß nicht, wie Frauen sind? Wankelmütig, Stimmungen unterlegen, feige. Und dann darf man auch die Liebe nicht vergessen. Sie haben einigen Eindruck auf meine Frau gemacht, Mr. Chandler. Und wer könnte es ihr verdenken, wenn sie mit Ihnen und vor mir fliehen wollte?«
Fliehen. Mit mir fliehen. Vor ihm. Die Absicht hatte sie gehabt, ja, das war richtig. Nur gehörte auch das zu jenen Dingen, die ich nicht richtig verstand. Ich hielt ihre Furcht für Eifersucht. Jetzt begriff ich die Wahrheit. Aber jetzt war es zu spät.
»Aber jetzt ist es zu spät«, sagte Mordstein langsam. »Ich war schon sehr beunruhigt, als ich so lange nichts von Jolanthe hörte. Deshalb kam ich nach Wien. Ich fand meine Befürchtungen berechtigt. Man soll sich nicht auf Frauen verlassen.«
Das Morphium. Das Morphium.
»Bitte, Mordstein!«
»Jetzt sind wir soweit, Mr. Chandler.« Er griff in die Schachtel und holte eine Glasampulle heraus, deren ausgezogenes Ende er mit einer kleinen Feile absägte. Er zog den Inhalt des Röhrchens in der Injektionsnadel auf, hielt sie hoch und

stellte den Kolben ein. So hielt er die Nadel dann reglos in der Luft. »Zuvor«, sagte er, »haben wir nur noch eine Kleinigkeit zu erledigen. Geben Sie mir den Ausgabeschein für das Geldpaket am Münchner Hauptbahnhof.«
Ich rührte mich nicht.
»Haben Sie mich verstanden?«
Ich nickte.
»Und?«
»Nein«, schrieb ich auf den Block. Ich sah, wie Jolanthe beim Fenster sich umwandte.
»Mr. Chandler«, sagte Mordstein freundlich, »wenn Sie mir den Schein nicht geben, werde ich den Inhalt dieser Ampulle ins Zimmer spritzen. Es wäre schade um den Inhalt. Also, wie ist es?«
Ich schüttelte den Kopf.
Er spritzte den Inhalt der Ampulle ins Zimmer. Er preßte den Kolben in die Injektionsnadel hinein, und ein dünner Strahl Flüssigkeit sprang in einem anmutigen Bogen aus ihr. Mit zwei Sprüngen stand Jolanthe bei mir. Ihr Gesicht war leer und ausgebrannt, sie sah plötzlich uralt aus. »Gib ihm das Geld, Jimmy. Es hat keinen Sinn.«
Ich hatte das Gefühl, daß mir sämtliche Zähne auf einmal ausgerissen würden. Mein Körper krampfte sich zusammen, und ich erbrach mich. Ich beschmutzte das Bett nicht allzusehr. Nur ein wenig gelbe Galle kam aus meinem Mund. Jolanthe wischte die Spuren fort. Ich sah, wie Mordstein die nächste Ampulle köpfte und die Nadel wieder füllte.
»Es waren zwölf Ampullen in der Schachtel«, sagte er. »Jetzt sind es nur noch elf. Wenn Sie es sich nicht bald überlegen, werden es nur noch zehn sein.« Er hielt die Spritze in die

Höhe. Jolanthe stand mit hängenden Schultern neben ihm. Sie rührte sich nicht. Ihre Augen waren aufgerissen, die Pupillen klein wie Stecknadelköpfe.
»Nun, Mr. Chandler?«
»Jimmy, bitte!«
Ich schüttelte den Kopf.
Jolanthe stöhnte, als hätte sie einen Tritt in den Magen erhalten.
Dann waren es nur noch zehn Ampullen.
Bei der vierten Ampulle, deren Inhalt Mordstein auf den Teppich spritzte, gab ich auf.
»Wo ist der Schein?« fragte Mordstein, der sofort begriff, daß ich am Ende war. Ich schrieb nieder, wo ich ihn aufbewahrte. Er ging zu dem kleinen Barockschreibtisch und holte ihn aus einem Seitenfach. Dann kam er zu mir zurück. Jolanthe hielt eine Faust an den Mund gepreßt, als er die fünfte Ampulle köpfte und in die Spritze aufzog. Zum erstenmal seit drei Tagen gelang es mir, meinen rechten Arm zu bewegen, den ich Mordstein ruckweise entgegenschob.
»Ja, ja«, sagte er, »nur noch eine letzte Kleinigkeit, Mister Chandler. Wo ist der Aufgabeschein für das restliche Geld?«
Ich lag wieder reglos. »Sie müssen doch den zweiten Teil des Betrages auch irgendwo in Deutschland gelassen haben.«
Ich rührte mich nicht.
»Nun gut«, meinte er. Dann waren es nur noch sieben Ampullen.
»Halt!« sagte ich. Es war das erste Wort, das ich seit drei Tagen sprach, und meine Stimme klang ganz fremd. »Warten Sie. Er ist in meiner Briefta-tu-to ...« Mein Kiefer fiel herab, ich lallte kindisch.

»In Ihrer Brieftasche«, sagte er hilfreich und nickte. Er nahm sie vom Tisch und suchte. Dann fand er den Aufgabeschein des Bahnhofs Augsburg. »Ist das der Schein für den ganzen Betrag?«

Ich nickte.

»Ich glaube Ihnen natürlich nicht«, meinte er, »aber da Sie mit mir nach Deutschland fahren werden, um das Geld zu beheben, ist das Risiko nicht sehr groß. Ich kann Sie draußen noch immer anzeigen.« Er steckte die beiden Scheine ein. Mit ihnen hatten hunderttausend Mark den Besitzer gewechselt. Es war eigentlich recht schnell gegangen. Es hatte nur eine Viertelstunde gedauert und fünf Ampullen Morphium gekostet. Mordstein nahm die Injektionsnadel, die er niedergelegt hatte, wieder auf und hob meinen Arm. »So«, sagte er, »nun wären wir fertig. Ich freue mich, daß Sie so vernünftig waren, mich zu begreifen und mir entgegenzukommen.« Er war kein Sadist. Er quälte mich nicht zu seinem Vergnügen und hielt keine weiteren Reden. Er stieß mir sofort die Nadel in den Arm und drückte den Kolben nieder. Zehn Minuten später schlief ich wie tot und hatte keine Schmerzen mehr.

Das Morphium wirkte.

21

Ich weiß nicht mehr genau, wann Jolanthe mir zum erstenmal vorschlug, Mordstein zu töten. Genau weiß ich noch, daß sie es war, die den Vorschlag aussprach, obwohl ich mich natürlich auch schon mit dem Gedanken getragen hatte. Sie

war jedoch bereits in der Lage, konkrete Ideen vorzubringen.
Es muß wohl vier oder fünf Tage nach der eben geschilderten Szene gewesen sein, als wir über ihren Plan sprachen. Ich war noch zwei Tage im Bett gelegen, in denen die Schmerzen völlig abklangen und ich wieder zu Kräften kam. Mordstein besuchte uns in dieser Zeit einmal, um zu sehen, wie es mir ging. Wir hatten vereinbart, Wien sogleich nach meiner Genesung zu verlassen. Mordstein brachte übrigens noch eine zweite Schachtel Morphium mit, als er kam. Er machte sie mir zum Geschenk. Die erste Schachtel ließ er sich mit siebentausend Schilling bezahlen.
»Es ist bereits alles bestens vorbereitet«, erklärte er mir anläßlich seines Besuches. »Wir fahren mit dem Wagen nach München.«
»Mit welchem Wagen?«
»Mit meinem. Ich kam im Auto nach Wien.« Im folgenden entwickelte er seinen Plan weiter. Er hatte vor, mich bis nach Salzburg zu bringen. Dort sollte ich aussteigen und mit einem häufig verkehrenden Pendelzug allein über die deutsche Grenze bis nach Freilassing fahren, wo er und Jolanthe auf mich warten würden. »Ich möchte nämlich das Risiko vermeiden, mit Ihnen zusammenzusein, wenn man Sie vielleicht bei der Zollstelle verhaftet.«
»Warum sollte man mich verhaften? Ich benütze doch meine falschen Papiere.«
»Es könnte ja ein Fahndungsauftrag mit Ihrer Beschreibung in der Grenzstation liegen.«
Das sah ich ein.
»Deshalb wird Jolanthe auch nicht als *Ihre* Frau mit mir hin-

überfahren, sondern als meine. Mit den alten Dokumenten. Wenn etwas passiert, haben wir nichts miteinander zu tun. Wenn es gutgeht, treffen wir einander eine Stunde später in Freilassing wieder.«

»Und wenn ich nicht erscheine?«

Er lächelte und rieb sich die Hände. »Dann, Mr. Chandler, gibt es zwei Möglichkeiten: Entweder Sie wurden verhaftet, oder Sie haben zu fliehen versucht. Wurden Sie verhaftet, ist alles in Ordnung, und ich trage Ihnen nichts nach. Haben Sie zu fliehen versucht, erhält die Grenzstation einen anonymen Anruf, in dem ihr mitgeteilt wird, daß Sie sich in der Nähe befinden müssen, wer Sie sind, wie Sie aussehen und wie es um Ihre falschen Papiere beschaffen ist. Sie werden nicht sehr weit kommen.«

»Nein«, sagte ich dann, während ich darüber nachdachte, ob ich wirklich nicht sehr weit kommen würde, »natürlich nicht. Und auf dem Rückweg?«

»Auf dem Rückweg können Sie tun, was Sie wollen. Da sind Sie allein. Ich komme nicht nach Österreich zurück.«

»Und Jolanthe?«

»Jolanthe bleibt bei mir.«

Es war seltsamerweise diese Erklärung, die Jolanthe und mich unabhängig voneinander veranlaßte, einer Gedankenreihe nachzuhängen, deren letzte Auswirkungen Mordstein das Leben kosteten. Wir taten es aus ganz verschiedenen Motiven. Mein Hauptbeweggrund war finanzieller Natur, wozu Befürchtungen um meine persönliche Sicherheit kamen. Wenn er die beiden Geldpakete wirklich erhielt, war ich – abgesehen von der ersten Rate – mittellos. Und ich konnte nicht wissen, ob ich selbst dann vor ihm sicher war, ob er mich nicht selbst dann noch eines Tages anzeigte, wenn aus keinem anderen Grund, so aus dem der Eifersucht. Man vermochte nicht zu sagen, was ein Mann, der ein offensichtlich nicht normales Verhältnis zu Jolanthe erfolgreich aufrechterhielt, erregtermaßen zu tun imstande war. Außerdem haßte ich Mordstein.

Dieser Grund stand erst an dritter Stelle, aber er existierte. Ich haßte ihn für die Art, in der er mir das Morphium verweigert hatte, und ich haßte ihn auch, was mich selbst verwunderte, dafür, daß er Jolanthe beherrschte. Ich haßte ihn dafür, daß sie ihm hörig war. Ich hatte nie gedacht, daß ich mir so viel aus Jolanthe machte.

Was nun wieder ihre Motive betraf, Mordstein nach dem Leben zu trachten, so waren sie anderer und weniger primitiver Natur. Jolanthe versuchte sie mir zu erklären in diesen Tagen, die unserer Abreise vorausgingen. Sie hatte eine neue Beziehung zu mir, seit Mordstein erschienen war. Sie behandelte mich etwa so, wie eine Frau einen Psychiater behandelt, dem sie die schlimmsten und geheimsten ihrer schlimmen und geheimen Träume erzählt, vor dem sie ganz schamlos ist. Ich war in diesen Tagen so etwas wie Jolanthes kostenloser Seelenarzt. Sie brauchte jemanden, dem sie sich mitteilte nach all der langen Zeit, die sie geschwiegen hatte. Nun wußte ich das Schlimmste, das sie mir ersparen wollte. Nun sollte ich auch die Details hören.

Jolanthe kam aus einer sehr wohlhabenden, sehr bürgerlichen Familie. Ihr Vater war ein rheinischer Industrieller, die Mutter stammte aus verarmten, aber einwandfreien Landadelskreisen. Jolanthes frühe Kindheit verlief geregelt und unter den wachsamen Augen einer französischen Bonne.

Der Vater war dauernd auf Reisen, die Mutter der bewunderte und vielbegehrte Mittelpunkt glanzvoller Feste. Morgens wurde ihr Jolanthe am Frühstückstisch vorgeführt, und abends kam sie an das Bett Jolanthes, um sich von ihr zu verabschieden. Sie trug dann ein glänzendes Kleid und roch angenehm nach kostbarem Parfüm. Jolanthe küßte sie ehrfürchtig und schlief ein in der Gewißheit, die schönste Mutter der Welt zu haben. Mit sechs Jahren schickte man sie in ein Internat.

Es war ein vorbildlich geleitetes Institut, das einen ausgezeichneten Ruf genoß und sehr kostspielig war. Die Schülerinnen stammten ausnahmslos aus reichen Familien. Das Institut wurde von einem Schwesternorden geleitet. Die kleinen Mädchen trugen alle die gleiche Kleidung, schliefen in großen Sälen und durften den Park, der das große Haus umgab, nur in Begleitung einer Erwachsenen und in Gruppen verlassen.

Jolanthe war zunächst sehr unglücklich bei den Ursulinerinnen. Mademoiselle Janine, die Bonne, fehlte ihr entsetzlich, sie kam sich völlig allein und verlassen vor. Die Mädchen ihrer Klasse verhielten sich reserviert. Nachts tuschelten sie miteinander, ohne daß Jolanthe verstehen konnte, worüber, und bei den gemeinsamen Spaziergängen lief sie allein und als letzte den andern nach, die eingehängt und lustig lärmend vor ihr her marschierten.

Aus diesem Grunde schloß sie sich schon bald an Schwester Benvenuta an, die Religionsunterricht erteilte. Schwester Benvenuta war gut und freundlich, sanft und von angenehm rosiger Gesichtsfarbe. Sie sprach mit gedämpfter, ruhiger Stimme über unseren Herrn Jesus Christus und seinen Leidensweg auf Erden, und es schien Jolanthe, als hätte Schwester Benvenuta den Erlöser persönlich gekannt – so innig, so zu Tränen rührend und herzbewegend erzählte sie von seinem schweren Leben. Jolanthe lauschte gebannt. Dies waren die Stunden ihres ersten stillen Glücks in der neuen feindlichen Welt, in welche man sie gestellt hatte. Sie wachte eifersüchtig über dieses Glück und verfolgte jeden, der es bedrohte, mit Haß und Feindschaft. Um Schwester Benvenuta und ihrer so offensichtlichen Liebe zu Jesus Christus willen stürzte sich Jolanthe in ihre erste mörderische Prügelei mit einem dicken frühreifen und frechen kleinen Mädchen namens Maud.

Maud, mit flinken Augen und einer noch flinkeren Zunge, war das schlimmste Kind der Klasse. Sie störte immer und überall, sie hatte die schlechtesten Zensuren und mußte ständig nachsitzen. In den Stunden Schwester Benvenutas störte sie am schamlosesten. Sie schwätzte und kicherte und war das unruhige Zentrum einer beständig wachsenden Opposition. Jolanthe stellte sie ein paarmal zur Rede und ersuchte sie, sich zu beherrschen.

»Du bist ja dumm«, sagte Maud zynisch. »Du glaubst ja noch an den Blödsinn, den Benni erzählt.« Sie nannte die Schwester stets nur Benni.

»Es ist kein Blödsinn! Es ist die Wahrheit!«

Maud lachte. »Schwindel ist es! Benni lügt! Osterhase! Weihnachtsmann! Christkind! Alles Blödsinn! Alles Lüge! Wenn du älter bist, wirst du es schon kapieren. Ich könnte dir noch ganz andere Sachen erzählen!«

»Ich will gar nichts hören! Aber das sage ich dir« – Jolanthes Stimme klang ihr selber fremd und ungewohnt –,

»wenn du noch einmal störst, dann kannst du etwas erleben!«

»Vielleicht von dir?«

»Ja, von mir!«

Maud mußte lachen.

In der Religionsstunde störte sie wie noch nie. Nach der Stunde stürzte sich Jolanthe in stummer Erbitterung auf sie und begann sie zu verprügeln. Maud wehrte sich kräftig. Die andern standen herum und sahen zu, wie die beiden kleinen Mädchen über den eingeölten glatten Klassenboden rollten, einander an den Haaren rissen, traten, kratzten und bespuckten. Es war ein beachtenswerter Kampf, und er wurde erst beendet von Schwester Benvenuta, die das Kampfgeschrei der Klasse zurückgerufen hatte.

Schwester Benvenuta, gereizt durch die Vorfälle in der vorhergegangenen Unterrichtsstunde, fragte scharf und mit einem Gesicht, dessen sanfte Röte fleckig verdunkelt war, nach dem Anlaß des Streites. Maud schwieg. Die andern Mädchen schwiegen auch. Und Jolanthe, in der Rolle eines Menschen, der für einen Geliebten Schmach auf sich nimmt und leidet, schwieg ebenfalls. Erhobenen Hauptes und mit einem Gefühl tiefer Befriedigung nahm sie zur Kenntnis, daß Schwester Benvenuta die Absicht aussprach, sowohl sie wie Maud zu bestrafen. Maud erhielt am nächsten Sonntag, für den ein großer Ausflug geplant war, Zimmerarrest. Jolanthe übertrug Schwester Benvenuta die Aufgabe, den Altar der kleinen Anstaltskapelle mit frischen Blumen zu schmücken. Sie ahnte nicht, daß sie dieser damit eine Freude machte. Sie ahnte nichts von Jolanthes Zuneigung, von ihrer verhaltenen Liebe, sie ahnte nicht, daß sich Jolanthe nachts und in ihrem kleinen Bett zu dem großen Glück gratulierte, das ihr nun endlich widerfahren war: Sie durfte den Altar schmücken, auf dem eine Gipsstatue des Erlösers stand, sie durfte Blumen darbringen dem Manne, den die geliebte Schwester verehrte und mit dem sie offensichtlich eine tiefe innere Beziehung verband.

Voll Freude sah Jolanthe am nächsten Sonntag die anderen Mädchen fortziehen. Voll Freude machte sie sich an die Arbeit. Sie putzte den Altar, bis er glänzte wie Gold. Dann holte sie die schönsten Blumen herbei, die sie in der Gärtnerei finden konnte. Sie arbeitete stundenlang. Erhitzt, mit geröteten Backen und kleinen Schweißperlen auf der Stirn, beendete sie ihr Werk und atmete befreit auf, als der Altar zuletzt in neuem Farbenschmuck erstrahlte.

Jolanthe trat zurück. Der weiße Heiland hielt segnend seine Hand über sie hin, und seine Augen blickten so milde, so freundlich auf sie herab, daß sich Jolanthes Sinne verwirrten. Plötzlich fühlte sie, wie ihr das Blut heiß und schwindelerregend zu Kopf stieg. Gleich einer Erleuchtung kam der Gedanke: Sie wollte den Erlöser küssen. Sie wollte den kalten Stein umarmen und an sich pressen, damit er, der Wunderbare, Verschwiegene, Göttliche, von jener geheimen Liebe erfuhr, von welcher Schwester Benvenuta nichts ahnte.

Dann dachte sie nicht mehr weiter, und ihre Glieder bewegten sich wie von selber. In einem Paroxysmus der Liebebedürftigkeit, in einem verzweifelten Hunger nach Zärtlichkeit kletterte sie auf den Altar, trat mit den kleinen Sandalen auf die weiße Damastdecke und hob die Arme empor, die sich gleich darauf in einer Gebärde der letzten Leidenschaftlichkeit um den weißen Leib des Heilands schlangen.

Jolanthe schwindelte. Sie schloß die Augen. Dies war das Glück, dies war die Seligkeit.
Schwester Benvenuta, die in diesem Augenblick die Kapelle betrat, erblickte ein Bild, das ihr die Schamröte in die Schläfen trieb. Die Pose des kleinen Mädchens erschien ihr von solcher Verderbtheit, von so unbeschreiblicher Laszivität, daß sie später vor der Schwester Oberin ihre keinesfalls zulässige Handlungsweise mit der momentanen Verwirrung zu rechtfertigen versuchte. Schwester Benvenuta überwand in Sekundenbruchteilen die Lähmung, die zuerst von ihr Besitz ergriffen hatte, und stürzte vorwärts. Mit der einen Hand riß sie Jolanthe vom Altar. Mit der anderen schlug sie ihr heftig ins Gesicht.
»Du sündhaftes Ding«, rief sie mit bebender Stimme, »Gott strafe dich für diesen Frevel!«

22

Der Vater, eilig von der Anstaltsleitung herbeigerufen, sah sich in der Lage, den Skandal mit guten Worten, angeborenem Charme und einer beachtlichen Geldspende (»Zum Wohle der Armen«) beizulegen. Jolanthe wurde nicht von der Schule gewiesen. Mit Schwester Benvenuta kam so etwas wie eine förmliche Versöhnung zustande. Nur der Vater schied von Jolanthe in einer für diese tief unbefriedigenden Weise. Ihm versuchte sie bis zuletzt klarzumachen, daß sie nichts Böses, sondern im Gegenteil etwas Gutes hatte tun wollen. Er hielt ihre leidenschaftlichen Bemühungen um sein Verständnis für Versuche, ihn zu beruhigen, und er lächelte über sie. Er war niemals beunruhigt gewesen. Die »Haubenlerchen«, wie er sie nannte, waren seiner tiefen Überzeugung zufolge alle hysterisch und unberechenbar – und ein kleines Mädchen stellte eben ab und zu etwas an. Das war ganz natürlich. Im übrigen hatte Jolanthe versprochen, es nicht wieder zu tun. Zwei Wochen später erzählte er ihre Tat bereits in anekdotischer Form im Industriellenklub: »Klettert das kleine Ding doch wirklich auf den Altar hinauf und knutscht mit dem Allerheiligsten! Toll, was? Hat mich fünfhundert Mark gekostet! Haha! Ober, noch einen Whisky!«

Doch anläßlich seines Besuches wurden ihm die Beteuerungen seiner Tochter bald zuviel. Er sah auf die Uhr. Um sechs ging sein Flugzeug nach Düsseldorf, er mußte sich beeilen.

»Mein Kind, natürlich verstehe ich dich. Es ist ja alles in Ordnung, wenn du von jetzt an hübsch brav bist, und das hast du mir doch versprochen, nicht wahr?«

»Ja, Papa.« (Du verstehst kein Wort. Wer bist du eigentlich? Ich kenne dich gar nicht. Ein fremder Mensch.) »Viele Grüße an Mama!« (An einen anderen fremden Menschen. Wo ist Mama? An der Riviera. Wo ist die Riviera? Ich weiß es nicht. Weit fort jedenfalls. Warum ist sie nicht hier? Warum ist Mama nicht hier? Warum lassen sie mich immer allein?)

»Also, dann leb wohl, Jolanthe!« Vater und Tochter waren bei dem parkenden Auto angekommen, er küßte sie flüchtig, der Chauffeur salutierte in halber Ironie. Jolanthe nickte zerstreut. Der Wagen fuhr an. Eine Staubwolke blieb zurück. Das war alles. Jolanthe drehte sich um. Mit hängenden Schultern trat sie den Rückweg an und fuhr ein wenig zusammen, als aus dem Gebüsch ein Mädchen auf den Kies sprang. Es war Maud. Sie lächelte freundlich. »Feines Auto«, sagte sie anerkennend.

Jolanthe nickte schweigend. Seite an Seite gingen sie weiter.

»Netter Kerl, dein Vater.«

Schweigen.

»Wie er das gemacht hat – mit der dummen Gans.«

»Welcher dummen Gans?«

»Na, der Benni. Oder ist das vielleicht keine Gans?«

»O doch«, sagte Jolanthe. (Weit, weit fort schwebte der weiße Heiland.)

»Daß du nur endlich daraufgekommen bist!«

Jolanthe nickte. Maud legte eine Hand auf ihre Schulter. »Ich glaube, du bist gar nicht so«, sagte sie friedfertig. »Wollen wir schwimmen gehen?« Jolanthe blieb stehen. Als wäre sie eben erwacht, starrte sie Maud an. »Was hast du denn?« fragte diese neugierig.

»Nichts«, sagte Jolanthe. »Gehen wir schwimmen.«

Das war der Beginn einer jahrelangen Freundschaft.

Es war das Ende Schwester Benvenutas, das Ende der Liebe zu unserem Erlöser, es war das Ende einer Ära. Und es war der Beginn einer neuen. Denn unter dem Einfluß Mauds veränderte sich Jolanthe. Äußerlich blieb sie sich gleich: still, wohlerzogen, verschlossen. Doch innerlich machte sie sich in den Monaten, die folgten, die Erfahrungen und Meinungen Mauds zu eigen. Die beiden waren Tag und Nacht zusammen, ihre Freundschaft wurde sprichwörtlich. Es war eine Freundschaft zu ungleichen Teilen. Maud war die ewig Gebende, Jolanthe die ewig Empfangende. Nicht alles, was sie von Maud empfing, war ihrer Wesensbildung förderlich, obwohl sie alles kritiklos hinnahm: die ersten Andeutungen über die Entstehung des Lebens, die Diffamierung des Märchens vom Storch, die schmutzigen, mit Schreibmaschine fehlerhaft abgetippten pornographischen Novellen, die Bilder, Gerüchte und die flüsternd mitgeteilten Geheimnisse ihrer ersten Pubertät.

Maud war frühreif. Von ihrem zwölften Lebensjahr an blieb sie erfüllt von einer sich beständig steigernden, durch nichts zu beschwichtigenden Unruhe und Erregung. Sie erlebte Sensationen wie keine andere. Heimlich und leise, an die Freundin geschmiegt, nachts und im gleichen Bett, gab sie die Berichte über diese weiter: über den Gärtnerjungen, der sie geküßt hatte; über Schwester Benvenuta und Schwester Camilla sowie die unglaubliche Beziehung zwischen den beiden; über ihren Vater, der sich eben von der Mutter scheiden ließ, weil diese einen Freund hatte und betrunken heimgekommen war; über einzelne Knaben aus dem Gymnasium in der Stadt; über Filmstars; über Hunde auf der Straße und über die seltsamen Eigenarten ihres eigenen erwachenden Körpers.

Mit dreizehn Jahren entwickelte Maud der Freundin einen Fluchtplan aus dem Internat. Sie war von ein paar Fernfahrern angesprochen worden (sie sah aus wie sechzehn), die ihre riesigen Wagen auf der Überlandstraße hinter dem Institut parkten. Die Chauffeure, große, lachende Männer in Lederjacken und Gummistiefeln, hatten ihr durch den Zaun eindeutige Worte zugerufen und eindeutige Anträge gemacht, die Maud mit ebenso eindeutigen Bewegungen und einer Zusage beantwortete. Sie hatte versprochen, auf den »Ausflug« eine Freundin mitzubringen. Doch fehlte Jolanthe der Mut, mitzumachen. Sie ließ Maud allein ziehen, in einer Neumondnacht, in der es stark regnete. Maud kletterte aus dem Fenster des Schlafsaals, während draußen schon ungeduldige Hupsignale ertönten, und blieb sieben Tage lang verschwunden. Die Schwestern waren außer sich, die Polizei wurde benachrichtigt, und Jolanthe, die ihre Freundin nicht verriet, wartete zitternd auf deren Wiederkehr und auf Berichte von neuen erregenden und nie gehörten Erlebnissen.

Maud kehrte wieder, aber über ihre Erlebnisse erzählte sie nichts mehr. Sie wurde am achten Tag von einem Polizisten zurückgebracht. Jolanthe spielte im Garten, als sie ankam. Sie erschrak zutiefst. Mauds Kleider waren zerdrückt und schmutzig, ihr Haar war verwirrt, ihr Gesicht trug eine verwischte Schicht billiger Schminke und sah gedunsen und krank aus. Der Polizist zog die Willenlose hinter sich her über den Gartenweg, an dessen Seiten sich ein Spalier schweigender Mädchen bildete, das Maud verächtlich musterte. Als sie Jolanthe sah, verzog sich ihr Kindermund und ließ ein einziges Wort von ungeheuerlicher Obszönität laut werden. Es war das letzte Wort, das Jolanthe jemals von Mauds Lippen vernahm. Die Heimgebrachte wurde sofort in Einzelarrest gesperrt. Am Nachmittag kam der Arzt des Lyzeums, um sie zu untersuchen, und am Abend des gleichen Tages bereits holte ein weißes Krankenauto Maud ab. Jolanthe erblickte sie noch einmal, als sie zum Wagen geführt wurde. Sie trug einen Schlafrock und sah weiß, spitz und verfallen aus.

»Sie ist krank«, sagten die Mädchen beim Schlafengehen. Und dann berichteten sie, was sie von der Köchin, vom Pförtner und von der Waschfrau an Andeutungen erfahren

hatten. Mauds Krankheit war etwas Scheußliches, etwas, das Gesicht und Knochen zerfraß, das niemals geheilt werden konnte, das häßlich und blind machte mit der Zeit, eine Krankheit, die man bekam, wenn man sich verbotenermaßen mit Männern einließ, wenn man sie »liebte«.
Jolanthes Herz klopfte laut, sie preßte die Hände zusammen und starrte mit brennenden Augen zur Decke empor. So war das also. Wenn man liebte, wurde man krank und mußte ins Spital. Die Liebe war eine schmutzige Sache mit einem schmutzigen Namen. Die Liebe zerfraß das Gesicht und die Glieder und machte taub und blind und blöd. Die Liebe war eine Krankheit. Alles war ekelhaft. Die Bilder, die Bücher, die Gedichte. Ekelhaft und scheußlich. Das war die Liebe.

23

1933 verlor Jolanthe gleichzeitig beide Eltern.
Der Vater sah sich aus politischen und privaten Gründen außerstande, in Deutschland weiterzuleben, und erschoß deshalb seine Frau und danach sich selbst. Sein Vermögen vermachte er testamentarisch der Tochter, die eben ihre Matura ablegte und im Begriff war, die Klosterschule zu verlassen. Der Staat erklärte das Testament für ungültig und beschlagnahmte Besitz und Geld. Über Nacht war Jolanthe, in Reichtum geboren und aufgewachsen, mittellos und ohne Rückhalt. Gutmütige Verwandte nahe der holländischen Grenze nahmen sich ihrer an. Sie kam auf einen großen Bauernhof. Sie war achtzehn Jahre alt und unberührt. Sie arbeitete im Büro der Gutsverwaltung, schrieb Briefe, rech-

nete die Steuern und Abgaben aus und bezahlte die Angestellten. Ein Bauernbursch, groß, stark und vierschrötig, verfolgte sie mit seiner Liebe. Sie wies ihn ab. Sie fürchtete sich vor ihm. Er hielt ihr Benehmen für Koketterie. Anläßlich der Feier ihres neunzehnten Geburtstages, zu der auch er geladen war, betrank er sich einigermaßen und benützte die Gelegenheit eines gemeinsamen nächtlichen Spaziergangs zu einem plumpen und brutalen Versuch, sie zu vergewaltigen. Sie schrie und wehrte sich, den Ekel hoch in der Kehle, verzweifelt. Doch der Heuschober, in dem es geschah, blieb stumm und dunkel. Sie fühlte ihre Kräfte erlahmen, roch den Fusel von seinen Lippen, spürte die Schwere seines Körpers auf dem ihren, bemerkte seine verrückten, mörderischen Hände, hörte sein sinnloses Gestammel und ergab sich. Doch sie wurden gestört. Der Onkel, der Jolanthe suchte, kam ihnen nach. Der Knecht ließ von ihr ab und lief fort. Jolanthe lag auf dem Heu, gedemütigt, verzweifelt und, wie sie meinte, für alle Zeiten beschmutzt. Sie drehte sich schwach zur Seite und übergab sich heftig. Am nächsten Tag verließ sie das Gut. Sie fuhr in die Stadt, nahm eine Stelle als Sekretärin bei einem Rechtsanwalt an und lebte durch Monate in der panischen Angst, krank zu sein. Sie konsultierte unzählige Ärzte, glaubte die Symptome der Krankheit an sich zu erkennen und vermochte nicht mehr zu schlafen.

»Ich bin krank, ich muß krank sein, ich fühle es!« schrie sie die Spezialisten an, die sie mit eindeutig negativen Befunden trösten wollten. Man schickte sie zu einem Psychoanalytiker, einem kleinen, verschreckten Juden, der – man schrieb 1934 – noch ordinieren durfte, aber bereits seine

Emigration vorbereitete. Ihm gelang es, sie von ihrer Zwangsvorstellung zu befreien, krank zu sein. Von ihren anderen Zwangsvorstellungen befreite er sie nicht: Sie begann wild, sinn- und planlos zu flirten, sie hatte eine endlose Zahl von Amouren und Verhältnissen, die für sie alle gleichermaßen unbefriedigend verliefen, wofür sie aber stets ihrem Partner die Schuld gab. Denn der kleine jüdische Arzt hatte gesagt: »Sie sind eine vollkommen normale Frau mit einem vollkommen normalen Empfindungsbereich. Wenn Sie bei einem Mann keine Befriedigung finden, dann ist daran der Mann schuld – und nicht Sie.«

Der Mann war schuld, nicht sie. Daran glaubte Jolanthe. Sie begann die Männer zu hassen, sie begann sie zu quälen. Sie war mittlerweile sehr hübsch und begehrenswert geworden, und sie empfand Vergnügen dabei, zu sehen, wie Männer sich um sie bemühten, wie sie litten, wenn sie sich ihnen versagte, wie sie tobten, wie sie sich quälten. Sie war klug, fand sie, sie war überlegen, sie würde niemals so dumm sein wie die dumme, arme Maud, die schmutzig und krank zurückgebracht worden war, weil sie einmal »liebte«. Jolanthe »liebte« nie. Sie ließ sich lieben. Das, fand sie, war der Sinn des Lebens.

1939, bei Ausbruch des Krieges, wurde ihr Arbeitgeber verhaftet, und sie war stellungslos. Gleichgültig und nach Abenteuern hungernd, wurde sie Luftwaffenhelferin. Dazu bedurfte es keiner besonderen Kenntnisse, die Deutsche Wehrmacht brauchte Menschen, und Jolanthe wurde sofort dienstverpflichtet. Sie kam nach Polen. Sie arbeitete in einem Nachtjägerhorst. Der Kommandant des Horstes war ein gewisser Oberleutnant Mordstein. Jolanthe hatte täglich

mit ihm zu tun, sie saß im gleichen Büro. Er war groß, schlank und sah ausgezeichnet aus. Er machte Jolanthe den Hof. Sie ging auf ihn ein – in ihrer alten, kalten, routinierten Art. Sie ließ sich von ihm ausführen, ging mit ihm in das nahe Fronttheater und trank und tanzte und lachte mit ihm. Und er war ihr fremd wie irgendein anderer schmutziger, kranker, ekelhafter Mann.
Mordstein war Berufsoffizier, skrupellos und mutig. Jolanthes Sprödigkeit, ihre Kühle, ihr Desinteressement machten ihn verrückt. Sie waren der eigentliche Grund dafür, daß er sich rasend in sie verliebte. Er machte ihr Geschenke, er verstieg sich zu einem Heiratsantrag – sie blieb unnahbar. Er war schon beinahe bereit, seine Bemühungen abzubrechen, als er eine Überraschung erlebte.
Das war an einem Nachmittag, an dem sie beide dienstfrei hatten. Sie fuhren in seinem Wagen aufs Land hinaus. Es war ein stiller, sonniger Herbsttag. Nichts kündigte den plötzlichen Angriff feindlicher Bomber auf ein deutsches Munitionsdepot an, der auf einmal begann. Die Polen attackierten das Depot mit dem Mut einer Armee, die wußte, daß sie verloren war. Welle um Welle überflog das kleine Dorf, durch das Mordstein eben fuhr und hinter welchem, im nahen Wald, das Ziel der Angreifer lag. Der Luftdruck der Explosion schleuderte Jolanthe aus dem Wagen. Mordstein stoppte, sprang ihr nach, hob sie auf und schleppte die Bewußtlose durch die Hölle zusammenstürzender Häuser, detonierender Bomben und brennender Baracken in eine nahe Kapelle hinein.
Sie lag vor dem Altar auf einem dicken roten Teppich, als sie wieder zu sich kam. Mordstein kniete über sie gebeugt.

Sein Atem ging keuchend. Er hatte ihre graue Bluse aufgerissen, um zu sehen, ob sie verletzt war, und ihre bloße Brust schimmerte weiß in der Dämmerung des Kirchenschiffes. Eine neue Formation flog an. Der Lärm der Motoren wurde lauter und lauter, und dann mischte sich in ihn noch das grauenerregende schrille Pfeifen der ausgeklinkten Bomben, die auf ihr Ziel losstürzten. Die Kapellenmauern bebten, der Boden schwankte, als Jolanthe sich ihm hingab. Er war überrascht von der Verrücktheit ihrer Leidenschaft. Er hatte sich alles viel schwieriger vorgestellt, und er war erfahren genug, um zu wissen, daß diese Frau, die er hier, inmitten des Chaos, in seinen Armen hielt, glücklich war. Er sah nicht den weißen Thorwaldsen-Christus, der sich hinter ihm auf dem schmalen Altar erhob und über die Keuchende seine segnende, ausgestreckte Hand hielt.

24

Sie ließen sich, noch in Polen und von einem Feldgeistlichen, trauen. Jolanthe kehrte nach Deutschland zurück. Ihr Mann, der Oberleutnant Robert Mordstein, blieb an der Front oder besser gesagt an den Fronten des Krieges. Er kam nach Norwegen, Frankreich, Rußland, Afrika. Er blieb sechs Jahre lang fort. Es war sein Verdienst, Jolanthe von einem (der kleine jüdische Arzt hatte es ihr genau erklärt) traumatischen Schock befreit und sie von ihrer Frigidität erlöst zu haben. Dieses Verdienst hatte jedoch auch seine Schattenseiten. Jolanthe war nun eine Frau geworden, die ihre Ansichten über die Liebe und deren Annehmlichkeiten grundlegend geändert hatte. Sie brauchte einen Mann. Sie brauchte Mordstein, den Mann, der sie zur Frau gemacht hatte. Doch Mordstein, als sie ihn brauchte, war nicht da. Er war in Norwegen, Frankreich, Rußland und Afrika. Bei Jolanthe war er nicht.

In München, wo sie wohnte, hatte sie bald einen unübertroffen schlechten Ruf. Sie ließ sich mit anderen Männern ein, sie wurde richtig schamlos in ihrer Maßlosigkeit, und nun plötzlich waren alle die widerwärtigen, kranken, ekelerregenden Männer ihre Freunde, ihre Geliebten, ihre Rettung. Mordstein hatte sie geheilt. Er hatte sie bei weitem zu gut geheilt, fand er, als er 1945 endlich nach Hause kam. Der Klatsch, die Gerüchte erreichten ihn bald. Er nahm sie lange Zeit nicht zur Kenntnis in der hektischen Gesetzlosigkeit dieser ersten Nachkriegsmonate. Er nahm sie vor allem deshalb nicht zur Kenntnis, weil er mit Jolanthe glücklich war. Und sie war glücklich mit ihm. Sie war mit ihm glücklicher als mit irgendeinem anderen Mann. Die alte Verzauberung des polnischen Feldzuges wirkte noch immer, die anderen Männer waren vergessen und verschollen, sie hatten niemals existiert, wenn er sie nun wieder in seine Arme nahm.

Es war nicht sie, die diese Ehe löste, er war es. Er hatte andere Interessen gewonnen, er wollte seine Freiheit. Jolanthe gab nach, als er ihr vorhielt, was sie in seiner Abwesenheit getan hatte. Sie sah ein, daß sie kein Recht besaß, ihn zu halten. Sie wollte zuletzt sogar von ihm fort. Sie trennten sich. Und Jolanthe mußte erfahren, daß sie sich von Mordstein nicht trennen konnte. Sie versuchte es verzweifelt, aber es gelang ihr nicht. Wann immer er ihr nahekam, verließen sie

die Kräfte, die Überlegung, die Besinnung, wann immer er ihr begegnete, brach wieder »Polen« aus.
Sie kämpfte gegen diesen Zustand. Sie begann Mordstein zu hassen. Und er, den die Nachkriegszeit auf eine absolut schiefe Bahn brachte, begann sie auszunützen. Er erkannte den Wert seiner Macht über sie, und besonnen und überlegt ging er daran, aus dieser Macht Kapital zu schlagen. Was mich selbst betrifft, so weiß ich heute, daß ich so etwas wie ein letzter verzweifelter Versuch Jolanthes gewesen bin, sich frei zu machen von ihrem ehemaligen Mann. Ich weiß auch, daß dieser Versuch durch meine Schuld fehlschlug – wenn man in Fällen wie diesem überhaupt von Schuld sprechen kann. Und ich bezeuge, daß ich Jolanthe zu verstehen imstande war, als sie zuletzt, nachdem ich schon versagt hatte, zu mir kam und sagte: »Laß uns ihn töten!«

25

»So etwas ist, wenigstens im Frieden, nicht so einfach«, sagte ich. Wir saßen in unserem Wohnzimmer und redeten ganz leidenschaftslos über ihren Vorschlag, wir mußten uns nicht voreinander verstellen.
»Ich weiß, daß es nicht einfach ist, aber ich glaube, ich habe einen Weg gefunden.« Draußen regnete es. Auf dem Tischchen zwischen uns stand eine Flasche mit zwei Gläsern. Diesmal tranken wir beide. Jolanthe hatte die ganzen letzten Tage getrunken, ich hatte erst damit begonnen, als ich mein Bett verließ.
»Ich möchte nicht dafür gehängt werden.«

»In Österreich und Deutschland hängen sie nicht mehr«, sagte Jolanthe.
»Das ist ein großer Trost«, meinte ich und füllte die Gläser nach.
»Willst du dir das Geld wegnehmen lassen? Was geschieht, wenn du einen neuen Anfall bekommst? Glaubst du, er läßt uns noch eine einzige ruhige Minute?«
»Nein, das glaube ich nicht.«
»Wenn du mir nicht helfen willst, sage es ruhig. Dann tue ich es allein. Ich tue es auf alle Fälle. Ich gehe nicht mehr zu ihm zurück. Ich bin fertig. Für mich ist er schon tot.« Sie trank, dann sah sie mich an und fragte heiser: »Glaubst du mir, daß ich dich liebe?«
»Ja, Jolanthe«, sagte ich bedrückt, »ich glaube dir.«
»Wirst du mir helfen?«
Ich nickte. Mit diesem Nicken schrieb ich einen Menschen ab, beendete ich sein Leben. Ich erschrak ein wenig darüber, wie leicht es mir fiel, zu nicken.
Sie rückte näher und entwickelte ihren Plan, als proponiere sie mir ein Geschäft mit Exportorangen. »Paß auf! Ich fahre mit ihm als seine Frau. Du fährst allein mit deinen falschen Papieren. In Freilassing treffen wir einander wieder. Wenn ihm dann auf der Autobahn etwas zustößt, findet man Herrn Mordstein aus München, der in Österreich zu Besuch war. Wenn man Nachforschungen anstellt, wird man vielleicht bei der Grenzpolizei herausbekommen, daß seine Frau bei ihm im Wagen war, als er nach Deutschland einreiste. Die Frau ist verschwunden. Möglicherweise sucht man sie als Mörderin. Aber man wird sie nicht finden. Denn Frau Mordstein wird zu dieser Zeit bereits wieder zusammen mit

ihrem Mann und als Frau Valerie Frank nach Österreich zurückgekehrt sein. Von dir wird man dagegen überhaupt nichts erfahren, du kamst mit der Bahn ins Land – und verläßt es wieder mit der Bahn. Ist das klar?«

»So weit ja. Und was soll ihm zustoßen?«

»Ein Autounfall«, sagte sie. »Kennst du die Bayernbrücke?«

»Nein.«

»Die Bayernbrücke«, erklärte Jolanthe sachlich, »führt über ein tiefes Tal der Autobahn Salzburg–München. Sie ist sehr lang und enorm hoch und wurde in den letzten Tagen des Krieges gesprengt. Das Mittelstück fehlt noch immer. Der Verkehr wird deshalb umgeleitet. Die Brücke ist durch eine beleuchtete Barriere gesperrt. In diese Barriere wird er fahren und dann in die Tiefe stürzen.«

»Und wie kommen wir aus dem Wagen heraus?«

»Vor der Barriere.« Sie drückte ihre Zigarette aus. »Du kannst den Wagen auf Festgas einstellen, die Kupplung mit einem Stock hinunterpressen, während du schon auf dem Trittbrett stehst, und abspringen, nachdem du sie losgelassen hast. Der Wagen fährt dann durch die Barriere auf die Brücke hinaus – mit Mordstein am Steuer.«

»Mit Mordstein am Steuer«, wiederholte ich.

»Er ist dann natürlich schon tot.«

»Ach so«, sagte ich. »Du meinst, wir müssen ihn schon früher ...«

Sie nickte ernst.

»Natürlich«, sagte sie langsam. In diesem Augenblick begann das Telefon zu läuten. Ich nahm den Hörer ab. Es war Vilma. Jolanthe wußte es sofort, noch ehe Vilma sprach. Sie sah mich lächelnd an. Es war ein freundliches Lächeln, und

sie betrachtete mich still und voll Wohlwollen, während ich antwortete. »Guten Abend, Vilma.«
Ihre Stimme klang verlegen. »Entschuldigen Sie bitte, daß ich anrufe. Ich war so beunruhigt. Sie haben nichts von sich hören lassen.« Dann war es mit ihrer Beherrschung vorbei. »Ist etwas geschehen? Sag es mir doch, bitte!«
»Ich war krank, Vilma.«
»Um Gottes willen!«
»Es ist schon wieder gut.«
»Du bist nicht allein?«
»Nein.«
»Ach so. Ist sie da?«
»Ja, Vilma, Jolanthe sitzt neben mir.«
»Hast du – schon mit ihr gesprochen?«
»Ja, Vilma.«
Jetzt schwieg sie.
»Ich ... ich verreise für ein paar Tage, Vilma. Wenn ich wiederkomme, werden wir alles besprechen.«
»Ich hänge jetzt auf«, sagte sie leise. »Bitte rufe mich gleich an, wenn du wiederkommst. Und ... und bitte antworte mir nicht, ich weiß, es ist dir unangenehm und es ist auch gar nicht notwendig, aber ich ... ich liebe dich!«
»Danke, Vilma.«
»Und du ... du auch?«
»Ja, Vilma.«
Sie seufzte glücklich. »Dann ist alles gut. Leb wohl.«
»Leb wohl«, sagte ich und legte den Hörer hin. Jolanthe schwieg. Sie füllte die Gläser und reichte mir das eine.
»Danke«, sagte ich.
Sie nickte freundlich. »Trink!«

»Ich glaube, ich kann nicht.«
»Versuch es!«
»Nein.«
»Gott«, sagte Jolanthe, »was bist du doch für ein armer Hund!«
Draußen regnete es noch immer.

26

Wir fuhren am Freitag.
Mordstein legte fest, daß wir Wien nicht vor Mittag verließen, damit wir erst nach Einbruch der Dunkelheit Salzburg erreichten. »Bei Tageslicht ist es für Sie noch riskanter, Mr. Chandler. Am Abend kommen Sie leichter durch. Und auf der Autobahn ist es nachts auch viel stiller.«
Jolanthe sah mich an.
Auf der Autobahn war es nachts auch viel stiller.
Mordstein war gut aufgelegt. Mir wies er den Platz neben sich an. Er selbst chauffierte. Jolanthe saß hinten.
»Damit Sie auf keine dummen Ideen kommen, Mr. Chandler.«
»Auf was für Ideen sollte ich kommen?«
»Nun, beispielsweise, mich umzubringen«, sagte er und lachte vergnügt. »Deshalb werden Sie die Hände immer schön auf den Knien lassen, verstanden?«
Ich nickte.
»Warten Sie einmal«, sagte er und tastete meinen Anzug ab. »Haben Sie vielleicht einen kleinen Revolver oder einen hübschen Totschläger eingesteckt?« Ich hatte keinen klei-

nen Revolver oder hübschen Totschläger eingesteckt. Wir hatten vor, die Sache ganz anders zu erledigen, und zwar mit Hilfe der Stange des Wagenhebers. Die Stange lag hinten im Fond, neben Jolanthe.

Wir fuhren durch die herbstliche Landschaft Niederösterreichs nach Westen. Die Bäume waren nun schon kahl, es regnete dünn und kalt, und die Straßen glänzten im Licht der Scheinwerfer. Wir sprachen wenig miteinander. Jolanthe schien zu schlafen. Mordstein fuhr schnell. Er besaß einen großen, starken Wagen. Um sieben Uhr waren wir in Salzburg. Mordstein brachte mich bis zum Bahnhof.

»Ihr Zug geht um zwanzig Uhr. Um zwanzig Uhr fünfzehn erwarte ich Sie beim Ausgang des Bahnhofs Freilassing.«

»Gut«, sagte ich. Er reichte mir den kleinen Koffer, den ich mitgenommen hatte. Jolanthe rührte sich nicht. Ich ging durch den kalten Regen auf den Bahnhof zu und löste beim Schalter eine Karte zweiter Klasse nach München. Dann setzte ich mich, da ich noch Zeit hatte, in das Restaurant und trank einige Kognaks. Ich war schon sehr nervös gewesen, als ich mich von Mordstein trennte, und das ging keinesfalls an. Die Schwierigkeiten lagen alle noch vor mir. Ich mußte völlig ruhig sein, wenn ich sie bewältigen wollte. Nach dem fünften Kognak war ich es wieder.

Die große Uhr an der Wand zeigte neunzehn Uhr vierzig. Ich zahlte und ging über das schmutzige Klinkerpflaster des Perrons zu der Zollabfertigungsstelle. Sie befand sich in einer großen, hellerleuchteten Halle. Reisende nach Deutschland wurden bereits hier auf österreichischem Boden abgefertigt. Die nächste Eisenbahnstation – Freilassing – lag schon auf deutschem Gebiet.

Die Halle war von Menschen erfüllt, die alle den Zwanzig-Uhr-Zug nehmen wollten. Das beruhigte mich. Ich stellte mich an das Schwanzende einer langen Schlange, die sich an den Tischen der Beamten vorbeischob. Zwei Männer kontrollierten die Papiere, zwei das Gepäck. Sie kramten in meinem Wäschebeutel, sahen in meine Manteltaschen und drückten zwei Stempel in meinen Paß.
»Danke sehr, Herr Frank!« sagte der eine von ihnen. Dann war ich durch. Ich trat gemessenen Schrittes auf den Perron hinaus, auf dem schon andere Menschen warteten. Es war kalt und dunkel hier, aber der Kognak wärmte meinen Magen angenehm, und ich war nun wieder vollkommen beherrscht und sicher. Bei einem Büfett kaufte ich noch eine Flasche Kognak und ließ sie gleich öffnen. Dazu erwarb ich drei kleine Papierbecher. Es war notwendig, daß man in Mordsteins Körper Alkohol fand, wenn man ihn später untersuchte.
Der Zug kam pünktlich. Es war ein Fern-D-Zug, der einen weiten Weg hinter und einen ebenso weiten vor sich hatte. Ich stieg in ein leeres Abteil ein und trank noch einmal aus der Flasche. Der Zug hielt in Freilassing nur zwei Minuten, um Post mitzunehmen, das wußte ich. Ich beeilte mich also beim Aussteigen und sprang zwischen den Geleisen ins Freie, um nicht gesehen zu werden. Noch ehe der Zug wieder anfuhr, eilte ich schon die Treppen zu der Unterführung hinunter. Die Sperre befand sich vorne, neben dem Eingang. Ich hatte gehört, daß man die Karte abgeben mußte. Das paßte jedoch nicht in meine Pläne, und deshalb kletterte ich in der Dunkelheit zwischen ein paar Sträuchern über einen niedrigen Zaun auf die Straße hinaus. Das

war ganz einfach. In dem diesigen Nebel konnte man keine zehn Schritt weit sehen.
Mordstein stand neben dem Wagen. Er hatte ihn im Schatten eines Güterschuppens geparkt und hob eine Hand, als er mich erkannte.
»Na also«, sagte er, während ich einstieg. Es klang erleichtert. Er hatte anscheinend doch befürchtet, daß ich versuchen würde, mit dem Zug zu fliehen. Ich sah ihn nicht an, ich sah zu Jolanthe nach hinten. Sie erwiderte meinen Blick ruhig und mit einem kurzen Nicken. Ihr weißgeschminktes Gesicht mit dem großen Mund leuchtete fahl in der Finsternis. Mordstein warf den Schlag zu und fuhr los. Auf der Autobahn lag stellenweise Schnee. Der Regen peitschte gegen die Scheiben, und der Wind war hier stärker. Ich holte die Flasche heraus und trank ostentativ.
»Geben Sie her«, sagte Mordstein, »ich kann auch einen brauchen!«
Er trank einen ordentlichen Schluck und reichte die Flasche dann Jolanthe, die sie an mich zurückgab. Ich ließ sie noch ein paarmal kreisen. Als sie halb leer war, legte ich sie zwischen mich und Mordstein auf den Sitz. Zehn Minuten nach einundzwanzig Uhr passierten wir Traunstein. Hinter Traunstein kam, wie Jolanthe mir gesagt hatte, eine große Benzinstation. Auf diese Station hatte ich zu achten. Es waren noch etwa zehn Minuten bis zu ihr.
Mordstein war gesprächig geworden.
»Was werden Sie denn jetzt machen, Mr. Chandler?« Er nannte mich Chandler und Mister, bis zuletzt.
»Ich weiß es noch nicht.«
»Kein Geld, ha?«

»Nein.«
»Wissen Sie, ich habe mir das überlegt. Ich nehme Ihnen nicht alles. Das wäre gemein von mir. Ich lasse Ihnen ein bißchen.«
»Danke.«
»Sie waren mir nie unsympathisch, Mr. Chandler, glauben Sie das nicht! Aber das Leben ist hart, jeder muß sehen, wo er bleibt. Ich nehme Ihr Geld, ohne etwas gegen Sie zu haben.«
»Das beruhigt mich sehr. Ich dachte schon, Sie wären mir böse.«
Ich gab ihm noch einmal die Flasche. Dann sah ich die Benzinstation. Sie war strahlend erleuchtet, und ein einziger Wagen parkte vor ihr. Es war sehr still auf der Autobahn in dieser Nacht. Ich wartete, bis wir vor den Benzinpumpen waren, dann begann ich gleichmäßig von einundzwanzig bis dreißig zu zählen. Bei neunundzwanzig packte ich das Lenkrad. Bei dreißig hörte ich Mordsteins Aufschrei. Ich sah ihn nicht an. Ich sah nur nach vorne und bemühte mich, den Wagen nicht ins Schleudern kommen zu lassen. Mordsteins Hände am Steuer verkrampften sich und drehten es hin und her. Sein Fuß glitt vom Gaspedal. Ich trat mit meinem linken Schuh wieder darauf, und der Wagen fuhr weiter.
Die Wagenheberstange stieß mich in den Hals. Jolanthe hielt sie an Mordsteins Kehle gepreßt, sie hatte von hinten die Arme um ihn gelegt. Dann hörte ich ihn aufstöhnen und gleich darauf ein häßliches, schnappendes Geräusch. Ich will nicht niederschreiben, was Jolanthe mit der Eisenstange tat. Zwei Minuten später war Mordstein jedenfalls tot. Ich lenkte den Wagen an den Straßenrand und blieb stehen.

27

Es ging sehr schnell. Jolanthe half mir, Mordstein auf den Platz zu schieben, auf dem ich früher gesessen hatte. Er zeigte keine Verletzungen, und er blutete nicht. Nur sein Kopf hing nach vorne und hatte die Tendenz, hin und her zu baumeln. Dann suchten wir in seiner Brieftasche nach den Aufgabescheinen der Geldpakete. Wir fanden sie sofort. Ich steckte sie ein und setzte mich hinter das Steuer.

»Steig ein«, sagte ich zu Jolanthe.

»Gleich«, erwiderte sie erstickt. Sie lief ein Stück in den Wald hinein, der neben der Autobahn begann. Gleich darauf kam sie wieder. Sie bückte sich und hob eine Handvoll Schnee auf, die sie in den Mund steckte. Dann spuckte sie den Schnee wieder aus.

»Los«, sagte ich. Sie warf die Tür hinter sich zu, und ich fuhr an. Mordstein fiel mir schwer gegen die Schulter und glitt auf das Lenkrad.

»Halt ihn fest!« zischte ich.

»Ich habe ihn festgehalten!« schrie sie laut.

»Schrei nicht!« Ich stieß den Toten zurück, sie packte ihn und zog ihn nach hinten. Er saß jetzt aufrecht.

»Ich schreie, soviel ich will!«

»Nicht jetzt! Jetzt brauchen wir unsere Nerven!«

»Du! Du brauchst deine Nerven! Was hast du schon getan? Denkst du einmal auch an mich?« Sie schluchzte hysterisch. Ich gab ihr mit einer Hand die geöffnete Flasche nach hinten. Den Kork hatte ich mit den Zähnen herausgezogen. Sie trank, gleichfalls mit einer Hand, dann gab sie die Flasche zurück.

»Wie weit ist es noch bis zur Brücke?«
»Eine halbe Stunde.«
Ich trat auf das Gaspedal.

28

Eine halbe Stunde ist eine lange Zeit, wenn ein Toter neben dir sitzt. Und die Frau, mit der zusammen du den Toten tot gemacht hast, hinter dir. Die Straße fliegt auf dich zu, ab und zu kommt dir ein Wagen entgegen, ab und zu überholt dich auch einer, und jedesmal fühlst du, wie deine Achselhöhlen feucht werden, wie dir das Hemd am Körper klebt, wie deine Zähne zu klappern beginnen. Dann rast der fremde Wagen vorüber. Aus. Vorbei. Die Finsternis und die Gedanken kommen wieder. Du machst dir Gedanken in dieser halben Stunde. Die Gedanken kommen, du kannst dir nicht helfen, sie kommen und bohren, sie lassen nicht locker.
Einen Schluck aus der Flasche.
Aber es hilft dir nicht. Du hast einen Menschen umgebracht, denkst du. Nicht allein. Allein wäre es nicht so schlimm gewesen. Allein wärst du leichter damit fertig geworden. Aber so, wie die Dinge stehen, hast du es nicht allein getan. Sondern mit Jolanthe. Sondern mit einer Frau! Einer Frau, die vorgibt, dich zu lieben. Kann man einer Frau trauen, gleichgültig, ob sie einen liebt oder nicht? Hast du schon einmal einer Frau trauen können? Keiner noch. Konnte Mordstein Jolanthe trauen? Nein, sie fuhr mit mir fort, sie floh vor ihm – und zuletzt brach sie ihm das Genick. Also?

Was, also?
Also, wie stellst du dir das vor? Du und sie. Nun seid ihr eins. Nun kommt ihr nicht mehr voneinander los. Nie mehr. Ganz gleich, ob du sie liebst oder nicht. Und du liebst sie doch nicht. Du liebst Vilma. Vilma kannst du nun vergessen. Nun hat Jolanthe dich in der Hand. Du hast sie auch in der Hand. Aber du willst sie gar nicht in der Hand haben. Gewiß hat sie daran gedacht, als sie ihren Plan faßte. Du gehörst auch zu ihrem Plan. Und Vilma. Deshalb lächelte sie, als Vilma anrief, deshalb sagte sie nichts. Sie wußte: Sie hatte dich in der Hand. Sie brauchte gar nichts zu tun, alles tat sich von selbst. Nun hat es sich getan. Nun ist es aus. Nun bist du eins mit ihr, ob du willst oder nicht. Nun mußt du tun, was sie verlangt. Bis an dein Ende. Bis an dein unseliges Ende.
Du trinkst wieder. Du starrst hinaus in die Finsternis. Der Motor summt. Der Regen rinnt. Und plötzlich, unheimlich und langsam, kriecht dir von den Zehenspitzen zum Herzen herauf eine klebrige, eiskalte Gewißheit: Die Welt ist nicht groß genug für zwei Menschen, die einen dritten ums Leben gebracht haben. Wohin du auch fliehst, wie sehr du dich auch betrinkst, wo du dich auch versteckst, sie ist nicht groß genug, diese Welt, für dich und für den anderen. Für dich und für Jolanthe.
Eine halbe Stunde ist eine lange Zeit, wenn ein Toter neben dir sitzt. Du denkst: Aber was soll ich tun? Ja, was sollst du tun? Was *mußt* du tun, wenn du endlich allein, endlich frei sein willst, wenn du weißt, daß du zu feig bist, dich anders frei zu machen? Jolanthe töten. Das ist ein guter Gedanke. Du wärest gerne frei von ihr. Beinahe so gerne, wie sie frei von Mordstein gewesen wäre. Denn, genau betrachtet, bist

du ihr ebenso hörig, wie sie Mordstein hörig war. Das ist auch kein angenehmes Gefühl. Und keine gesunde Basis für ein Geschäft in Mord. Was würde geschehen, wenn du sie tötest?

Nichts. Du würdest ihr die falschen Papiere wegnehmen, jene, die auf den Namen Frank lauten, du würdest sie neben ihren Exgatten setzen. Und der Wagen würde sie über die Bayernbrücke mit in die Tiefe nehmen. Tief, tief hinab in die Tiefe. Wenn man die beiden dann fand und noch etwas an ihnen war, das man identifizieren konnte, dann würde man identifizieren: Herr und Frau Mordstein, Opfer eines Verkehrsunfalls, hervorgerufen durch unachtsames Fahren unter Alkoholeinfluß.

Die Rechnung geht nicht nur so auf, wie Jolanthe sie anstellte. Auf diese Weise bleibt gleichfalls keine Spur zurück. Nicht die Spur einer Spur. Und du bist frei. Frei für die kurze Zeit, die du noch hast. Frei für Vilma, die auf dich wartet ...

Du hörst eine Stimme.

Du fährst zusammen.

»Ja, was ist?«

Jolanthe hat dich angesprochen.

Die Bayernbrücke liegt vor dir.

Du stoppst den Wagen.

Es kommen einem viele Gedanken in einer halben Stunde.

29

Die Brücke lag vor uns.
Etwa hundert Meter weiter erhob sich die mit roten Leuchtknöpfen besetzte Barriere. Rechts zweigte die Ableitung ins Tal hinunter ab. Dies waren die gefährlichsten Minuten. Wenn uns jetzt ein anderer Fahrer sah, war alles aus. Wir arbeiteten schnell. Mordstein glitt wieder hinter das Steuer zurück. Ich hatte den Motor laufen lassen und stellte ihn nun auf Festgas ein. Der Ganghebel stand noch im Leerlauf. Ich sprang Jolanthe nach ins Freie. Sie stand im Gras neben der Straße und atmete schwer. Hier gab es keinen Schnee. Das war gut, wegen der Fuß- und Bremsspuren. Ich trat zu ihr. Sie sah mich an mit ihren aufgerissenen grünen Augen, die in dunklen geschminkten Höhlen lagen.
»Küß mich«, flüsterte sie.
Ich küßte sie. Sie stöhnte auf und klammerte sich an mich. Sie sah nicht die Eisenstange. Erst als mein Arm sich hob, fuhr sie zurück. Aber da war es schon zu spät. Ich traf sie im Nacken, und ich hörte dasselbe ekelhafte Geräusch noch einmal. Sie sank zur Erde. Ihr Körper zuckte krampfhaft, dann lag sie still. Ich hob sie unter den Schultern auf und schleppte sie in den Wagen, wo ich sie neben Mordstein warf, der über das Steuer gesunken war. Da saß es nun wieder nebeneinander, das Ehepaar Mordstein, er und sie. Der Motor klopfte regelmäßig. Ich griff nach hinten und packte Jolanthes Handtasche. Ich suchte kurz, dann fand ich ihre falschen Papiere. Ich steckte sie ein und warf die Tasche zurück.
Ich hatte Glück. Die Nacht war still und dunkel, kein Wagen

kam, als ich mich auf Mordsteins Seite auf das Trittbrett stellte und mit der Eisenstange die Kupplung hinunterdrückte. Ich schaltete in den ersten Gang und ließ die Kupplung los. Der Wagen fuhr an. Ich hielt mich fest, während er rasch auf die Barriere zufuhr. Er stieß mit ihr zusammen, schleuderte sie zur Seite, keuchte und fuhr weiter. Vor mir dehnte sich das Band der geborstenen Brücke. Ich drückte die Kupplung noch einmal hinunter und schaltete in den zweiten Gang. Dann sah ich aus dem Dunst das Ende der Bahn auf mich zukommen, sprang ab und flog mit dem Gesicht nach vorne zu Boden. Ich legte die Hände über den Kopf und wartete. Dann hörte ich lange nichts. Das Tal war tief, sehr tief. Wann kam der Aufschlag? Wann kam er?

Ich ertrug das Warten nicht mehr, ich richtete mich halb auf. Dann hörte ich einen Krach und gleich darauf einen viele Male lauteren. Ich erhob mich taumelnd und lief bis dorthin, wo es kein Weiter mehr gab.

Unten im Tal sah ich eine rote Flamme, die zu mir emporschlug. Das Auto brannte. Der Benzintank mußte explodiert sein.

Ich klopfte den Schmutz aus meinem Mantel und hob die Eisenstange auf, die mir entfallen war. Dann ging ich die Bahn zurück bis zur Abzweigung. Ich wanderte über die Felder und durch den Wald nach Rosenheim. Ich ging fünf Stunden und fand meinen Weg mühelos. Ich besaß eine genaue Karte der Gegend. Die Karte stammte von Jolanthe. Sie hatte sie in Wien gekauft. Es war ihr Plan gewesen, nach der Tat über die Felder und durch den Wald nach Rosenheim zu gehen.

30

Gegen drei Uhr morgens kam ich an.
Der Zug nach München ging um vier. Ich löste ein neues Billett. Um sechs Uhr war ich in München. Ich frühstückte im Bahnhofsrestaurant, dann holte ich das Geldpaket ab. Ich bekam es anstandslos. Der Zug nach Augsburg fuhr um acht. Auch dort bekam ich mein Geld. Von Augsburg reiste ich nach Stuttgart, wo ich noch Schmuck im Werte von siebzigtausend Mark kaufte. Den Rest des Tages verbrachte ich in einem Hotelzimmer.
Der D-Zug nach Wien erreichte Stuttgart um einundzwanzig Uhr. Ich nahm ein Schlafwagenabteil, gab dem Schaffner zwanzig Mark und blieb allein. Um Mitternacht waren wir in München. Ich machte aus dem Geld, das ich noch besaß, ein Paket und steckte es in die Waschmuschel des Klosetts am Ende des Ganges. Die Kontrolle an der österreichischen Grenze war flüchtig, und die Beamten behandelten mich höflich. Das Geld blieb unentdeckt. Wäre es entdeckt worden, hätte ich gesagt, daß es mir nicht gehörte. Ich hatte lange darüber nachgedacht, wie ich es am sichersten mit hinüberbringen konnte, aber zuletzt war es mir auf sonderbare Weise gleichgültig geworden. Ich besaß, fand ich, auf alle Fälle genug.
Als der Zug Salzburg verließ, holte ich das Paket zurück, legte mich ins Bett und betrachtete die Schlagzeile der Münchner Abendzeitung, die ich auf dem Bahnhof gekauft hatte: »Schweres Autounglück bei der Bayernbrücke.« Ich las den Bericht darunter zweimal sehr aufmerksam. In ihm hieß es, daß in der Nacht zum Samstag ein Wagen die Absperrung

vor der Bayernbrücke durchbrochen hatte und in die Tiefe gestürzt war. Die beiden Insassen wurden tot geborgen. Da der Wagen ausbrannte, waren sie selbst bis zur Unkenntlichkeit verkohlt. Man hatte jedoch anhand der Motornummer feststellen können, daß der Besitzer des Wagens ein gewisser Robert Mordstein aus München war. Die Tote war wahrscheinlich seine Frau Jolanthe. Ich warf die Zeitung aus dem Fenster und schlief ein.

Am Sonntag um zehn Uhr vormittag war ich wieder in meiner Wohnung in der Reisnerstraße.

Ich nahm ein Bad und wechselte die Kleider, denn ich war sehr schmutzig geworden. Um zwölf Uhr rief ich Vilma an. Sie war nicht zu Hause. Ich versuchte es noch in ihrem Büro und dann im Theater. Im Büro meldete sich überhaupt niemand, und im Theater kam Felix an den Apparat.

»Fräulein Vilma ist nicht da«, sagte er feindselig. Er kannte meine Stimme.

»Wo kann man sie denn erreichen?«

»Das weiß ich nicht.«

»Wann kommt sie ins Theater?«

»Weiß ich auch nicht.«

»Wenn sie kommt, würden Sie so freundlich sein, ihr zu sagen, sie möchte mich anrufen?«

»Hm.«

»Danke schön, Felix«, schloß ich, »Sie sind sehr liebenswürdig.«

Ich legte mich auf das Bett und versuchte zu schlafen, aber es gelang mir nicht. Ich wartete darauf, daß Vilma anrief. Das Telefon blieb stumm. Im Zimmer roch es noch nach dem Parfüm Jolanthes, und ein paar ihrer Kleidungsstücke

lagen herum. Ich stand auf und sammelte sie ein. Dann machte ich Feuer im Kamin, denn es war ein sehr kalter Tag. Ich setzte mich nahe an die Flammen und sah zu, wie sie die Buchenscheite entlangtanzten. Ich überlegte, daß ich zuerst mit Vilma nach Italien fahren wollte. Dazu brauchte man kein Visum, und dort unten war es bestimmt noch warm. Wenn ich heute noch mit ihr sprach, konnten wir vielleicht schon morgen nacht unsere Reise antreten.
Ich holte den Schmuck hervor, den ich in Deutschland gekauft hatte, und suchte einen Ring aus, den ich Vilma schenken wollte. Ich steckte ihn in die Tasche. Dann setzte ich mich wieder ans Feuer und wartete auf den Anruf. Aber es war fünf Uhr, als endlich das Telefon läutete. Ich ging durch das dunkle Zimmer zu dem Apparat und hob ab. Dann hörte ich Vilmas Stimme.
»Wie schön, daß du schon wieder da bist.«
»Ja, Vilma, es ging schneller, als ich dachte.«
»Können wir uns sehen?«
»Wann du willst! Am besten gleich!«
»Bist du denn allein?« Das klang besorgt.
»Ja, ich bin allein.«
»Deine Frau …« Sie stockte.
»… ist in Deutschland geblieben.« Ich sagte es ohne Schwierigkeiten.
»Ach …« Vilmas Stimme verlor sich, die Leitung rauschte.
»Was, ach?«
»Nichts, Walter! Hast du – mit ihr gesprochen?«
»Natürlich. Deshalb blieb sie auch in Deutschland. Wir haben uns getrennt.«
Sie schwieg.

»Was ist denn, Vilma? Freust du dich nicht?«

»Doch! Freilich!« Plötzlich wurde ihre Stimme laut. »Ich muß dich sehen! Ich muß mit dir sprechen!«

»Ich auch, Vilma! Komm zu mir!«

»Nein, das möchte ich nicht. Treffen wir uns in der kleinen Konditorei.«

»Auch gut«, sagte ich, eine Spur enttäuscht, »und wann?«

»In einer halben Stunde«, erwiderte sie.

Um halb sechs Uhr betrat ich die Konditorei. Die dicke Besitzerin eilte mir entzückt entgegen. »Oh, welche Freude, Sie wiederzusehen, mein Herr! Das gnädige Fräulein wartet schon!«

»Bringen Sie mir ...«

»... einen doppelten Kognak, ich weiß doch!« flötete sie und verschwand. Ich trat in das Lokal. In einer Nische beim Fenster saß Vilma und sah mir lächelnd entgegen. Sie trug einen grauen Pullover und einen ebensolchen Rock und sah bezaubernd aus.

Ich eilte zu ihr und küßte sie, aber sie machte sich rasch wieder frei. Die dicke Frau kam mit meinem Kognak. Die Katze folgte ihr feierlich und setzte sich neugierig vor mich hin. Ich streichelte Vilmas Hände und fühlte mich ganz leicht. Nun, dachte ich, war ich am Ziel, nun war alles gut, nun konnten wir glücklich sein.

»Ich bin so froh, daß ich wieder da bin«, sagte ich.

Sie lächelte, aber ihre Augen waren ernst. »Ich auch.«

»Nun bleiben wir zusammen.«

»Ja, Walter.«

»Wir fahren nach Italien, Vilma!«

»Ich weiß nicht, ob meine Eltern es erlauben werden ...«

»Ich werde mit ihnen reden! Du wirst mich mit ihnen bekannt machen! Ich werde dich heiraten ...«
»Du bist doch noch verheiratet!«
»Ich werde mich scheiden lassen!« Ich lachte ausgelassen. Ich dachte nicht mehr an Jolanthe, nicht mehr an die Brücke, nicht mehr an die Eisenstange und das häßliche schnappende Geräusch. »Ich habe dir schon den Verlobungsring mitgebracht!« rief ich fröhlich und holte das Schmuckstück aus der Tasche. Die Steine des Ringes funkelten im Licht der Lampe. Vilma richtete sich auf und sah mich ernst an.
»Gefällt er dir nicht?«
»Sehr.«
»Willst du ihn nicht nehmen? Ich habe ihn für dich gekauft!« Ich versuchte, ihr den Ring über den Finger zu streifen, aber sie entzog mir ihre Hand.
»Ich muß dir etwas sagen, Walter.«
»Ja?«
»Ich habe einen Brief erhalten.«
»So«, sagte ich vergnügt, »und von wem kam der Brief?«
»Er kam von deiner Frau«, sagte ich.

31

Draußen fuhr ein Motorrad vorbei, es donnerte betäubend. Ich fühlte, wie eine eisige Hand meinen Rücken entlangstrich, und nun sah ich sie wieder: Jolanthe, die Brücke, die Eisenstange, nun hörte ich es wieder, das unsagbare, ekelerregende Geräusch.

»Hast du … den Brief bei dir?«
Sie nickte und legte ein Blatt Papier vor mich auf den Tisch. »Er kam gestern mit der Morgenpost.«
Ich nahm den Bogen und las:
»Liebes Fräulein Vilma, es ist ein wenig ungehörig, daß ich mich schriftlich und überhaupt an Sie wende, aber ich befinde mich in einer außergewöhnlichen Situation und hoffe auf Ihr Verständnis. Ich weiß, daß Sie meinen Mann lieben, und er hat mir gesagt, daß er Sie gleichfalls liebt. Es war sehr schmerzlich für mich, das zu erfahren, denn auch ich liebe meinen Mann sehr. Ich bin älter als Sie, Fräulein Vilma, und ich liebe ihn wahrscheinlich auf ganz andere Weise als Sie. Er ist, wenn ich das sagen darf, für mich der letzte Halt, den ich noch in diesem Leben besitze. Meine Verhältnisse sind einigermaßen kompliziert und unerfreulich, und mein Mann ist der einzige Mensch, auf den ich mich noch verlassen kann …«
Arme Jolanthe, dachte ich und las weiter.
»Wir sind im Begriff, in Verfolgung einer wichtigen Angelegenheit nach Deutschland zu fahren, und werden in einigen Tagen wieder in Wien sein. Ich stehe nicht an, Sie flehentlich zu bitten, sich in dieser Zeit gewissenhaft selbst zu prüfen und festzustellen, ob Sie wirklich das Gefühl haben, meinen Mann so sehr zu lieben, daß Sie ohne ihn nicht leben können. Ich weiß, daß ich nicht mehr Ihre Waffen der Jugend und der makellosen Schönheit besitze. Aber denken auch Sie daran, daß mein Mann nicht aus Ihren Kreisen kommt und nicht Ihrer Generation angehört. Er ist so viele Jahre älter, als Sie sind. Er ist nicht gesund. Und er ist ein sehr schwieriger Mensch. Sie waren bisher nur mit jungen

Menschen zusammen, unter denen sich einer befindet, der Sie aufrichtig liebt und den Sie durch Ihr Verhalten sehr unglücklich gemacht haben. Denken Sie auch an ihn in diesen Tagen unserer Abwesenheit, und haben Sie die Freundlichkeit, mich nach meiner Rückkehr anzurufen und mir zu sagen, wie Sie sich entschieden haben. Ich weiß, daß dieser Brief einer Bettelei um Milde gleichkommt, aber es macht mir nichts aus. Ihre Valerie Frank.«

Ich sah auf, langsam vermochte ich wieder zu lächeln. »Nun ja«, sagte ich, »natürlich war es nicht einfach für sie, weißt du. Wir haben lange darüber gesprochen, aber zuletzt sah Valerie ein, daß es sinnlos war, auf Rechten zu beharren, die sie schon lange nicht mehr besaß.«

Vilma sah mich nicht an, als sie sagte:

»Der Brief hat noch ein PS.«

»Tatsächlich?«

Ich sah den Bogen wieder an.

Dann las ich:

»PS. Sollte mein Mann, was selbstverständlich auch möglich ist, *ohne* mich nach Wien zurückkommen und Ihnen sagen, daß er sich von mir getrennt hat, dann bitte ich Sie, in Ihrem eigenen Interesse, den zweiten Brief zu öffnen, den ich dem ersten beilege.«

Ich ließ das Blatt sinken. Und nun saß ich wieder in Mordsteins Wagen, nun raste ich wieder über die eisige Autobahn auf die Bayernbrücke zu, nun stürzte der Wagen, nun lohten die Flammen auf, nun war alles wieder gegenwärtig und fürchterlich ...

»Und?« fragte ich leise. »Hast du auch den zweiten Brief geöffnet?«

Vilma nickte stumm und kramte in ihrer kleinen Tasche. Sie entnahm ihr zuerst ein Taschentuch, in das sie geräuschvoll blies, und danach einen zweiten Bogen Papier.

»Es tut mir leid, ich wollte es nicht tun. Aber als ich dich anrief und du sagtest, du seiest allein gekommen und hättest mit ihr gesprochen – da habe ich ihn aufgemacht. Ich weiß nicht, warum, ich mußte ihn einfach aufmachen und lesen. Du bist mir böse!«

»Nein!«

»Doch, du wirst mir böse sein ...«

»Bestimmt nicht, Vilma. Darf ich ... den zweiten Brief auch lesen?«

»Natürlich«, sagte sie.

Ich nahm ihn und las:

»Liebe Vilma, wenn Sie diese Zeilen lesen, bin ich bereits tot. Mein Mann hat mich ermordet. Ich kann jetzt noch nicht sagen, auf welche Weise er es getan hat, doch er hat mich ermordet. Ich habe schon vor unserer Deutschlandreise mit dieser Möglichkeit gerechnet, aber mich in keiner Weise gegen sie geschützt. Die Tatsache, daß mein Mann mich ermordete, ist nur der äußerste Beweis dafür, daß er sich von mir trennen wollte. Und ohne ihn hätte ich ohnedies nicht mehr leben können. Ich schreibe deshalb diese Zeilen ohne Groll und ausschließlich in der Absicht, Sie, die jung und verheißungsvoll sind, davor zu bewahren, in eine Katastrophe verstrickt zu werden. Denn es ist eine Katastrophe, in welcher mein Mann sein eigenes Leben beenden wird. Er ist schwer krank und hat nur noch etwa ein halbes Jahr zu leben. In diesem halben Jahr wird er zusehends verfallen und zuletzt nur noch ein menschliches Wrack sein. Er ist jetzt schon völlig asozial und zuzeiten nicht mehr Herr seines Verstandes. Wenn Sie in die Lage kommen, diesen Brief zu öffnen, und wenn Sie meinen Mann danach noch sehen, dann zeigen Sie ihm den Brief und fragen Sie ihn, was er zu ihm zu sagen hat. Ich bin sicher, er wird die Wahrheit sagen. Er ist kein Lügner. Er ist nur mein Mörder. Valerie Frank.«

Vilmas Augen ruhten auf mir, als ich aufsah. Sie fragte nicht, aber nach einer Weile des Schweigens rollten Tränen über ihre Wangen.

»Es ist wahr, Vilma«, sagte ich leise.

»Du hast sie ...«

Ich nickte.

»Mein Gott«, flüsterte sie.

»Man wird es nie erfahren«, sagte ich schnell, »ich habe es sehr geschickt angefangen, man hält es für einen Verkehrsunfall. Du mußt keine Angst haben, Vilma, ich verspreche dir, daß es nie aufkommen wird. Ja, es stimmt, ich bin nicht ganz gesund, aber ich bin völlig normal, ich bin in der denkbar besten Nervenverfassung, und du kannst meine Tat keinesfalls beurteilen, ohne die Hintergründe der Geschichte zu kennen. Ich liebe dich, Vilma, ich will dir alles erklären, höre mich an, es begann vor ein paar Monaten, als ...«

Ich brach ab, denn ich fühlte, daß jemand in das Lokal gekommen war und nun hinter mir stand. Ich drehte mich um und erblickte Felix. Seine Wangen waren gerötet, er stand hoch aufgerichtet und war außer sich vor Wut.

»Sie Schwein«, rief er und packte meine Rockaufschläge, um mich hochzuziehen, »ich habe ja gewußt, daß Vilma log, als sie sagte, sie müßte nach Hause! Aber diesmal werden Sie bezahlen, Sie gemeiner, dreckiger ...«

»Felix!« schrie Vilma.

Er versuchte, mich ins Gesicht zu schlagen, aber ich war schneller und schlug zuerst. Er flog krachend gegen die Wand und riß einen Tisch um. Die dicke Wirtin kam entsetzt herbei und fiel sogleich über Felix her. »Was fällt Ihnen ein? Machen Sie augenblicklich, daß Sie hinauskommen, oder ich rufe einen Polizisten!«

»Dieser Mann ...«, begann der kreidebleiche Felix, aber sie ließ ihn nicht zu Wort kommen. »Verschwinden Sie! Sie belästigen meine Gäste! Gehen Sie freiwillig, oder muß ich um Hilfe rufen?«

Felix machte Anstalten, sich auf mich zu stürzen, als Vilma sich erhob.

»Ich komme mit dir«, sagte sie leise.

»Was?« Er begriff nicht.

»Ich komme mit dir«, wiederholte Vilma und nahm ihren Mantel. Sie gab mir die beiden Briefe und den Ring zurück. »Es tut mir leid«, sagte sie, »aber ich kann nicht. Ich habe gedacht, ich würde es können, wirklich, noch am Nachmittag habe ich das gedacht, doch jetzt kann ich es nicht mehr. Verbrenne die Briefe. Ich habe sie nie gelesen.«

»Vilma«, sagte ich verzweifelt, »du kannst nicht fortgehen! Ich muß mit dir sprechen! Es gibt so viel zu erklären.«

Sie schüttelte den Kopf.

»Geh schon voraus«, bat sie Felix. »Ich komme gleich nach.«

Er ging widerwillig. Auch die dicke Wirtin zog sich zurück.

»Ich liebe dich«, sagte Vilma flüsternd, während sie die Arme auf meine Schultern legte, »aber ich ... ich habe so

furchtbare Angst vor dir.« Ich nickte. Plötzlich war ich wieder ganz ruhig. Ich sah alles ein, ich verstand alles.
»Wenn ich keine Angst hätte, wäre es nicht so schlimm«, flüsterte sie, »aber so ist es unmöglich.«
»Natürlich ist es unmöglich«, sagte ich, »ich hätte gleich daran denken sollen.«
»Du mußt nicht fürchten, daß ich dich jemals verraten werde.«
»Ich fürchte es nicht, Vilma.«
»Leb wohl«, sagte sie. Und dann, schneller, als ich es für möglich hielt, war sie verschwunden. Ich stand allein vor dem kleinen Tischchen. Draußen sah ich sie an den Fensterscheiben vorübergleiten, zwei junge Leute in billigen Wintermänteln. Sie ging ein bißchen vor ihm, er folgte ihr eilig und vollkommen verständnislos.
Ich zahlte und verließ die Konditorei gleichfalls. Durch die dunkle, herbstliche Stadt ging ich nach Hause. Im Kamin war noch Glut. Ich legte ein paar neue Scheite auf und kochte eine Tasse Schokolade. Mit ihr setzte ich mich vor das Feuer. Nun war auch das vorbei, dachte ich. Nun hatte ich auch Vilma verloren. Ich hatte sie verlieren müssen, es war Wahnsinn gewesen, etwas anderes anzunehmen. Es konnte nicht gutgehen, Jolanthe war zu klug. Und vielleicht hatte sie mich wirklich geliebt. Wer konnte das sagen?
Mein Gehirn schrieb die Episode Wien bereits ab, meine Gedanken waren schon weit, weit fort, im Süden, auf einer Insel, an irgendeinem Felsenstrand. Ja, dachte ich, nun war ich wirklich frei. Morgen wollte ich fahren und nie mehr wiederkommen. Es gab so viele Orte und so viele Menschen. Ich lebte noch. Ich hatte Geld und Morphium. Nun waren

alle, die mir nahekommen konnten, von mir gegangen, nun war ich bereit, einen neuen Menschen zu finden, eine neue Frau, einen neuen Freund. Es gab so viele Frauen, und vielleicht gab es auch Freunde. Ich war sehr zuversichtlich an diesem Abend, und es dauerte eine ganze Stunde, bis ich mich an Vilma erinnerte und vor Sehnsucht nicht atmen konnte und bereit war, mein Leben in dieser Nacht zu beenden.
Ich holte die Kognakflasche hervor und trank sie leer. Dann suchte ich, schon betrunken, nach den Morphiumampullen. Ich wollte eine enorme Überdosis nehmen und dafür sorgen, daß ich nicht mehr erwachte. Alles schien vorbereitet, das Bett war gemacht, das Feuer brannte noch – nur die Injektionsspritze konnte ich nicht finden. Ich suchte sie überall mit der Ungeschicklichkeit eines Betrunkenen, aber sie blieb verschwunden. Ich weinte und fluchte, schlug mich an Möbeln an und stolperte über Teppiche. Die Injektionsspritze blieb verborgen. Ich riß Tischdecken mit mir und zerbrach ein paar Gläser, und ich war eben im Begriff, sinnlos und vandalisch meinen Schreibtisch zu zerschlagen, als es klingelte.
Ich taumelte gegen die Wand zurück und beleckte meine Lippen.
Es klingelte wieder.
Ich beschloß, nicht zu öffnen. Aber dann sah ich, daß die Vorhänge nicht zugezogen waren und daß infolgedessen der Besucher wußte, daß jemand zu Hause war. Er klingelte mittlerweile zum drittenmal, diesmal sehr lange.
Ich nahm mich zusammen und ging zur Tür, die ich rasch öffnete. Draußen stand ein Mann von etwa fünfzig Jahren,

klein, rundlich und freundlich. Er sprach mit weicher, sanfter Stimme und hatte ein gütiges Gesicht, in dem scharfgeschliffene Brillen dominierten. Er zog den steifen schwarzen Hut und entblößte schütteres, mattblondes Haar, als er sich verneigte. »Verzeihen Sie bitte die Störung, aber ist es wohl noch möglich, die gnädige Frau zu sprechen?«

Ich hielt mich am Türrahmen fest.

»Worum handelt es sich?«

»Habe ich die Ehre mit Herrn Frank?«

»Ja.«

Der kleine Mann lächelte. »Sehr erfreut. Mein Name ist Doktor Freund.«

Ich rührte mich nicht.

Er hielt mir seine Hand hin, und ich nahm sie mechanisch. Im Stiegenhaus erlosch das Licht. Doktor Freund räusperte sich. Ich blieb stehen.

»Die gnädige Frau ...«, begann er wieder.

»... ist nicht da«, sagte ich grob.

»Wann kommt sie denn?«

»Das weiß ich nicht.«

»Wäre es wohl möglich, auf sie hier zu warten?«

»Kaum«, sagte ich und rülpste.

»Ich habe schon einige Male angerufen«, erklärte er, »doch es kam leider niemals jemand an den Apparat.«

»Wir waren nicht da.«

»Aber heute abend ...«, er lächelte ruhig. Der Mann machte mich unsagbar nervös. Wer war dieser Doktor Freund? Kam er von der Polizei?

»Was wollen Sie eigentlich?«

»Ich sagte es schon: mit der gnädigen Frau sprechen.«

»Die ist nicht hier, das sagte ich auch schon.«
»Und wann wird sie kommen?«
»Das weiß ich nicht. Sie ist in Deutschland.«
»Oh!« Er war überrascht. »Und wo in Deutschland?«
»Die Adresse ist mir unbekannt, sie reist.«
»Sie werden sie doch gewiß erreichen können ...«
»Nein!« schrie ich laut. »Ich kann sie gewiß nicht erreichen! Machen Sie, daß Sie verschwinden! Ich bin müde!« Und ich versuchte, ihm die Tür vor der Nase zuzuwerfen. Aber er war schneller und stellte einen Fuß zwischen sie und den Rahmen. »Es tut mir leid, Herr Frank, doch so geht das nicht.« Er drückte die Tür wieder auf, und ich taumelte zurück. Er war sehr kräftig, der kleine Doktor Freund. »Wenn Ihre Frau nicht da ist, muß ich mit Ihnen reden.«
»Worüber?« Ich starrte ihn an, als er an mir vorbei in das Vorzimmer trat und die Tür hinter sich schloß.
»Über verschiedenes. Ich habe lange genug gewartet, wir müssen nun zu einer Entscheidung kommen. Ihre Frau hat es leider verabsäumt, sich mit mir zu unterhalten. Ich bedaure das tief.« Er sah sich kurz um, dann fand er einen Haken, an den er seinen lächerlichen Hut hängte. Danach machte er sich daran, seinen Mantel auszuziehen.
»Aber worum handelt es sich denn?« stammelte ich hilflos. Doktor Freund lächelte wieder.
»Es handelt sich um Ihren Sohn, Herr Frank«, sagte er.

Drittes Buch

1

Die Straßenbahn fuhr ratternd und heftig schlingernd durch trostlose Peripheriestraßen in das Industriegelände Wiens hinaus. Ich sah, im Licht vorübergleitender Autos, die Silhouetten von Fabriksgebäuden, Lagerschuppen und Schornsteinen. Irgendwo heulte eine Lokomotive. Über die Fensterscheibe rannen dicke Tropfen.

Der Wagen war fast leer. Ein paar müde Frauen mit Kopftüchern und großen Taschen schliefen unruhig, ein junger Mann mit Brille las ernsthaft in einem dicken Buch, und hinten auf der Plattform stritt ein Betrunkener mit dem Schaffner. Doktor Freund saß mir gegenüber. Er schwieg. Er hatte in der letzten Stunde genug gesprochen.

Nachdem er seinen Hut aufgehängt hatte, war er an mir vorbei einfach in das Wohnzimmer hineingegangen. »Kommen Sie«, hatte er gesagt. »Ich will Ihnen meine Anwesenheit erklären.«

Ich starrte ihm nach, dann bemerkte ich, daß meine Beine sich wie von selber in Bewegung setzten und ihm folgten. Doktor Freund war eine außergewöhnliche Persönlichkeit, fühlte ich zum erstenmal. Mein Kopf schwamm, und ich war noch sehr betrunken, als ich ihm gegenüber Platz nahm. Er betrachtete interessiert die leere Kognakflasche, die Unordnung im Zimmer und zuletzt mich. Seine Augen blickten warm und freundlich, aber ich traute ihm nicht. Sei auf der Hut, sagte ich mir, paß auf! Wenn du dich jetzt verrätst, bist du verloren. Und du kannst dich leicht verraten, denn du bist betrunken. Was weiß dieser Mensch von dir? Was weißt du von ihm? Gib acht, um Gottes willen! Überlege, was du sagst.

»Herr Frank«, sagte Doktor Freund, ohne den interessierten Blick von mir zu lassen, »ich beginne wohl am besten damit, daß ich Ihnen mitteile, wer ich bin.«

»Ja«, sagte ich. (Korrekt geantwortet.)

»Ich bin der Leiter einer Wiener Schule.«

»Einer *Schule?*« (Achtung. Keine Verwunderung. Vielleicht müßtest du überhaupt wissen, wer er ist.)

Doktor Freund nickte. »Es ist keine ganz gewöhnliche Schule. Ebenso wie ich – hm – kein ganz gewöhnlicher Lehrer bin.«

»Nein?«

»Nein. Ich bin eigentlich Erzieher, ich habe mit dem Psychologen Alfred Adler gearbeitet. Zur effektiven Schularbeit kam ich erst später. Man übergab mir die Schule sozusagen nur als Laboratorium.«

Was erzählte der Mensch mir da? Was ging mich das alles an? War ich vielleicht verrückt geworden? Träumte ich? Hatte er nicht gesagt, es handle sich um meinen Sohn?

»Sie sagten etwas von meinem Sohn ...« (Vorsicht. Vielleicht sagte er gar nichts von ihm. Warum lächelt er so? Hast du dich schon verraten? Verfluchter Kognak.)

»Gleich, Herr Frank, ich komme gleich zu ihm. Ich muß Ihnen nur zuvor noch einige Informationen geben.«

»Bitte.« (Das war eine gute Antwort.)
»Wir experimentieren in meiner Schule.«
»Mit Kindern?«
»Ja«, sagte er, »mit allen Arten von Kindern. Mit normalen, aber auch mit kretiniden, gehemmten, kranken. Es ist eine Art Versuchsschule, die ich leite.«
»Aha.«
»Daneben«, fuhr der kleine Mann fort, »habe ich auch eine Beratungsschule eingerichtet. In einer Nervenklinik. Dorthin können Eltern und Kinder kommen, die etwas auf dem Herzen haben. Wir – meine Kollegen und ich – versuchen ihnen dann zu helfen.«
»So.«
»Sie hätten auch in meine Beratungsstelle kommen sollen.«
»Ich?«
»Ja. Ihre Frau war ein einziges Mal bei mir.« Er sah die leere Flasche an. »Leider«, sagte er und seufzte. Dann sah er schnell mich an. »Wußten Sie das, Herr Frank?«
»Ich ...«, begann ich und brach ab. Sein Blick hatte mich verwirrt, ich zögerte, dann sah ich ein, daß ich etwas riskieren mußte, wenn ich weiterkommen wollte. »Nein«, sagte ich, »ich wußte es nicht.«
»Das dachte ich mir.«
»Was?«
»Daß Ihre Frau Ihnen von dem Besuch nichts sagte.«
Es gibt Augenblicke, in denen Alkohol befreiend und lösend wirkt. Man überwindet dann Hemmungen und Bedenken, man wird mutiger, das Leben erscheint nicht mehr allzu wichtig, man wagt etwas, man spielt va banque. »Doktor, was wollte meine Frau bei Ihnen?«

Er blickte seine Hände an. Es waren feste, knochige Hände mit platten Nägeln, sie sahen aus wie die eines Bildhauers.
»Ihre Frau«, sagte er, »kam zu mir, nachdem sie schon in dem Jugendheim gewesen war, in welchem sie ihren Sohn untergebracht hatte. Man schickte sie zu mir. Ich behandelte ihren Sohn nämlich schon seit längerer Zeit.«
Jolanthe hatte einen Sohn gehabt. Sie hatte es mir nie gesagt, ich konnte es nicht wissen, ich konnte es nicht ahnen. Warum hatte ich es eigentlich nicht ahnen können? War es so unnatürlich? Sie war alt genug. Sie war verheiratet gewesen. Warum sollte sie keinen Sohn haben? Warum wirklich nicht? Oh, mein Gott, es war nur so entsetzlich komisch ...
»Warum lachen Sie?« fragte Doktor Freund und sah mich besorgt an.
»Ich habe nicht gelacht, ich habe gehustet.«
Er stand auf und trat zu mir. Dann fragte er, so leise, als dürfte es niemand außer uns hören: »Herr Frank, wußten Sie etwas von der Existenz dieses Kindes?«
Ich antwortete nicht. Ich dachte nach. Aber Doktor Freund kannte die Antwort schon, noch bevor ich langsam den Kopf schüttelte.
»Natürlich nicht«, sagte er leise. »Ich bedaure, daß ich es bin, der Ihnen alles erzählen muß.«
»Bedauern Sie es nicht«, erwiderte ich und war nun plötzlich wieder völlig nüchtern, völlig klar und völlig ruhig, »erzählen Sie mir alles.«
Er nickte und begann im Zimmer umherzuwandern.
»Was ich weiß«, sagte er, »habe ich von der Heimleitung und aus den Papieren des Jungen erfahren. Er heißt übrigens Martin.«

Martin hieß er. Nun ja, irgendwie mußte er ja heißen. Warum nicht Martin? Martin war auch nur ein Name.
»Erzählen Sie weiter, Doktor«, bat ich.
»Martin«, sagte er und nahm seine Wanderung wieder auf, »stammt aus der ersten Ehe Ihrer Frau. Als diese Ehe geschieden wurde – vor vier Jahren –, gab die Mutter das Kind in das erwähnte Heim. Manchmal besuchte sie es dort. In der letzten Zeit kaum noch.« Er war vor mir angekommen und blieb stehen. »Herr Frank«, sagte er, »ich bitte Sie, mir zu glauben, daß es mir keine Freude bereitet, auf diese Weise in Ihr Privatleben einzubrechen.«
»Warum tun Sie es dann?«
Seine Stimme wurde plötzlich hart. »Weil es nicht um Sie und Ihr Privatleben geht, sondern um ein Kind.«
»Sprechen Sie weiter«, sagte ich.
»Ihre Frau bezahlte regelmäßig die aufkommenden Beiträge im Heim«, fuhr er fort, und ich unterbrach ihn wieder: »Wie konnte sie das? Sie lebte doch in Deutschland.«
»Sie ließ die Rechnungen in Wien durch einen Bekannten begleichen, einen gewissen –«
»– Ingenieur Lauterbach«, sagte ich.
»Ja. Woher wissen Sie das?«
»Ich dachte es mir«, erklärte ich. Der Ring schloß sich. Ich war nicht verrückt. Es war eigentlich alles sehr logisch und einfach.
»Weiter, bitte«, sagte ich.
»Als Martin sechs Jahre alt war, übertrug die Mutter der Heimleitung die weiteren Erziehungsrechte. Man schickte Martin in eine Schule.« Doktor Freund zündete eine Zigarette an und blies Rauchwolken aus. »Verstehen Sie mich

recht, Herr Frank, ich referiere hier nur und enthalte mich absichtlich jeder Kritik am Verhalten Ihrer Frau, obwohl dieses in innigem Zusammenhang steht mit allem, was noch geschah.«

»Was geschah noch?«

»Martin«, sagte Doktor Freund, »der seinen Vater überhaupt nicht und seine Mutter kaum kennt, wurde nach einem Jahr bereits von der Schule gewiesen.«

»Aber warum?«

»Er wurde in der Folge noch von zwei weiteren Schulen gewiesen«, berichtete Doktor Freund. »Warum? Weil er ein kleiner Teufel war, wie die Lehrer sagten. Er terrorisierte die Klasse. Er schlug Mädchen blutig, er zerstörte fremdes Eigentum. Er war unfähig, dem Unterricht zu folgen. Er war das Schulbeispiel eines pathologischen Kindes. Die Heimleitung brachte ihn zu mir in die Beratungsstelle. Ich, Herr Frank, kenne Ihren Sohn seit einem Jahr. Er kommt mich jeden Donnerstag besuchen. Ich kann nicht sagen, daß wir keinen Kontakt gewonnen haben in diesem einen Jahr. Ich kann nicht sagen, daß ich nicht Martins Vertrauen besitze. Wenn es überhaupt jemanden gibt, mit dem er gerne spricht, mit dem er einen gewissen Kontakt findet, bin ich es. Und es waren auch schon Anzeichen für eine gewisse Besserung vorhanden ...« Doktor Freund nickte nachdenklich vor sich hin, er hielt seine Zigarette achtlos in der Hand. Er war ein alter Mann, dachte ich auf einmal, es kam mir erst jetzt zu Bewußtsein. Ein alter Mann, dem man sein Alter nur in wenigen Momenten der Erschöpfung anmerkte, weil er es sonst hinter einer Fassade der Kraft und der Ruhe verbarg. »Ja«, murmelte er, »wirkliche Anzeichen einer Besserung ...« Er sah auf, und sein Alter glitt von ihm ab wie ein Schleier, sein Gesicht war wieder jung. »Deshalb«, fuhr er fort, »begrüßte ich es, als Ihre Frau vor ein paar Wochen zu mir kam und mir mitteilte, daß sie wieder geheiratet hätte.«

»Das hat Jo...«, ich verbesserte mich, »das hat Valerie Ihnen gesagt?«

»Ja, Herr Frank. Sie sagte mir auch, daß Sie das Kind adoptiert hätten.«

»Ich habe ...«

»Sie wies ein Papier darüber vor, eine Urkunde, Herr Frank.« Er sah mich aufmerksam an, ein brennendes Interesse an meiner Person leuchtete plötzlich in seinen Augen. »War es ein ...«

»War es was?«

»War es kein echtes Dokument?«

Oh, Jolanthe, was hast du nur getan? Was warst du für ein Mensch? Du bist tot, ich habe dich getötet. Aber noch immer lebst du, noch immer muß ich deine Existenz zur Kenntnis nehmen. Willst du denn niemals tot sein? Wird sich deine Spur denn niemals verlieren? Was hast du noch angefangen, wovon ich nichts weiß? Wo liegen deine anderen Geheimnisse verstreut, wo hast du noch Stricke gespannt, über die ich stolpern, und Gruben gegraben, in die ich fallen werde?

»Es war«, sagte ich mühsam, »ein echtes Dokument. Ich habe den Jungen adoptiert.«

»Sie wußten doch nicht einmal, daß er existierte.«

»Wir haben flüchtig darüber gesprochen, meine Frau und ich. Ich gab sofort meine Zustimmung zur Adoption. Ich unterzeichnete das Formular, ohne es anzusehen ...«

»... und ohne zu wissen, wie Ihr Kind heißt.« Er sah mich unverwandt an.
Ich ertrug den Blick nicht. Ich sah zur Seite.
»Und ohne den Wunsch zu haben, Ihr Kind einmal zu sehen«, fuhr die ruhige, unerbittliche Stimme fort.
Mein Gott, das war ja Wahnsinn! Wie sollte das alles enden? Die Situation war völlig hoffnungslos! Was ich erzählte, *konnte* mir kein Mensch mehr glauben! Ich stöhnte. Vorbei war die bedenkenlose Leichtigkeit meiner Pläne, die schlafwandlerische Ruhe, mit der ich meine Verbrechen beging, vorbei, alles vorbei. Ich war ein Wrack, bereit, in Tränen auszubrechen vor diesem Menschen, den ich nicht kannte, der nichts von mir wußte und der noch nicht einmal ein Polizeibeamter war. Vorbei. Alles vorbei.
»Doktor«, sagte ich und sah ihn wieder an, »es hat doch keinen Sinn. Ich wollte meine Frau schützen. Aber ich sehe, Sie glauben mir nicht. Ich muß sie leider bloßstellen. Also gut: Ich habe nicht gewußt, daß Valerie ein Kind in unsere Ehe mitbrachte. Ich habe es nicht adoptiert.«
»Natürlich nicht, Herr Frank. Ich danke Ihnen für Ihr Vertrauen, es erleichtert mir vieles. Und einmal mußten Sie es doch erfahren.«
»Ja«, sagte ich, »einmal mußte ich es doch erfahren.«
»Martin trägt Ihren Namen.«
Ich schwieg.
»Martin Frank«, sagte Doktor Freund, »so heißt er jetzt überall.«
Mein Name. Aber mein Name war nicht Frank. Mein Name war Chandler. Und Martin, der weder Vater noch Mutter besaß, besaß nun eigentlich keinen Namen mehr. Er lebte mit

falschen Papieren, noch ehe er die Volksschule verlassen hatte.

»Hat«, sagte ich und schluckte, »er nach mir gefragt?«

»Nie.«

So. Nie.

»Und nach seiner Mutter?«

»Auch nie, Herr Frank.«

So. Auch nie.

»Seine Mutter, Herr Frank, ich meine: Ihre Frau, hat leider durch ihren seinerzeitigen Besuch keinen günstigen Einfluß auf Martin ausgeübt. Es kam zwischen den beiden zu einer für das Kind sehr erregenden Wiederbegegnung nach langer Zeit. Die Mutter stellte in Aussicht, daß sie nun bald für immer zusammenbleiben würden.«

Für immer zusammen. Das hatte Jolanthe in Aussicht gestellt. Arme Jolanthe. War sie wirklich nach Wien gekommen in der Hoffnung auf bürgerliche Geborgenheit und Frieden? Hatte ich sie so wenig gekannt? Für immer zusammen. Fast sah es so aus, als hätte sie nach ihrem Tod dieses Ziel doch noch erreicht. Denn nun waren wir zusammen. Für immer. Ich konnte ihr nicht widersprechen. Und ich konnte ihr nicht entfliehen. Ihr nicht. Und Martin auch nicht. Doktor Freund würde es nicht zulassen. So waren wir zusammen. Für immer ...

Doktor Freund sprach weiter, ich hörte seine Stimme wie durch eine Nebelwand. »Unglücklicherweise blieb diese Versprechung unerfüllt, Herr Frank. Ihre Frau ließ sich nicht mehr blicken. Und nun ist sie, wie Sie sagen, sogar verreist mit unbestimmtem Aufenthaltsort.«

»Sie hat eine dringende Verabredung in Deutschland.«

»Ich kann nur alles, was sie getan hat, tief bedauern.«
Ach, was sagst du denn da? Weißt du, was sie getan hat? Was ich getan habe? Kennst du die Tränen, die falschen Schwüre, die Sehnsucht, die Treulosigkeit, die Hoffnung, den letzten Verrat? Nichts kennst du. Du kannst nur bedauern.
»Ich bedaure es auch«, sagte ich.
»Der letzte Schock, den sie dem Kind durch ihr gebrochenes Versprechen beifügte, hatte schon bald katastrophale Folgen. Der Junge fiel zurück in seine alte Aggressivität. Er hat etwas getan, das ich nicht mehr decken kann. Die Heimleitung hat mich angerufen und mir mitgeteilt, daß Martin die Anstalt noch heute verlassen muß. Er befindet sich augenblicklich in Einzelarrest.«
»Was hat er getan?« fragte ich leise.
»Er hat versucht, einen kleineren und schwächeren Kameraden aufzuhängen«, sagte Doktor Freund ebenso leise, »und es ist ihm beinahe gelungen.«

2

»Aber, um Gottes willen, wie kam es denn dazu?«
»Die Kinder spielten Kriegsverbrecherprozeß«, erwiderte Doktor Freund. »Martin war der Vorsitzende des Nürnberger Tribunals. Er verurteilte seinen kleinen Freund zum Tod durch den Strang.«
Es gibt Grenzen dessen, was ein Mensch ertragen kann. Das sah ich plötzlich. Ich stand auf. »Doktor«, sagte ich, »bitte, begreifen Sie mich: Ich kann im Falle dieses Kindes keine Entscheidung treffen. Ich fühle mich nicht befugt ... ich bin

dieser Situation nicht gewachsen ... wir müssen warten, bis ... bis meine Frau wiederkommt.«
»Wir können nicht warten«, sagte er ernst. Sein Schatten fiel riesengroß an die Wand hinter mir. Er richtete sich auf. »Sie müssen mir helfen.«
»Ich kann Ihnen nicht helfen.«
»Sie sind der einzige, der es kann.«
»Es ist nicht mein Kind.«
»Es ist das Kind Ihrer Frau. Sie haben sie geheiratet.«
Wieder fühlte ich, daß ich den Tränen nahe war.
»Ich kann nicht! Ich kann nicht, ich sage es Ihnen doch! Ich bin nicht gesund. Ich verstehe mich nicht auf Kinder. Ich will den Jungen nicht haben!«
»Herr Frank«, sagte Doktor Freund, und seine Stimme war plötzlich kalt wie Eis, »wenn Sie den Jungen nicht zu sich nehmen, werde ich gegen Sie Anzeige bei der Polizei erstatten.«
Danke, Jolanthe, dachte ich.
Dann sagte ich: »Entschuldigen Sie meine Erregung. Lassen Sie uns gehen.«
»Das klingt besser«, meinte Doktor Freund.
»Wie müssen wir fahren?«
»Mit der Straßenbahn«, sagte er, »hinaus vor die Stadt.«

3

Der Wagen war fast leer. Ein paar müde Frauen mit Kopftüchern und großen Taschen schlummerten unruhig, ein junger Mann mit Brille las ernsthaft in einem dicken Buch, und

ein Betrunkener stritt mit dem Schaffner. Die Straßenbahn fuhr in das flache, nur teilweise bebaute Land hinaus. Doktor Freund saß mir gegenüber. Er schwieg. Über die Fensterscheiben rann der Regen.
Wir fuhren bis zur Endstation. Dann gingen wir noch etwa eine Viertelstunde über einen lehmigen Feldweg auf das Internat zu. Der Sturm tobte hier, wir stemmten uns gegen ihn. Doktor Freund ging etwas vor mir, er hielt seinen lächerlichen steifen Hut mit beiden Händen an den Kopf gepreßt. Ich stolperte, trat in eine Lache und fühlte, wie mir das Regenwasser in die Schuhe lief. Hier, auf dem Feld, war es dunkel. Nur von der Straße her kam noch etwas Licht von vereinzelten Bogenlampen, die im Sturm schwankten.
Es war, überlegte ich, nicht sehr schwer, Doktor Freund davonzulaufen. Er holte mich bestimmt nicht ein. Darüber brauchte ich mir keine Sorgen zu machen. Und selbst wenn er um Hilfe rief – hier hörte ihn doch keiner.
Aber wie weit würde ich kommen?
Er kannte mich nun, kannte meinen Namen, mein Aussehen. Ein Telefon gab es zweifellos auch hier. Die Polizei war in zehn Minuten verständigt. Ich kam nicht einmal aus der Stadt hinaus. Nein, so ging das nicht. Aber es ging auch nicht an, daß dieses pathologische Kind mich zu einem Gefangenen machte, daß es um mich war bis an mein Ende. Dafür hatte ich nicht getan, was ich getan hatte. Nein, dafür nicht. Ich wollte fort. Ich mußte fort. Aber ich mußte sinnvoll und sicher fort. Noch nicht. Noch war es zu früh. Noch mußte ich ein wenig warten. Das Internat war von einer hohen Mauer umgeben. Neben dem schmiedeeisernen Tor stand ein Pförtnerhaus. Doktor Freund klingelte.

Ein alter Mann kam mit einem Schirm auf uns zu und schloß auf. Er schien Doktor Freund gut zu kennen.
»Guten Abend, Herr Doktor!« Er ließ uns eintreten und musterte mich argwöhnisch. »Ist das der Vater?«
»Ja«, sagte Doktor Freund. »Er kommt Martin abholen.«
Der Pförtner schüttelte den Kopf. »Ich möchte nicht in Ihren Schuhen stecken«, sagte er. Das war der Empfang. Aber es wurde noch schlimmer. Die Leiterin der Anstalt, eine dicke ältere Dame mit eisengrauem Haar, das ihr wild nach allen Seiten vom Kopf abstand, empfing mich in ihrem Büro voll offenkundiger Verachtung. Sie sprach zuerst kurz mit Doktor Freund und betrug sich dabei, als wäre ich überhaupt nicht anwesend. Sie füllte dazu ein Formular aus, dessen Fragen eigentlich ich hätte beantworten müssen. Sie stellte sie aber Doktor Freund.
»Der Vater ist willens, das Kind zu sich zu nehmen?«
»Ja.«
»Er wohnt?«
Doktor Freund nannte meine Adresse.
Die Frau schrieb.
»Sein Beruf?«
»Ihr Beruf?« fragte Doktor Freund und sah mich an.
»Kaufmann«, sagte ich. Die Leiterin ignorierte mich noch immer.
»Kaufmann«, sagte Doktor Freund.
»Kaufmann«, schrieb sie auf den Bogen.
»Die Mutter ist ...«
»Verreist. Aber Herr Frank hat mir versprochen, für das Kind zu sorgen.«
»Ist das wahr?« fragte sie und sah mich zum erstenmal an.

Ihr Blick war unfreundlich und kalt. »Haben Sie wirklich die Absicht?«

»Ja«, log ich und blickte auf den Tisch.

Sie drehte den Bogen um. »Ist der – hm – Vater damit einverstanden, daß das Kind in Ihre Schule kommt, Doktor Freund?«

»Darüber haben wir bis jetzt noch nicht gesprochen ...«, begann dieser.

»Ich bin einverstanden«, sagte ich schnell.

»Es gäbe auch gar keine andere Schule mehr, die ihn aufnähme«, sagte sie.

»Eben«, sagte ich.

Sie hob den Kopf, sah mich schweigend an und schrieb weiter. Dann drückte sie auf eine Klingel, und eine junge Frau erschien.

»Sind Martins Sachen gepackt?«

»Ja, Frau Direktor. Der Koffer steht auf dem Gang.«

»Gut, bringen Sie Martin her.« Die junge Frau ging. Bei der Tür drehte sie sich noch einmal um und sah mich neugierig an. »Doktor Freund«, sagte die Leiterin zu mir, »hat Ihnen gewiß schon mitgeteilt, daß wir in der Lage sind, ein polizeiliches Verfahren gegen Sie zu eröffnen, wenn Sie weiterhin Ihre Elternpflichten Martin gegenüber vernachlässigen.«

»Ja, das hat er.«

»Gut«, sagte sie und schob mir den Bogen hin. »Unterschreiben Sie hier.«

Ich unterschrieb eine eidesstattliche Erklärung, daß alle Angaben, die ich gemacht hatte, der Wahrheit entsprachen und daß ich mich verpflichtete, von nun an »nach bestem

Wissen und Gewissen und im Rahmen meiner Fähigkeiten und Mittel für das obengenannte, mir am heutigen Tage übergebene Kind Frank, Martin, geboren am 5. 3. 1942, zu sorgen«.

Dann klopfte es, und die junge Frau kam zurück.

»Martin ist fertig«, meldete sie.

»Lassen Sie ihn eintreten«, sagte die Leiterin.

Martin kam ins Zimmer.

Er war für sein Alter klein und eher schwächlich. Man konnte sich kaum vorstellen, daß er jene Riesenkräfte besaß, die notwendig waren, um die Brutalität zu verüben, die man ihm zur Last legte. Sein Gesicht war im Verhältnis zum Körper unproportioniert groß und sein Kopf schwer und unförmig. Seine Haut war bleich, die schwarzen, eiligen und verschlagenen Augen ruhten in unterschatteten Höhlen, das kurze blonde Haar klebte am Kopf. Seine dünnen, blutleeren Lippen zuckten nervös, und er verzog sie zu einem ironischen Lächeln, als er näher trat und eingelernt grüßte: »Guten Abend.«

Doktor Freund stand auf und ging ihm lächelnd entgegen.

»Guten Abend, Martin! Ich freue mich, dich zu sehen!«

Er gab dem Kind die Hand. Ein kurzes Aufleuchten glitt über Martins Gesicht, dann, als er mich erblickte, wurde es wieder verschlossen.

»Martin«, sagte die Leiterin, »du verläßt uns heute abend. Dein Vater ist gekommen, um dich abzuholen.«

»Das ist dein Vater, Martin!« Doktor Freund schob mich vor.

»Guten Tag, mein Junge«, murmelte ich und hielt ihm eine Hand hin. Er nahm sie nicht. Sein Blick lag prüfend und feindselig auf mir.

»Sie sind nicht mein Vater«, sagte er. Ich ließ die Hand wieder sinken.
»Ich habe deine Mutter geheiratet«, begann ich, und er unterbrach mich: »Ich weiß. Meine Mutter hat mir davon erzählt. Sie sind ihr Mann. Aber nicht mein Vater.«
»Das stimmt, Martin«, sagte ich freundlich, »wir werden bestimmt auch so gute Freunde werden.« Er schwieg. »Glaubst du nicht?«
»Nein, ich glaube nicht«, sagte er. »Es ist mir auch egal. Ich brauche keine Freunde.«
»Jeder Mensch braucht Freunde, Martin«, sagte Doktor Freund. »Darüber haben wir schon oft gesprochen, erinnere dich nur!«
Martin nickte ungeduldig. »Ja, ich erinnere mich! Aber ich glaube es nicht mehr, Herr Doktor! Es ist doch alles Schwindel!«
»Na, hör mal, Martin!« Doktor Freund klopfte ihm auf die Schulter. »Was erzählst du denn da für Unsinn?«
»Es ist kein Unsinn. Es ist wahr. Es gibt keine Freunde.«
»So. Und du und ich – was sind wir? Sind wir vielleicht keine Freunde?«
»Das ist etwas anderes«, sagte Martin und sah auf seine Stiefel. Er trug schwarze Schnürstiefel und einen blauen Kinderanzug. Er war erstaunlich gut gekleidet.
»Wieso ist das etwas anderes?«
»Weil – Sie sind eine Ausnahme«, erklärte der Junge verlegen. Seine Lippen zuckten jetzt stärker, es schien eine Reflexbewegung bei ihm zu sein, wenn er erregt war. Mir fielen Jolanthes zuckende Nasenflügel ein. Der Junge sah mich plötzlich an.

»Wo ist meine Mutter?«
»In Deutschland. Sie wird bald kommen.«
Sein Mund verzog sich höhnisch. »Sie wird nie mehr kommen!«
Mein Gott, dachte ich.
»Aber mir ist das auch egal«, fuhr er in demselben schneidenden Ton fort, »ich brauche sie nicht.«
»Jeder Mensch braucht eine Mutter«, sagte Doktor Freund.
»Ich nicht«, rief das Kind, »ich brauche niemanden! Gute Nacht, Frau Direktor.« Er gab der Leiterin die Hand, ohne sie dabei anzusehen.
»Leb wohl, Martin. Ich hoffe, daß es dir gutgehen wird und daß du jetzt wirklich brav sein wirst. Ich weiß, es tut dir leid, was du getan hast, und ...«
»Es tut mir nicht leid«, sagte Martin und entzog ihr seine Hand. »Und Sie hoffen auch nicht, daß es mir gutgehen wird. Sie sind froh, daß Sie mich los sind.«
»Nein, Martin, das ist nicht so.«
Er nickte greisenhaft. »Ich weiß schon, wie es ist. Ihr alle haßt mich.«
»Kein Mensch haßt dich, Martin«, sagte Doktor Freund laut, »woher hast du denn den Unsinn?«
»Es ist kein Unsinn! Ich weiß es genau! Aber das macht mir alles nichts! Ich hasse euch auch! Eines Tages ...« Er brach ab.
»Was, eines Tages, Martin?«
»Ihr werdet schon sehen«, murmelte er düster und ging zur Tür. Er drehte sich nicht mehr um. »Ich kann meinen Koffer selber tragen, Herr Doktor«, sagte er über die Schulter. Mich beachtete er überhaupt nicht. Er hob sein Gepäck auf, das draußen stand, und schleppte es zur Treppe.

Ich sah die Leiterin und die junge Frau an.
»Gute Nacht«, sagte ich verlegen.
Sie antworteten nicht.

4

Doktor Freund fuhr mit uns in die Stadt zurück. Unterwegs sprachen wir kaum miteinander. Erst vor der Haustür, wo er sich verabschiedete, sagte der kleine Mann mit der dicken Brille zu mir: »Sie versprechen, Martin jetzt nicht allein zu lassen?«
»Wie sollte ich?«
»Sie könnten die Stadt verlassen, Herr Frank.«
»Ja«, sagte ich.
»Aber Sie werden es nicht tun!«
»Nein«, sagte ich.
»Ich glaube Ihnen. Und ich danke Ihnen dafür.« Er schüttelte mir kräftig die Hand.
Dann neigte er sich zu Martin, der ein paar Schritte vorausgegangen war. (Er trug noch immer seinen Koffer, er hatte es sich nicht nehmen lassen.) »Schlaf schön, Martin! Und morgen kommst du zu mir in die Schule, ja?«
»Ja, Herr Doktor.«
»Dort sind lauter nette Kinder, die schon auf dich warten.«
»Ich glaub's nicht.«
»Aber es ist so, Martin! Wirklich!«
»Ich glaub's nicht.«
»Aber ich, ich warte doch auf dich! Oder glaubst du das auch nicht?«

»O ja, Herr Doktor, das glaube ich schon«, sagte das Kind. Ich bemerkte erst jetzt, daß es unter dem Arm eine braune Pappschachtel trug, die es gegen den Körper preßte.
»Na, siehst du! Und wir zwei, du und ich, wir zwei beide, wir werden eine Menge Spaß miteinander haben!«
Martin lächelte kurz. »Gute Nacht«, sagte er.
Doktor Freund sah uns nach, wie wir in das Haus hineingingen. Klein, dicklich und ein wenig vorgeneigt, stand er im Regen und winkte.
In der Wohnung brannte noch Licht, das Feuer im Kamin war ausgegangen. Martin schlich mißtrauisch und lauernd durch die Zimmer.
»Wir werden zusammen schlafen müssen«, sagte ich. »Die Betten stehen nebeneinander.«
Er gab keine Antwort. »Komm, wir packen deine Sachen aus.« Wieder keine Antwort. Ich öffnete den kleinen Koffer, den er mitgebracht hatte, und sah erstaunt, daß er nur ein bißchen Wäsche und ein paar Schulhefte enthielt.
»Ist das alles?«
»Ja, warum?«
»Hast du denn keine Spielsachen?«
»Ich brauche keine Spielsachen.«
Ich legte die einzelnen Kleidungsstücke auf den Tisch, es sah alles sehr klein und unwirklich aus: unwirkliche Hosen, unwirkliche Strümpfe, unwirkliche Schuhe. Ich würde ihm Geld dalassen, dachte ich. Ziemlich viel Geld. Wenn wir nicht in die Schule kamen, würde Doktor Freund uns wieder in der Wohnung besuchen und Martin finden.
»Soll ich dir das Badezimmer zeigen?«
»Wozu?«

»Damit du dich waschen kannst.«
»Ich wasche mich nicht.«
»Jeder Mensch ...«, begann ich und unterbrach mich selbst. »Na schön«, sagte ich gleichgültig, »dann wasch dich eben nicht.« Was ging der Junge mich an? In längstens einer Stunde war ich fort.
Ich hatte den Koffer leergeräumt und griff nun, ohne mir dabei etwas zu denken, nach der braunen Pappschachtel. Mit einem tierischen Aufschrei stürzte Martin sich auf mich.
»Nein!«
Ich erschrak. Er stand mir gegenüber, die Schachtel in beiden Händen, keuchend, reine Mordlust in den flackernden Augen.
»Was ist denn, Martin? Was hast du denn?«
»Die Schachtel gehört mir! Mir! Mir!«
»Ich nehme sie dir nicht weg!«
»Doch! Sie nehmen sie mir weg!«
»Aber nein, Martin! Ich denke nicht daran! Was ist denn in der Schachtel?«
»Mein Spielzeug«, flüsterte er, und seine kleinen Hände strichen zärtlich über den Karton.
»Ich dachte, du hättest kein Spielzeug.«
»Kein solches wie die anderen!«
»Was für eines denn?«
»Sage ich nicht.«
»Bitte, sage es mir.«
»Nein!«
Ich drehte ihm den Rücken zu. »Na schön, dann sage es mir nicht!«

Ich fühlte, wie er mich mit den Augen verfolgte, aber ich drehte mich nicht um.

Dann kam es: »Soll ich es Ihnen zeigen?«

Er trat vor mich. In seinen Augen wetterleuchtete es, seine Lippen zuckten, der Junge befand sich ohne Zweifel in einem großen Erregungszustand.

»Wenn du willst, bitte!«

»Aber Sie müssen mir versprechen, daß Sie es mir nicht wegnehmen.«

»Na schön.«

Er konnte es kaum erwarten, die Schachtel zu öffnen. Seine Finger zitterten ein bißchen, als er es tat. Jetzt bemerkte ich, daß der Karton ein paar kleine Löcher aufwies. Er hob den Deckel ab.

»Da!« sagte er heiser.

Ich sah hin. Dann krampfte sich mein Magen zusammen vor Ekel. In der Schachtel befand sich eine kleine weiße Maus. Sie war mit Klebstreifen in einer Weise am Boden des Behälters befestigt, daß sie sich nicht bewegen konnte. Selbst ihr langer, dünner Schwanz war festgeklebt.

5

»Das ist dein Spielzeug?«

»Ja!« Er strahlte mich an, in diesem Augenblick sah er absolut irrsinnig aus.

»Das ist kein Spielzeug!«

»Für mich schon!« Er fuhr mit einem Finger über den Rücken der Maus. Sie zuckte ein wenig, sie schien sehr

schwach zu sein, kaum noch am Leben. »Ich habe sie selber gekauft. Von meinem Taschengeld!«
Ich starrte ihn an. Auf seinen bleichen Wangen bildeten sich zwei schmutzigrote, hektische Flecken. »Ich habe sie gekauft und heimlich ins Heim gebracht. Keiner hat es gemerkt. Dann habe ich sie festgeklebt.«
»Aber warum, um Gottes willen?«
»Weil es mir Spaß gemacht hat. Ich habe es schon immer tun wollen. Eigentlich mit einer Katze. Aber Katzen sind zu groß, sie kratzen und laufen weg. Mit der Maus war es ganz leicht.«
»Wie lange«, sagte ich und fürchtete, mich jeden Augenblick übergeben zu müssen, »wie lange ist sie schon ... so?«
»Drei Tage«, sagte er fröhlich. Es war das erste Mal, daß ich ihn fröhlich sah. »Ich bin neugierig, wie lange sie es aushält. Ich gebe ihr nämlich nichts zu fressen.«
Ein Kind, dachte ich. Jolanthes Kind. Mein Kind.
»Ich glaube nicht, daß sie noch lange lebt. Früher, wenn ich sie mit einer Nadel gestochen habe, hat sie mehr gezuckt. Schauen Sie einmal!« Er zog eine Stecknadel aus seinem Jackenrevers.
»Nein«, sagte ich laut und entriß ihm den Karton. Er schrie auf wie wahnsinnig. Er sprang mich an, krallte sich an mir fest, er biß und kratzte wie ein wildes Tier.
»Meine Schachtel! Mir! Sie gehört mir! Hergeben! Sie haben es versprochen!«
Ich schüttelte ihn ab, er stürzte zu Boden.
Ich rannte zur Tür.
Aber bevor ich sie erreichte, hatte er mich eingeholt. Er entwickelte Riesenkräfte, einen Augenblick lang fürchtete ich,

er würde mich mit sich zu Boden reißen. Ich hatte plötzlich panische Angst vor ihm. Die Schachtel fiel mir aus der Hand. Ich packte ihn am Kragen, riß ihn hoch und trug ihn unter Aufbietung aller Kräfte in das Schlafzimmer, wo ich ihn aufs Bett warf. Er kreischte, er verschluckte sich, er rang nach Atem, er schrie weiter. Seine Augen verdrehten sich, bis ich nur noch das Weiße sah, und etwas Schaum trat vor seinen Mund.

»Sie Schwein!« schrie er. »Oh, Sie Schwein! Lügner! Gemeiner Hund! Die Maus gehört mit! Mir! Mir!«

Ich steckte ihn unter die Kissen, verwickelte seine Beine ins Leintuch und rannte dann zur Tür, die ich von außen abschloß. Gleich darauf hörte ich ihn wütend gegen ihre Innenseite trommeln. Er beschimpfte mich mit Worten, die nicht wiederzugeben sind.

Ich nahm den Karton und trug ihn in die Küche, wo ich die Maus mit einem Messer freischnitt. Sie war so verschreckt, daß sie kaum über den Tisch kriechen konnte. Aber ich durfte sie nicht in der Küche lassen! Aus dem Schlafzimmer drang Martins Toben zu mir.

Die Rückseite des Hauses wies einen dicht mit Wein bewachsenen Balkon auf. Ich schüttete etwas Milch in eine Schale, setzte die Maus daneben und sperrte die Balkontür ab. Den Schlüssel versteckte ich. Schließlich ging ich in das Schlafzimmer zurück, da mich die plötzliche Stille beunruhigte. Vielleicht war Martin erstickt, dachte ich, oder aus dem Fenster gesprungen.

Er saß auf dem Bett, als ich eintrat. Im kümmerlichen Licht einer Nachttischlampe hatte sein bleiches, großes Gesicht auf einmal erschreckende Ähnlichkeit mit dem geschmink-

ten Gesicht Jolanthes. Er sah mich an mit Augen, in denen ein unmenschlicher Haß glühte.
»Sie haben sie mir weggenommen«, sagte er leise.
»Ja, Martin. Eine Maus ist kein Spielzeug, und ...«
Er hörte mich gar nicht.
»Ich hoffe, Sie krepieren«, sagte er. »Ich hoffe, Sie müssen bald sterben, und es tut Ihnen weh, wenn Sie sterben, und Sie schreien die ganze Zeit, und niemand kann Ihnen helfen! Das hoffe ich!«
Er ließ sich zurückfallen und drehte sich auf den Bauch.
Ich löschte die Nachttischlampe.
»Gute Nacht, Martin«, sagte ich. Er antwortete nicht. Ich ging in das Nebenzimmer und begann hastig zu packen. Ich nahm nur sehr wenig Dinge mit, sie hatten in Martins kleinem Koffer Platz. Das Geld für ihn legte ich in ein Kuvert auf den Tisch. Dann öffnete ich noch einmal die Schlafzimmertür und lauschte Martins ruhigen, gleichmäßigen Atemzügen. Er war eingeschlafen.
Ich löschte das Licht und verließ die Wohnung. Es war dreiundzwanzig Uhr fünfzehn. Um dreiundzwanzig Uhr fünfundvierzig verließ der Arlbergexpreß die Stadt, das wußte ich. Es war genügend Zeit. Ich schlich durch das dunkle Treppenhaus zum Tor, das ich leise öffnete. Es regnete nicht mehr, die Nacht war milchig erhellt vom Schein der Straßenlampen, deren Licht durch leichten, diesigen Nebel sickerte. Das Haustor fiel hinter mir zu. Ich ging schnell die Straße hinunter.
Nach zehn Schritten sah ich ihn dann. Er stand an eine Laterne gelehnt und rauchte. Seine starken Brillengläser funkelten. Ich blieb stehen.

»Ich habe Sie erwartet«, sagte Doktor Freund ruhig.
Ich lehnte mich gegen eine Hauswand und atmete tief. Das Atmen tat mir weh.
»Sie wollten fliehen?«
Ich nickte stumm.
Er betrachtete mich lange und freundlich.
»Herr Frank«, sagte er dann mit seiner leisen Stimme, »glauben Sie mir: Sie können nicht mehr fliehen. Kein Mensch kann ewig fliehen. Für jeden kommt einmal der Tag, an dem er stehenbleiben muß, mit dem Rücken gegen die Wand, so wie Sie jetzt, um der Wirklichkeit ins Auge zu sehen.«
»Und warum«, flüsterte ich, »kann ich nicht mehr fliehen?«
Er lächelte. Das Licht der Laterne wob einen Strahlenkranz um seinen steifen Hut. »Weil Sie mir versprochen haben, zu bleiben, Herr Frank. Anständige Menschen halten ihr Versprechen.«
»Ich bin kein anständiger Mensch«, sagte ich.
»O doch«, erwiderte er. »Sie müssen ein anständiger Mensch sein!«
»Und warum?« fragte ich wild, aber ich wußte schon, daß dieser lächerliche kleine Mann stärker sein würde als ich.
»Weil ich an Sie glaube«, erwiderte Doktor Freund. Er nahm meine Hand. »Kommen Sie«, sagte er. Und dann führte er mich wie ein Kind zum Haustor zurück. »Gehen Sie jetzt schlafen. Morgen sprechen wir weiter.«
Ich nickte. Ich konnte mich kaum noch auf den Beinen halten, so müde war ich, so sehr sehnte ich mich nach Schlaf. Er sperrte das Tor mit dem Schlüssel auf, den ich ihm gab.
»Gute Nacht, Herr Frank«, sagte er. »Und noch eines: Ich

gehe jetzt auch nach Hause. Ich weiß, daß ich nun nicht mehr warten muß.«

Damit ließ er mich stehen. Ich sah ihm nach, bis er um die nächste Straßenecke verschwand. Dann ging ich in die Wohnung zurück. Martin schlief tief, er schnarchte ein wenig. Ich ließ mich auf das zweite Bett fallen, in dem Jolanthe einmal gelegen hatte, und zog die Füße hoch. Ich entkleidete mich nicht in dieser Nacht. Ich lag da und starrte die weiße Decke an. Die Äste des kahlen Baumes vor dem Fenster warfen unruhig wandernde Schatten auf sie.

6

»Die Pädagogen der ganzen Welt haben sich in letzter Zeit darüber geeinigt, daß das Schicksal und die Entwicklung eines jeden Menschen von der Beeinflussung seines Umweltgefühls in der ersten Kindheit abhängen«, sagte Doktor Freund. Er saß mir gegenüber im Direktionsbüro der Schule, einem großen Raum mit gelbgetönten Wänden und riesigen Fenstern, die auf die Geleise der Westbahnstrecke hinaussahen. Die Möbel trugen fröhliche, helle Farben, und an den Wänden hingen bunte Kinderzeichnungen unter Glas und Rahmen.

Ich war um acht Uhr mit Martin in die Anstalt gekommen. Wir waren noch böse miteinander, er nahm mich nicht zur Kenntnis. Die Schule, ein ehemaliges Repräsentationsgebäude der Nazis, machte den Eindruck, als bestünde sie nur aus Glas, Stahl und Beton. Sie war in jenem kalten, unpersönlichen Kolossalstil erbaut, den das Dritte Reich bevor-

zugte, und eigentlich sehr häßlich. Diese Häßlichkeit schien auch den neuen Bewohnern aufgefallen zu sein, denen die Gemeinde Wien das Gebäude nach Kriegsende übergab. Die neuen Bewohner hatten gründliche Abhilfe geschaffen. Auch die Wände des Stiegenhauses und der breiten, hallenden Gänge waren von Kinderhand bemalt. Sie zeigten Blumen, Dörfer, Tiere, Menschen und Eisenbahnen – unproportional im Größenverhältnis zueinander, aber bunt, kühn hingeworfen und voll phantastischer Einzelheiten. Ferner standen in allen Fensternischen sorgsam gepflegte Blumen in Vasen und Töpfen. Auf den Podesten und Mauervorsprüngen waren Vitrinen angebracht, in welchen sich Spielzeuge aller Art (von Kindern hergestellt), Handarbeitsgegenstände und Lehrbehelfe befanden. Es gab ausgestopfte Tiere »aus unserer Heimat«, einen Igel, eine Bisamratte und einen großen Feldhasen. (»Der Feldhase ist ein nützliches Tier und ein Freund der Menschen. Er lebt in Höhlen, die er selber gräbt und die neun Ausgänge haben ...«)
Neben jedem Gegenstand befand sich eine kleine Tafel, die in Blockbuchstaben Auskunft über ihn gab.
Ich sah, daß Martins Interesse gefangengenommen wurde. An meiner Seite und völlig ohne mich zu beachten, schritt er durch die Menge der fröhlichen Kinder, die in ihre Klassen eilten, und seine Augen wanderten unruhig hin und her. Am meisten faszinierte ihn sichtlich eine große, modern eingerichtete Küche, die sich im ersten Stock befand und deren Tür offenstand. Er sah sechs kleinen Mädchen zu, die eifrig am Herd hantierten, Gemüse säuberten und Kartoffeln schälten. Seine erste Frage, nachdem Doktor

Freund ihn herzlich und erfreut begrüßt hatte, galt denn auch dieser Küche.
»Ach«, sagte Freund, »das habe ich dir nicht erzählt, daß wir hier selber kochen?«
Martin beleckte seine Lippen, senkte den Kopf und schwieg.
»Wir kochen für alle, die in der Schule sind. Und zu Mittag essen wir dann gemeinsam, weißt du? Kochen ist ein Unterrichtsgegenstand wie Rechnen und Deutsch. Eine Woche lang kochen die Mädchen und eine Woche lang die Jungen.«
Martin lachte. »Die können doch gar nicht kochen!«
»Und ob sie es können, Martin!« Doktor Freund schnalzte mit der Zunge. »Hast du eine Ahnung!«
»Aber woher können sie es denn?«
»Sie haben es gelernt! Man kann alles lernen. Du wirst es mir wieder nicht glauben, aber bei uns haben die Mädchen in der Woche, in der die Buben kochen, Bastelunterricht. Unsere Mädchen können sägen und nageln und leimen – und unsere Buben können häkeln und stricken und Strümpfe stopfen.«
Martin lachte wieder. »Na, das ist aber eine komische Schule!«
»Freilich ist es eine komische Schule, das habe ich dir ja gleich gesagt. Sie wird dir sehr gefallen. Womit möchtest du denn lieber anfangen – mit Handarbeiten oder mit Kochen?«
»Mit Kochen!« rief Martin schnell.
Gleich darauf kam eine junge Lehrerin herein, die Martin freundlich die Hand gab und ihm sagte, daß er mit ihr kommen mußte. Es waren noch ein paar Formalitäten zu erledi-

gen, die mit seinem Übertritt in eine neue Schule zu tun hatten, und außerdem wurde jedes Kind zuerst von einem Amtsarzt auf seinen allgemeinen Gesundheitszustand hin untersucht.

»Aber ich habe gedacht, ich darf jetzt kochen!« sagte Martin ärgerlich.

»Morgen, Martin! Kochstunde ist erst morgen! Zuerst mußt du mit der Frau Lehrerin gehen. In zwei Stunden bist du wieder zurück. Dann kannst du bei uns bleiben.«

»Na schön«, sagte Martin.

Als er gegangen war, fragte ich Doktor Freund, ob er vor der Aufnahme Martins in eine neue Klassengemeinschaft keine Angst empfände, und er begann mir seine Theorie der Behandlung zu entwickeln, indem er von dem im Leben des Menschen alles entscheidenden Umweltgefühl erzählte.

»Dieses Umweltgefühl«, sagte er, »oder Gemeinschaftsempfinden, wie man es auch nennen könnte, ist die Fähigkeit eines Menschen, Kontakt mit der Umwelt zu finden, Freundschaft zu suchen und zu geben, Liebe zu spenden und zu empfangen, normale soziale Beziehungen aufrechtzuerhalten und in einer normalen Gemeinschaft mit ihren Privilegien und Pflichten normal zu leben.« Er zündete eine neue Zigarette an. Er rauchte ziemlich viel, seine Fingerkuppen waren gelb. »Der erste Mensch, zu dem das Kleinkind Kontakt findet, ist seine Mutter. Die Mutter ist das erste Wesen, das ihm mit Güte, Liebe, Freundlichkeit begegnet, das es füttert, wärmt, streichelt und beschützt – und das Kind reagiert auf diese Behandlung in der gleichen Weise, durch die Entwicklung derselben Eigenschaften.« Er blies eine Rauchwolke aus und wiederholte plötzlich leise ein wenig verloren und gealtert: »Liebe, Freundschaft, Güte, Geduld, Humor und Zärtlichkeit, Gerechtigkeit und Ruhe – lauter schöne Dinge, die den Menschen den Frieden bringen …«

Es war warm im Raum, die Zentralheizung unter den Fenstern tickte und schnurrte, ich lehnte mich zurück, die Atmosphäre dieses Hauses begann wohltuend auf mich einzuwirken.

»Wir haben«, fuhr Doktor Freund fort, »die Reaktionen einer großen Anzahl Kinder auf gewisse Ereignisse untersucht und die Kinder selbst in drei Gruppen geteilt: solche, die eine ungestörte Kindheit an der Seite einer Mutter erleben durften, die ständig und ohne Unterbrechung für sie da war; sodann solche, die eine Kindheit getrennt von der Mutter erlebten; und schließlich solche, die zunächst mit der Mutter aufwuchsen, dann von ihr getrennt wurden und nach längerer Zeit wieder mit ihr zusammenkamen.« Doktor Freund neigte sich vor, seine Stimme wurde eindringlich. »Wir sind dabei zu dem Ergebnis gekommen, daß schon eine Trennung von sechs Monaten – sechs Monaten! – in der Frühentwicklung des Kindes genügt, um die *Potenz* seines Umweltgefühls dauernd und empfindlich *herabzusetzen!*«

»Was heißt dauernd? Für das ganze Leben?«

»Für das ganze Leben, Herr Frank.«

»Und man kann die Potenz nicht wieder aufladen?« fragte ich.

»Man kann es, aber es ist ein ungeheuer schwerer, langwieriger und komplizierter Prozeß.«

»Das heißt, daß die Kinder die Produkte der Verbrechen ihrer Eltern sind?«

»Ihrer Verbrechen und ihrer Tugenden, Herr Frank!«
»Aber, Herrgott ...«, ich regte mich plötzlich ganz unlogisch auf, fand ich, »... wenn die Mutter zum Beispiel stirbt! Das ist doch kein Verbrechen! Dafür kann sie doch nichts!«
»Wenn sogleich ein anderer Mensch an ihre Stelle tritt, Herr Frank, geschieht auch in einem solchen Fall kein Unglück. Dann sucht sich das Kind in diesem Menschen seine neue Beziehungsperson. In den Fällen, die ich zu behandeln habe, war jedoch eine solche Beziehungsperson, die eine nachlässige und pflichtvergessene Mutter hätte ersetzen können, nicht vorhanden.« Er sah mich an, ich schwieg, und plötzlich senkte ich vor seinem klaren, scharfen Blick, wie vorhin Martin, die Augen zu Boden.
»Ja, ich verstehe«, sagte ich. (Herrgott, was geschah denn mit mir? Wo war ich gelandet? Sollte ich für die Verbrechen fremder Menschen zahlen? Vielleicht. Irgend jemand zahlte immer. Keine Rechnung blieb offen. Das Leben war ein guter Buchhalter.) »Und wie – wie wollen Sie versuchen, Martins geschädigte Potenz wieder instand zu setzen?«
»Indem ich ihm eine neue Beziehungsperson biete, welche die Mutter ersetzt.«
»Wen?« fragte ich in Panik.
Er lächelte ruhig.
»Mich«, sagte er.
Ich sank zurück.
»Ja«, sagte ich. »Sie sind dazu in der Lage. Sie können das.«
Seine Augen sahen noch immer auf mich.
»Herr Frank«, sagte er leise, »sind Sie selbst mit beiden Elternteilen aufgewachsen?«
Ich wußte nicht, was ich sagte, ich sprach wie von selber:

»Nein, nur beim Vater. Die Ehe meiner Eltern wurde aus dem Verschulden der Mutter geschieden.«
Er nickte und entzündete eine neue Zigarette am Stummel der alten. Ich sah ihn in plötzlicher Angst an.
»Was heißt das? Warum fragen Sie?« Ich hatte das Gefühl, ihm alles verraten zu haben mit meiner Antwort, den Diebstahl, den Mord, alles. Nun kannte er mich durch und durch, dachte ich. Mein Gott, was war ich doch für ein Narr!
»Es ist ohne Bedeutung, Herr Frank. Es interessierte mich nur. Wollen wir nicht weiter über Martin reden?«
»Ja«, sagte ich, »reden wir weiter über Martin.« (Wir redeten über mich, wenn wir über Martin redeten, die ganze Zeit schon, das war doch sonnenklar.)
»Es wird wahrscheinlich sehr schwer sein, Martins Umweltgefühl zu reparieren. Es ist viel Zeit vergangen zwischen dem Versagen der Mutter und dem Auftauchen meiner Ersatzperson. Sie dürfen von mir keine Wunder verlangen. Ich bin nicht Doktor Mesmer, ich habe keinen Zauberstab, der über Nacht gesund macht. Martins Heilung – wenn sie überhaupt möglich ist – wird Monate, wird Jahre in Anspruch nehmen. Aber ich kann sagen: Was wir hier versuchen, ist das einzige, was überhaupt noch versucht werden kann. Und ferner: Wenn wir ihn vielleicht auch nicht heilen können – *bessern* können wir ihn auf jeden Fall.«
»Davon bin ich überzeugt«, sagte ich. »Doch mich beunruhigt etwas: Wenn Sie die Absicht haben, nun seine Beziehungsperson zu sein, dann störe ich ja eigentlich nur. Wäre es da nicht besser, er bliebe stets bei Ihnen und wohnte hier in der Schule?«
Er schüttelte den Kopf.

»Nein, Herr Frank.«
»Nein?«
»Nein. Im Gegenteil! Sie sind eine wichtige Figur in unserem Spiel. Sie sind sein Vater. Aber er hat keine Beziehung zu Ihnen. Sie sind ihm ein Fremder. Mich kennt er schon, zu mir hat er ein wenig Vertrauen.«
»Nun gut«, sagte ich, »aber wenn er zu mir kein Vertrauen hat, dann mag er mich doch auch nicht, dann lebt er im Widerstand zu mir, dann hat er vielleicht Angst!«
Doktor Freund nickte.
»Gut! Er *soll* Angst haben!«
»Er soll *Angst* haben?«
»Ja, Herr Frank. Sehen Sie, vor fünfzehn Jahren noch, da war das Ideal eine Erziehung in einem Leben ohne Angst.« Doktor Freund lachte und sah auf eine Zeitung, die vor ihm lag. Ich erblickte die Schlagzeile: »Neue Offensive in Korea.« Doktor Freund hob die Hand. »Leben ohne Angst! So etwas gibt es nicht mehr! Wenn wir ein Kind zu einem Leben ohne Angst erziehen, dann ist es hilflos, wenn es in diesem Leben einmal Angst hat, einmal Angst haben muß!« Er schüttelte den Kopf. »Nein, Herr Frank, in einer Zeit wie unserer, mit ihrer Not, ihrer drohenden Kriegsgefahr und dem Überhandnehmen der politischen Einflußsphäre im Dasein jedes Menschen, wäre es ein Verbrechen, Kinder für ein Leben *ohne* Angst zu erziehen. Wir müssen sie erziehen für ein Leben *voller* Angst ...«
»Aber?« fragte ich.
»... aber sie gleichzeitig in den Stand setzen, diese Angst zu überwinden!« sagte der kleine Doktor Freund und warf die Zeitung mit der Geste eines Königs in den Papierkorb.

7

»Und wie werden Sie das bei Martin anfangen?« fragte ich nach einer Pause.

Er stand auf und begann hin und her zu laufen. Er schien gerne hin und her zu laufen.

»Wir müssen, in einem so vorgeschrittenen Fall wie diesem, zu einer Gewaltkur greifen«, sagte er, »zu einer kleinen Schockbehandlung.«

»Um Gottes willen!« rief ich. »Sie wissen, wie aggressiv er ist!«

»Ich meine keine Schockbehandlung mit Prügeln«, sagte Doktor Freund freundlich und kam auf mich zu. »Martins schlechte Eigenschaften würden, mit verkehrten Vorzeichen versehen, alle wünschenswert erscheinen. Es sind lauter reziproke Tugenden.«

»Das klingt reichlich theoretisch«, sagte ich.

»So?« fragte er belustigt. »Dann kommen Sie einmal mit!«

»Wohin?«

»Wir müssen«, erklärte er, »eine kleine Theatervorstellung vorbereiten, ehe Martin zurückkehrt.« Ich folgte ihm durch das Schulgebäude, in dem es jetzt ganz still war, in den nächsten Stock. »Passen Sie auf«, sagte er und blieb vor einer Tür stehen, »das hier ist seine Klasse. Nebenan befindet sich ein Filmvorführraum. Die Wand hat ein paar kleine Fenster für die Apparatur. Durch sie können Sie die Klasse beobachten und alles verstehen, was gesagt wird, ohne daß man Sie sieht!«

Er öffnete eine zweite Tür und ließ mich in eine kleine, dunkle Vorführkabine treten. An der Stirnwand entdeckte ich tatsächlich die beiden Fenster für die Projektionsapparate. Ich trat an eines von ihnen. Doktor Freund schloß die Tür hinter mir. Ich stand im Dunkeln. Durch das Fenster sah ich in eine helle große Klasse, in welcher etwa dreißig Jungen und Mädchen saßen. An der Tafel stand eine junge Lehrerin und trug vor. Es war Rechenstunde. Sie übten Subtraktionen. Ich sah, wie Doktor Freund eintrat. Die Kinder erhoben sich, die junge Lehrerin kam auf ihn zu und gab ihm die Hand.

»Setzt euch«, sagte Doktor Freund. »Ich bin nur heraufgekommen, um euch mitzuteilen, daß heute ein neuer Kamerad in eure Klasse kommen wird. Er heißt Martin Frank und ist ein Freund von mir, den ich schon lange kenne.«

»Oh!« rief die junge Lehrerin und strahlte plötzlich, »das freut mich aber!« Es schien sie wirklich zu freuen. Wahrscheinlich, dachte ich, wußte sie nicht, auf wen sie sich da freute. Doch dann korrigierte ich mich: Natürlich wußte sie es. Und sie freute sich dennoch! Oder eben deshalb! Denn normale Kinder waren in dieser Schule nicht interessant. Interessant waren nur die anormalen. Ich sah, wie Doktor Freund die Klasse wieder verließ. Gleich darauf hörte ich ihn in die Vorführkabine treten. Er stellte sich neben mich.

»Jetzt passen Sie auf!« sagte er leise.

Inzwischen hatte sich die junge Lehrerin an die Klasse gewandt.

»Hört zu«, sagte sie fröhlich, »dieser Martin Frank, den uns der Herr Direktor eben angekündigt hat, scheint wirklich ein besonders netter und lieber Bub zu sein. Ich habe schon viel von ihm gehört. Ihr werdet einander großartig verstehen!«

Gott segne euch, dachte ich. Wartet nur, bis er euch Ziegelsteine auf den Kopf fallen läßt und euch an den Haaren durch die Schule zieht.

»Martin«, fuhr die junge Lehrerin fort, »hat nur einen Fehler.« Ich horchte auf. »Er kann nichts für diesen Fehler, er weiß gar nicht, daß er ihn hat.«

»Was ist denn das für ein Fehler, Frau Lehrerin?« Ein kleines Mädchen mit schwarzen Zöpfen stellte die Frage.

»Sein Fehler ist, daß er falsch denkt. Er macht einen Denkfehler, versteht ihr? Er denkt, daß die Menschen ihn nicht leiden können!« Jetzt atmete ich kaum mehr, um nicht ein einziges Wort, das gesprochen wurde, zu verlieren. Ich fühlte, wie Doktor Freund mich im Dunkeln beobachtete. »Er denkt, alle Menschen seien seine Feinde!«

»So ein Blödsinn!« rief ein Junge.

»Natürlich ist das Blödsinn«, sagte die Lehrerin eifrig, »aber so ist er eben, versteht ihr? Er kann einem eigentlich leid tun, der arme Kerl! Das muß schrecklich sein, zu denken, daß einen keiner mag, nicht? Zu denken: Der da drüben, der wird mich gleich verhauen! Der da wird mich verpetzen! Und die da wartet nur darauf, mich anzuspucken.«

O Gott, dachte ich, hier stand ich in einer kleinen, dunklen Kammer, ich, der gemordet, ich, der sich an fremdem Gut bereichert hatte, und lauschte den Errettungsbemühungen um einen kleinen, bösen und bösartigen Jungen, war Zeuge, wie sich erwachsene und noch nicht erwachsene Menschen an die Erziehung eines Kindes machten, mit einem Eifer und einem Ernst, als hinge die Zukunft der Welt davon ab. Ich biß mich auf die Lippen. Und hing, fragte eine Stimme in mir, die Zukunft der Welt nicht wirklich von der

Erziehung dieses Kindes, von der Erziehung aller kranken und asozialen Kinder ab? Wo war ich gelandet, mein Gott, wo?

»Wenn Martin eine Weile bei uns ist, wird er ganz von selber seinen Denkfehler einsehen«, sagte draußen die junge Lehrerin. »Aber in der ersten Zeit wird es nicht ganz einfach sein. Ihr wißt, wie das ist: Wenn ihr glaubt, daß ihr recht habt, dann kann ein anderer zehnmal sagen, ihr habt unrecht – ihr werdet es ihm einfach nicht glauben! Auch Martin wird es euch zunächst nicht glauben! Zunächst wird er weiter falsch denken! Und deshalb könnte ich mir vorstellen, daß er sich manchmal sagt – falsch sagt, natürlich: Der Toni will mich in der Pause verprügeln! Ich weiß es genau! Aber bevor ich mich von Toni verprügeln lasse, verprügle ich ihn selbst! Damit er erst gar nicht dazu kommt! – Und dann wird Martin vielleicht versuchen, in der Pause den armen Toni, der natürlich gar nichts gegen ihn hat, zu verprügeln.« Die Lehrerin sah sich um. »Und was wird geschehen, wenn Toni daraufhin das nächste Mal den Martin verprügelt?«

»Der Martin wird glauben, daß er recht gehabt hat und daß Toni ihn wirklich nicht leiden kann«, rief ein kleines Mädchen.

»Sehr richtig«, sagte die Lehrerin. »Ich sehe, ihr habt mich gleich verstanden. Der Martin wird glauben, daß er *richtig* gedacht hat! Aber er hat doch *falsch* gedacht! Der Toni hatte gar nichts gegen ihn! Doch jetzt fühlt der Martin seine Idee bestätigt, jetzt kann man sie ihm noch schwerer ausreden – und in der nächsten Pause, wird der Martin denken, wollen der Toni *und* der Albert mich verprügeln! Und wenn die beiden ihn dann wirklich verprügeln, wird er *noch* fester an sei-

nen Irrtum glauben – und in einer Woche verprügelt er selber dann die ganze Klasse.«
Die Kinder lachten.
»So geht das natürlich nicht«, sagte die Lehrerin. »So helfen wir Martin nicht, richtig denken zu lernen, nicht wahr?«
»Nein, Frau Lehrerin.«
»Aber was soll ich denn tun?« fragte ein dicker Junge, wahrscheinlich Toni. »Ich kann mich deshalb doch nicht einfach von diesem Martin verprügeln lassen!«
»Natürlich nicht«, meinte die Lehrerin. »Aber etwas anderes kannst du tun: vorbeugen!«
»Vorbeugen?«
»Ja, nett zu ihm sein, freundlich und hilfsbereit. Wenn du gleich von Anfang an nett und freundlich zu ihm bist, dann *kann* er nicht glauben, daß du ihn nicht magst, denn *so* falsch denkt nicht einmal der Martin! Und damit hast du schon ein wenig mitgeholfen, ihn von seinem Irrtum zu befreien.«
Toni nickte.
»Ich verstehe schon, Frau Lehrerin. *Ich* kann ja richtig denken!«
Doktor Freund zupfte mich am Ärmel.
»Kommen Sie«, sagte er, »wir müssen gehen, Martin ist gleich da.«
»Ich möchte hierbleiben.«
»Wir kommen zurück«, erwiderte er. Aufgeregt und neugierig auf den Fortgang des Experiments, ging ich mit ihm in das Direktionsbüro zurück, wo tatsächlich bereits Martin saß. Er sah jetzt verschreckt und blaß aus.
»Na, Martin, wie war es in der Stadt?«

»Scheußlich, Herr Doktor.«
»Scheußlich? Wieso?«
»So viele Menschen!« Martin zuckte die Achseln. Mich sah er überhaupt nicht.
»Und was war mit den Menschen, Martin?«
»Ah, widerlich waren sie. Keiner hat mich mögen!«
»Soso, keiner hat dich mögen. Dann bist du bestimmt froh, wieder hier bei uns zu sein, wo alle auf dich warten.«
Wieder zuckte Martin die Schultern.
»Oder glaubst du, daß wir dich hier auch nicht mögen?«
»Ich weiß nicht.«
»Aber ich weiß es, Martin! Die Kinder in deiner neuen Klasse haben schon nach dir gefragt! Sie sind alle ...«
Es klopfte.
»Herein!« rief Doktor Freund laut. Die Tür ging auf, und zwei Kinder traten ein: der dicke Toni und das kleine Mädchen mit den schwarzen Zöpfen. Doktor Freund warf mir einen Blick zu.
»Was ist denn?«
»Herr Doktor«, sagte das kleine Mädchen und kam näher, »wir haben von der Frau Lehrerin gehört, daß der Martin Frank heute in unsere Klasse kommt. Und da wollten wir fragen, ob er schon da ist und ob wir ihn begrüßen können!«
Martin traute sichtlich seinen Ohren nicht. Hilflos bewegte er die Hände und sah das kleine Mädchen an.
Doktor Freund stand lachend auf.
»Na, so ein glücklicher Zufall! Da kommt ihr ja gerade zur rechten Zeit! Unser Martin steht vor euch!«
»Das ist er?« fragte Toni neugierig.
»Ja, das ist er!« Doktor Freund schob Martin ein wenig vor.

»Du siehst, ich habe die Wahrheit gesagt! Hier warten wir wirklich schon alle auf dich!«
Die beiden Kinder strahlten.
»Hm«, sagte Martin verwirrt.
»Darf ich bekannt machen?« Doktor Freund lächelte. »Das ist also Martin, das ist Toni, der Klassenführer der II B, und das ist Ilse, seine Stellvertreterin.« Toni und Ilse schüttelten Martin die Hand.
»Willkommen!« sagte Ilse.
»Wir freuen uns sehr!« sagte Toni.
»So!« Doktor Freund rieb sich die Hände. »Und wißt ihr, was? Da ihr schon heruntergekommen seid, brauche ich Martin gar nicht nach oben zu führen. Das könnt ihr ebensogut, nicht wahr?«
»Natürlich, Herr Doktor!«
»Fein!« Doktor Freund nickte. »Also, leb wohl, Martin, wir sehen uns später noch!«
Mein Sohn blickte hilflos von einem zum andern.
»Ich soll wirklich mit denen ...?« begann er unsicher.
»Freilich, Martin, die andern Kinder wollen dich doch auch kennenlernen!« sagte Toni. Er nahm Martin an der Hand, Ilse legte einen dünnen Kinderarm um seine Schultern, und so führten sie den Verstummten behutsam aus dem Zimmer. Die Tür fiel zu, wir waren allein. Ich fühlte mein Herz klopfen, als ich sagte: »Die Kinder wurden natürlich geschickt.«
»Natürlich«, erwiderte Doktor Freund vergnügt und nahm meine Hand. »Kommen Sie jetzt schnell! Die Vorstellung geht weiter!«
Wir eilten zurück in die Vorführkabine. Ich war so aufgeregt

wie seit Tagen nicht mehr. Kaum hatten wir die kleinen Fenster erreicht, da klopfte es drüben im Klassenzimmer an die Tür.

»Herein!« rief die junge Lehrerin.

Ilse und Toni führten Martin in den Raum.

Im selben Augenblick erhoben sich wie auf einen Befehl sämtliche Kinder, lachten den Erschütterten an und riefen fröhlich: »Guten Tag, Martin!«

Martins kleine, unstete Augen flackerten. Er fuhr mit dem Handrücken über die Nase und räusperte sich.

»Hr ... hrrrmmm!!!« machte Martin.

Die Lehrerin kam auf ihn zu.

»Na endlich!« rief sie glücklich. »Du hast uns aber lange warten lassen, Martin! Wo warst du denn die ganze Zeit?«

»Beim ... beim ... ich habe noch zum Arzt gehen müssen«, brachte dieser mühsam heraus.

»Aha!« Die Lehrerin nickte. »Aber jetzt bist du endlich da, und jetzt bleibst du auch da!« Damit führte sie ihn langsam nach vorne, bis er vor dem Podium stand. »Nun lassen wir dich nicht mehr fort! Nun werden wir dir einen schönen Platz aussuchen ...« Sie stockte und sah sich um. »Nein, so etwas«, sagte sie, »das haben wir ja ganz vergessen, Kinder! Der arme Martin hat ja keinen Platz!«

»Aber wieso denn, Frau Lehrerin!« rief ein Junge und sprang auf. »Was heißt denn, keinen Platz! Hier, wir haben ihm doch einen vorbereitet!« Und er wies auf das Pult neben sich.

Die Lehrerin schlug sich ärgerlich gegen die Stirn. »Nein, so etwas! Wie konnte ich das nur vergessen! Natürlich, Martin! Da, schau einmal!«

Sie führte ihn zu dem Pult, neben dem der Junge stand. Martin schluckte heroisch, er traute seinen Augen nicht. Das Pult war mit weißem Packpapier überzogen. Auf das Packpapier hatten die Kinder mit Buntstiften einen Blumenkranz gemalt. In dem Blumenkranz prangte in roter Farbe das Wort »Willkommen!« Martin stand stumm. Alle Kinder sahen ihn an. Niemand sprach.

»Gefällt dir dein Platz, Martin?« fragte die Lehrerin.

»Hr … hr … hrrmmm!!!« machte Martin verzweifelt.

»Er gefällt dir nicht?«

»Doch«, sagte er. Das Wort war fast unhörbar.

»Das haben wir getan«, rief Toni, »weil wir uns so auf dich gefreut haben!«

Martins Blick wanderte über die Kindergesichter.

Er schluckte und würgte.

»Danke«, sagte er dann noch leiser.

»So«, meinte die Lehrerin, »und nun setz dich. Wir haben gerade Rechnen. Da kannst du gleich mitlernen.«

»Ich …«, begann Martin.

»Was denn?«

»Ich habe keine Schulsachen mit.«

»Ich habe ein Heft für dich!« rief ein Junge. »Ich schenke es dir!«

»Und da ist ein Bleistift!« rief Martins Nachbar. »Du kannst ihn haben, ich brauche ihn nicht!«

»D – danke«, murmelte Martin dumpf.

Er fuhr mit dem Zeigefinger über die gemalten Blumen und sah niemanden an. Seine Schultern zuckten ein bißchen.

»Natürlich!« sagte die Lehrerin. »Da schreibst du heute

eben mit Bleistift und nicht mit Tinte. Das ist ja schließlich ganz gleich, nicht wahr?«
Martin nickte stumm.
»Frau Lehrerin!« rief Ilse.
»Was denn?«
»Martin braucht nicht mit Bleistift zu schreiben! Ich habe eine zweite Feder für ihn!«
»Das ist aber schön!« freute sich die Lehrerin.
Ilse kam zu Martin.
»Schau her«, sagte sie. In der rechten oberen Ecke des Pultes hatten die Kinder eine Klappe aus dem Papier geschnitten. Die Klappe war durch einen Reißnagel verschlossen. Ilse nahm den Reißnagel heraus, öffnete die Klappe und entblößte so das darunterliegende Tintenfaß, in welches sie die Feder tauchte. Dann reichte sie Martin diese, und er ergriff sie.
»So, und jetzt lernen wir weiter«, sagte die Lehrerin und ging zur Tafel. Die Kinder schrieben, auch Martin, sofort und ohne zu zögern. Nach kurzer Zeit war seine Feder trocken.
»Passen Sie auf!« flüsterte Doktor Freund neben mir. Ich sah, wie Martin zögerte. Dann nahm er langsam und vorsichtig den Reißnagel aus dem Papier, öffnete die Klappe, tauchte ein, schloß die Klappe wieder, machte den Reißnagel fest und schrieb weiter.
»Haben Sie gesehen?« Doktor Freunds Stimme klang glücklich.
»Er hat die Klappe nicht abgerissen! Er hat sie geöffnet und wieder geschlossen, um sein schönes Pult nicht zu beschädigen.«

Mir saß ein Klumpen in der Kehle.
Martin schrieb. Nach einer Weile öffnete er wieder vorsichtig die Klappe, tauchte ein und verschloß sie danach. Er wiederholte die Prozedur feierlich und abwesend durch die ganze Stunde. Ich stand hinter dem kleinen Fenster und sah ihm zu. Ich dachte an das Kind, das Martin fast aufgehängt hatte, an die angeklebte Maus und an Jolanthe. Martin saß vor seinem geschmückten Pult und schrieb.
»Schock!« sagte Doktor Freund. »Ich habe gewußt, daß wir nur mit einer Schockbehandlung weiterkommen werden.«
Martin öffnete die Klappe. Martin schloß sie wieder. Martin schrieb.
»Jetzt müssen wir natürlich auf den ersten Rückfall warten«, meinte Freund. Ich konnte plötzlich nicht mehr atmen. Ich holte würgend Luft, und im nächsten Augenblick schossen mir die Tränen in die Augen. Ich stand da, den Kopf an die Wand gelehnt, und das Weinen schüttelte mich wie ein Krampf.
»Was ist denn? Was haben Sie?«
»Nichts«, stöhnte ich, »es geht gleich vorüber. Es sind nur die Nerven.«
»Natürlich«, sagte Doktor Freund. Ich hob weinend den Kopf. Das wenige Licht, das durch die kleinen Fenster fiel, wob um seinen runden Schädel einen Strahlenkranz. Meine Augen schwammen in Tränen. Ich sah ihn verschwommen vor mir. Er sah aus wie einer jener buntbemalten Heiligen, die man in den Nischen kleiner Kirchen findet.
»Entschuldigen Sie«, flüsterte ich, »ich bin überarbeitet. Ich brauche ein bißchen Ruhe.«
»Die brauchen wir alle«, sagte er leise. »Ruhe und Liebe.«

8

Der Schock hielt an.

Es verging eine Woche, ohne daß es zu einem Rückfall gekommen wäre. Martin fühlte sich sichtlich wohl in der neuen Umgebung, er ging morgens gerne in die Schule, und ich begleitete ihn hin, denn der Weg war weit, und er kannte ihn noch nicht gut. Das war wenigstens der Vorwand, unter dem ich ihn hinbrachte. In Wahrheit zog es mich magisch zu Doktor Freund zurück, ich sehnte mich nach seiner Nähe, ich liebte es, mich mit ihm zu unterhalten, und ich fand Frieden in seiner Gegenwart.

Während Martin die Stunden des Unterrichts in seiner Klasse zubrachte, saß ich im Direktionsbüro und hörte Doktor Freund zu, der mir von seinen anderen Sorgenkindern erzählte, von seinen Befürchtungen, von seinen Erfolgen und Fehlschlägen. Wir sprachen auch über Martin.

»Machen Sie sich keine Illusionen«, sagte er ernst, »der Rückschlag kommt. Er kommt immer. Es werden noch viele Rückschläge kommen, ehe die endgültige Besserung beginnt.« Er warf die Hände in die Luft. »Mein Gott, wäre das Heilen einfach, wenn der erste Erfolg ein bleibender Erfolg wäre! Er ist es leider nie. Denn er wird, wie hier bei Martin, durch einen Schock verursacht. Und ein Schock erschreckt nur, doch er heilt nicht.«

»Aber warum muß es zu einem Rückschlag kommen? Es geht Martin doch gut! Man liebt ihn, man versteht ihn, er muß keine Angst mehr haben.«

»Ach, Angst!« Doktor Freund lächelte. »Die Angst spielt heute im Leben der Menschen eine weit weniger verheerende Rolle, als allgemein angenommen wird. Die Zeit der Angst liegt hinter uns, sie verschwand in den ersten Nachkriegsjahren. Das Übel, das heute die Welt beherrscht, ist das *Mißtrauen.* Das Mißtrauen zersetzt unsere Beziehungen, unterwühlt unser Lebensgefühl, hemmt und hindert unsere Aktionen. Sie sehen es im großen wie im kleinen – bei meinen Kindern und bei den Mächtigen dieser Erde. Traut einer dem anderen noch? *Kann* einer dem anderen noch trauen? Nein! Mißtrauen überall. Man müßte ein Buch darüber schreiben. ›Das große Mißtrauen‹. Das wäre ein Titel.«

»Aber wie kann man es bekämpfen? Wie könnten die Großmächte wieder Vertrauen zueinander finden?«

Doktor Freund schüttelte den Kopf.

»Die *Großmächte* können kein Vertrauen finden zueinander. Die Großmächte sind keine Menschen. Es sind nur Begriffe *für* Menschen, für ungezählte Millionen von Menschen, die alle voneinander nichts wissen, die alle untereinander im Mißtrauen leben und vertreten werden von ein paar Leuten, die einander von Berufs wegen hassen und hintergehen müssen – von Politikern. Nein, in so großen Begriffen dürfen wir heute nicht mehr denken. Wir müssen in ganz kleinen Begriffen zu denken versuchen, in einzelnen Individuen! Wir müssen darüber nachdenken, wie Martin sein Mißtrauen gegen Albert verliert. Und Albert, der arme Kretin, sein Mißtrauen gegen Ilse. Jeder Mensch, der sein Mißtrauen verliert und vertrauensvoll wird, steckt einen Menschen aus seiner Umgebung an. Daraus ergibt sich eine Progression, wie die bekannte mit den Reiskörnern auf dem Schachbrett. Glauben Sie mir, es ist der einzige Weg! Darin

sehen wir den Sinn unserer Arbeit. Es sind immer die wenigen, welche die Welt verändern. Wer heute noch in Massen denkt, muß versagen.«
Ich saß ihm gegenüber, sah zu, wie er unzählige Zigaretten rauchte, und lauschte ihm. Ich ging bei ihm in die Schule. Er war mein Lehrer. Ich vertraute ihm. Wenn er keine Zeit für mich hatte, ging ich in die Bibliothek und las Krankengeschichten oder blätterte in Statistiken. Er nahm die Tatsache, daß ich anscheinend endlos Zeit besaß, gelassen zur Kenntnis, nachdem ich einen flüchtigen Hinweis auf einen Urlaub, den ich genommen hatte, laut werden ließ. So saß ich nun Vormittag um Vormittag vor eng mit Schreibmaschinenschrift betippten Bogen und las.
Die Statistiken waren erschütternd. 43 Prozent der Kinder seiner Schule (zwischen sechs und vierzehn Jahren) hatten niemals in einem eigenen Bett geschlafen. Von diesen 43 Prozent schliefen 24 Prozent mit einem andern Kind zusammen, 19 Prozent mit zwei oder mehreren Kindern. 17 Prozent aller Kinder kamen aus Familien mit einem Elternteil, der unter Alkoholismus litt, 5 Prozent hatten bereits im Alter von vier Jahren Alkohol erhalten. Bei 21 Prozent aller Kinder war ein Elternteil tot, in 32 Prozent der Fälle war die Ehe der Eltern geschieden, 7 Prozent aller Kinder lebten bei Verwandten oder Pflegeeltern. Und nur 12 Prozent wohnten in einem eigenen Zimmer.
»Wir haben Pläne«, lächelte Doktor Freund, »aber wir haben kein Geld. Wir haben vor, ein großes Heim in der Art eines Hotels am Rande der Stadt einzurichten, wo besonders gefährdete Kinder wohnen könnten. Wir hätten auch schon das geeignete Gebäude dafür gefunden, wir hätten

auch schon gewisse Mittel zu unserer Verfügung – aber noch nicht genug, um den Umbau zu vollenden.«

Vor den Fenstern des Zimmers, in dem wir sprachen, schneite es. Das Jahr ging zu Ende. Die Geleise der Westbahn lagen schwarz im weißen Schnee. Die Wolken hingen tief, es wurde kalt.

Martin behandelte mich unverändert. Er nahm meine Existenz zur Kenntnis, aber er sagte weiterhin »Sie« und sprach nicht mehr als das Notwendigste mit mir. Abends, wenn wir heimkamen, machte er seine Aufgaben und ging schlafen. Jetzt wusch er sich schon. Doktor Freund hatte ihn dazu überredet. Es war eine seltsame Zeit, wenn ich heute an sie zurückdenke. Ich hätte allen Grund gehabt, verzweifelt zu sein über meine so glänzend fehlgeschlagenen Pläne, aber ich war glücklich und beruhigt. Ich sehnte mich nicht mehr fort, ich war sehr still geworden in den wenigen Tagen meiner Bekanntschaft mit Doktor Freund. Es war am 11. November, als mit der Morgenpost der Brief kam. Ich hätte mich, hieß es in ihm, zum Zwecke einer Auskunftserteilung am 14. November um zehn Uhr vormittags im Gebäude des Polizeikommissariats für den ersten Bezirk einzufinden.

9

Ich ging in einer ungewöhnlichen Gemütsverfassung hin, der lange Stunden des Nachdenkens vorausgewandert waren. Ich betrachtete meine Chancen ganz leidenschaftslos. Eine Auskunftserteilung – hinter diesem harmlosen Wort verbarg sich alles. Ich hatte auch eigentlich nicht annehmen können, daß meine Verbrechen ewig ungeklärt bleiben würden. Nun hatte sich eine Spur gefunden, ihren Ausgang nehmend bei einem Fehler, der mir irgendwo, irgendwann unterlaufen war. Nun würden sie mich fragen, wieder fragen und zum drittenmal fragen. Vielleicht hatte ich Glück und genügend Verstand, diese Fragen zu ihrer Zufriedenheit zu beantworten. Vielleicht nicht. Dann stand es schlimm um mich.

Ich konnte natürlich auch noch zu fliehen versuchen. Aber wahrscheinlich waren mir die Grenzen, wenn die Polizei nur den geringsten Verdacht gegen mich hegte, bereits verschlossen, und ich ging nur in eine um so sicherere Falle. Ich hatte auch nicht mehr die Unbedenklichkeit früherer Tage, den Elan meines Beginns. Ich war schwerfällig und müder geworden und sicherlich auch kränker. Mein Atem ging schwerer, die Kopfschmerzen häuften sich. Noch vermochte ich ihrer leicht mit Mordsteins Morphium Herr zu werden. Doch ich war nicht mehr der alte. Ich hatte mich verändert, das merkte ich deutlich.

Wahrscheinlich hatte nicht einmal ich selber, sondern Doktor Freund mich verändert. Seine Worte in jener ersten Nacht waren mir im Gedächtnis geblieben. Man konnte nicht immer weiter fliehen. In jedem Leben kam der Tag, an dem man stehenbleiben mußte, um, gegen die Wand gelehnt, zu kämpfen. Ich wollte kämpfen. Ich war es müde geworden, zu fliehen. Sollten sie doch versuchen, mich zu fangen!

Ich ging hin.

Ich mußte lange warten, es waren ein paar Menschen da, die vor mir darankamen. Ich saß in einem schmutzigen, kalten

Gang vor der Tür, zu der man mich bestellt hatte, auf einer Bank und fror. Ich war sehr ruhig, von jener in alles ergebenen und mit allem einverstandenen Entrücktheit, die man im Zustand leichter Betrunkenheit den Schwierigkeiten des Lebens gegenüber empfindet. Es war mir alles eher gleichgültig. Das Morphium schien erste Wirkungen auf meinen Organismus zu haben. Ich war so ruhig, daß ich sogar ein interessiertes Gespräch mit einem Mann beginnen konnte, der zehn Minuten später erschien und neben mir Platz nahm. Es war ein Mann von etwa fünfundvierzig Jahren, sorgenvoll, schlecht gekleidet und sympathisch. Er gefiel mir vom ersten Augenblick an.

»Es dauert wieder lange heute«, sagte er geduldig.

»Ja.«

»Waren Sie schon oft hier?«

»Nein.«

»Ich frage nur. Ich mußte schon ein paarmal herkommen.«

»So.«

»Ja.«

Die Unterhaltung war am Versickern, als er sich plötzlich vorstellte. »Gestatten Sie: Hohenberg.«

»Sehr erfreut«, sagte ich und gab ihm die Hand, »ich heiße Frank.«

»Sind Sie auch wegen Ihres Kindes hier?« fragte er scheu.

»Nein. Wieso?«

»Sie haben keine Kinder?«

»D – doch«, sagte ich langsam, »einen Jungen.«

»Ich auch.« Er nickte ein paarmal vor sich hin. »Mein Gott, wenn ich jemals geahnt hätte ...« Er brach ab und seufzte.

»Ist etwas nicht in Ordnung mit Ihrem Jungen?«

»Nichts«, sagte er dumpf, »nichts ist in Ordnung mit meinem Jungen. Er heißt Herbert. Zehn Jahre alt. Er war ein gutes Kind – bis vor kurzem. Dann muß der Teufel in ihn gefahren sein. Sie ahnen nicht, was wir mit ihm mitgemacht haben, meine Frau und ich. Besonders meine arme Frau. Ich bin Vertreter. Dauernd unterwegs, mich tangiert es nicht so. Aber meine Frau!« Er seufzte wieder. Ich sah ihn an. Er hatte ein gutes, freundliches Gesicht.
»Ist Herbert krank?«
»Ja, Herr Frank. Nicht körperlich. Er muß seelisch krank sein, glaube ich immer.«
»Seelisch?«
»Ja, meine Frau und ich sind davon überzeugt. Es muß etwas in seinem Innern vorgegangen sein, das ihn verändert hat.«
»In welcher Weise?«
Hohenberg sah sich scheu um, dann sagte er fast flüsternd: »Man hat ihn von der Schule gewiesen, Herr Frank.«
»Weshalb?«
»Wegen eines Sexualdeliktes.« Er starrte zu Boden. »Stellen Sie sich das vor! Mein Sohn! Geht hin und versucht, ein Mädchen zu vergewaltigen. Furchtbar, nicht wahr?«
Ich schwieg.
»Sie haben die Sache vertuscht«, sagte der kleine Vertreter. »Sie haben sie meinetwegen vertuscht, weil sie mich kannten. Wir gaben Herbert in eine andere Schule. Ein halbes Jahr ging es gut. Und jetzt ...«
»Und jetzt?«
»Dasselbe«, sagte er. »Ein Rückfall. Schlimmer als das erste Mal. Die Polizei mischte sich ein, nachdem die Mutter des Mädchens Anzeige erstattete. Deshalb bin ich jetzt hier. Sein

Fall kommt vor das Jugendgericht. Können Sie sich das vorstellen, Herr Frank? Vorbestraft! Mein Junge vorbestraft – im Alter von zehn Jahren?« Er bedeckte die Augen mit der Hand.
Ich dachte nach. Dann sagte ich: »Hören Sie, Herr Hohenberg, ich glaube, ich kann Ihnen einen Rat geben. Ich habe auch ein schwieriges Kind. Es gibt da einen wundervollen Erzieher in Wien, einen gewissen Doktor Freund. Er hat eine Beratungsstelle für Eltern und Kinder eingerichtet und ordiniert jeden Donnerstag von vier bis acht Uhr. Gehen Sie doch mit Ihrem Herbert zu ihm.«
»Sie glauben, er kann mir helfen?«
»Wenn *er* es nicht kann, kann es niemand«, sagte ich überzeugt. »Für mich ist der Mann ein Heiliger. Versuchen Sie es. Er hat an meinem Buben Wunder gewirkt. Ich melde Sie gerne an.«
»Oh, würden Sie das wirklich tun?«
»Natürlich.«
Wir tauschten Adressen und Telefonnummern aus, ich versprach, ihn anzurufen. Die Tür, vor der wir beide warteten, öffnete sich, ein Beamter trat auf den Gang.
»Herr Walter Frank!« rief er laut.
Ich erhob mich.
»Ja, ich komme«, sagte ich gleichgültig und kühl. Dann tat ich etwas Seltsames. Ich vermag mir heute noch nicht zu erklären, warum ich es tat. Ich wandte mich an Hohenberg. »Besuchen Sie mich doch«, sagte ich, »wir haben einander gewiß viel zu erzählen.«
»Gerne, wenn ich darf.« Er war verlegen.
»Einmal am Abend. Würde Ihnen Samstag passen?«

»Ausgezeichnet, Herr Frank.« Er lächelte.
»Also dann Samstag um halb neun, nach dem Abendessen«, sagte ich fröhlich. Es kam mir nicht zu Bewußtsein, daß ich diese Verabredung vielleicht nicht würde einhalten können.
»Samstag um halb neun«, wiederholte er.
»Fein. Ich freue mich schon! Bringen Sie Ihre Frau mit!«
»Das wird leider nicht möglich sein, Herr Frank, sie ist gerade aufs Land gefahren.«
»Na gut«, sagte ich, »dann kommen Sie allein.«
Damit drehte ich mich um und trat, an dem Beamten vorbei, in das Büro. An der Tür blieb ich stehen. Das Zimmer war klein. Beim Fenster stand ein Schreibtisch. Hinter dem Schreibtisch saß ein zweiter Beamter. Vor dem Schreibtisch saß Vilma.

10

Sie sah mir ernst entgegen. Dann senkte sie den Kopf leicht zum Gruß.
»Guten Tag, Vilma«, sagte ich und gab ihr die Hand. Sie drückte sie.
»Nehmen Sie Platz, Herr Frank«, bat der Beamte hinter dem Schreibtisch.
Der andere Beamte setzte sich an eine Schreibmaschine und sah mich neugierig an. Nun ja, dachte ich, jetzt war es soweit. Vilma saß auch schon da. Ich hätte gern gewußt, was sie bereits über – und gegen – mich ausgesagt hatte. Aber das würde ich wohl nicht erfahren. Ich sah Vilma an. Sie sah fort. Sie war eben auch nur eine Frau, dachte ich.

»Soll ich gehen?« fragte sie den Mann hinter dem Schreibtisch.
»Nein, bitte, bleiben Sie!«
Sie zuckte die Achseln.
Also eine Gegenüberstellung. Auch gut! Ob Doktor Freund sich wohl um Martin kümmern würde? Und mein Geld lag immer noch zu Hause. Ach, wenn ich es doch fortgebracht hätte! Zu dumm. Wahrscheinlich behielten sie mich hier. Bestimmt konnten sie mich gleich in Untersuchungshaft setzen. Ich hatte nicht gedacht, daß sie schon so viel wußten. Und daß auch Vilma hier sein würde …
»Sie wissen, warum wir Sie gerufen haben, Herr Frank?« fragte der Beamte. Er war hager, groß, und sein Gesicht war grau vor Überarbeitung.
»Ja.«
»Gut. Das erleichtert uns die Sache. Wollen Sie sprechen, oder soll ich Ihnen Fragen stellen?«
In diesem Augenblick fühlte ich mich so kraftlos wie noch nie. Meine Absicht zu kämpfen (mit dem Rücken gegen die Wand) war vergessen.
Ich wollte alles gestehen.
»Ich will sprechen!« (Warum nicht? Irgendwie mußte es ja einmal enden. Jolanthe war tot. Mordstein war tot. Margaret, meine Frau, war wer weiß wo. Warum sollte ich nicht sprechen? Bevor sie das Urteil über mich fällen konnten, war auch ich schon tot …)
»Sehr gut«, sagte der überarbeitete Beamte hinter dem Schreibtisch und gab seinem Kollegen an der Schreibmaschine einen Wink, worauf dieser einen Bogen Papier einspannte. »Dann sprechen Sie, bitte, Herr Frank.«

»Ja.«
Er hob die Hand.
»Aber bitte möglichst nur über Dinge, die direkt mit Herrn Lauterbach zusammenhängen«, sagte er.

11

Es dauerte ein paar Sekunden, bis ich begriff, daß sie überhaupt nichts von mir wußten, daß sie mich nur ausfragen wollten über den armseligen Lauterbach, der wegen irgendwelcher Devisenvergehen hinter Schloß und Riegel saß.
Ja, es dauerte eine Weile, bis ich meine Beherrschung wiedergefunden hatte, bis ich wieder sprechen konnte. Vilma sah mich ernst an während dieser Sekunden. Sie saß stumm da und hörte zu. Sie hätte mich, ohne mir zu helfen, ins Verderben rennen lassen, dachte ich.
Nun ja.
Ich sagte, was ich über Lauterbach wußte. Ich erklärte, ich wäre zu ihm gekommen, um eine geschäftliche Angelegenheit mit ihm zu besprechen.
Was für eine geschäftliche Angelegenheit?
Ein Exportgeschäft in Stoffen. Das war meine Branche. (Der Beamte sah die gefälschten Papiere an.)
Und war das Geschäft zustande gekommen?
Leider nein. Lauterbach wurde vor dem Abschluß verhaftet.
Das war alles.
Ich fand, daß es ein bißchen wenig war, und bemühte mich, Lauterbach zu helfen. Er hatte, sagte ich, einen sehr guten Eindruck auf mich gemacht. Ich konnte mir gar nicht vor-

stellen, daß er in illegale Transaktionen verwickelt sein sollte.

Der Beamte winkte ab.

Es genügte, sagte er. Dann bedankte er sich für meine Hilfe, gab mir die falschen Papiere zurück und schüttelte meine Hand. Zehn Minuten später stand ich wieder auf dem Gang draußen. Vilma durfte gleichfalls gehen. Der zweite Beamte begleitete uns bis zur Tür und rief den nächsten Wartenden:

»Herr Robert Hohenberg!«

Mein neuer Bekannter erhob sich. Er ging an mir vorbei.

»Bis Samstag«, sagte ich.

Er nickte. Dann schloß sich die Tür hinter ihm.

Ich ging an Vilmas Seite zur Treppe und diese hinunter. Wir traten auf die belebte Straße hinaus. Es schneite heftig, die Flocken fielen dicht.

»Walter«, sagte Vilma erstickt.

»Ja?«

Ihr schmales Gesicht zuckte.

»Ich fahre fort aus Wien.«

»So.«

Wo war die Süße ihrer Nähe? Wo war der Zauber ihres Anblicks? Wo? Es schneite lautlos, Flocke um Flocke. Ihr Gesicht erschien mir fremd, ich kannte es kaum wieder. Wie weit lag schon alles zurück, wie weit …

»Unser Theater hat ein Angebot aus Deutschland erhalten. Wir sollen im Rheinland gastieren, mit Felix' Stück.«

»Das freut mich, Vilma!«

»Walter!« Es klang wie ein Hilferuf. Sie stand gegen die Hauswand des Gebäudes gepreßt, einen Schal um den Kopf geschlungen, die Wangen gerötet, das Haar verwirrt.

»Ja, Vilma?«
»Ich habe zugesagt, Walter. Ich hatte nicht den Mut, nicht zuzusagen!«
Passanten streiften uns, Autos hupten, Straßenbahnen klingelten vorüber. Wir standen still im Chaos. »Oh, Walter, Walter! Weißt du, was ich mitgemacht habe in diesen letzten Tagen? Ich wollte dich anrufen. Ich wollte zu dir kommen, mitten in der Nacht. Es gab Momente, da war mir alles gleich!«
Ich schwieg.
»Aber ich hatte Angst. Die alte, schreckliche Angst! Ich konnte nicht kommen! Ich durfte nicht kommen! Und jetzt ...« Ihre Stimme verlor sich.
»Und jetzt?« Ich dachte an Doktor Freund. Was hätte er wohl gesagt? Was hätte er wohl getan an meiner Stelle?
»Und jetzt weiß ich mir keinen Rat mehr! Sag mir, was ich tun soll, Walter! Bitte, sag es mir doch!« Autos und Straßenbahnen. Lärm und Passanten. Die Mittagszeitungen. Die Verkäufer schrien die letzten Meldungen in das Schneetreiben hinein. Familie fand Tod durch Gas. Lawinenkatastrophe in Tirol. Tschiangkaischek verlangte Waffenlieferungen nach Formosa für eine erfolgreiche Invasion Rotchinas.
Der Kurier! Die Weltpresse! Der Abend!
»Ich liebe dich, Walter! Ich liebe dich so sehr!«
Ich atmete tief. (Es tat mir weh in der Brust dabei.) Ich sah sie an, wie sie vor mir stand, fragil und schutzbedürftig.
»Fahr nach Deutschland, Vilma«, sagte ich.
»Ist es so schlimm mit dir?«
»Ja«, sagte ich, »es ist schlimm. Ich liebe dich auch, Vilma.

Und weil ich dich liebe, sage ich dir: Fahre nach Deutschland. Geh weg aus Wien. Bleibe bei Felix.«
Der Abend! Der Kurier! Die Weltpresse! Letzte Nachrichten aus aller Welt!
»Vilma?«
»Ja?«
»Ich werde bald sterben, Vilma«, sagte ich leise und ergriff ihre Hand. Sie war heiß und trocken.
»Ja, Walter. Es wäre mir gleich.«
»Ich weiß, Vilma. Aber es geht nicht.«
»Nein?«
»Nein.«
»Ich habe es gewußt«, sagte sie tonlos. Dann griff sie in die Tasche und holte ein Kuvert heraus. »Ich hoffte, dich heute zu sehen. Ich habe dir etwas mitgebracht.«
»Was?«
»Das Geld, das du uns geliehen hast. Jetzt können wir es dir zurückgeben.«
»Ach Gott, laßt das!«
Sie schüttelte den Kopf und drückte mir den Umschlag in die Hand.
»Nein, bitte, nimm es!«
Ich steckte das Kuvert ein.
»Walter, wenn ich nach Deutschland gehe, bleibe ich sechs Monate fort!«
»Dann werden wir uns nicht mehr wiedersehen.«
Sie sah mich an.
»Soll ich dennoch gehen?«
»Ja, Vilma.«
Sie schlang plötzlich die Arme um mich und küßte mich

verzweifelt und wild. Es war unser letzter Kuß, das wußte ich.

»Leb wohl«, sagte ich, als sie sich von mir löste.

»Leb wohl, Walter.« Sie gab mir noch einmal die Hand. Dann ging sie. Ich sah ihr nach. Sie drehte sich nicht mehr um, und bald war sie in dem dichten Schneetreiben verschwunden. Ich war ganz ruhig. Am Nachmittag, dachte ich, wollte ich wieder hinaus zu Doktor Freund fahren.

12

Der Samstagabend mit Hohenberg verlief harmonisch und angenehm. Ich hatte Martin zu Bett geschickt, ein paar Sandwiches sowie Whisky und Soda bereitgestellt und gewann den Eindruck, daß Hohenberg sich sogleich bei mir wohl fühlte. Darüber war ich froh, denn er war mir sehr sympathisch in seiner stillen, bescheidenen Art. Er trank kaum, akzeptierte jedoch dankbar amerikanische Zigarren, die ich zufällig noch besaß. Dann saßen wir vor dem Kaminfeuer, sahen den Flammen zu und unterhielten uns. Es war ein eigenartiges Erlebnis für mich, nach all den langen, hektischen Wochen wieder Besuch zu empfangen, mit einem andern Menschen zu sprechen, keine Hast zu empfinden und keine Angst. Ich genoß jede Minute dieses Abends. Ich hatte fast vergessen, daß ich ein Betrüger und Mörder war, vom Tode gezeichnet und ohne Hoffnung. In Gegenwart Hohenbergs empfand ich Ruhe und stillen Bürgerfrieden. Wir sprachen hauptsächlich über unsere Söhne.

»Waren Sie schon bei Doktor Freund?«

»Ja, Herr Frank.« Er strahlte direkt. »Das ist ein wunderbarer Mensch.«
»Nicht wahr?«
»Wie er mit Herbert sprach ... wie er ihn ansah ... ich habe nicht gedacht, daß es in unserer Zeit noch so etwas gibt! Am liebsten möchte ich selbst zu ihm in die Schule gehen und ihm meine Irrtümer und Verfehlungen beichten.«
»Man ist dazu versucht«, sagte ich und trank mein Glas leer.
»Was wird mit Ihrem Jungen geschehen?«
»Er muß Donnerstag in die Beratungsstelle kommen. Doktor Freund meint, es wird lange dauern, viele Monate, vielleicht Jahre.«
»Und in seiner Schule kann er ihn nicht aufnehmen?«
»Leider nein. Der Stadtschulrat hat die Erlaubnis dazu nicht gegeben. Er muß in eine Schule seines Bezirks gehen.«
»Aber im Fall meines Sohnes ...«
»Ihr Fall lag ein bißchen anders, Herr Frank. Ihren Sohn wollte keine andere Schule mehr haben. Da *mußte* der Stadtschulrat zustimmen.« Er zog an seiner Zigarre und sah ins Feuer. »Wie geht es Ihrer Frau?« fragte er nach einer Pause.
Ich hatte ihm erzählt, daß sie in Deutschland war.
»Danke, gut.«
»Kommt sie bald zurück?« Er blickte noch immer in die Flammen.
»Hoffentlich. Ich habe viel mit ihr zu besprechen.«
»Ja?« Jetzt sah er mich an.
Ich nickte. »Die Zukunft Martins. Sie liegt mir wie ein Stein auf der Brust. Jetzt sind wir, die Eltern, noch da, um für ihn zu sorgen. Aber was soll geschehen, wenn wir einmal sterben?«

Ich hatte ohne nachzudenken gesprochen. Nun bemerkte ich seinen erstaunten Blick.
»Dann ist Martin doch schon erwachsen!«
»Natürlich«, erwiderte ich hastig, »aber trotzdem: keiner von uns weiß, wann seine Stunde schlägt. Es kann schon morgen sein. Ein Unfall, eine schwere Krankheit – und Martin steht allein. Was soll dann mit ihm geschehen?«
»Doktor Freund wird sich um ihn kümmern.«
»Ja«, sagte ich, »vielleicht wird er das.«
»Bestimmt!« Hohenberg richtete sich auf und wurde lauter. »Er hat es mir selber gesagt, wir sprachen darüber.«
»Über meinen Tod?«
»Um Gottes willen, nein! Wir unterhielten uns ganz allgemein. Er hat schon einige Kinder in seiner Schule, die beide Eltern verloren haben. Sie wohnen dort. Es sind ein paar Zimmer für derartige Fälle eingerichtet. Er ist ein Vater mit vielen Kindern, unser Doktor Freund.«
»Ist das wirklich wahr?« Ich war aufgeregt.
»Ja, Herr Frank.«
»Er hat gesagt, er würde sich aller Kinder annehmen, deren Eltern sterben, wenn er die Mittel dazu hätte. Sie wissen doch: Irgendwo vor der Stadt steht ein halbfertig gebautes Hotel. Dort könnten die Kinder wohnen. Es fehlt nur Geld. Gar nicht besonders viel Geld. Ich denke, mit einer Million könnte man das Haus, wenigstens provisorisch, fertigstellen.«
»Mit einer Million?«
»Ja, Herr Frank.« Sein freundlicher Blick ruhte auf mir. »Aber wer hat eine Million?«
»Das stimmt«, sagte ich, »wer hat eine Million?«

13

Ich brauchte zehn Tage, um meinen Schmuck zu verkaufen. Die Transaktion nahm meine ganze Zeit in Anspruch, und ich sah nicht einmal Doktor Freund in dieser Zeit. Aber so schmerzlich mir diese Tatsache war, ich nahm sie auf mich, denn was ich tat, tat ich für ihn. Ich verkaufte den Schmuck natürlich nicht in Juweliergeschäften. Das wäre zu riskant gewesen. Ich mußte Kontakt mit der Wiener Hehlerwelt aufnehmen. Das war der schwierigste Teil der Operation. Die Hehler trauten mir nicht. Und ich traute den Hehlern nicht. Wir trafen einander in kleinen, schmutzigen Cafés am Donaukanal, in den Büros zweifelhafter Rechtsanwälte und in Hauseinfahrten. Ich verhandelte mit mehreren Interessenten, ich hatte die Pretiosen in drei Teile geteilt, die ich unabhängig voneinander verkaufte. Man hielt mich allgemein für einen Dieb, und einen nicht einmal besonders raffinierten. Einmal wurde ich geprellt. Der Mann, der mir den Smaragdring abzukaufen versprach, verschwand mit ihm in einem Durchhaus und ließ sich nicht mehr blicken. Das war das Risiko, das ich jedesmal im letzten Moment vor dem effektiven Kauf auf mich nahm. Denn die Hehler und Schlepper verlangten immer zuerst die Ware, bevor sie mit dem Geld herausrückten.

Zuletzt hatte ich es geschafft und war sehr stolz. Ich hatte für alle Stücke zusammen 550 000 Schilling erhalten, also über eine halbe Million. Außerdem besaß ich, als ich schließlich Bilanz machte, noch 80 000 Schilling von den 110 000 Schilling des Herrn Lauterbach sowie 55 000 Deutsche Mark. (40 000 Mark hob ich in München am Bahnhof und 85 000

Mark in Augsburg am Bahnhof ab. Von diesen insgesamt 125 000 Mark hatte ich für 70 000 Mark Schmuck gekauft.) Ich war zufrieden, als ich sah, daß kein Geld verlorengegangen oder vergeudet worden war. Den Zettel mit meinen Aufzeichnungen verbrannte ich sogleich. Die 55 000 Mark zu wechseln war viel leichter, als den Schmuck zu verkaufen, und nahm mich nur zwei Tage in Anspruch. Einen Teil wechselte ich illegal, den anderen auf mehreren Banken zu dem offiziellen (und natürlich schlechteren) Kurs und in erlaubten Quantitäten. Am zwölften Tag besaß ich bar 933 500 Schilling, also beinahe eine Million. Von diesem Betrag legte ich 233 500 Schilling beiseite. Mit dem Rest von 700 000 Schilling ging ich an den zweiten Teil der Arbeit. In Wien gibt es insgesamt hundertvierzehn Postämter, auf denen man Geldbeträge einzahlen kann. Zu jedem dieser hundertvierzehn Postämter brachte ich im Verlauf von weiteren zwei Tagen einen Betrag von etwa 6000 Schilling. Ich benützte Postanweisungsformulare. Als Absender trug ich jeweils einen anderen willkürlichen Namen mit einer jeweils anderen willkürlichen Adresse ein. Auf die Rückseite des für »Vermerke an den Empfänger« bestimmten Raumes schrieb ich stets: »Von einem anonymen Spender.« Der Empfänger selbst war in allen hundertvierzehn Fällen derselbe. Ich erfuhr seine genaue Anschrift in einem Gespräch mit Doktor Freund. Sie lautete: »An die Gemeinnützige Gesellschaft zum Bau des Kinderhotels in Neustift am Walde, Wien I, Am Hof 112.« Ich hatte am 20. November mit meiner Arbeit begonnen. Am 6. Dezember war sie beendet. Am 9. Dezember kam es zu dem von Doktor Freund bereits überlange erwarteten ersten schweren Rückfall Martins.

14

»Der Anlaß zu seinem Rückfall war, wie das immer zu sein pflegt, an sich geringfügig«, sagte Doktor Freund. Ich saß wieder in seinem Arbeitszimmer, das Schneetreiben hatte aufgehört, es taute. Die Straßen waren schmutzig und schwarz. »Außerdem wählte Martin auch noch den Weg des geringsten Widerstandes. Er behauptete, daß Albert über ihn lachte. Albert, wie Sie wissen, ist der Kretin der Klasse, ein in jeder Weise zurückgebliebenes, unglückliches Kind. Ich gebe zu, daß Albert wirklich eine Art hat, plötzlich blöde zu lachen. Das hängt jedoch mit seinem traurigen Zustand zusammen und hat nicht das geringste zu bedeuten. Nachdem Albert dreimal in der erwähnten Art gelacht hat, verprügelte Martin ihn ohne weiteres nach Schulschluß so furchtbar, daß er ihm zwei Zähne ausschlug und mehrere Fleischwunden beibrachte.«

»Um Gottes willen!«

»Es waren nur Milchzähne«, sagte Doktor Freund, »und sie werden nachwachsen, aber immerhin! Alberts Eltern kamen zu mir, sie haben den Vorfall dem Stadtschulrat gemeldet, und ich erhielt einen mächtigen Verweis für meine Erziehungsmethoden.«

»Das tut mir leid, Doktor.«

»Es muß Ihnen nicht leid tun. Vom Stadtschulrat erhalte ich andauernd Verweise. Ich habe ein dickes Fell.«

»Aber was soll jetzt geschehen?«

»Ich habe schon mit Martin gesprochen und ihn bestraft ...«

»In welcher Weise?«

»Ich habe ihm verboten, morgen in die Schule zu kommen«, sagte Doktor Freund. »Dieses Verbot traf ihn sichtlich schwer. Außerdem haben mir die beiden Klassenführer, Toni und Ilse, versprochen, darüber nachzudenken, was man tun kann.«

»Und Sie glauben«, fragte ich zweifelnd, »daß Toni und Ilse die Lösung finden werden?«

Er sah mich überrascht an.

»Selbstverständlich, wer sonst? Vielleicht wir?«

»Ja«, sagte ich, »das stimmt auch.«

Toni und Ilse fanden die Lösung jedoch – wenigstens in der nächsten Zeit – nicht. Martin blieb der Schule, böse und stumm, einen Tag fern. Am 11. Dezember besuchte er sie wieder. In der Zehn-Uhr-Pause verprügelte er den unglücklichen Albert zum zweitenmal. Begründung: »Er hat mich angezeigt. Seinetwegen durfte ich einen Tag nicht in die Schule kommen.«

»So«, sagte Doktor Freund, »und du kommst so gern in die Schule, daß du dem Albert einfach nicht verzeihen konntest, dich um einen Tag gebracht zu haben?«

Martin nickte. »Ja, Herr Doktor. Und jetzt werde ich wahrscheinlich wieder einen Tag nicht kommen dürfen.«

Doktor Freund schüttelte den Kopf.

»Im Gegenteil, jetzt kommt Albert einmal einen Tag nicht. Er kann gar nicht kommen, weil du ihn so zugerichtet hast. *Du* darfst kommen, wenn du dich bei ihm entschuldigst und mir versprichst, morgen brav zu sein.«

»Ich entschuldige mich, und ich verspreche es, Herr Doktor.«

Den ersten Teil dieser Behauptung erfüllte Martin auch. Er gab Albert, den er in seiner Wohnung besuchte, die Hand und brachte ihm Schokolade mit. Den zweiten Teil erfüllte er nicht. Am nächsten Tag verprügelte er ein Mädchen.

»Sie hat auch über mich gelacht.«

»Und warum hat sie gelacht?«

»Weil ich zu Albert gegangen bin und mich entschuldigt habe. Sie hat gesagt, ich bin ein Feigling!«

Das Mädchen hatte, wie sich herausstellte, tatsächlich gelacht und die zitierte Bemerkung gemacht. Aber Doktor Freund schüttelte den Kopf.

»Geh, Martin, du interessierst mich nicht mehr.«

»Ich kann doch nichts dafür, Herr Doktor!« Das Kind war in Panik.

»Du hast dein Wort gebrochen. Ich will nicht mehr mit dir sprechen. Bitte, geh jetzt in deine Klasse zurück.«

Martin ging. Er schluchzte, als er die Tür hinter sich schloß. Etwas später kamen Toni und Ilse.

»Herr Direktor, wir haben einen Plan.«

»Ja?«

»Wir glauben, wir können Martin helfen.«

»Ja?«

»Die Ilse und ein paar andere Mädchen haben den Martin beobachtet und herausgefunden, daß er furchtbar gern getrocknete Marillen ißt.«

»Stimmt das?« fragte Doktor Freund.

»Keine Ahnung«, sagte ich.

»Es stimmt! Wir haben es schon ein paarmal bemerkt!« rief Ilse.

»Und da haben wir beschlossen, es mit den Marillen zu versuchen«, sagte Toni.

»Wie?« fragte ich.

»Jedes Kind«, sagte Toni, »gibt zwanzig Groschen von seinem Taschengeld her. Dafür kaufen wir getrocknete Marillen. Dann spricht Ilse mit dem Martin und sagt ihm: Wenn du heute niemanden verprügelst, bekommst du zu Mittag ein Säckchen Marillen!«
»Das klingt ja großartig, meine Lieben«, sagte Doktor Freund und rieb sich die Hände. »An die Arbeit!«
Sie machten sich an die Arbeit.
Was Ilse Martin sagte, wird nie bekannt werden, denn sie sprachen unter vier Augen. Tatsache ist, daß an diesem Tag niemand von ihm geschlagen wurde. Zu Mittag sah ich ihn, hinter Ilse her, auf den Turnplatz hinausschleichen. Aus Doktor Freunds Zimmer konnte ich verfolgen, wie sie ihm das Säckchen gab. Er aß es im Freien leer.
Der nächste Tag verlief in der gleichen Weise. Albert war nun wieder da, und dennoch attackierte Martin ihn nicht. Auch die beiden nächsten Tage brachten keine neuen Gewalttaten. Zu Mittag ging Martin mit Ilse auf den Turnplatz hinaus. Er aß seine Lieblingsfrüchte und kehrte friedlich und still zu den andern zurück. Am vierten Tag jedoch kam Ilse noch einmal zu Doktor Freund. Sie sah bekümmert aus.
»Wir wissen nicht, was wir tun sollen!«
»Wieso?«
»Das Geld ist ausgegangen. Wir können keine Marillen mehr kaufen. Haben Sie nicht vier Schilling, die Sie uns leihen können?«
In Doktor Freunds Augen leuchtete es auf.
»Natürlich habe ich die vier Schilling. Aber ich glaube, ich habe auch eine Idee. Paß einmal auf: Morgen früh, vor acht Uhr, sagst du Martin die Wahrheit, daß ihr kein Geld

mehr habt und daß er deshalb auch keine Marillen bekommt.«
Ilse nickte sorgenvoll.
»Glauben Sie nicht, daß er dann wieder den Albert verhauen wird?«
»Das werden wir ja sehen«, sagte Doktor Freund.
Am nächsten Morgen wartete ich in der dunklen Vorführkabine, hinter den kleinen Fenstern. Doktor Freund stand neben mir. Auf der anderen Seite der Wand, direkt unter uns, sprach Ilse mit Martin. Sie sagte ihm die Wahrheit. Martin zögerte einen Augenblick.
»Ach was!« meinte er dann wegwerfend. »Jeden Tag kann ich ohnehin keine Marillen essen! Es ist schon gut – auch so!«
An diesem Tag verprügelte Martin niemanden, obwohl er wußte, daß die Belohnung dafür von nun an ausbleiben würde.
Die Krise, schien es, war überwunden.
»Ich habe nur noch vor dem Samstag Angst«, sagte Doktor Freund zu mir.
»Warum?«
»Jeden Samstag nachmittag kommt die Klasse zusammen, und die Kinder referieren über die vergangene Woche. Wenn Ilse nicht die Größe besitzt, ihre Leistung zu verschweigen, oder wenn irgendein anderes Kind dann die Marillengeschichte erzählt, steht zu befürchten, daß Martin sich wieder ›ausgelacht‹ vorkommt und alles von vorne beginnt.«
»Darf ich dabeisein?«
»Gerne«, sagte er.

Am Samstag nachmittag saß ich dann zum erstenmal in der Klasse.
Die Kinder berichteten Doktor Freund die Wochenereignisse: Sie hatten eine Katze gerettet. Gerdas Mutter hatte erklärt, ihre Tochter dürfe am Sonntag nicht mehr mit den anderen in den Wald gehen. Sie sei schon zu alt dazu.
»Und?«
»Wir haben sie gefragt, ob sie es verbietet, weil nicht nur Mädchen, sondern auch Buben in den Wald gehen.«
»Und?«
»Sie hat gesagt, deshalb verbietet sie es.«
»Und was habt *ihr* da gesagt?«
»Wir haben gesagt, wenn sie Angst hat, dann soll sie doch mitkommen.«
»Kommt sie mit?«
»Ja, Herr Doktor! Morgen kommt sie, und am nächsten Sonntag die Mutter von Hans, und dann wieder eine andere, bis alle dran waren. Dann fangen wir wieder bei Gerdas Mutter an.«
»Das habt ihr fein gemacht«, lobte der Doktor. Er sah sich um. »Und war sonst noch etwas los?«
»Ja, Herr Doktor!« Die kleine Ilse mit den schwarzen Zöpfen stand auf.
Jetzt, dachte ich.
»Nämlich, Ilse?«
»Sie wissen doch, was dem Martin passiert ist, nicht wahr?«
Martin starrte vor sich hin auf die geschmückte Bank. Er schämte sich entsetzlich.
»Ja, Ilse, ich weiß es.«
»Wir haben mit ihm gesprochen, Herr Doktor«, sagte die

wundervolle, geliebte, großartige, kluge kleine Ilse, »und er hat uns versprochen, daß er von jetzt an brav sein wird!«
Damit setzte sie sich wieder.
Doktor Freund fuhr sich mit dem Taschentuch über die Stirn.
»Ich danke euch«, sagte er nachdrücklich, »das war eine schöne Woche für uns alle.«
Ilse sah zu Martin hinüber. Sie lächelte. Martin wurde rot. Dann lächelte auch er. Es war der Beginn seiner ersten Freundschaft.

15

»Kommen Sie mit mir«, sagte Doktor Freund, als wir etwas später, nach Ende der Kinderkonferenz, auf den Gang hinaustraten. »Ich muß Ihnen noch etwas erzählen!«
Ich folgte ihm in sein Zimmer, wo er die unterste Lade des großen Schreibtisches herauszog. In ihr lag eine Flasche Steinhäger. Er öffnete sie, holte zwei Gläser hervor und füllte sie.
»Trinken Sie mit mir«, sagte er vergnügt.
»Gerne.«
Wir tranken. Er füllte die Gläser nach.
»Ich bin glücklich«, sagte er und setzte sich.
»Das habe ich schon bemerkt.«
»Ich wollte es Ihnen zuerst nicht sagen, denn es tangiert Sie überhaupt nicht. Aber ich kann es auch nicht für mich behalten, und da Sie doch einiges Interesse an meiner Arbeit bekundet haben ...«

»Also, reden Sie schon! Was ist es?«
Er neigte sich vor und sagte feierlich:
»Wir haben Geld bekommen!«
»Geld?« wiederholte ich verblüfft. Ich spielte, fand ich, meine Rolle ausgezeichnet. »Was für Geld? Woher? Und wieviel?«
»Insgesamt siebenhunderttausend Schilling«, sagte er fast flüsternd. »Und woher? Das wissen wir nicht. Von einem ›anonymen Spender‹.« Er nahm ergriffen seine dicken Brillen ab und putzte sie. »Ich habe nicht gedacht, daß es so etwas noch gibt.«
Mein Herz klopfte laut, ich hatte das Gefühl, daß man mir vom Gesicht ablesen mußte, woher das Geld stammte, so aufgeregt, so glücklich war ich plötzlich selber. Aber ich spielte weiter.
»Moment, Moment!« Ich runzelte die Stirn. »Das ist doch ein riesiger Betrag!«
»Eben!«
»Sie wollen mir erzählen, daß ein unbekannter Spender Ihnen siebenhunderttausend Schilling überwiesen hat?«
»Ja, Herr Frank, genau das!« Er trank sein Glas in einem Zug leer. Ich sah, daß er schwitzte. Er zündete eine Zigarette an und rauchte hastig. »Keiner von uns wollte es glauben! Wir alle konnten es nicht begreifen. Aber es ist so, wirklich und wahrhaftig.«
Ich schloß die Augen. In diesem Augenblick wäre ich gerne gestorben.
»Ich gratuliere«, sagte ich nach einer Weile erstickt. Ich gab ihm die Hand. Er schüttelte sie kräftig. Jetzt sah ich, daß er nicht schwitzte: Er weinte ein paar Tränen.

»Entschuldigen Sie«, sagte er und wischte sie mit dem Handrücken fort, »es ist zu dumm. Das kommt, weil ich so glücklich bin!«

»Ich versteh' schon. Und was ... was werden Sie mit dem Geld machen?«

Er lächelte breit.

»Das Hotel bauen, Herr Frank! Gleich nach Weihnachten geht die Arbeit weiter! Im Frühjahr sind wir fertig!«

»Aber ist es denn genug Geld?«

»Natürlich nicht! Aber es ist beinahe genug. Wir bekommen zusätzlich eine Anleihe – und so wird es gehen!«

»Ich freue mich mit Ihnen«, sagte ich.

Er sah mich an.

»Ich glaube es Ihnen, Herr Frank«, erwiderte er, »Sie sind ein guter Mensch.«

Darauf schwiegen wir beide.

Nach einer Weile fragte er: »Und wissen Sie, was wir mit dem Geld noch machen?«

»Nein.«

»Eine Weihnachtsfeier!« sagte er fröhlich. »Die größte und schönste Weihnachtsfeier, die es jemals in dieser Schule gegeben hat!«

Und das wurde sie. Es war eine märchenhafte Weihnachtsfeier, sie hatte fast nichts Irdisches mehr an sich. Es waren die Eltern und die Kinder eingeladen worden. Das Fest fand im Turnsaal statt. Die Gäste saßen an langen, gedeckten Tischen. Auf einem Podium stand ein großer Weihnachtsbaum mit hundert Kerzen. An der Wand hinter ihm stand mit goldenen Buchstaben: »Friede auf Erden den Menschen, die guten Willens sind.«

Es gab Musik. Es gab Kuchen. Es gab Schokolade. Es gab Obst. Und es gab Geschenke. Jedes Kind bekam einen Sack voll Süßigkeiten, einen Bon für ein Paar Schuhe und einen Bon für ein Kleid oder einen Anzug. Es gab Freudentränen und Gelächter, Geschrei und kleine vergnügte Seufzer. Die Eltern saßen stumm zwischen den Kindern und lächelten einander an. Dann spielten die Kinder ein Theaterstück. »An jenem Abend« hieß es. Martin spielte mit. Er trug einen langen weißen Bart und stellte einen der drei Heiligen aus dem Morgenland dar. Als das Spiel zu Ende war, klatschten alle wie besessen. Und Martin verneigte sich wieder und wieder. Er verneigte sich noch, als die andern die Bühne schon verlassen hatten und er ganz allein auf ihr stand.
Dann sangen wir alle »Stille Nacht, heilige Nacht«. Und danach trat ein Zauberer auf, der Kaninchen aus einem Zylinder zaubern konnte und Eier aus seiner Nase. Die Kinder lachten laut. Der Zauberer hatte großen Erfolg. Er mußte immer neue Kunststücke zeigen.
Ich saß in einer Ecke und fühlte mich sehr müde. Ich dachte an alle Menschen, die ich in dem Jahr, das nun zu Ende ging, verloren hatte, und ich dachte daran, daß dies mein letztes Weihnachtsfest war. Mein Kopf schmerzte leicht, aber zum erstenmal empfand ich den Schmerz als etwas beinahe Angenehmes. Er erfüllte mich mit einer tiefen, traurigen Genugtuung, wir kannten einander nun schon gut, der Schmerz und ich. Wenn er ärger wurde, würde ich, heimgekommen, eine Spritze nehmen und schlafen. Ich war sehr mit mir zufrieden an diesem Abend, während ich die vielen Menschen vor mir sah, die alle glücklich waren. Doktor Freund hielt eine kurze Rede, als die Feier zu Ende war, und

danach trat er zum Ausgang des Turnsaals und gab jedem, der an ihm vorüberging, jedem Kind und jedem Erwachsenen, die Hand. Ein paar Frauen versuchten, diese Hand zu küssen.

Schließlich waren alle gegangen. Der Baum mit den erloschenen Lichtern stand im Schatten, die elektrische Beleuchtung war bis auf eine letzte Lampe ausgeschaltet. Ich stand auf und trat auf Doktor Freund zu.

Er rieb sich die Hände.

»Ein schöner Abend, nicht wahr?«

»Ein wunderschöner Abend. Der schönste von allen.«

»Kommen Sie, gehen wir.«

»Doktor«, sagte ich, »haben Sie noch Zeit für mich?«

»Natürlich, Herr Frank. Was ist denn?«

»Ich möchte Ihnen eine Geschichte erzählen.«

»Eine Geschichte? Betrifft sie Martin?«

»Nein«, sagte ich, »sie betrifft mich.«

Er sah mich lange und prüfend an, dann schloß er die Saaltür und nickte.

»Es ist meine eigene Geschichte«, sagte ich. »Ich bin ein Mörder.«

16

Ich erzählte ihm alles oder fast alles: Ich verschwieg, was ich mit dem geraubten Geld getan hatte. Ich behauptete, es noch zu besitzen, aus Angst, daß er das Geld für sein Kinderhotel sonst nicht annehmen und abliefern würde. Aber ansonsten gab es nichts, was ich verschwieg, nichts, was ich beschönigte. Ich sprach eine Stunde lang. Wir blieben allein, es störte uns niemand. Wir waren in sein Büro gegangen, ich hatte Martin nach Hause geschickt, und Doktor Freund hatte die Tür versperrt. Er unterbrach mich nie, und er sah mich nie an. Er rauchte und blickte von mir fort, irgendwohin, in die Dunkelheit seines Zimmers hinein.

Je länger ich sprach, um so befreiter fühlte ich mich. Es war mir gleich, was er nun tat, es kümmerte mich nicht mehr. Eine unerträglich schwere Last fiel von mir ab, während ich meine Verbrechen bekannte, und meine Müdigkeit verstärkte sich mehr und mehr. Ich sprach wie von selbst, ich hatte zu lange schweigen müssen. Die Worte formten sich allein, ich dachte an nichts mehr, nicht an die Zukunft, nicht an die Folgen. Ich dachte nicht einmal mehr an Martin. Zuletzt war alles gesagt, und ich sah auf.

Doktor Freund entzündete eine neue Zigarette und schwieg. Ich sah ihn an, er wich meinem Blick aus.

Ich wartete.

Und er schwieg noch immer.

»Ich bin fertig«, sagte ich laut. »Nun sprechen Sie!«

Er schüttelte langsam den Kopf.

»Ich bin auch nur ein Mensch, Herr Frank. Ich kann nicht sprechen. Was sollte ich Ihnen sagen?«

»Was ich tun soll!«

»Wie kann ich das?«

»Befehlen Sie mir, etwas zu tun, und ich will Ihnen folgen!«

»Ich darf Ihnen nichts befehlen«, sagte er. »Und ich fürchte, ich kann Ihnen nur wenig helfen.«

»Wollen Sie mich anzeigen?«

»Nein, Herr Frank.« Jetzt sah er mich ernst an. »Mein Beruf

hat gewisse Ähnlichkeit mit dem eines Priesters. Auch ich kenne den Begriff der Schweigepflicht. Ich fühlte mich nicht berufen, Sie anzuzeigen. Ich kann Ihnen nur raten, es selbst zu tun.«

Ich stand auf.

»Ich habe gehofft, *Sie* würden es tun. Ich bin zu feige. Ich will nicht verhaftet werden und für meine Schuld büßen, in diesen letzten Monaten, die ich noch zu leben habe.«

»Sehen Sie? Und da erwarten Sie, daß *ich* Sie anzeige? Sie hätten mir Ihre Geschichte nicht erzählen sollen.«

»Ich konnte nicht anders! Ich mußte einen Menschen haben, dem ich sie erzählte, einem Menschen, mit dem ich sprechen konnte!«

»Herr Frank, Sie sind sehr krank.«

»Ja, ich weiß.«

»Nicht nur körperlich. Auch geistig. Ihr Gehirn arbeitet falsch, Sie denken nicht mehr richtig.«

»Meinen Sie, daß ich schon verrückt bin?«

»Ich fürchte es, Herr Frank!«

»Aber ich fühle mich noch ganz normal! Ich rede doch nicht Unsinn oder betrage mich auffällig!«

»Sie sind auf eine andere Art, auf gefährlichere Weise verrückt, Herr Frank. Die Grundbegriffe des menschlichen Lebens haben für Sie ihre Bedeutung verloren. Sie wissen nicht mehr, was Gut und Böse ist. Sie wissen nicht mehr, was ein menschliches Wesen ist und was der Tod bedeutet.«

»Ich weiß es gut«, sagte ich leise.

»Sie glauben es zu wissen, Herr Frank«, sagte er ebenso leise. »Sie halten sich noch an die Worte, aber nicht mehr an ihren Inhalt. Empfinden Sie Reue?«

Ich dachte gewissenhaft nach.
»Nein«, sagte ich dann, selbst erstaunt.
»Sehen Sie.« Er nickte. »Empfinden Sie Furcht?«
»Nein, Herr Doktor.«
»Gar keine?«
»Ich möchte nicht im Gefängnis enden«, sagte ich. »Aber ich habe keine Angst vor dem Gefängnis. Wenn Sie mich anzeigten, machte es mir nichts aus. Es ist eher Bequemlichkeit als Furcht, die mich hemmt.«
»Und lieben Sie noch jemanden?«
Ich nickte.
»Ja«, sagte ich, »ich liebe *Sie,* Doktor Freund.«
Er schwieg, stand auf und ging zu einem Radioapparat, den er geistesabwesend einschaltete. Nach einer kurzen Weile erklangen gedämpfte Weihnachtslieder.
»Und wenn ich Sie bitten würde, sich selbst anzuzeigen?«
»Ich würde es Ihnen versprechen, Herr Doktor. Aber ich fürchte, ich würde es zuletzt nicht tun. Ich hatte schon einmal die Gelegenheit dazu. Da tat ich es auch nicht.«
»Ja«, sagte er nur und trat an das Fenster.
»Es ist ein Ros' entsprungen aus einer Wurzel zart«, sangen die Kinderstimmen.
Er wandte mir den Rücken zu, während er weitersprach.
»Ich bin so ratlos wie Sie, Herr Frank. Ich habe immer gedacht, allen Menschen helfen zu können. Ich habe mich überschätzt. Ich weiß keinen Rat für Sie.« Er drehte sich plötzlich um und sah mich beinahe erschrocken an. »Mein Gott im Himmel, aber wir müssen etwas tun! Ich kann Sie doch nicht gehen lassen! Sie sind krank! Sie sind eine Gefahr für die Umwelt!«

»Nicht mehr.«
»Jeder kranke Mensch ist eine Gefahr für seine Umwelt«, sagte er. »Auch Sie. Sie wissen es nicht. Aber Sie sind eine Gefahr.« Er starrte mich an.
»Doktor«, sagte ich, »ich muß Ihnen noch ein Geständnis machen.«
»Nein!« rief er schnell.
»Doch, ich muß es machen. Haben Sie keine Angst, es ist nicht schrecklich. Ich glaube, mein Gehirn ist wirklich nicht mehr normal. Ich habe eine Absicht mit meiner Beichte verbunden. Ich habe gehofft, daß Sie mir keinen Rat geben können. Ich habe gehofft, Sie würden erkennen, daß ich eine Gefahr für andere Menschen bedeute und daß man mich nicht mehr allein lassen darf.«
Er kam langsam auf mich zu, in seinen Augen dämmerte ein fassungsloses Verstehen.
»Sie meinen ...?«
Ich nickte.
»Ich hatte Angst, Sie würden meine Bitte ablehnen. Jetzt sehe ich, daß Sie das nicht tun werden. Ich kann nicht mehr allein sein. Ich will hier sterben, hier in der Schule. Ich will nie mehr von hier fortgehen. Ich will bei Ihnen bleiben, Doktor. Nur noch bei Ihnen. Darf ich mit Martin kommen?«
Er schwieg lange.
Dann sagte er tonlos:
»Ja.«
»Halleluja!« jubelten die Engelsstimmen aus dem Äther.

17

Es war Januar, und vor meinem Fenster schneite es, als ich diese Geschichte niederzuschreiben begann. Nun haben wir März, und der Schnee ist geschmolzen. Der Frühling kommt früh in diesem Jahr. Im Schulgarten blühen schon Krokusse und Primeln, und die Sträucher tragen große Knospen. Ich bin sehr fleißig gewesen in den letzten drei Monaten. Ich habe ein schönes Stück Arbeit geleistet, wenn es mir auch in letzter Zeit schon sehr schwerfiel, zu arbeiten. Die Schmerzen kommen häufiger, das Atmen wird beschwerlicher, ich glaube nicht, daß ich noch den Sommer erlebe, obwohl ich das gern würde: Denn im Juli, so rechnet man allgemein, wird das Kinderhotel in Neustift am Walde fertig sein, und die ersten Gäste werden einziehen. Martin soll unter ihnen sein, Doktor Freund hat es mir versprochen. (Er weiß noch immer nicht, daß das Hotel mit meinem gestohlenen Geld erbaut wurde. Ich habe ihm gesagt, ich würde es testamentarisch der Bank in München hinterlassen.) Ich bin sehr froh darüber, daß der Bau so gute Fortschritte macht. Nun kann nichts mehr passieren. Das Geld ist unwiederbringlich in Fenstern, Türen, Mauern, Möbeln, Teppichen und Öfen angelegt. Selbst wenn man das Haus niederrisse, bekäme man nichts wieder. In der vergangenen Woche war Dachgleiche. Doktor Freund fuhr mit mir hinaus, und wir sahen den buntgeschmückten Baum auf dem First an und gingen durch alle Zimmer und tranken Wein mit den Arbeitern. Es war ein schöner Tag.

Ich führe ein sehr regelmäßiges Leben. Martin wohnt im Zimmer nebenan, er ist noch immer sehr förmlich und von einer gleichmäßigen Uninteressiertheit gegen mich, doch er lernt einigermaßen und gibt kaum Anlaß zu Klagen. Wir warten auf seinen nächsten Rückfall. Er nahm seinerzeit meinen Übersiedlungsvorschlag mit Enthusiasmus auf. Wir zogen am 26. Dezember in unsere Schulwohnung ein. Wir brachten wenig Gepäck mit. Ich blieb in der Reisnerstraße gemeldet, um kein Aufsehen zu erregen, aber ich bin nur noch zweimal dorthin gegangen. Wozu auch?

Doktor Freund motiviert unsere Anwesenheit in der Schule vor seinen Mitarbeitern und Vorgesetzten damit, daß er Vater und Sohn für einige Zeit (er sagte »für einige Zeit«, denn es kann nicht ewig dauern, ich fühle, wie alles zu Ende geht) ständig in seiner Nähe haben will, um durch den innigen Kontakt schneller und leichter auf Martin einwirken zu können. Ich bin sehr bescheiden und niemandem im Wege. Ich esse meistens in einem kleinen Lokal in der Nähe, wo Taxichauffeure, Straßenbahner und Arbeiter verkehren, und Martin ißt in der Schule. Er kann schon gut kochen.

Gewöhnlich schrieb ich in den letzten Wochen von etwa neun Uhr bis zwölf und dann, am Nachmittag, wieder von drei bis sieben Uhr. Wenn es mir schlechtging, schrieb ich im Bett. Es gab keinen Tag, an dem ich nicht geschrieben hätte. Ich habe eingangs erwähnt, daß die eigentliche Idee zu dieser Niederschrift von Doktor Freund kam. Er machte mir den Vorschlag in der Neujahrsnacht, als wir eine Flasche Wein tranken.

»Sie meinen«, sagte ich damals, »daß es alle Verbrecher drängt, von ihrer Tat zu erzählen, sich ihrer zu rühmen, beziehungsweise sich anzuklagen für das, was sie getan haben.«

Er schüttelte den Kopf.
»Dieser Zwang, über Dinge zu sprechen, die uns zutiefst und zuinnerst erschüttern, sie anderen mitzuteilen, ergreift gleichermaßen Besitz von Verbrechern und Heiligen. Nicht nur den Doktor Crippen zog es zurück zum Schauplatz seines Mordes, auch der heilige Johannes und der heilige Matthäus sahen sich genötigt, ihre Evangelien zu schreiben.«
»Ich bin kein Heiliger.«
»Durchaus nicht«, sagte er, »aber Sie sind ein Schriftsteller. Sie wollten doch stets ein Buch schreiben und haben es nie getan. Tun Sie es jetzt. Es ist Ihre letzte Gelegenheit.«
Ich begann zu schreiben. Ich wurde stiller, ich verlor meine entsetzliche Unruhe und mein unendliches Mitteilungsbedürfnis. Wenn ich diese Beichte nicht niedergeschrieben hätte, wäre ich vielleicht zuletzt doch noch zur Polizei gelaufen und hätte mich angeklagt. Doktor Freund kam regelmäßig zu Besuch und erkundigte sich nach dem Fortgang der Arbeit. Er bat mich nie, auch nur eine Seite lesen zu dürfen. Wozu auch? Er kennt meine Geschichte doch schon, und er hat so wenig Zeit. Ich weiß nicht recht, was ich mit dem Manuskript anfangen werde, wenn ich es abschließe. Ich weiß nicht einmal, ob ich es abschließen werde. Es ist eine Art Tagebuch für mich geworden, ich möchte mich nicht von ihm trennen.
Von Vilma bekam ich eine Karte aus Düsseldorf, wo sie gastierte. »Ich weine«, stand darauf. Ich habe nicht geantwortet. Ich wußte nicht, was ich antworten sollte, ich dachte lange darüber nach. Aber ich kann mich an Vilma kaum noch richtig erinnern. Es ist alles schon so lange her, und ich vergesse leicht Gesichter und Ereignisse.

Ansonsten ist von meinen früheren Bekannten nur noch Herr Hohenberg übriggeblieben. Er besucht mich auch hier oft. Wir essen in dem kleinen Lokal gemeinsam zu Abend, und dann kommt er manchmal mit hinauf in mein Zimmer, und wir spielen noch eine Partie Schach, oder wir sprechen von seinem Sohn. Es geht ihm besser. Ich habe den Jungen nie gesehen, aber ich kann ihn mir nach Hohenbergs Beschreibung gut vorstellen.
Ich freue mich, daß der Doktor auch ihm hilft. Hohenberg ist so etwas wie ein Freund von mir geworden.
Die Schmerzen kommen wieder.
Ein Glück, daß ich Morphium habe.

18

21. März

Vor einer Woche etwa kam ein Neuer in Martins Klasse. Er heißt Adam und ist schwachsinnig auf eine besondere Art: Er spricht mit niemandem. Oder zumindest sprach er vor einer Woche noch mit niemandem. Doktor Freund kannte ihn bereits monatelang aus seiner Beratungsstelle, und zuletzt, als niemand anderer ihn mehr haben wollte, holte er ihn in unsere Schule. Hier half zunächst nicht einmal eine ebenso sorgfältig wie seinerzeit bei Martin vorbereitete Schockbehandlung. Adam blieb weiter stumm.
Doktor Freund sprach mit der Mutter, die ganz verzweifelt war.
»Und dabei ist er ein so gutes Kind, Herr Doktor! Früher, noch vor einem Jahr, haben wir nur Freude mit ihm gehabt!

Er war so musikalisch! Ob Sie es glauben oder nicht, aber mit fünf Jahren konnte er bereits Saxophon spielen!«
»Ach!« sagte Doktor Freund. (Er erzählte mir die Geschichte später.) »Hat er denn eines?«
»Ja, wir kauften ihm ein Instrument, weil er es sich so sehr wünschte. Jetzt haben wir es verloren, und es hätte auch gar keinen Sinn mehr, denn er spielt ja doch nicht darauf.«
»Was spielte er denn am liebsten?«
»So ein amerikanisches Stück«, sagte die Mutter. »Jazz, wissen Sie. Wie hieß es nur? Ich kann mich nicht mehr an den Titel erinnern. Mein Mann erinnert sich bestimmt noch!«
»Fragen Sie ihn doch einmal«, sagte Doktor Freund.
Sie fragte. Das Stück hieß »Sentimental Journey«.
Doktor Freund fuhr in die Stadt und kaufte ein Saxophon. Er gab es Adams Mutter.
»Legen Sie es ihm heute abend auf das Kopfkissen«, sagte er, »und erzählen Sie mir morgen, was geschah.«
Es geschah nichts, erzählte die Mutter am Morgen danach. Adam hatte das Saxophon angesehen, aufgehoben, kurz betrachtet und wieder fortgelegt.
»Hm«, machte Doktor Freund.
Dann telefonierte er einen halben Tag lang herum, bis er einen Kollegen fand, der Saxophon spielte. Er bat den Kollegen, sich den Abend freizunehmen. Um acht Uhr traten die beiden in den Lichthof des Hauses, in dem Adam wohnte, und Doktor Freunds Kollege begann, sehr zum Ärger der anderen Bewohner, auf seinem Saxophon »Sentimental Journey« zu blasen.
Er blies sie laut, er blies sie schön.

Adam saß in seinem Zimmer. Das Saxophon lag neben ihm. Adam rührte sich nicht.

»Hm«, machte Doktor Freund. Dann ging er nach Hause. Am nächsten Tag rief er seinen Kollegen wieder zu sich. »Paß auf«, sagte er, »ich habe mir die Sache noch einmal überlegt. Wir haben sie falsch angefangen. Dieser Adam ist zweifellos ein musikalisch eminent begabtes Kind. Bisher hast du ›Sentimental Journey‹ richtig gespielt. Jetzt spiele einmal die Blues-Passage absichtlich falsch. Verstehst du mich?«

»Und ob«, sagte der Kollege.

An diesem Abend standen sie wieder in dem Lichthof, und Adam saß wieder in seinem Zimmer. Doktor Freunds Kollege begann sentimental zu blasen. Die Blues-Passage blies er absichtlich hot. Dann hielt Doktor Freund den Atem an. Und im nächsten Moment erklang aus Adams Zimmer gleichfalls ein Saxophon. Adam spielte. Und er spielte richtig! Er korrigierte Doktor Freunds Kollegen. Er spielte die Blues-Passage blue, wie es sich gehörte. Und am nächsten Morgen antwortete Adam zum erstenmal seit vielen Wochen auf eine Frage, die ihm die Lehrerin stellte.

19

27. März

Doktor Freund sagte:

»Das Unglück unserer Zeit ist, daß die Menschen nicht mehr fähig sind, richtig zu denken. Sie sind verwirrt von tausend Ismen, vom Terror des totalen Staates und vom totalen Versagen des überlebten kapitalistischen Gesellschaftssystems. Hier Gewalt und Schrecken, hier Dummheit und Unverstand – wie können die Menschen da noch richtig denken? Sie *müssen* falsch denken. In falschen Begriffen und nach falschen Normen. Sie müssen Brutalität mit Heldenmut, Gewalt mit Freiheit, Dummheit mit Fortschritt und Technik mit Genie verwechseln. Sie müssen glauben, daß die Liebe, die Güte, das Verzeihenkönnen und der Humor überalterte Begriffe sind, sie müssen, enttäuscht zu unzähligen Malen, den Glauben an das Gute und an das Leben verlieren. Sie müssen zynisch und hart, hoffnungslos und verzweifelt werden. Von dem Menschen ohne Liebe führt ein direkter Weg zum Menschen ohne Halt, zum Menschen ohne Glauben, zum Menschen ohne Kraft. Wenn Sie, Herr Frank, etwas gehabt hätten, woran Sie hätten glauben, etwas, das Sie hätten lieben, etwas, woran Sie sich hätten halten können, wären Sie nicht zum Mörder geworden. Ihr krankes Gehirn ist eigentlich nur ein Schulbeispiel für das kranke Gehirn unserer Welt. Ihr Verbrechen ist kein gewöhnliches Verbrechen, wenn man es so betrachtet. Ihr Verbrechen ist ein Gleichnis.«

20

2. April

Doktor Freund sagte:
»Ich habe den bestimmten Eindruck gewonnen, daß die menschliche Psyche eine dauernde Unterwerfung nicht erträgt. Nicht unter die Naturgesetze, die sie durch List und Gewalt zu überwinden trachtet, nicht in der Liebe und der Freundschaft und am allerwenigsten in der Erziehung. In

diesem Ringen, frei, selbständig und *oben* zu sein, tritt offenbar ein Teil jenes übermächtigen Antriebs zutage, der die ganze Menschheit vorwärtstreibt. Selbst die Frommen und Heiligen hatten ihre Stunden des inneren Aufruhrs, und die fußfällige Anbetung der Naturgewalten dauerte nur so lange, bis der Mensch den Blitz den Händen Gottes entriß.

Deshalb dürfen wir diesem Trieb nach oben nicht mit einem Druck nach unten begegnen. Deshalb dürfen wir Haß nicht mit Haß, deshalb müssen wir Haß mit Liebe vergelten. Wir dürfen, wenn wir es mit Stahl zu tun haben, nicht wieder Stahl auf ihn einwirken lassen, sondern müssen zum Wachs Zuflucht nehmen. Wir müssen lernen, tolerant, gütig, freundlich und hilfreich zu sein in einer Zeit der Intoleranz, der kalten Gewalt, des Zorns und der Ablehnung. Dann werden wir, wie beim Kleinkind, in den Menschen jene Gegenreaktion automatisch hervorrufen, die wir ersehnen. Nur so ist der Welt zu helfen. Und wir helfen ihr am besten, indem wir uns mit ihren Kindern beschäftigen. Denn den Erwachsenen gehört die Gegenwart und das Gestern. Den Kindern aber, den Erwachsenen von morgen, gehört die Zukunft dieser Welt. Tobt heute noch der Kampf um Geistesfreiheit, rütteln wir alle heute noch an den Gittern des Aberglaubens und des Vorurteils, so werden sich morgen unsere Kinder sonnen in dem milden Licht der Freiheit, und, unbekümmert der Drohungen moderner Denkungsarten, aus den Quellen der Freundschaft trinken. Stürzt uns heute zusammen, was überholt und morsch ist, so haben wir dennoch die Verpflichtung, vorausplanend jene Macht der wahren Menschlichkeit vorbereiten zu helfen, vor der aller Terror und alle Lügen zerbrechen. Unsere Kinder sollen genießen, worum wir noch kämpfen: Luft, Licht, Nahrung in Fülle, gesunde Wohnungen, ausreichenden Lohn, menschenwürdige Arbeit, ein gediegenes Wissen und Freiheit von Not und Mißtrauen. Unser Kampf ist ihre Gesundheit. Und unser Leben soll ihr Frieden sein.«

21

7. April

Ich bin sehr erregt, während ich diese Worte schreibe und ein Ereignis zu berichten versuche, das sowohl mich wie Doktor Freund tief erschütterte. Ich denke, ich habe in diesen Blättern bereits Adam erwähnt, den armen Schwachsinnigen, der in Martins Klasse geht und langsam wieder das Sprechen erlernt, nachdem Doktor Freund das Experiment mit dem Saxophon geglückt ist.

Ich muß, zum besseren Verständnis des Folgenden, noch vorausschicken, daß Martin in letzter Zeit große Schwierigkeiten in Rechtschreiben hat. In Rechnen ist er nach wie vor gut, aber in Rechtschreiben hat er sehr nachgelassen. Doktor Freund ließ ihn deshalb zu sich in das Direktionsbüro rufen. Ich war anwesend, als er eintrat.

»Na, Martin«, sagte Doktor Freund, »das ist aber schön, daß du gleich gekommen bist. Ich möchte gern ein wenig mit dir reden.«

Martin nickte bedrückt.

»Weißt du vielleicht schon, worüber?«

»Nein, Herr Doktor.«

Doktor Freund neigte sich vor.

»Du, die Frau Lehrerin hat mir etwas Schönes über dich erzählt. Kannst du dir vorstellen, was?«
»Wahrscheinlich, daß ich wieder schlimm gewesen bin.«
»Aber, Martin!« Doktor Freund schüttelte verblüfft den Kopf. »Ich habe doch gesagt, sie hat mir etwas *Schönes* über dich erzählt. Ist das etwas Schönes, wenn du schlimm warst?«
»Nein.«
»Na eben. Also kann es das nicht gewesen sein. Fällt es dir denn gar nicht ein? In der Naturgeschichtsstunde ...«
Martin schüttelte den Kopf. Er hatte keine Ahnung. (Und er konnte auch keine Ahnung haben, denn was Doktor Freund da erzählte, erfand er soeben frei aus seiner Phantasie. Er hatte vor, Martin wegen seiner schlechten Leistungen in Rechtschreibung zu ermahnen. Er machte nur einen kleinen Umweg dabei.) »Also, wenn du es nicht weißt, dann muß ich es dir sagen: Die Frau Lehrerin hat mir gesagt, daß du in der Naturgeschichtsstunde besonders brav aufgepaßt hast.«
Martin war verblüfft. Als er eintrat, war er davon überzeugt gewesen, eine Rüge zu erhalten. Und jetzt erhielt er ein Lob? Er begann zu grinsen.
»Das ist dir selber also gar nicht aufgefallen, was?«
»Nein.« Das Grinsen wurde breiter.
»Aber *uns* ist es aufgefallen, Martin! Du selber merkst es gar nicht mehr, wenn du brav bist und aufpaßt, das kommt dir schon ganz selbstverständlich vor. Und warum kommt es dir ganz selbstverständlich vor?«
»Weil es jetzt anders ist!«
»Was ist jetzt anders?«
»Alles! Er hat sich halt geändert.«

»Richtig, Martin, richtig!« Doktor Freund hielt die Hände des Jungen in den seinen, er bewegte sich vor und zurück wie in einem Schaukelstuhl, und was er fragte, klang wie der Text einer Litanei, die er schon hunderttausendmal gesprochen hatte, die sein Credo war, das erste, was er allen Kindern beibrachte, damit sie es nie mehr vergessen konnten: »Und wer hat sich geändert? Wer allein hat sich ändern können? Wer war der einzige auf der ganzen Welt, der das konnte?«

»Ich selber«, sagte Martin.

Doktor Freund ließ ihn los.

»Sehr richtig, Martin, na, und wenn du in Naturgeschichte jetzt schon so gut dastehst – und in Rechnen glaube ich auch, nicht wahr? –, gibt es da nicht vielleicht irgendeinen Gegenstand, in dem es dir noch nicht ganz so gut geht?«

Jetzt war es soweit. Aber Martin bemerkte es nicht. Durch Doktor Freunds kleinen Umweg war er vollkommen sicher und offenherzig. Er bekannte selbst, was er hatte verschweigen wollen: »Wenn Sie mich schon fragen, Herr Direktor, in Rechtschreiben geht es mir nicht besonders gut.«

»Soso, in Rechtschreiben. Du, das wundert mich aber. Davon hat der Herr Lehrer mir noch gar nichts erzählt.«

»Nicht?« Martin sah erstaunt auf.

»Nein, kein Wort. Weißt du, dafür gibt es nur eine Erklärung: Der Herr Lehrer hat noch nicht gemerkt, daß es dir nicht gutgeht. Sonst hätte er bestimmt schon mit mir gesprochen.« Doktor Freund begann plötzlich zu lachen. »Mir ist da gerade etwas sehr Komisches eingefallen, Martin! Soll ich es dir sagen?«

»Ja.«

»Also, paß auf: Wenn du zum Beispiel jetzt fleißig lerntest, ganz schnell und heimlich, dann könntest du in ein oder zwei Wochen wieder besser dastehen, nicht wahr? Und wenn du es geschickt genug anfängst, dann merkt der Herr Lehrer in den zwei Wochen nichts, und wenn er dich dann prüft, und du weißt alles und bekommst eine gute Note – so wie in Naturgeschichte –, dann wird er kommen und sagen: Der Martin ist aber großartig bei mir! Das wäre doch ein Spaß, nicht? Der Herr Lehrer würde nie erfahren, was nur wir drei wissen: daß du nämlich eine Zeitlang gar nicht so großartig bei ihm warst!«

Jetzt lachte auch Martin.

»Was, das ist lustig!«

»Ja, Herr Doktor!«

»Und was wirst du also tun?«

»Lernen, Herr Doktor!«

»Das mußt du auch. Du allein. Da kann dir niemand helfen. Die Idee habe ich dir geben können. Aber besser werden in Rechtschreiben – das kann nur wer?«

»Nur ich allein, Herr Doktor.«

»So ist es richtig. Also dann geh jetzt wieder zurück in die Klasse – und erzähl mir gleich nach den zwei Wochen, wie es bei der Prüfung war!«

Martin nickte. Er ging bis zur Tür, dort drehte er sich um und sagte:

»Herr Doktor?«

»Ja?«

»Der Albert steht draußen. Darf er einen Moment hereinkommen?«

Doktor Freund war überrascht.

»Wieso steht der Albert draußen?«
»Ich habe ihn mitgebracht«, sagte mein Sohn, »wir haben uns etwas überlegt, das wir Ihnen gerne erzählen würden.«

22

Und dann standen sie vor dem großen Schreibtisch: Martin, der Wortführer, und neben ihm, hochrot im Gesicht, verlegen von einem Fuß auf den anderen tretend, brummend, grinsend, hüstelnd und aufgeregt, Albert.
»Es handelt sich um den Adam, Herr Doktor.«
»Haha!« Albert bestätigte es.
»So, was ist denn mit dem Adam?« Ich sah, daß Doktor Freund selbst aufgeregt war. Er neigte sich vor. Das Telefon läutete. Er hob ab, sagte kurz: »Nicht jetzt!« und legte den Hörer auf den Tisch.
»Na ja, Sie wissen schon, Herr Doktor, Adam ist doch so schlecht im Rechnen.« Es war Martin, der da sprach, Martin, mein Sohn, von vier Schulen gewiesen und für »untragbar« erklärt, und der neben ihm stand, war schwachsinnig. »Adam ist doch ein armer Kerl, Herr Doktor! Die Frau Lehrerin hat es uns genau erklärt. Er war lange schwer krank, und jetzt wird er endlich gesund. Natürlich ist er noch sehr schwach, und es funktioniert bei ihm noch nicht alles so gut wie beim Albert oder bei mir.«
»Haha«, machte Albert, bei dem doch noch nicht alles gut funktionierte.
»Na, und was ist also in Rechnen?«
»Es ist immer dasselbe, Herr Doktor! Wenn die Frau Lehre-

rin den Adam ruft, dann ist er so aufgeregt, daß er keine Frage beantworten kann. Aber warum ist er aufgeregt? Weil in der Klasse ein paar Idioten sitzen, die immer lachen, wenn er aufgerufen wird!«

»Immer lachen«, kam Alberts heiseres Echo.

»Wie viele sind denn das, die lachen?« fragte Doktor Freund.

»Na, so sechs bis zwölf, es ist verschieden. Ein ganzer Haufen jedenfalls. Mehr, als der Albert und ich zusammen verhauen könnten. Wir haben schon daran gedacht – aber es hätte keinen Zweck.«

»Keinen Zweck«, krächzte Albert und hüpfte dabei in die Höhe, »keinen Zweck, haha!«

Ich stand auf und trat näher. Ich fühlte, daß hier etwas Ungeheuerliches im Gange war, etwas, das selbst Doktor Freund, der doch so viele ungeheuerliche Dinge hörte, bewegte.

»Der Albert und ich, Herr Doktor – wir sitzen doch jetzt nebeneinander –, haben schon oft über den Adam gesprochen. Wir kennen ihn genau, denn er...«

»... sitzt vor uns, ja!« sagte Albert.

»Und da sehen wir doch, wie er mitschreibt, nicht?«

»Ja«, sagte Doktor Freund leise.

»Und der Albert und ich, wir glauben, daß der Adam manchmal wirklich die Antwort genau weiß, bevor die Frau Lehrerin ihn aufruft. Aber dann kommt dieses blöde Lachen! Und da kränkt er sich so, daß er die Antwort dann nicht mehr weiß.«

»Blödes Lachen, blödes Lachen!« rügte Albert.

»Jetzt ist es schon so schlimm, daß der Adam Angst vor dem

Lachen hat, noch *bevor* die Frau Lehrerin ihn ruft. Der Adam hat jetzt schon die ganze Stunde Angst, Herr Doktor! Wenn das so weitergeht, haben ihn die zwölf Idioten zum Schluß auf dem Gewissen! Dann kann er überhaupt nicht mehr richtig denken, ob er gerufen wird oder nicht.«

»Ja, das ist eine schlimme Geschichte, die ihr mir da erzählt«, sagte Doktor Freund. »Und natürlich kann das nicht so weitergehen. Da müssen wir uns etwas ausdenken, um dem armen Adam zu helfen, nicht wahr?«

»Haben schon, haben schon«, erklärte Albert.

»Was habt ihr?« fragte Doktor Freund leise. Er hielt eine Zigarette in der Hand, aber er hatte vollkommen vergessen, sie anzuzünden.

»Wir haben uns schon etwas ausgedacht, Herr Doktor«, sagte Martin. »Und wir wollten Sie fragen, ob wir uns etwas Richtiges ausgedacht haben und ob wir es tun dürfen.«

»Na, erzählt einmal!«

»Es ist ganz einfach, Herr Doktor: Wie ich schon gesagt habe, verhauen können wir die Lacher nicht. Dazu sind es zu viele. Und mit ihnen reden hat auch keinen Zweck, weil es doch Idioten sind. Also, haben wir uns überlegt, müssen wir etwas tun, *obwohl* die Idioten lachen. Wir müssen etwas tun, damit einmal, wenn noch so gelacht wird, der Adam eine richtige Antwort gibt!«

»Donnerwetter!« Doktor Freunds Augen leuchteten. »Das habt *ihr* euch ausgedacht?«

»Ja, Herr Doktor! Der Albert und ich! Sie verstehen doch, was wir meinen, nicht wahr?«

»Und ob ich euch verstehe! Ihr meint: Wenn der Adam einmal richtig antwortet, *obwohl* die Idioten lachen, dann wird er das nächste Mal vor dem Lachen keine Angst mehr haben …«

»Keine Angst vielleicht noch nicht, aber viel weniger Angst bestimmt.«

»Weniger Angst, weniger Angst«, nickte Albert und klatschte in die Hände.

»Und wie wollt ihr das anstellen?«

»Ja«, sagte Martin sorgenvoll, »es geht natürlich nur, wenn Sie mit der Frau Lehrerin sprechen und wenn sie mitmacht. Wir sitzen doch hinter dem Adam. Wenn die Frau Lehrerin uns vor der Stunde sagen würde, was für Fragen sie dem Adam stellen wird, dann könnten wir, der Albert und ich, die richtige Antwort auf einen Zettel schreiben. Und wenn sie ihn dann wirklich fragt, und er steht auf, und die anderen lachen schon, dann schieb' ich ihm den Zettel nach vorne – und er muß die richtige Antwort nur ablesen.«

»Natürlich nicht merken!« warnte Albert.

»Er meint, die Frau Lehrerin darf natürlich nicht merken, daß er einen Zettel hat! Sie muß so tun, als würde sie sich sehr freuen über die richtige Antwort, und sie müßte den Adam loben.«

»Ich verstehe«, sagte Doktor Freund leise. »Und in der nächsten Stunde würdet ihr das vielleicht noch einmal machen und dann noch einmal – bis die Idioten keinen Grund mehr zum Lachen hätten.«

»Ja, Herr Doktor.« Martin nickte eifrig. »Und wenn sie nicht mehr lachen, brauchen wir Adam auch nicht mehr einzusagen, dann kennt er die richtigen Antworten schon von selbst!« Er sah den Doktor erwartungsvoll an. »Ist das eine gute Idee?«

Dieser stand auf und gab beiden feierlich die Hand: »Freunde«, sagte er, »das ist die beste Idee, die ich je von zwei Jungen gehört habe – und ich habe Ideen von vielen Jungen gehört! Ich gratuliere euch dazu! Schickt doch in der Pause eure Lehrerin zu mir, ich werde mit ihr sprechen, und sie wird dann mit euch beiden alles vorbereiten. Aber laßt euch nichts anmerken. Das ist ein Geheimnis zwischen uns, nicht wahr? Niemand darf etwas davon erfahren!«
Martin strahlte. »Danke, Herr Doktor! Auf Wiedersehen, Herr Doktor!« Und mit einem Blick zu mir, der mich abwesend streifte: »Auf Wiedersehen, Vater!« Er nahm Albert an der Hand. »Komm«, sagte er, »wir gehen jetzt!« Zusammen verließen sie das Zimmer.
Ich sah Doktor Freund an. Er nahm ergriffen seine Brille ab und putzte sie. »Es sind diese Augenblicke«, sagte er, »für die man lebt. Diese Augenblicke ...« Er setzte seine Brille wieder auf, räusperte sich und zündete endlich die Zigarette an. »Sehen Sie, so geht das: Die Bresthaften helfen den Kranken, die Armen den Ärmsten. Nicht die Mächtigen werden die Lösung finden, sondern die Hilflosen, nicht die Starken kennen das Geheimnis des Gesundwerdens, sondern die Schwachen. Ein Asozialer und ein Kretin tun sich zusammen, um einem anderen Kretin zu helfen. So ist das in der Schule. Und so wird es überall sein, auf der ganzen Welt. Die Rechtlosen und Verratenen, die Hoffnungslosen und Verachteten werden einander stützen, stärken und erlösen. Ich las einmal ein Gedicht. Eine Zeile daraus habe ich mir gemerkt. Sie hieß: ›Feigling, nimm eines Feiglings Hand ...‹ Das ist der Anfang. So wird es besser werden, Tag für Tag.« Er sah mich an. »Was ist denn? Sie sagen ja gar nichts!«

»Sie werden es wahrscheinlich überhört haben«, erwiderte ich leise. »Aber Martin hat vorhin … er hat heute …«
»Was hat er?«
»Er hat zum erstenmal Vater zu mir gesagt«, murmelte ich.

23

Als ich diese Niederschrift begann, sagte ich, sie wäre die Geschichte eines Irrtums. Heute abend, am 7. April, da ich diese Zeilen schreibe, erkenne ich voll Glück, daß es mir noch vergönnt gewesen war, meinen Irrtum einzusehen. Ich habe vorhin Hohenberg angerufen, er hat versprochen, nach dem Nachtmahl noch vorbeizukommen. Ich muß ihm die Geschichte von Martin und Albert erzählen, denn sie bewegt mich tief. Wie schön, daß ich sie noch miterleben kann, daß ich noch Zeuge sein werde des Experimentes mit Adam, dem Schwachsinnigen.
Ich will auf diesen Seiten gewissenhaft alles über den Fall festhalten, ich will von nun an von Tag zu Tag und in allen Einzelheiten berichten, was weiter geschieht. Ich kann es gar nicht erwarten, mehr zu wissen, mehr zu erfahren. Vielleicht erlebe ich nicht mehr den endgültigen Fortschritt, die definitive Wendung zum Guten. Ich weiß, daß ich nicht mehr lange leben werde. Ich habe noch die Stimme des Münchner Spezialisten im Ohr: »Wenn der Patient Glück hat, trifft ihn der Tod aus heiterem Himmel, von einer Sekunde auf die andere, mitten in einem Schritt, den er tut, mitten in einem Satz, den er spricht, mitten in einem Wort, das er schreibt.«

Aber selbst wenn mich hier und heute und mitten in einem Wort, das ich schreibe, der Tod ereilte, so wäre ich glücklich. Der Samen ist gelegt. Die Saat muß aufgehen. Es ist nicht notwendig, daß ich sie reifen sehe. Ich weiß, daß sie reifen wird. Und so betrachtet, ist nicht einmal mein verworfenes Leben umsonst gewesen, so war auch ich kein tauber Samen. Ich habe Martin gefunden und zu Doktor Freund gebracht und so Martin in den Stand gesetzt, Adam zu helfen. Die Progression des Schachbrettes und der Reiskörner, von der Doktor Freund einmal sprach, hat begonnen. Einer war da – nun sind es schon drei. Wenn Adam eines Tages einem vierten hilft, werden es bald acht sein und dann sechzehn und dann zweiunddreißig ... und dann hundert Millionen. Ich habe nicht gedacht, daß ich noch einmal Ruhe finden würde. Ich habe sie gefunden. Ich habe nicht gedacht, daß ich noch einmal glücklich sein würde. Ich bin es. Ich habe im Haß gelebt und nicht in der Liebe. Aber der Haß ist der Tod. Und die Liebe ist das Leben. Nun will ich nicht mehr hassen. Nun will ich endlich lie

Erklärung:
Ich bestätige, heute, am 7. April 1952, das beiliegende Manuskript des James Elroy Chandler, alias Walter Frank, von Herrn Doktor Alexander Freund erhalten zu haben. Das Manuskript ist als Geständnis des Toten zu werten und wird der Kriminalpolizeistelle München zur endgültigen Klärung des Falles zugesandt werden.

Robert Hohenberg
Kriminalinspektor